DU MÊME AUTEUR

Titre original :
Still Life
Éditeur original :
Headline Publishing Group, Londres
© Louise Penny, 2005

© Flammarion Québec, 2010
pour la traduction française

© ACTES SUD, 2011
pour la présente édition
ISBN 978-2-330-01075-1

LOUISE PENNY

NATURE MORTE

roman traduit de l'anglais (Canada)
par Michel Saint-Germain

BΛBEL NOIR

A Michael, de tout mon cœur.

1

Mlle Jane Neal se présenta devant Dieu dans la brume matinale du dimanche de Thanksgiving. Ce décès inattendu prit tout le monde au dépourvu. La mort de Mlle Neal n'était pas naturelle, sauf si l'on croit que tout arrive à point nommé. Si c'est le cas, Jane Neal avait passé ses soixante-seize années à s'approcher de ce dernier instant où la mort vint à sa rencontre, dans une érablière aux tons ardents, près du village de Three Pines. Elle tomba bras et jambes écartés, comme si elle avait voulu former la silhouette d'un ange dans les feuilles mortes aux couleurs vives.

L'inspecteur-chef Armand Gamache, de la Sûreté du Québec, posa un genou par terre. Son articulation claqua tel un coup de feu et ses grandes mains expressives survolèrent le minuscule cercle de sang qui maculait le cardigan pelucheux, comme s'il pouvait, par magie, faire disparaître cette blessure et guérir cette femme. Mais non. Il n'avait pas ce don. Heureusement, il en avait d'autres. L'odeur de naphtaline, qu'il associait à sa grand-mère, lui monta au nez. Les yeux doux et bienveillants de Jane le regardaient fixement, comme étonnés de le voir là.

Lui aussi, sans le montrer, s'étonnait de la voir là. Il avait son petit secret. Il ne la connaissait pas, non. Son petit secret, c'était que, à la cinquantaine bien sonnée, passé le sommet d'une longue carrière qui paraissait en perte de vitesse, il s'étonnait toujours devant la mort violente. C'était une étrange réaction de la part du chef de l'escouade des homicides, mais elle expliquait peut-être en partie pourquoi il ne s'était pas hissé davantage dans le monde cynique de la Sûreté. Gamache espérait toujours qu'on se soit trompé et qu'il n'y ait aucun cadavre. Mais Mlle Neal était de plus en plus rigide, cela ne faisait aucun doute. Se redressant avec l'aide de l'inspecteur Beauvoir, il boutonna son Burberry doublé pour se protéger du froid d'octobre, et s'interrogea.

Quelques jours avant sa rencontre avec la mort, Jane Neal s'était fait attendre à un autre rendez-vous. Elle était convenue de prendre un café au bistro du village avec sa chère amie et voisine Clara Morrow. Arrivée la première, Clara choisit une table à la fenêtre et attendit. Comme elle avait tendance à s'impatienter, le mélange d'agacement et de café au lait produisit en elle une exquise trépidation. Frémissante, Clara passa un long moment à contempler, par la fenêtre à meneaux, le parc du village entouré de vieilles demeures et d'érables. Ces arbres, lorsqu'ils prenaient des teintes époustouflantes, du rouge à l'ambre, étaient à peu près les seules choses qui changeaient dans le vénérable village.

Entre les meneaux, elle vit un pick-up arriver paresseusement par la rue du Moulin avec, allongée sur le capot, une magnifique biche tachetée. La camionnette fit lentement le tour du parc, ralentissant le pas des villageois. C'était la saison de la chasse, mais ces chasseurs-ci venaient surtout de Montréal ou d'autres villes. Ils louaient des pick-up et, tels des mastodontes en quête de nourriture, régnaient sur les routes de terre, de l'aube au crépuscule, à la recherche de cerfs. Lorsqu'ils en repéraient un, ils s'arrêtaient sournoisement, sortaient du camion et tiraient. Tous les chasseurs n'étaient pas comme ça, Clara le savait bien, mais un bon nombre tout de même. Ayant ligoté le cerf au capot de leur camionnette, ces mêmes chasseurs parcouraient la campagne, certains, curieusement, d'exhiber ainsi la preuve de leur grandeur.

Chaque année, des chasseurs tiraient sur des vaches ou des chevaux, sur des chiens ou des chats, et les uns sur les autres. Incroyablement, il leur arrivait de se tirer eux-mêmes, peut-être au cours d'un épisode psychotique où ils se prenaient pour du gibier. Les gens intelligents savaient que certains chasseurs – pas tous, seulement quelques-uns – ont de la difficulté à distinguer un pin d'une perdrix ou d'une personne.

Clara se demanda ce qui retenait Jane. Comme elle était rarement en retard, elle le lui pardonna aisément. Clara excusait facilement la plupart des gens. "Trop facilement !" lui disait souvent Peter, son mari. Mais Clara avait son petit secret : elle n'oubliait pas vraiment. La plupart des choses, oui. Mais elle en gardait secrètement et précieusement dans sa mémoire et y retournait lorsqu'elle avait besoin d'être rassurée par le manque de gentillesse des autres.

Entre les miettes de croissant tombées sur *La Gazette* de Montréal qu'on avait laissée sur la table, Clara parcourut les manchettes : "Le Parti québécois s'engage à tenir un référendum sur la souveraineté", "Saisie de drogue en Estrie", "Randonneurs égarés au parc du Mont-Tremblant".

Clara détourna le regard des titres moroses. Peter et elle avaient depuis longtemps annulé leur abonnement aux journaux de Montréal. Bienheureuse ignorance, en effet. Ils préféraient le journal du coin, le *Williamsburg County News*, qui leur disait tout sur la vache de Wayne, la visite des petits-enfants de Guylaine ou la mise aux enchères d'un édredon piqué au profit de la maison de retraite. De temps à autre, Clara se demandait si c'était une échappatoire, une façon de fuir la réalité et les responsabilités. Puis, elle se rendait compte que cela lui importait peu : l'essentiel, elle l'apprenait ici même, au *Bistro d'Olivier*, au cœur de Three Pines.

— Tu es bien loin ! lui dit la voix chère et familière.

Jane apparut, hors d'haleine et souriante, le visage ridé par le rire et rosi par le froid automnal, car elle arrivait en courant de son cottage, de l'autre côté du parc.

— Désolée pour le retard, murmura-t-elle à l'oreille de Clara pendant l'accolade.

L'une était minuscule, potelée et à bout de souffle, l'autre, trente ans plus jeune, mince et encore fébrile sous l'effet de la caféine.

— Tu trembles, dit Jane en s'asseyant et en commandant un café au lait. Je ne savais pas que tu t'en faisais autant.

— Espèce de vieille sorcière ! dit Clara en riant.

— J'en étais une, ce matin, c'est sûr. As-tu entendu parler de ce qui s'est passé ?

— Non, quoi donc ?

Clara se pencha, attendant la nouvelle. Peter et elle étaient allés à Montréal pour acheter des toiles et des couleurs acryliques. Ils étaient tous deux artistes. Peter avait réussi. Clara était encore inconnue et, selon la plupart de ses amis, allait sans doute le demeurer si elle persistait à produire des œuvres hermétiques. Clara avouait que sa série d'utérus guerriers souffrait de l'incompréhension des acheteurs, bien que ses objets domestiques aux cheveux bouffants et aux pieds immenses aient récolté un certain succès. Elle en avait vendu un. Les autres, une cinquantaine, étaient entreposés dans leur sous-sol, qui ressemblait beaucoup aux ateliers de Walt Disney.

— Non ! murmura Clara au bout de quelques minutes, vraiment secouée.

En vingt-cinq années passées à Three Pines, elle n'avait jamais, au grand jamais, entendu parler d'un crime. Si l'on verrouillait les portes, c'était uniquement pour empêcher les voisins de venir déposer chez soi des paniers de courgettes au moment de la récolte. Bien sûr, comme le disait clairement le titre de *La Gazette*, il y avait une autre culture d'une envergure égale à celle des courgettes : la marijuana. Mais ceux que ça ne concernait pas fermaient les yeux.

A part cela, il n'y avait aucune criminalité. Ni cambriolages, ni vandalisme, ni agressions. Il n'y avait pas même de police à Three Pines. De temps à autre, Robert Lemieux, de la Sûreté des environs, roulait en voiture autour du parc, juste pour la forme.

Jusqu'à ce matin-là.

— C'était peut-être une blague ?

Clara se colletait avec la description affreuse que Jane venait de lui faire.

— Non. Ce n'était pas une blague, dit Jane en se remémorant la scène. Un des gars a ri. D'un rire un peu familier, maintenant que j'y repense. Ce rire-là n'était pas drôle.

Jane tourna son regard bleu clair vers Clara. Un regard rempli d'étonnement.

— Un son que j'avais déjà entendu, à l'époque où j'enseignais. Pas souvent, Dieu merci. C'est celui que font les garçons lorsqu'ils s'amusent à torturer.

Elle frémit à ce souvenir et s'enveloppa dans son cardigan.

— Un rugissement affreux. Je suis contente que tu n'aies pas été là.

Juste à ce moment, Clara tendit le bras par-dessus la table ronde en bois foncé et prit la main froide et menue de Jane. Elle aurait voulu de tout son cœur avoir été à sa place.

— C'étaient des jeunes, tu crois ?

— Comme ils portaient des passe-montagnes, c'est difficile à dire, mais je pense les avoir reconnus.

— C'était qui ?

— Philippe Croft, Gus Hennessey et Claude Lapierre, murmura Jane en regardant autour d'elle pour s'assurer que personne ne pouvait l'entendre.

14

— En es-tu certaine ?

Clara connaissait les trois garçons. Pas exactement des enfants de chœur, mais pas non plus du genre à faire cela.

— Non, avoua Jane.

— Il vaut mieux ne le dire à personne d'autre.

— Trop tard.

— Pourquoi "trop tard" ?

— Je les ai nommés, ce matin, au moment où c'est arrivé.

— Tu as murmuré leurs noms ?

Clara sentit son sang quitter ses doigts et ses orteils et affluer vers son cœur. "S'il te plaît, s'il te plaît, s'il te plaît", implora-t-elle en silence.

— Je les ai hurlés.

Devant l'expression de Clara, Jane s'empressa de se justifier :

— Je voulais qu'ils arrêtent. Ça a marché. Ils ont arrêté.

Jane revoyait les garçons qui s'enfuyaient, trébuchaient en montant la rue du Moulin et sortaient du village. Celui dont le passe-montagne était d'un vert vif s'était retourné pour la regarder, les mains encore ruisselantes de fiente de canard. Le fumier déposé en tas était destiné à engraisser les plates-bandes du parc du village, mais il n'avait pas encore été étendu. Elle regrettait de ne pas avoir vu l'expression du garçon. Etait-il en colère ? Effrayé ? Amusé ?

— Alors, tu as eu raison. A propos de leurs noms, je veux dire.

— Probablement. Je n'aurais jamais cru voir ça ici un jour.

— C'est donc pour ça que tu étais en retard ? Tu as dû te nettoyer ?

— Oui. En fait, non.

— Tu pourrais être plus évasive ?

— Peut-être. Tu fais partie du jury de la prochaine exposition de la galerie de Williamsburg, n'est-ce pas ?

— Oui. On se rencontre cet après-midi. Peter en fait partie aussi. Pourquoi ?

Clara craignait presque de respirer. Etait-ce possible ? Après s'être si longtemps fait prier, taquiner et bousculer, parfois sans délicatesse, Jane était-elle sur le point d'y arriver ?

— Je suis prête.

Jane poussa le plus grand soupir que Clara eût jamais entendu, d'une force telle qu'une rafale de miettes de croissant tomba de la une de *La Gazette* sur ses genoux.

— J'étais en retard, dit lentement Jane – et ses mains se mirent à trembler –, parce que j'avais une décision à prendre. J'ai une peinture que j'aimerais inscrire à l'exposition.

Là-dessus, elle se mit à pleurer.

Les œuvres de Jane avaient toujours été un secret de Polichinelle à Three Pines. De temps à autre, quelqu'un marchant dans les bois ou à travers champs la trouvait en train de se concentrer sur une toile, mais elle lui faisait jurer de ne pas s'approcher, de ne pas regarder, de détourner les yeux comme s'il était témoin d'un acte presque obscène, et de n'en parler à personne. La seule fois que Clara avait vu Jane en colère, c'était lorsque Gabri était arrivé derrière elle alors qu'elle peignait. Il avait cru qu'elle plaisantait en l'avertissant de ne pas regarder.

Il avait eu tort. Elle était on ne peut plus sérieuse. Il avait fallu quelques mois à Jane et Gabri pour se réconcilier ; chacun s'était senti trahi par l'autre. Mais leur bonne nature et leur affection réciproque avaient colmaté cette faille dans leur amitié. Tout de même, cela avait servi de leçon.

Personne ne devait voir les œuvres de Jane.

Jusque-là, apparemment. Mais, maintenant, l'artiste était envahie par une émotion si forte que, assise au bistro, elle pleurait. Clara était à la fois horrifiée et terrifiée. Elle jeta des regards furtifs autour d'elle, redoutant qu'on ne l'ait vue, tout en l'espérant désespérément. Puis, elle se posa cette simple question, qui ne la quittait jamais tout à fait : "Que ferait Jane à ma place ?" La réponse lui vint. Jane la laisserait pleurer, la laisserait gémir. Et, au besoin, lancer la vaisselle. Jane ne s'enfuirait pas. Lorsque la tempête serait passée, Jane serait là. Alors, elle serrerait Clara dans ses bras, la réconforterait et lui ferait savoir qu'elle n'était pas seule. Jamais seule. Aussi Clara resta-t-elle là à regarder et à attendre. Se résignant à ne rien faire. Peu à peu, les pleurs se calmèrent.

Clara se leva avec un calme extrême. Elle prit Jane dans ses bras et sentit le vieux corps se remettre en place dans un craquement. Elle adressa ensuite une petite prière de remerciement aux dieux qui accordent des grâces. La grâce de pleurer et celle de regarder.

— Jane, si j'avais su que ce serait aussi douloureux, je ne t'aurais jamais harcelée pour que tu exposes tes œuvres. Je suis désolée !

— Oh ! non, dit Jane en tendant le bras au-dessus de la table où elles s'étaient rassises.

Prenant les mains de Clara, elle dit :

— Tu ne comprends pas. Ce n'étaient pas des larmes de douleur. Non. J'ai été surprise par la joie.

Jane regarda au loin et hocha la tête, comme si elle se parlait à elle-même.

— Finalement.

— Comment s'appelle ta peinture ?

— *Jour de foire*. C'est le défilé de fermeture de la foire agricole.

C'est ainsi que, le vendredi précédant Thanksgiving, le tableau fut placé sur un chevalet, à la galerie d'art de Williamsburg. Il était emballé dans du papier de boucherie et attaché avec de la ficelle, tel un ballot, pour le protéger du froid et de la cruauté des éléments. Lentement, méticuleusement, Peter Morrow défit le nœud, tirant délicatement la corde jusqu'à ce qu'elle se dégage. Il l'enroula autour de sa paume, comme du fil. Clara voulait le tuer. Elle était prête à hurler, à bondir vers lui et à le bousculer. A jeter au sol le pitoyable paquet de ficelle, et peut-être Peter avec, et à arracher le papier ciré de la toile. Son visage se fit encore plus impassible, bien que ses yeux aient commencé à s'exorbiter.

Peter déplia soigneusement un coin du papier, puis un autre, en le défroissant de sa main. Clara n'avait jamais remarqué qu'un rectangle avait autant de coins. Le bord de sa chaise lui lacérait les fesses. Les autres membres du jury, rassemblés pour juger les œuvres soumises, paraissaient s'ennuyer. Clara était anxieuse pour tout le groupe.

Chacun des coins enfin défroissé, on pouvait enlever le papier. Peter se tourna vers les quatre autres membres du jury pour prononcer un petit discours avant de dévoiler l'œuvre cachée. "Un mot bref et de bon goût, se dit-il. Un peu de mise en contexte, un peu de…" Il vit les yeux exorbités et le visage empourpré de sa femme. Lorsque Clara se déformait, ce n'était pas le moment de discourir.

Il retourna rapidement au tableau et, d'un seul coup, enleva le papier brun, révélant *Jour de foire*.

Clara, bouche bée, piqua du nez, comme si sa tête était soudainement devenue trop lourde. Ses yeux s'agrandirent et sa respiration s'arrêta. Pendant un moment, on aurait dit qu'elle était morte. C'était donc ça, *Jour de foire* ! Elle en avait le souffle coupé. De toute évidence, les autres membres du jury aussi. Les visages disposés en demi-cercle révélaient divers degrés d'incrédulité. Même la présidente, Elise Jacob, restait muette. Elle était peut-être frappée d'apoplexie.

Clara, qui détestait évaluer le travail des autres, n'avait jamais rien vu de tel. Elle se mordit les doigts d'avoir convaincu Jane d'inscrire sa toute première œuvre à une exposition publique qu'elle-même allait juger. Etait-ce de l'ego ? Ou de la simple imbécillité ?

— Cette œuvre s'intitule *Jour de foire*, dit Elise en lisant ses notes. Proposée par Jane Neal, de Three Pines, souscriptrice de longue date de la galerie de Williamsburg. Sa première soumission.

Elise lança un regard à tous.

— Des commentaires ?

— C'est merveilleux, dit Clara, faussement.

Les autres la regardèrent, abasourdis. Devant elle, sur le chevalet, était posée une toile non encadrée, au sujet évident. Les chevaux ressemblaient à des chevaux, les vaches étaient des vaches, et les personnages étaient tous reconnaissables, non seulement en tant que personnes, mais en tant qu'habitants du village. Mais c'étaient tous des bonshommes allumettes. Ou, du moins, peut-être un cran au-dessus des bonshommes allumettes. Dans une guerre entre une armée de bonshommes allumettes et les figurants de *Jour de foire*, ces derniers l'auraient emporté, ne fût-ce que parce qu'ils avaient un peu plus de muscles. Et de doigts. Mais il était clair que ces gens ne vivaient qu'en deux dimensions. Pour Clara, qui tentait de saisir sans faire de comparaisons évidentes, c'était un peu comme une peinture rupestre sur toile. Si les Néandertaliens avaient tenu des foires agricoles, elles auraient ressemblé à cela.

— Mon Dieu. Mon fils de quatre ans peut faire mieux, dit Henri Larivière, énonçant une évidence.

Henri avait été ouvrier dans une carrière avant de découvrir que la pierre lui parlait. Il l'avait écoutée. Ce fut un point de non-retour, bien sûr, même si sa famille souhaitait voir le jour où il ferait au moins le salaire minimum au lieu d'immenses sculptures de pierre. A présent, son visage était plus large, plus rude et plus indéchiffrable que jamais, mais ses mains disaient tout. Elles étaient tournées vers le haut, dans un geste simple et éloquent de supplication, de reddition. Il cherchait les mots adéquats, sachant que Jane était l'amie de plusieurs membres du jury.

— C'est affreux.

Ayant manifestement renoncé à l'effort, il était redevenu sincère. Ou alors sa description était plus indulgente que le fond de sa pensée.

Dans des couleurs vives et fortes, l'œuvre de Jane représentait le défilé de clôture de la foire. Si l'on distinguait les porcs des chèvres, c'était uniquement parce qu'ils étaient d'un rouge vif. Les enfants ressemblaient à de petits adultes. "En fait, se dit Clara en se penchant avec hésitation comme si la toile pouvait lui infliger un autre choc, ce ne sont pas des enfants, mais de petits adultes." Elle reconnut Olivier et Gabri à la tête des lapins bleus. Dans les gradins, derrière la parade, se tenait la foule, majoritairement de profil, et les gens s'observaient ou s'évitaient. Quelques-uns regardaient directement Clara. Chaque joue était ornée d'un cercle rouge d'une rondeur parfaite, ce qui dénotait, supposa-t-elle, l'éclat de la santé. C'était affreux.

— Eh bien, au moins, c'est facile, dit Irène Calfat. C'est refusé.

Clara sentit le froid et l'ankylose gagner ses extrémités.

Irène Calfat était potière. Elle transformait de gros morceaux d'argile en œuvres raffinées. Ayant mis au point une nouvelle façon de glacer ses œuvres, elle attirait maintenant des potiers du monde entier. Bien sûr, après avoir effectué le pèlerinage à l'atelier d'Irène Calfat, à Saint-Rémy, et passé cinq minutes avec la Déesse de la Boue, ils savaient qu'ils s'étaient trompés.

C'était l'une des personnes les plus égocentriques et les plus mesquines de ce monde.

Clara se demanda comment une personne aussi dépourvue d'émotions humaines normales pouvait créer des œuvres d'une telle beauté. "Tandis que, toi, tu te décarcasses", dit la petite voix méchante qui lui tenait compagnie.

Par-dessus le bord de sa grande tasse, elle jeta un coup d'œil vers Peter. Il avait un morceau de gâteau au chocolat collé au visage. D'instinct, Clara essuya son propre visage, poussant, sans le vouloir, une noix de Grenoble dans ses cheveux. Même avec cette grosse tache, Peter était fascinant. D'une beauté classique. Grand, large d'épaules comme un bûcheron, par contraste avec l'artiste raffiné qu'il était. Ses cheveux ondulés étaient devenus gris, il portait des lunettes en permanence, et des rides soulignaient les coins de ses yeux et son visage rasé de près. La cinquantaine, il avait l'allure d'un homme d'affaires parti à l'aventure. Presque tous les matins, Clara, en s'éveillant, le regardait dormir et voulait se faufiler dans sa peau pour lui envelopper le cœur et le préserver. La tête de Clara attirait la nourriture comme un aimant. Elle était la Carmen Miranda des pâtisseries. Peter, en revanche, était toujours impeccable. Même s'il pleuvait de la boue, il rentrait à la maison plus propre que lorsqu'il était parti. Mais parfois, à certains moments glorieux, son aura naturelle lui faisait défaut et un débris quelconque lui collait au visage. Clara savait qu'elle devait le lui dire. Mais elle ne le fit pas.

— Vous savez, dit Peter – et même Irène le regarda –, je trouve ça très bien.

Irène renâcla et lança un coup d'œil lourd de sens à Henri, qui l'ignora. Peter se tourna vers Clara et, un moment, soutint son regard, comme si elle était une sorte de pierre de touche. Lorsque Peter entrait dans une pièce, il balayait toujours l'endroit des yeux jusqu'à ce qu'il trouve Clara. Alors seulement, il se détendait. Le monde extérieur voyait un homme grand et distingué avec une épouse décoiffée et s'en étonnait. Certains, surtout la mère de Peter, semblaient même trouver que c'était contre nature. Clara était son point d'ancrage et la source de tout ce qui était bon, sain et heureux en lui. En la regardant, il ne voyait pas la chevelure rebelle et en bataille, les vêtements amples, les lunettes à monture d'écaille de chez Dollarama. Non. Il voyait son port d'attache. Certes, à ce moment précis, il voyait aussi une noix de Grenoble dans ses cheveux, une caractéristique assez typique. D'instinct, il passa ses doigts écartés dans ses propres cheveux, faisant tomber de sa joue la miette de petit gâteau.

— Qu'est-ce que tu vois ? demanda Elise à Peter.

— Franchement, je ne sais pas. Mais il faut l'accepter.

Obscurément, cette brève réponse donna encore plus de crédibilité à son opinion.

— C'est risqué, dit Elise.

— Je suis d'accord, dit Clara. Mais quel est le pire qui puisse arriver ? Que les visiteurs de l'exposition pensent qu'on s'est trompés ? C'est toujours ce qu'ils croient.

Elise fit un signe de tête affirmatif.

— Je vais vous dire ce qu'on risque, dit Irène, ajoutant implicitement "bande d'imbéciles" à sa phrase.

On est un groupe communautaire et on arrive à peine à boucler le budget. Notre seule valeur, c'est notre crédibilité. S'ils se mettent à croire qu'on accepte des œuvres non pas sur la base de leur valeur artistique, mais parce qu'on aime l'artiste, comme une clique d'amis, on est foutus. C'est ça, le risque. Personne ne va nous prendre au sérieux. Les artistes ne voudront pas exposer ici, de peur de se compromettre. Le public ne viendra pas, parce qu'il va savoir que, tout ce qu'il voit, c'est de la merde, comme…

Les mots lui manquèrent et elle se contenta de désigner la toile.

Soudain, Clara vit. Juste un éclair, quelque chose qui la travaillait aux confins de sa conscience. Pour un très bref instant, *Jour de foire* miroita. Les pièces se rassemblèrent, puis le moment passa. Clara s'aperçut qu'elle avait encore une fois cessé de respirer, mais aussi qu'elle se trouvait devant une magnifique œuvre d'art. Comme Peter, elle ne savait pas pourquoi ni comment, mais, à cet instant précis, ce monde qui lui avait semblé sens dessus dessous se redressa. Elle vit que *Jour de foire* était une œuvre extraordinaire.

— Je trouve ça plus que merveilleux, je trouve ça brillant, dit-elle.

— Allons ! Vous ne voyez pas qu'elle dit ça uniquement pour appuyer son mari ?

— Irène, on a entendu ton opinion. Continue, Clara, dit Elise.

Henri se pencha en avant en faisant gémir sa chaise.

Clara se leva et marcha lentement vers l'œuvre posée sur le chevalet. Elle était si profondément touchée, sa tristesse et son sentiment de perte étaient si intenses, que c'était tout ce qu'elle pouvait faire pour ne pas pleurer. "Comment est-ce possible ? se demanda-t-elle. Les images sont si enfantines, si simples. Presque ridicules, avec des oies dansantes et des gens souriants." Mais il y avait autre chose, qu'elle n'arrivait pas tout à fait à saisir.

— Désolée. C'est gênant, dit-elle avec un sourire, les joues brûlantes, mais je ne peux pas vraiment l'expliquer.

— Pourquoi ne pas laisser de côté *Jour de foire* pour regarder les autres œuvres ? On y reviendra à la fin.

Le reste de l'après-midi se déroula sans encombre. Le soleil descendit graduellement, et la pièce était encore plus froide lorsqu'ils regardèrent de nouveau *Jour de foire*. Tout le monde était épuisé et ne songeait qu'à en finir. Peter alluma les spots du plafond et posa le tableau de Jane sur le chevalet.

— Bon. Est-ce que quelqu'un a changé d'idée à propos de *Jour de foire* ? demanda Elise.

Silence.

— Alors, c'est deux pour et deux contre.

Longuement et calmement, Elise regarda *Jour de foire*. Elle connaissait un peu Jane Neal et l'aimait bien. Elle l'avait toujours trouvée sensée, affable et intelligente. C'était une personne qu'on aimait fréquenter. Comment cette femme avait-elle pu créer cette œuvre puérile et bâclée ? Mais… Une nouvelle pensée lui vint à l'esprit. Qui n'était pas originale, en fait, ni même nouvelle pour Elise, mais nouvelle ce jour-là.

— *Jour de foire* est accepté. Le tableau sera exposé avec les autres œuvres.

Clara bondit de joie, renversant sa chaise.

— Enfin, voyons ! dit Irène.

— Exactement ! Bravo. Vous faites toutes deux valoir mon argument, dit Elise en souriant.

— Quel argument ?

— Pour une raison quelconque, *Jour de foire* nous met au défi. Il nous émeut. Il nous pousse à la colère…

Ce disant, Elise fixa ses yeux sur Irène, avant d'ajouter :

— … à la confusion…

Ici, elle jeta un regard bref, mais lourd de sens à Henri, qui hocha légèrement sa tête grisonnante, puis elle reprit, en tournant les yeux vers Peter et Clara :

— … à…

— A la joie, l'interrompit Peter.

Au même moment, Clara dit :

— A la peine.

Ils se regardèrent et se mirent à rire.

— Maintenant, dit Elise, je le regarde et je me sens, comme Henri, tout simplement confuse. En vérité, je ne sais pas si *Jour de foire* est un exemple d'art naïf ou le gribouillage navrant d'une vieille femme délirante et incroyablement dépourvue de talent. Elle est là, la tension. C'est pourquoi le tableau doit faire partie de l'exposition. Je vous certifie que c'est l'œuvre dont tout le monde parlera dans les cafés après le vernissage.

— C'est hideux, dit, plus tard ce soir-là, Ruth Zardo, penchée sur sa canne, avant d'avaler son scotch d'un trait.

Peter et Clara avaient rassemblé leurs amis dans leur séjour, autour des chuchotements de la cheminée, pour un premier repas de Thanksgiving.

C'était le calme avant la tempête. Les familles et les amis, invités ou non, allaient arriver le lendemain et trouver le moyen de rester pour le long week-end de Thanksgiving. Les bois seraient remplis de randonneurs et de chasseurs, une regrettable association. Samedi matin, la partie annuelle de football allait se tenir dans le parc du village, suivie par le marché en plein air l'après-midi, un dernier effort en vue de se débarrasser des tomates et des courgettes. Ce soir-là, on allait allumer le feu de joie qui remplirait Three Pines de la délicieuse odeur de fumée de bois et de feuilles, et du parfum suspect d'un gaspacho clandestin.

Trop éloigné des routes principales et même secondaires, Three Pines ne figurait sur aucune carte routière. Comme Narnia, on tombait généralement dessus par hasard, étonné qu'un village aussi ancien soit resté caché si longtemps dans cette vallée. Ceux qui avaient la chance de le dénicher en retrouvaient habituellement le chemin. Thanksgiving, au début du mois d'octobre, était le moment parfait. L'air était habituellement pur et vif, les odeurs estivales des vieilles roses et des phlox étaient remplacées par celles, musquées, des feuilles d'automne, du bois de cheminée et de la dinde rôtie.

Olivier et Gabri relataient les événements de la matinée. Leur description était si vivante que chacun, dans la douillette salle de séjour, vit les trois garçons masqués saisir des poignées de fumier de canard près du parc du village : ils levèrent les mains, la fiente leur coula entre les doigts, puis ils lancèrent la substance sur le vieil édifice en brique. Bientôt, les auvents Campari bleu et blanc dégoulinèrent. Le fumier glissa sur les murs. L'enseigne du bistro fut éclaboussée. En quelques instants, la façade immaculée du café situé au cœur de Three Pines fut salie, et pas seulement de caca de canard. Le village fut souillé par ces mots qui résonnèrent dans l'air surpris :

— Tapettes ! Pédales ! Dégueulasses ! crièrent les garçons.

En écoutant Olivier et Gabri, Jane se rappela. De son minuscule cottage de pierre, elle avait traversé le parc en pressant le pas et vu Olivier et Gabri sortir du bistro. Rugissant avec délectation, les garçons avaient alors visé les deux hommes.

Jane avait accéléré, tout en souhaitant que ses grosses jambes fussent plus longues. Elle vit alors Olivier faire le geste le plus extraordinaire qui fût. Tandis que les garçons criaient et lançaient des poignées de fiente, Olivier prit lentement, délibérément, doucement la main de Gabri, la retint et la porta gracieusement à ses lèvres. Saisis, les garçons virent Olivier embrasser la main de Gabri souillée de fumier, de ses propres lèvres, tachées elles aussi. Les jeunes parurent pétrifiés par ce geste d'amour et de défi. Mais cela ne dura qu'un instant. Leur haine triompha et leur attaque redoubla bientôt d'ardeur.

— Arrêtez ! cria Jane d'une voix ferme.

Leurs bras se figèrent en plein élan, réagissant d'instinct à la voix de l'autorité. Se retournant d'un seul coup, ils virent foncer sur eux la petite Jane Neal, en robe à fleurs et cardigan jaune. L'un d'eux, qui portait un passe-montagne orange, souleva son bras afin de la prendre pour cible.

— Ne t'avise pas de faire ça, jeune homme.

Il hésita juste assez longtemps pour que Jane les regarde tous dans les yeux.

— Philippe Croft, Gus Hennessey, Claude Lapierre, dit-elle, lentement et distinctement.

C'était suffisant. Les garçons laissèrent tomber leurs poignées de fumier et se mirent à courir, frôlant Jane et trébuchant, jusqu'en haut de la colline. Celui qui portait un passe-montagne orange riait et son rire était encore plus dégoûtant que le fumier. L'un des garçons se retourna pour regarder derrière lui, et les autres lui foncèrent dedans à toute allure en le poussant pour remonter la rue du Moulin.

C'était encore tout récent, mais on aurait dit un rêve, déjà.

— Oui, c'était hideux, dit Gabri en faisant écho à Ruth et en s'affalant dans l'un des vieux fauteuils au tissu déteint et réchauffé par le feu. Bien sûr ils ont raison ; je suis gai, c'est vrai.

— En plus d'avoir un drôle de caractère, renchérit Olivier, nonchalamment assis sur l'accoudoir du fauteuil de Gabri.

— Je fais maintenant partie des gais opulents du Québec, riposta Gabri. Mes splendeurs sont à couper le souffle.

Olivier se mit à rire et Ruth jeta une autre bûche dans la cheminée.

— Tu paraissais très opulent ce matin, dit Ben Hadley, le meilleur ami de Peter.

— Opulent, tu es sûr ?

— Plutôt corpulent, dit Ben en se reprenant.

Dans la cuisine, Clara accueillait Myrna Landers.

— La table a l'air magnifique, dit Myrna en enlevant son manteau, ce qui fit apparaître un cafetan d'un mauve intense.

Clara se demanda comment elle parvenait à passer les portes. Myrna remorquait un énorme arrangement floral, sa contribution à la soirée.

— Où voudrais-tu que je le mette, ma chérie ?

Clara resta bouche bée. Les bouquets de Myrna étaient, tout comme elle, immenses, chaleureux et inattendus. Celui-ci contenait des branches de chêne et d'érable, des joncs de la rivière Bella Bella qui coulait derrière la librairie de Myrna, des rameaux de pommier auxquels étaient encore accrochées quelques McIntosh et de grandes brassées d'herbes.

— Qu'est-ce que c'est ?

— Où ?

— Ici, au milieu du bouquet.

— Une *kielbasa*.

— Une saucisse ?

— Ouaiiis, et regarde ici, dit Myrna en montrant du doigt le fouillis.

— Les *Œuvres complètes de W. H. Auden*, lut Clara. C'est une blague ?

— C'est pour les gars.

— Qu'est-ce qu'il y a d'autre ?

Clara passa en revue l'immense arrangement.

— Denzel Washington. Mais ne le dis pas à Gabri.

Dans la salle de séjour, Jane poursuivait son récit :

— … alors, Gabri m'a dit : "J'ai ton engrais. Je le porte à la manière de Vita Sackville-West, c'est tout."

— T'es vraiment tordu, murmura Olivier à l'oreille de Gabri.

— Tu devrais être content qu'un de nous deux le soit.

C'était une repartie facile et éculée.

— Comment allez-vous ?

Myrna arriva de la cuisine, suivie de Clara, et embrassa Gabri et Olivier, pendant que Peter lui versait un scotch.

— On va tous très bien, je crois.

Olivier embrassa Myrna sur les deux joues.

— Il est probablement étonnant que ça ne soit pas arrivé plus tôt. On est ici depuis… quoi, douze ans ?

Gabri hocha la tête, la bouche pleine de camembert.

— C'est la première fois qu'on se fait malmener. Quand j'étais gamin, à Montréal, j'ai été maltraité par un groupe d'hommes parce que j'étais homosexuel. C'était terrifiant.

Ils étaient devenus silencieux. Il ne restait que le crépitement et le murmure du feu en arrière-fond lorsque Olivier prit la parole.

— Ils m'ont frappé avec des bâtons. C'est curieux, mais, quand j'y repense, c'est l'aspect le plus douloureux.

Pas les égratignures ni les contusions. Avant de me frapper, ils m'ont comme "tisonné", vous savez ?

Il brandit un bras pour imiter leurs mouvements.

— Comme si je n'étais pas un être humain.

— C'est la première étape nécessaire, dit Myrna. Ils déshumanisent leur victime. Tu as bien compris.

Elle parlait d'expérience. Avant d'arriver à Three Pines, elle avait été psychologue à Montréal. De plus, étant noire, elle connaissait cette expression particulière propre aux gens qui la considéraient comme un meuble.

Changeant de sujet, Ruth se tourna vers Olivier.

— En descendant à la cave, j'ai trouvé des objets que tu pourrais vendre pour moi.

La cave de la maison de Ruth était sa banque.

— Très bien. Qu'est-ce que c'est ?

— Il y a du cristal couleur canneberge…

— Ah, merveilleux.

Olivier adorait le verre coloré.

— Soufflé à la main ?

— Tu me prends pour une imbécile ? Bien sûr qu'il est soufflé à la main.

— Es-tu certaine de vouloir t'en défaire ?

Il posait toujours la question à ses amis.

— Cesse de me demander ça. Crois-tu que j'en parlerais si j'avais un doute ?

— Garce !

— Traînée !

— D'accord, dis-moi tout.

Les objets que Ruth remontait de sa cave étaient incroyables. On aurait dit un hublot sur le passé.

Certains étaient des rebuts, comme les vieilles cafetières détraquées et les grille-pain moribonds. Mais la plupart le faisaient frémir de plaisir. Il avait en lui un côté antiquaire cupide plus important qu'il ne voulait l'avouer et la pensée d'avoir un accès exclusif aux trésors de Ruth le remplissait de joie. Le contenu de cette cave le faisait parfois rêver.

S'il s'emballait lorsqu'il pensait aux affaires de Ruth, il était littéralement transporté de convoitise en songeant à la maison de Jane. Il aurait vendu son âme pour voir derrière la porte de la cuisine. Celle-ci renfermait à elle seule des antiquités qui valaient des dizaines de milliers de dollars. Quand il était arrivé à Three Pines, sur l'insistance de sa *drama queen*, il avait presque perdu la tête en voyant le linoléum du vestibule chez Jane. Si le vestibule était un musée et la cuisine un sanctuaire, qu'est-ce qui pouvait bien se trouver derrière ? Olivier écarta cette pensée, sachant qu'il serait probablement déçu. Du mobilier Ikea. Et de la moquette à longs poils. Depuis longtemps, il avait cessé de trouver étrange que Jane n'ait jamais invité personne à passer la porte battante pour entrer dans sa salle de séjour et les autres pièces.

— A propos de l'engrais, Jane, dit Gabri en penchant sa forte carrure au-dessus de l'un des puzzles de Peter, je peux te l'apporter demain. As-tu besoin d'aide pour désherber ton jardin ?

— Non, j'ai presque fini. Mais c'est peut-être la dernière année. C'est trop pour moi.

Gabri était soulagé de ne pas avoir à l'aider. Son propre jardin lui suffisait amplement.

— J'ai tout un lot de boutures de roses trémières, reprit Jane en insérant une pièce dans le ciel du puzzle. Est-ce que les jaunes se sont bien comportées avec toi ? Je ne les ai pas remarquées.

— Je les ai plantées l'automne dernier, mais elles n'ont jamais poussé. Est-ce que je peux en avoir d'autres ? Je te les échangerais contre des monardes.

— Mon Dieu, non.

Les monardes étaient les courgettes du monde floral. Elles figuraient en bonne position, elles aussi, au marché en plein air et, par la suite, dans le feu de joie de Thanksgiving, qui dégageait un soupçon de douce bergamote. On aurait dit que, dans chaque maison de Three Pines, on infusait du thé Earl Grey.

— Est-ce qu'on vous a dit ce qui s'était passé cet après-midi, après votre départ ? demanda Gabri de sa voix de stentor, afin que les mots parviennent très nettement à toutes les oreilles présentes. On était en train de préparer les pois pour ce soir…

Clara roula des yeux et murmura à Jane :

— Ils cherchaient probablement l'ouvre-boîte.

— … quand quelqu'un a sonné à la porte. C'était Matthew Croft, avec Philippe.

— Non ! Qu'est-ce qui s'est passé ?

— Philippe a marmonné : "Je m'excuse pour ce matin."

— Qu'est-ce que tu as dit ? demanda Myrna.

— "Prouve-le", répondit Olivier.

— Tu n'as pas dit ça ! s'écria Clara, amusée et impressionnée.

— Tout à fait. Ses excuses manquaient de sincérité. Il était désolé de s'être fait prendre et il déplorait qu'il

34

y ait des conséquences. Mais je ne crois pas qu'il regrettait ses actes.

— La conscience morale et la lâcheté, dit Clara.

— Qu'est-ce que tu veux dire ? demanda Ben.

— Selon Oscar Wilde, la conscience morale et la lâcheté ne sont qu'une seule et même chose. Ce qui nous empêche de commettre des gestes horribles, ce n'est pas notre conscience, mais la possibilité de nous faire prendre. Je me demande si c'est vrai.

— Ferais-tu ça ? lui demanda Myrna.

— Quoi, des choses terribles si je pouvais m'en tirer ?

— Tromper Peter, suggéra Olivier. Braquer une banque. Ou, mieux encore, voler l'œuvre d'un autre artiste ?

— Ah, c'est de la petite bière, fit Ruth d'un ton brusque. Bon, prends le meurtre, par exemple. Faucherais-tu un piéton ? Irais-tu jusqu'à empoisonner quelqu'un et à le jeter dans la Bella Bella pendant les crues du printemps ? Ou bien… Elle regarda autour d'elle les visages légèrement inquiets où se reflétait la chaude lueur du feu de cheminée avant d'ajouter : On pourrait allumer un incendie et ne pas sauver les gens.

— Qui ça, "on", femme blanche ? dit Myrna.

— Tu veux la vérité ? Bien sûr. Mais je n'irais pas jusqu'au meurtre.

Clara tourna la tête vers Ruth, qui se contenta de lui faire un clin d'œil complice.

— Imaginez un monde où on pourrait faire n'importe quoi. N'importe quoi. Et s'en tirer, dit Myrna en revenant à la charge. Quelle puissance ! Qui, ici, ne serait pas corrompu ?

— Jane, dit Ruth avec conviction. Mais vous autres ? ajouta-t-elle en haussant les épaules.

— Et toi ? demanda Olivier à Ruth, vraiment agacé d'être placé dans la catégorie à laquelle, secrètement, il se savait appartenir.

— Moi ? Mais tu me connais assez bien, maintenant, Olivier. Je serais la pire. Je tricherais, je volerais et je vous rendrais la vie infernale.

— Plus que maintenant ? demanda Olivier, encore en rogne.

— Maintenant, je t'ai dans ma ligne de mire, dit Ruth.

Olivier se rappela que ce qu'ils avaient de plus approchant d'une force policière, c'était la brigade des pompiers volontaires, dont il faisait partie, mais dont Ruth était la chef. Lorsque Ruth Zardo ordonnait de foncer dans un incendie, on y allait. Elle était plus effrayante qu'un édifice en feu.

— Gabri, qu'est-ce que tu en dis ? demanda Clara.

— A certains moments, j'aurais pu tuer tellement j'étais en colère, et je l'aurais peut-être fait si j'avais su que je m'en tirerais.

— Qu'est-ce qui te mettait tellement en colère ?

Clara était surprise.

— La trahison, toujours et seulement la trahison.

— Qu'est-ce que tu as fait ? demanda Myrna.

— Une thérapie. Qui m'a permis de rencontrer ce gars-là.

Gabri tendit le bras et tapota la main d'Olivier.

— On est tous les deux allés voir ce thérapeute probablement une année de plus que nécessaire, juste pour se croiser dans la salle d'attente.

— C'est débile, non ? fit Olivier.

Il lissa une mèche de ses cheveux blonds, propres et clairsemés. Soyeux, ils lui tombaient continuellement sur les yeux, malgré tous les produits qu'il utilisait.

— Moque-toi de moi si tu veux, mais rien n'arrive sans raison, dit Gabri. Sans trahison, pas de rage. Sans rage, pas de thérapie. Sans thérapie, pas d'Olivier. Sans Olivier, pas de...

— Ça va.

Olivier leva les mains en signe de reddition.

— J'ai toujours eu de l'estime pour Matthew Croft, dit Jane.

— Tu as été son professeur ? demanda Clara.

— Il y a longtemps. Il était dans l'avant-dernière classe à la vieille école, avant sa fermeture.

— Je continue de trouver dommage qu'on l'ait fermée, dit Ben.

— Pour l'amour du ciel, Ben, l'école est fermée depuis vingt ans ! Tourne la page !

Seule Ruth pouvait dire ce genre de chose.

En arrivant à Three Pines, Myrna s'était demandé si Ruth avait déjà subi un accident vasculaire cérébral. Myrna savait, à cause de sa pratique, que les victimes d'attaque avaient parfois très peu de maîtrise sur leurs impulsions. Selon Clara, si Ruth avait eu un AVC, c'était dans le ventre de sa mère. A sa connaissance, Ruth avait toujours été comme ça.

— Alors, pourquoi est-ce que tout le monde l'aime ? avait demandé Myrna.

Clara avait ri et haussé les épaules.

— Tu sais, il y a des jours où je me le demande aussi. C'est parfois une vraie chipie ! Mais elle en vaut la peine, je trouve.

— Bref, grogna Gabri, qui avait temporairement perdu la vedette, Philippe a accepté de travailler quinze heures au bistro en tant que bénévole.

— Je parie que ça ne faisait pas vraiment son affaire, lança Peter en se redressant.

— Tout juste, répliqua Olivier avec un sourire.

— Je veux proposer un toast, dit Gabri. A nos amis qui nous ont donné leur appui aujourd'hui. A nos amis qui ont passé toute la matinée à nettoyer le bistro.

Myrna l'avait déjà remarqué : certaines personnes sont capables de changer un terrible événement en triomphe. Elle y avait songé, ce matin-là, du fumier sous les ongles, en s'arrêtant un moment pour regarder s'affairer les gens, jeunes et vieux. Elle en faisait partie. Une fois de plus, elle se réjouit d'avoir un jour décidé de quitter la ville pour venir vendre des livres à ces gens : elle s'était enfin sentie chez elle. Puis, elle repensa à une autre scène, qui s'était perdue dans l'activité de la matinée. L'image de Ruth appuyée sur sa canne, le dos tourné aux autres. Seule Myrna avait vu grimacer de douleur la dame âgée lorsqu'elle s'était agenouillée pour récurer en silence. Toute la matinée.

— Le repas est prêt, annonça Peter.

— Merveilleux ! Tout comme chez maman chérie ! s'exclama Jane. Le Sieur ? demanda-t-elle quelques minutes plus tard, en portant à ses lèvres une portion de pois ramollis et de sauce brune.

— Bien sûr. De chez M. Béliveau, répondit Olivier en hochant la tête.

— Oh, bon sang ! claironna Clara à la tablée qui maugréait. Des pois en conserve ! Du magasin général ! Tu te prends pour un chef !

— Le Sieur est la référence en matière de pois en conserve. Continue, petite mademoiselle, et tu auras des pois sans marque l'an prochain.

Il se tourna vers Jane et murmura :

— Aucune gratitude, et à Thanksgiving en plus. C'est honteux.

Ils mangèrent à la lueur des chandelles, des chandelles de toutes les formes et de toutes les tailles dont la flamme vacillait dans la cuisine. Leurs assiettes débordaient de dinde farcie aux châtaignes, de patates douces et de pommes de terre confites, de pois et de sauce brune. Chacun avait apporté sa contribution au repas, à l'exception de Ben, qui ne faisait pas la cuisine. Mais il apportait des bouteilles de vin, ce qui était encore mieux. Ils se rassemblaient régulièrement, mais, sans la formule du repas-partage, Peter et Clara n'auraient pas eu les moyens de recevoir à dîner.

Olivier se pencha vers Myrna :

— Encore un très bel arrangement floral.

— Merci. En fait, il y a quelque chose de caché pour vous deux là-dedans.

— Vraiment !

En un instant, Gabri fut debout. Malgré sa corpulence, ses longues jambes le propulsèrent à l'autre bout de la cuisine, jusqu'à l'arrangement. Olivier était indépendant et tatillon comme un chat, mais Gabri ressemblait davantage à un saint-bernard, la bave en moins. Il examina soigneusement la forêt complexe et hurla :

— Exactement ce que j'ai toujours voulu.

Il en retira la *kielbasa*.

— Pas ça. C'est pour Clara.

Tout le monde regarda Clara avec inquiétude, surtout Peter. Olivier parut soulagé. Plongeant la main de nouveau, Gabri retira délicatement l'épais volume.

— Les *Œuvres complètes de W. H. Auden*.

Gabri tenta de dissimuler sa déception. Mais pas trop.

— Je ne le connais pas.

— Oh, Gabri, tu seras agréablement surpris.

— Bon, je n'en peux plus, dit soudainement Ruth en se penchant vers Jane par-dessus la table. Est-ce que la galerie de Williamsburg a accepté ton œuvre ?

— Oui.

Ce mot parut déclencher des ressorts dans leurs chaises. Chacun fut catapulté de son siège et se jeta sur Jane, qui accepta les accolades avec enthousiasme. Elle paraissait plus lumineuse que chacune des chandelles de la pièce. Restant un moment en retrait pour observer la scène, Clara sentit son cœur se serrer et son âme s'alléger, et elle mesura sa chance de vivre ce moment.

— Les grands artistes s'investissent beaucoup dans leur œuvre, déclara Clara lorsque chacun se fut rassis.

— Quel est le sens particulier de *Jour de foire* ? demanda Ben.

— Ecoute, te le dire, ce serait tricher. A toi de le trouver. Il est là.

Jane se tourna vers Ben, souriante.

— Tu le trouveras, j'en suis sûre.

— Pourquoi l'as-tu appelé *Jour de foire* ? demanda-t-il.

— Il a été peint à la foire agricole, pendant le défilé de clôture.

Jane lança à Ben un regard lourd de sens. La mère de Ben, son amie Timmer, était morte cet après-midi-là. Etait-ce seulement un mois plus tôt ? Tout le village s'était trouvé à la parade, sauf Timmer qui, seule, au lit, était en train de mourir du cancer, alors que son fils Ben était allé à Ottawa pour une vente aux enchères d'antiquités. Clara et Peter lui avaient annoncé la nouvelle. Clara n'oublierait jamais l'expression de Ben lorsque Peter lui avait dit que sa mère était morte. Aucune tristesse, pas même de douleur encore. Mais une incrédulité absolue. Il n'était pas le seul.

— "Le mal n'est jamais spectaculaire et toujours humain. Il dort dans nos lits et mange à nos tables", dit Jane dans un souffle. C'est de W. H. Auden, expliqua-t-elle en hochant la tête vers le livre, et son sourire dissipa la tension inattendue et inexpliquée.

— J'irai peut-être faire un tour à la galerie pour jeter un coup d'œil à *Jour de foire* avant l'exposition, dit Ben.

Jane respira à fond.

— J'aimerais tous vous inviter chez moi pour prendre un verre après le vernissage. Dans la salle de séjour.

Ils n'auraient pas été plus étonnés si, au lieu de cela, elle avait dit "à poil".

— J'ai une petite surprise pour vous.

— Sans blague, fit Ruth.

L'estomac rempli de dinde et de tarte à la citrouille, de porto et d'espresso, les invités, fatigués, rentrèrent chez eux à pied, à la lumière de leurs lampes de poche qui, en sautillant, faisaient penser à d'immenses lucioles. Jane souhaita bonne nuit à Peter et Clara en les embrassant. Cela avait été un prélude à Thanksgiving paisible et banal entre amis. Clara regarda Jane parcourir le sentier sinueux à travers le bois qui reliait leurs deux propriétés. Jane avait déjà disparu de son champ de vision, mais elle voyait sa lampe de poche, une lumière blanche et brillante, comme celle de Diogène. Ce ne fut qu'en entendant les premiers aboiements de Lucy, la chienne de Jane, que Clara ferma doucement la porte. Jane était chez elle. En sécurité.

2

Armand Gamache reçut l'appel le dimanche de Thanksgiving, alors qu'il s'apprêtait à quitter son appartement
de Montréal. Sa femme, Reine-Marie, se trouvait déjà
dans la voiture et, s'il n'était pas au volant pour se
rendre au baptême de sa petite-nièce, c'était uniquement
à cause d'un soudain besoin d'aller aux toilettes.

— Oui, allô ?

— Monsieur l'inspecteur ? dit une voix jeune et polie
à l'autre bout du fil. Ici l'agente Nichol. Le directeur
m'a demandé de vous téléphoner. Il y a eu un meurtre.

Après des décennies passées à la Sûreté du Québec,
à l'escouade des homicides pour l'essentiel, ces paroles
lui donnaient encore le frisson.

— Où ?

Il tendait déjà la main vers le bloc-notes et le stylo
– il y en avait à côté de chaque téléphone de leur appartement.

— Dans un village des Cantons-de-l'Est. A Three
Pines. Je peux passer vous prendre d'ici un quart
d'heure.

— Est-ce que c'est toi qui as tué cette personne ?
demanda Reine-Marie à son mari lorsque Armand lui

43

annonça qu'il n'assisterait pas à la cérémonie de deux heures assis sur les bancs inconfortables d'une église inconnue.

— Si c'est le cas, je finirai bien par le découvrir. Tu viens ?

— Que ferais-tu si un jour je te disais oui ?

— Je serais enchanté, affirma-t-il sincèrement.

Après trente-deux ans de mariage, il ne se lassait toujours pas de Reine-Marie. Il savait que, si jamais elle l'accompagnait à une enquête, elle se comporterait bien. Elle semblait toujours savoir ce qu'il fallait faire, sans commotion ni confusion. Il lui faisait confiance.

Une fois de plus, elle eut la bonne idée de décliner son invitation.

— Je dirai seulement que tu es encore ivre, répondit-elle lorsqu'il lui demanda si sa famille serait déçue de son absence.

— Est-ce que tu ne leur as pas déclaré que j'étais dans un centre de traitement la dernière fois que j'ai manqué une réunion familiale ?

— Eh bien, j'imagine que la cure n'a pas marché.

— Je suis navré pour toi.

— Je suis la martyre de mon mari, soupira Reine-Marie en s'installant sur le siège du conducteur. Sois prudent, mon cœur, ajouta-t-elle.

— Je le serai.

Il remonta au deuxième étage, où se trouvait leur appartement, se rendit dans son bureau et consulta l'immense carte du Québec qu'il avait épinglée au mur. Son doigt glissa au sud de Montréal, vers les Cantons-de-l'Est, et survola la frontière américaine.

— Three Pines… Three Pines, répéta-t-il en essayant de le trouver. Est-ce que ça pourrait s'appeler autrement ? se demanda-t-il, incapable, pour la première fois, de repérer un village sur cette carte détaillée. Trois Pins, peut-être ?

Non, il n'y avait rien. Il n'était pas inquiet, car l'agente Nichol avait pour tâche de dénicher l'endroit. Il traversa le grand appartement qu'ils avaient acheté dans le quartier montréalais d'Outremont à la naissance des enfants. Même si ces derniers avaient depuis longtemps quitté le domicile familial et vivaient maintenant avec leurs propres enfants, l'appartement ne lui semblait jamais vide. Il était content de le partager avec Reine-Marie. Des photos posées sur le piano et des rayons gonflés de livres témoignaient d'une vie bien remplie. Reine-Marie avait voulu exposer ses récompenses, mais il avait posément refusé. Chaque fois qu'il les voyait encadrées dans le placard de son bureau, il se rappelait non pas la cérémonie formelle à la Sûreté, mais les figures des morts et celles des vivants qu'ils avaient laissés derrière eux. Non. Elles n'avaient pas leur place sur les murs de sa maison. Maintenant, depuis l'affaire Arnot, il ne recevait plus de récompenses. Mais peu lui importait, car sa famille lui procurait une gratification suffisante.

L'agente Yvette Nichol courait à gauche et à droite dans son appartement, à la recherche de son portefeuille.

— Ah, voyons, papa, tu l'as sûrement vu, supplia-t-elle, surveillant l'horloge murale et son impitoyable mouvement.

Son père resta figé. Il avait vu son portefeuille. Plus tôt ce jour-là, il l'avait pris et y avait glissé vingt dollars. C'était un petit jeu entre eux. Il lui donnait de l'argent de poche et elle faisait semblant de ne pas le remarquer, même si, de temps à autre, au retour de son quart de nuit à la brasserie, il trouvait dans le réfrigérateur un éclair avec son nom écrit dessus, d'une écriture nette et presque enfantine.

Quelques minutes plus tôt, il avait pris son portefeuille pour y glisser le billet, mais, lorsqu'on avait appelé sa fille pour une affaire d'homicide, il avait fait l'impensable : il l'avait caché, avec sa carte de police – ce petit document qu'elle avait mis des années à gagner. A présent, il la regardait arracher les coussins du divan et les jeter au sol. "A force de chercher, se dit-il, elle va démolir la maison."

— Aide-moi, papa, il faut que je le trouve.

Elle se tourna vers lui, les yeux immenses et désespérés. "Qu'est-ce qu'il a à rester planté là sans rien faire ?" se demanda-t-elle. C'était sa grande chance, le moment dont ils parlaient depuis des années. Combien de fois avaient-ils partagé ce rêve qu'un jour elle réussisse à la Sûreté ? C'était enfin arrivé et maintenant, grâce à son labeur et, pour le dire franchement, à ses talents naturels d'enquêteuse, on lui donnait la chance de travailler à l'escouade des homicides, avec Gamache. Son papa savait tout de ce dernier. Il avait suivi sa carrière dans les journaux.

— Ton oncle Saul, lui, a eu la chance d'être dans la police, mais il s'est fait recaler, lui avait dit son père en secouant la tête. Quelle honte ! Tu sais ce qui arrive aux incapables ?

— Ils ratent leur vie.

Yvette connaissait la bonne réponse. On lui racontait l'histoire familiale depuis qu'elle avait des oreilles pour entendre.

— L'oncle Saul, tes grands-parents. Tous. Maintenant, c'est toi la plus brillante dans la famille, Yvette. On compte sur toi.

Elle avait dépassé toutes les attentes en se qualifiant pour un poste dans la Sûreté. En une seule génération, sa famille était passée de la condition de victime des autorités tchécoslovaques à celle de redresseur de torts – d'un bout du revolver à l'autre.

Elle aimait sa position.

Mais, pour l'heure, tout ce qui l'empêchait de réaliser leurs rêves, au lieu d'échouer comme cet idiot d'oncle Saul, c'était la disparition de son portefeuille et de sa carte de police, introuvables. Le temps filait. Elle avait dit à l'inspecteur-chef qu'elle serait chez lui dans quinze minutes. Cinq étaient déjà écoulées. Il lui en restait dix pour traverser la ville et prendre du café en cours de route.

— Aide-moi, le supplia-t-elle en déversant le contenu de son sac à main sur le plancher de la salle de séjour.

— Je les ai.

Sa sœur Angelina sortit de la cuisine avec le portefeuille et la carte de police. Yvette se précipita littéralement sur elle et, l'ayant embrassée, mit son manteau en vitesse.

Ari Nikulas regardait sa chère fille cadette, pour bien se rappeler chacun des traits de son précieux visage et ne pas céder à la peur épouvantable qui nichait au creux de son estomac. Qu'est-ce qui lui avait pris de lui mettre cette idée ridicule dans la tête ? Il n'avait perdu aucun membre de sa famille en Tchécoslovaquie. Il avait tout inventé pour trouver sa place, pour se donner des airs de héros. Pour être un grand homme dans leur nouveau pays. Mais sa fille avait cru cette fable à propos de l'idiot d'oncle Saul et du massacre de la famille. Maintenant, il était allé trop loin. Il ne pouvait plus lui avouer la vérité.

Elle s'élança dans ses bras et embrassa sa joue couverte d'une barbe de plusieurs jours. Il la retint un peu trop longtemps et elle s'arrêta un moment pour regarder ses yeux fatigués.

— Ne t'inquiète pas, papa. Je ne te décevrai pas.

Elle partit.

Il eut tout juste le temps de remarquer la minuscule boucle de ses cheveux noirs qui était restée accrochée à son oreille.

Moins de quinze minutes après avoir raccroché, Yvette Nichol sonna à la porte. Plantée, embarrassée, sur le seuil, elle regarda autour d'elle. C'était un beau quartier, à une courte distance de marche des boutiques et des restaurants de la rue Bernard. Avec ses rues bordées d'arbres, Outremont accueillait l'élite intellectuelle et politique du Québec français. Elle avait vu l'inspecteur-chef au quartier général, parcourant les couloirs d'un air affairé, un groupe toujours dans son sillage. D'un grade très élevé, il servait de mentor, disait-on, à ceux qui avaient le privilège de travailler avec lui. C'était sa chance.

Il ouvrit rapidement la porte et lui adressa un sourire chaleureux tout en ajustant sa casquette de tweed. Il tendit la main et, après une légère hésitation, elle la serra.

— Je suis l'inspecteur-chef Gamache.

— Je suis honorée de vous rencontrer.

Lorsqu'elle lui ouvrit la portière, côté passager, de la voiture banalisée, Gamache discerna l'odeur caractéristique du café Tim Hortons dans une tasse de carton, et un autre arôme. Une brioche. La jeune agente avait bien fait ses devoirs. Il ne buvait du café de restaurant minute que lorsqu'il travaillait à une affaire de meurtre. Cela lui rappelait tellement le travail d'équipe, les longues heures, la station debout dans le froid et les champs humides qu'il avait le cœur battant à l'odeur du café industriel et du carton humide.

— J'ai téléchargé le rapport préliminaire de la scène. Une copie papier se trouve dans le dossier.

Nichol fit un signe de la main en direction de la banquette arrière, tout en prenant l'avenue du Parc en direction de l'autoroute qui allait les mener, par le pont Champlain, jusqu'à la campagne.

Le reste du trajet se déroula en silence. Gamache prenait connaissance des maigres renseignements, sirotait du café, mangeait sa pâtisserie et regardait les plates terres agricoles des environs de Montréal se rapprocher et devenir peu à peu des collines ondulantes, puis de plus hautes montagnes couvertes d'ardentes feuilles d'automne.

Une vingtaine de minutes après avoir quitté l'auto-route des Cantons-de-l'Est, ils croisèrent un petit panneau criblé de trous : Three Pines se situait à deux kilomètres de cette route secondaire. Après une ou deux minutes, éprouvantes pour les dents, sur ce chemin de terre en planche à laver, ils virent l'inévitable paradoxe. Réchauffé par le soleil matinal, un vieux moulin en pierre des champs s'élevait au bord d'un étang. Autour, les érables, les bouleaux et les cerisiers sauvages retenaient leurs feuilles fragiles, comme des milliers de mains heureuses accueillant leur arrivée. Puis, des voitures de police. Les serpents dans le jardin d'Eden. Gamache le savait bien : les méchants n'étaient pas les policiers. Le serpent était déjà là.

Gamache se dirigea tout droit vers la foule anxieuse qui s'était rassemblée. En s'approchant, il vit la route qui descendait en pente douce vers le pittoresque village. Une foule croissante dominait la butte. Certains regardaient dans les bois, où ils pouvaient tout juste discerner les mouvements des policiers en vestes jaune vif, mais la plupart le regardaient lui. D'innombrables fois, Gamache avait vu leur expression, celle de gens attendant désespérément des nouvelles qu'ils refusaient désespérément d'entendre.

— Qui est-ce ? Pouvez-vous nous dire ce qui s'est passé ? demanda au nom des autres un homme grand et distingué.

— Désolé, je n'ai encore rien vu moi-même. Je vous le dirai dès que possible.

L'homme parut insatisfait de la réponse, mais hocha la tête. Gamache consulta sa montre : onze heures, dimanche de Thanksgiving. Il se détourna de la foule et avança vers l'activité qui régnait dans les bois et le seul lieu calme qu'il comptait trouver.

Un ruban de plastique jaune était tendu en cercle autour du cadavre. A l'intérieur de ce cercle, des enquêteurs travaillaient, inclinés comme dans quelque rituel païen. La plupart étaient avec Gamache depuis des années, mais il avait toujours gardé un poste ouvert pour une jeune recrue.

— Inspecteur Jean-Guy Beauvoir, voici l'agente Yvette Nichol.

Beauvoir lui fit un signe de tête désinvolte.

— Bienvenue.

A trente-cinq ans, Jean-Guy Beauvoir était l'adjoint de Gamache depuis au moins dix ans. Il portait un pantalon de velours côtelé et un pull de laine sous sa veste de cuir. Une écharpe était nouée à son cou avec une apparente insouciance. Cette désinvolture étudiée, qui convenait à son corps ferme, était aisément contredite par la raideur de sa posture. Sous son allure négligée, Jean-Guy Beauvoir était tendu à l'extrême.

— Merci, monsieur.

Yvette Nichol se demanda si elle serait un jour aussi à l'aise que ces gens sur le lieu d'un meurtre.

— Inspecteur-chef Gamache, voici Robert Lemieux, dit Beauvoir en présentant un jeune policier respectueusement posté à l'extérieur du cordon. L'agent Lemieux était de garde à la Sûreté de Cowansville. Il est venu immédiatement après avoir reçu l'appel. Il a sécurisé les lieux, puis nous a appelés.

— Vous avez bien fait.

Gamache lui serra la main.

— Est-ce que quelque chose vous a frappé à votre arrivée ?

Lemieux parut abasourdi. Il avait espéré, tout au plus, qu'on lui permette de rester là en observateur au lieu de s'en aller. Il ne s'attendait sûrement pas à rencontrer Gamache, encore moins à répondre à une vraie question.

— Bien sûr, j'ai vu cet homme-là. D'après ses vêtements et son teint pâle, j'ai déduit que c'était un Anglo*. J'ai remarqué qu'ils ont l'estomac fragile.

Lemieux était content de transmettre cette observation à l'inspecteur-chef, même s'il venait de l'inventer de toutes pièces. Il ne savait pas du tout si les anglophones étaient plus enclins à la pâleur que les Québécois francophones, mais son observation lui semblait pertinente. Comme Lemieux avait également remarqué que les Anglos n'ont aucun goût vestimentaire, cet homme en chemise de flanelle à carreaux ne pouvait être un francophone.

— Il s'appelle Benjamin Hadley.

De l'autre côté du cercle, Gamache voyait un homme d'âge moyen, appuyé contre un érable. Grand, mince, l'air très, très malade. Beauvoir suivit le regard de Gamache.

— C'est lui qui a trouvé le cadavre, dit Beauvoir.

— Hadley ? Comme dans Hadley's Mills ?

Beauvoir sourit. Il ignorait comment Gamache le savait, mais il le savait.

* Un Québécois anglophone. *(N.d.E.)*

— Tout à fait. Vous le connaissez ?

— Non. Pas encore.

Beauvoir haussa un sourcil interrogateur en regardant son chef et attendit. Gamache expliqua :

— Le haut du moulin porte une inscription à demi effacée.

— Hadley's Mills.

— Bonne déduction, Beauvoir.

— Une supposition au hasard, monsieur.

Yvette Nichol se serait giflée. Elle était restée tout le temps aux côtés de Gamache, il avait remarqué, mais elle, non. Qu'est-ce qu'il voyait d'autre qu'elle ne voyait pas ? Bon sang ! Elle regarda Lemieux d'un air soupçonneux. Il semblait chercher à se faire bien voir de l'inspecteur-chef.

— Merci, agent Lemieux, dit-elle en lui tendant la main, alors que l'inspecteur-chef avait tourné le dos pour observer le malheureux Anglo.

Lemieux la serra, comme elle l'avait espéré.

— Au revoir.

Lemieux eut un moment d'hésitation et regarda le large dos de Gamache. Il haussa les épaules et partit.

Armand Gamache fit passer son attention des vivants à la morte. Après quelques pas, il s'agenouilla à côté du cadavre qui les avait amenés là.

Une touffe de cheveux était tombée sur les yeux ouverts de Jane Neal. Gamache voulut l'écarter. C'était un caprice, il le savait. Mais il était capricieux. Il en était venu à se permettre une certaine latitude dans ce domaine. Beauvoir, en revanche, était la raison même, et cela faisait d'eux une formidable équipe.

Gamache fixait Jane Neal sans rien dire. Yvette Nichol se racla la gorge, pensant qu'il avait peut-être oublié où il se trouvait. Pas une réaction, pas un mouvement. Jane et lui étaient figés dans le temps, leurs deux regards fixes, l'un tourné vers le bas, l'autre vers le haut. Puis ses yeux parcoururent le corps de la femme, le cardigan usé en poil de chameau, le col roulé bleu pâle. Aucun bijou. L'avait-on dépouillée ? Il faudrait demander à Beauvoir. Sa jupe de tweed était dans une position normale sur quelqu'un qui avait fait une chute. Ses collants, reprisés au moins une fois, étaient autrement dépourvus d'accroc. Elle avait peut-être été victime d'un vol, mais pas violentée. Mis à part le meurtre, bien sûr.

Ses yeux brun foncé s'attardèrent sur les mains tavelées de Jane. Des mains rudes et hâlées, qui avaient connu de nombreuses saisons de jardinage. Ni anneau ni trace d'anneau. Il ressentait toujours un pincement au cœur en regardant les mains des nouveaux morts, imaginant tous les objets et les gens que ces mains avaient touchés. La nourriture, les visages, les poignées de porte. Tous les gestes qui avaient servi à signaler le plaisir ou la peine. De même que le geste ultime, sûrement, pour écarter le coup meurtrier. Les plus poignantes étaient les mains des jeunes gens, qui n'allaient jamais écarter machinalement une boucle de cheveux gris de leurs propres yeux.

Il se redressa avec l'aide de Beauvoir et demanda :

— A-t-elle été victime d'un vol ?

— On ne croit pas. M. Hadley dit qu'elle ne portait jamais de bijoux et qu'elle traînait rarement un sac à main. Il pense qu'on va le trouver chez elle.

— La clé de sa maison ?

— Aucune. Là encore, selon M. Hadley, les gens du coin ne verrouillent pas.

— A présent, ils vont le faire.

Gamache se pencha au-dessus du corps et fixa la minuscule blessure, à peine suffisante, aurait-on dit, pour laisser filer la vie de tout un être humain. Elle avait à peu près la taille du bout de son petit doigt.

— Avez-vous une idée de ce qui a pu causer cela ?

— C'est la saison de la chasse : peut-être une balle, mais ça ne ressemble à aucune des blessures par balle que j'ai déjà vues.

— En fait, c'est la saison de la chasse à l'arc. La chasse à l'arme à feu ne commence pas avant deux semaines, dit l'agente Nichol.

Les deux hommes la regardèrent. Gamache hocha la tête et les trois fixèrent la blessure comme si elle allait parler, peut-être à force de concentration.

— Alors, où est la flèche ? demanda Beauvoir.

— Y a-t-il une blessure de sortie ?

— Je ne sais pas, répondit Beauvoir. On n'a pas permis à la médecin légiste de la déplacer.

— Demandons-lui de se rapprocher, dit Gamache, alors que Beauvoir faisait un signe de la main à une jeune femme en jeans, portant parka et sacoche de médecin.

— Monsieur l'inspecteur, dit la Dr Sharon Harris en secouant la tête et en s'agenouillant. Elle est morte depuis environ cinq heures, peut-être un peu moins. Ce n'est qu'une supposition.

La Dr Harris retourna Jane. Des feuilles mortes étaient accrochées au dos de son cardigan. On entendit des hoquets. L'agente Nichol regarda derrière elle et vit, de dos, Ben Hadley parcouru de soubresauts, en train de vomir.

— Oui, il y a une blessure de sortie.

— Merci, docteur. Nous allons vous laisser travailler. Maintenant, venez avec moi, Beauvoir, vous aussi, Nichol. Dites-moi ce que vous savez.

Malgré toutes ses années de travail avec Gamache, tous les meurtres et autres crimes, cette petite phrase grisait toujours Jean-Guy Beauvoir. "Dites-moi ce que vous savez." Cela signalait le début de la chasse. Il était le chef de meute, et l'inspecteur-chef Gamache, le maître de chasse.

— Elle s'appelle Jane Neal. Soixante-seize ans. Célibataire. M. Hadley nous dit aussi qu'elle avait le même âge que sa mère, morte il y a un mois.

— C'est intéressant. Deux femmes âgées qui meurent à un mois d'intervalle dans ce village minuscule. Je m'interroge.

— Je me suis posé la question aussi, et je l'ai posée. Sa mère est morte après une longue lutte contre le cancer. On s'y attendait depuis un an.

— Continuez.

— M. Hadley marchait dans les bois, vers huit heures, ce matin, comme il le fait régulièrement. Le cadavre de Mlle Neal était étendu en travers du sentier. Impossible de le manquer.

— Qu'est-ce qu'il a fait ?

— Il dit l'avoir immédiatement reconnue. Il s'est agenouillé et l'a secouée. Il a cru qu'elle avait eu un AVC ou une crise cardiaque. Il aurait été sur le point de commencer la réanimation cardio-pulmonaire lorsqu'il a remarqué la blessure.

— Est-ce qu'il a vu qu'elle avait le regard fixe et vide et qu'elle était froide comme le marbre ? dit Yvette Nichol, qui avait repris confiance en elle-même.

— Vous l'auriez remarqué ?

— Bien sûr. On ne peut pas le rater.

— A moins de…

Gamache l'invitait à argumenter contre elle-même. Elle ne voulait pas. Elle tenait à avoir raison. De toute évidence, il croyait qu'elle avait tort.

— A moins de. A moins d'être en état de choc, je suppose.

Elle devait admettre qu'il existait une mince possibilité.

— Regardez cet homme. Il l'a trouvée il y a trois heures et il est encore malade. Il vient de vomir. Cette femme était importante pour lui, dit Gamache en tournant la tête en direction de Ben Hadley. A moins qu'il ne simule.

— Pardon, monsieur ?

— Ecoutez, il est assez facile de se mettre un doigt dans la gorge et de vomir. Cela fait toujours son impression.

Gamache se tourna vers Beauvoir.

— Qui d'autre est au courant de la mort de Mlle Neal ?

— Il y avait un groupe de villageois sur la route, monsieur, dit l'agente Nichol.

Gamache et Beauvoir la regardèrent. Elle avait encore gaffé, elle s'en rendit compte. En voulant les impressionner pour se racheter, elle avait, en réalité, répondu à une question qui ne lui était pas adressée et interrompu un supérieur avec une information évidente même aux yeux d'un enfant de trois ans. L'inspecteur Gamache avait vu ces gens comme elle. Bon sang ! Un frisson la parcourut ; elle avait compris que, en tentant de les épater avec sa perspicacité, elle avait produit l'effet contraire. Elle se montrait idiote.

— Désolée, monsieur.

— Inspecteur Beauvoir ?

— J'ai tenté de garder les lieux stériles.

Il se tourna vers l'agente Nichol.

— Personne d'autre n'est admis et aucun de nous ne parle du crime à l'extérieur du périmètre.

Yvette Nichol devint cramoisie. Elle détestait se faire expliquer cela, encore plus avoir besoin d'explication.

— Mais…

Beauvoir haussa les épaules.

— Il est temps de parler à M. Hadley, dit Gamache en marchant à pas mesurés dans sa direction.

Ben Hadley les avait observés et avait bien compris que le patron était arrivé.

— Monsieur Hadley, je suis l'inspecteur-chef Armand Gamache, de la Sûreté du Québec.

Comme Ben s'attendait à rencontrer un détective francophone, peut-être même unilingue, il avait passé quelques minutes à rafraîchir son français en ressassant la description de ses allées et venues. A présent, cet homme impeccable, à la moustache bien taillée, avec ses yeux brun foncé qui le regardaient par-dessus le bord de ses verres demi-lune, son costume (pouvait-il s'agir d'un manteau Burberry), sa casquette de tweed posée sur des cheveux grisonnants et soignés, lui tendait sa grande main – comme si c'était une rencontre d'affaires plus ou moins formelle – et parlait anglais avec un accent britannique. Cependant, il avait entendu des bribes de sa conversation avec ses collègues, nettement menée dans un français rapide et spontané. Au Québec, il était fréquent, et même courant, de parler deux langues. Mais il était rare d'entendre un francophone parler comme un membre héréditaire de la Chambre des lords.

— Voici l'inspecteur Jean-Guy Beauvoir et l'agente Yvette Nichol.

Ils échangèrent des poignées de main, même si Nichol se méfiait un peu, car elle n'était pas certaine de l'avoir vu s'essuyer les mains après avoir vomi.

— Je peux vous aider ?

— Eloignons-nous un peu d'ici, dit Gamache en montrant du doigt le sentier qui traversait les bois.

— Merci, dit Ben, sincèrement reconnaissant.

— Je suis désolé pour Mlle Neal. C'était une amie intime ?

— Très intime. En fait, elle a été mon professeur à l'école, au village.

Gamache l'observait attentivement, ses yeux brun foncé posés sur le visage de Ben, captant ce qu'il disait, sans jugement ni accusation. Pour la première fois depuis des heures, Ben était détendu. Gamache se tut, attendant qu'il poursuive.

— C'était une femme merveilleuse. Ah ! j'aimerais savoir bien m'exprimer, je pourrais vous la décrire.

Ben détourna le visage, gêné par les larmes qui montaient de nouveau. Il serra les poings et sentit la douleur bienvenue de ses ongles qui lui mordaient les paumes. Cette douleur, il pouvait la comprendre ; l'autre, non. Etrangement, il avait eu moins mal à la mort de sa mère. Il se ressaisit.

— Je ne comprends pas ce qui s'est passé. La mort de Jane n'est pas naturelle, n'est-ce pas ?

— Non, monsieur Hadley.

— Elle a été assassinée ?

— Parlez-nous de ce matin, s'il vous plaît.

Leurs pas s'étaient peu à peu arrêtés.

— Quand j'ai trouvé Jane, elle était juste là, étendue…

Gamache l'interrompit.

— Depuis votre réveil, s'il vous plaît.

Ben haussa un sourcil, mais obtempéra.

— Je me suis réveillé vers sept heures. Je me lève toujours avec le soleil. La lumière entre dans ma chambre à coucher, et je n'ai jamais pris la peine de mettre des rideaux. Je me suis levé, j'ai pris une douche, le train-train habituel, et j'ai donné à manger à Daisy.

Il observa attentivement leurs visages, se demandant s'il donnait trop de détails ou pas assez. L'agente paraissait aussi perplexe que lui. Le grand inspecteur bien vêtu (Ben avait déjà oublié leurs noms) prenait tout en note. Le patron avait l'air intéressé et encourageant.

— Alors, on est sortis pour une promenade, mais elle souffre d'arthrite et, ce matin, elle avait très mal. Daisy est une chienne, au fait. Finalement, je l'ai ramenée à la maison et je suis allé faire ma promenade tout seul. Il était sept heures quarante-cinq.

Ben se disait, à juste titre, qu'ils voulaient connaître le moment précis des événements.

— Il me faut seulement quelques minutes pour arriver ici, monter la route et passer devant l'école, puis entrer dans les bois.

— Avez-vous vu quelqu'un ? demanda Beauvoir.

— Non. On m'a peut-être vu, mais je n'ai vu personne. J'ai tendance à marcher la tête baissée, absorbé dans mes pensées. Il m'est déjà arrivé de passer devant des gens sans les remarquer. Mes amis le savent et ne s'en font pas. Je marchais sur le sentier et quelque chose m'a poussé à lever les yeux.

— S'il vous plaît, essayez de vous rappeler, monsieur Hadley. Si vous marchez normalement la tête baissée, pourquoi l'avez-vous levée ?

— C'est bizarre, n'est-ce pas ? Je ne me rappelle pas. Malheureusement, comme je l'ai dit, je suis souvent perdu dans mes pensées. Je n'ai jamais de pensées profondes ou importantes. Ça faisait rire ma mère : elle disait que certaines personnes essaient d'être à deux endroits en même temps, mais que moi, en général, je ne suis nulle part.

Ben se mit à rire, mais Yvette Nichol se dit que c'était affreux de la part d'une mère.

— Elle avait raison, bien sûr. Voyez aujourd'hui. Un beau soleil. Je marche dans une forêt magnifique. C'est beau comme une carte postale, mais je ne remarque rien, je ne l'apprécie pas, sauf, peut-être, plus tard, quelquefois, ailleurs, quand je repense à ma promenade. On dirait que mon esprit est toujours en retard sur mon corps.

— Vous avez levé les yeux, monsieur, le coupa Beauvoir pour retrouver le fil.

— Je ne vois vraiment pas ce qui m'a poussé à lever les yeux, mais je suis content de l'avoir fait. J'aurais pu trébucher sur elle. C'est bizarre, mais il ne m'est pas venu à l'esprit qu'elle était morte. Je ne voulais pas la déranger. J'ai marché vers elle sur la pointe des pieds et j'ai prononcé son nom. J'ai remarqué qu'elle était immobile, et mon esprit a comme explosé. Je me suis dit qu'elle avait fait un AVC ou une crise cardiaque.

Il secoua la tête, encore incrédule.

— Avez-vous touché à la blessure ? demanda Beauvoir.

— Peut-être, je ne me souviens plus. Je me rappelle seulement avoir couru en m'essuyant les mains sur mon pantalon. J'ai paniqué et, comme un… je ne sais pas… un enfant hystérique, j'ai couru en rond. C'était bête ! Mais j'ai fini par me ressaisir et j'ai fait le 911 sur mon portable.

— Je me pose une question, dit Gamache. Pourquoi aviez-vous apporté un téléphone cellulaire pour marcher dans les bois ?

— Les bois appartiennent à ma famille et, chaque automne, des chasseurs entrent sans permission. Je ne suis pas courageux, plutôt peureux, mais je ne peux pas tolérer qu'on tue quoi que ce soit. J'ai des araignées chez moi et je leur ai donné des noms. Le matin, quand je vais marcher, j'emporte mon portable. Pour appeler à l'aide si j'étais blessé par un chasseur ivre, ou pour demander aux Ressources naturelles qu'on envoie un garde-chasse si je voyais quelqu'un.

— Quel est ce numéro ? demanda l'inspecteur-chef Gamache d'un ton aimable.

— Je ne sais pas. J'ai un bouton de composition rapide. Quand je suis nerveux, mes mains tremblent et je préfère me servir d'une seule touche.

Pour la première fois, Ben parut inquiet. L'inspecteur-chef Gamache le prit par le bras et le fit avancer dans le sentier.

— Je suis désolé de vous poser ces questions. Vous êtes un témoin important et, franchement, celui qui trouve le corps est presque toujours le principal suspect.

Ben s'arrêta net et regarda l'inspecteur, incrédule.

— Suspect de quoi ? Qu'est-ce que vous voulez dire ?

Il se retourna et regarda dans la direction d'où ils étaient venus, vers le cadavre de Jane.

— C'est Jane Neal. Une enseignante à la retraite qui cultivait des roses et dirigeait l'association des femmes de l'église anglicane. Ça ne peut pas être autre chose qu'un accident. Vous ne comprenez pas. Personne ne la tuerait intentionnellement.

Yvette Nichol, qui écoutait la conversation des deux hommes, attendait avec un certain plaisir que l'inspecteur-chef Gamache reprenne cet imbécile.

— Vous avez absolument raison, monsieur Hadley. C'est la chose la plus probable.

Yvette Nichol n'en croyait pas ses oreilles. Pourquoi ne disait-il pas tout simplement à Hadley de ne pas s'emporter et de les laisser faire leur travail ? Après tout, c'était lui l'imbécile qui avait déplacé le corps, puis qui s'était mis à courir partout en désorganisant et en polluant tout le site. Il n'était pas très bien placé pour faire la leçon à un homme aussi expérimenté et respecté que Gamache.

— Au cours des quelques heures que vous avez passées ici, est-ce que quelque chose vous a paru inhabituel concernant les lieux ou Mlle Neal ?

Gamache fut content que Ben réfléchisse un moment au lieu de dire une évidence.

— Oui. Lucy, sa chienne. Je n'ai jamais vu Jane se promener sans Lucy, surtout le matin.

— Avez-vous appelé quelqu'un d'autre avec votre portable ?

Ben le regarda comme s'il venait de lui soumettre une idée nouvelle et brillante.

— Oh ! que je suis bête ! C'est incroyable : je n'ai pas pensé à appeler Peter, ni Clara, ni personne d'autre. J'étais ici tout seul, je ne voulais pas abandonner Jane, mais il fallait que j'avertisse la police. Je n'ai pas eu l'idée d'appeler à l'aide, sauf le 911. Mon Dieu, c'est le choc, je suppose.

"Ou peut-être l'imbécillité, se dit Yvette Nichol. Difficile de trouver plus inefficace que Ben Hadley."

— Qui sont Peter et Clara ? demanda Beauvoir.

— Peter et Clara Morrow, mes meilleurs amis. Ils habitent à côté de chez Jane. Jane et Clara étaient comme mère et fille. La pauvre Clara ! Croyez-vous qu'ils sont au courant ?

— Eh bien, nous allons le découvrir, dit soudainement Gamache avant de retourner à une vitesse étonnante près du cadavre.

Une fois sur place, il s'adressa à Beauvoir :

— Prenez la relève. Vous savez ce que vous cherchez.

Posant ses yeux sur Yvette Nichol, il ajouta :

— Agente Nichol, restez ici pour aider l'inspecteur. Quelle heure est-il ?

— Onze heures trente, monsieur, dit Nichol.

— C'est bien. Monsieur Hadley, y a-t-il un restaurant ou un café au village ?

— Oui, il y a le *Bistro d'Olivier*.

Gamache se tourna vers Beauvoir.

— Rassemblez-y l'équipe à treize heures trente. Nous allons éviter la vague du midi et nous devrions avoir la place à nous. Est-ce que je me trompe, monsieur Hadley ?

— En fait, c'est difficile à dire. A mesure que la nouvelle circulera, le village va peut-être se rassembler là. Chez Olivier, c'est le carrefour de Three Pines. Mais il a une arrière-salle, qu'il ouvre uniquement pour le repas. Elle donne sur la rivière. Il va probablement vous l'ouvrir.

Gamache regarda Ben avec intérêt.

— C'est une bonne idée. Inspecteur Beauvoir, je vais aller parler à M. Olivier…

— Olivier Brûlé, dit Ben en l'interrompant. Il dirige le bistro avec son partenaire, Gabriel Dubeau, qui tient le seul gîte touristique du village.

— Je vais leur parler et réserver une salle privée pour le repas. Puis-je marcher avec vous jusqu'au village, monsieur Hadley ? Je n'y suis pas encore allé.

— Mais oui, bien sûr.

Ben faillit dire "Avec plaisir", mais se retint. D'une certaine façon, ce policier dégageait en même temps qu'il appelait la courtoisie et une certaine réserve. Ils avaient peut-être le même âge, mais Ben se serait cru avec son grand-père.

— Voilà Peter Morrow.

Ben montra du doigt la foule qui, comme si elle exécutait une chorégraphie, s'était d'un même mouvement tournée vers les deux hommes tandis qu'ils sortaient des bois. Ben désignait l'homme de grande taille et d'allure inquiète qui avait parlé à Gamache plus tôt.

— Je vais tout de suite vous dire tout ce que je peux, annonça Gamache à la foule d'une trentaine de villageois.

Ben rejoignit Peter Morrow.

— La victime s'appelle Jane Neal.

Gamache savait qu'il ne servait à rien d'essayer d'atténuer un coup pareil. Quelques personnes se mirent à pleurer, d'autres portèrent leurs mains à leur bouche, comme pour couvrir une blessure. La plupart baissèrent la tête, comme si l'information était trop lourde à porter. Peter Morrow dévisagea Gamache. Puis Ben.

Gamache prit note de tout cela. M. Morrow ne montrait ni surprise ni chagrin. De l'anxiété, oui. Du souci, sans doute. Mais de la tristesse ?

— C'est arrivé comment ? demanda quelqu'un.

— Nous ne le savons pas encore. Mais il ne s'agit pas d'une mort naturelle.

La foule poussa un gémissement involontaire et sincère. Sauf Peter Morrow.

— Où est Clara ? demanda Ben en regardant autour de lui.

Il était rare de voir l'un sans l'autre.

Peter pencha la tête en direction du village.

— A Saint-Thomas.

Les trois hommes trouvèrent Clara seule dans la chapelle, les yeux clos, la tête inclinée. Tenant la porte ouverte, Peter regarda son dos voûté, raidi pour se protéger du coup qui allait tomber. Il remonta calmement la courte allée entre les bancs avec l'impression de flotter au-dessus de son corps, d'observer ses propres mouvements.

Plus tôt ce matin-là, le prêtre avait annoncé à ses fidèles que la police était à l'œuvre dans les bois, derrière la vieille école. Leur malaise s'était amplifié au fur et à mesure qu'avançait la célébration de l'office de Thanksgiving. Bientôt, la minuscule église avait été alarmée par les rumeurs d'un accident de chasse. "Une femme. Blessée ? Non, tuée. Par qui ? On ne sait pas. C'est terrible ! Terrible !" Clara le savait bien au fond d'elle-même. Chaque fois que la porte s'ouvrait et qu'un rayon de soleil pénétrait dans la chapelle, elle suppliait Jane d'apparaître, en retard, agitée et contrite : "J'ai dormi trop longtemps, quelle idiote je fais ! Ma pauvre Lucy m'a réveillée avec un petit cri pour me dire de sortir. Je suis désolée !"

Le prêtre, inconscient du drame ou complètement dépassé, avait poursuivi sur un ton monotone.

Le soleil entrait à profusion par le vitrail où étaient représentés des garçons en uniforme de la Grande Guerre, éparpillant des taches bleues, rouge foncé et jaunes sur le plancher de pin et les bancs de chêne.

Comme toutes les petites églises que Clara avait con-
nues, la chapelle sentait l'encaustique, le pin et les
vieux livres poussiéreux. Lorsque le chœur s'était levé
pour le cantique suivant, Clara s'était tournée vers
Peter.

— Pourrais-tu aller voir ?

Peter avait pris la main de Clara et avait été étonné
de la sentir glacée. Il l'avait frottée un moment entre
ses propres mains.

— J'y vais. Ça va. Regarde-moi, avait-il dit pour
l'aider à calmer le tournoiement frénétique de son
esprit.

— Loue, ô mon âme, le Roi des cieux, chantait le
chœur.

Clara avait battu des paupières.

— Ça va aller ?

— Oui.

— Alléluia, alléluia. Loue le Roi éternel.

Une heure plus tard, tout le monde était parti, même
le prêtre, en retard pour le service de Thanksgiving à
Cleghorn Halt. Clara entendit s'ouvrir la porte, vit le
carré de lumière grandir dans l'allée et remarqua l'ombre, la silhouette, familière malgré sa distorsion.

Peter hésita, puis marcha lentement jusqu'à elle.

C'est alors qu'elle apprit ce qui s'était passé.

3

Clara était assise dans sa cuisine, vidée, abasourdie, dévorée par le besoin d'appeler Jane et de lui raconter les événements. C'était inconcevable. Un monde soudainement et violemment dépourvu de Jane. Sans cette présence, ce réconfort, cette gentillesse, Clara avait l'impression de s'être fait arracher le cœur, en plus du cerveau.

"Mon cœur bat encore, comment est-ce possible ? se demanda-t-elle en regardant ses mains serrées sur ses genoux. Il faut que j'appelle Jane."

Après avoir quitté l'église, ils étaient allés, avec la permission de Gamache, chercher Lucy, le golden retriever de Jane, maintenant blottie aux pieds de Clara comme pour étreindre sa propre désolation.

Peter adjurait l'eau de bouillir pour qu'il puisse préparer du thé et que tout cela disparaisse. Peut-être, disaient son cerveau et son éducation, que, si on bavarde assez longtemps en buvant du thé, le temps s'inverse et tout le mal se défait. Mais il avait trop longtemps vécu avec Clara pour pouvoir se cacher dans le déni. Jane était morte. Quelqu'un l'avait tuée. Il devait réconforter Clara et, d'une façon ou d'une

autre, tout arranger. Il ne savait pas comment. Fouillant le placard de la cuisine tel un chirurgien de
guerre cherchant avec frénésie le pansement appro-
prié, Peter écarta le Yogi Tea et le mélange d'herbes
Harmony, après avoir songé un moment à la camo-
mille. "Mais non. Concentre-toi", se disait-il. Il savait
qu'il le trouverait là, cet opiacé des Anglais. Sa main
s'empara de la boîte au moment même où la bouilloire
sifflait. Une mort violente exigeait un Earl Grey.
Regardant par la fenêtre tandis qu'il versait dans la
théière l'eau bouillante dont quelques éclaboussures
lui piquèrent la main, il vit l'inspecteur-chef Gamache
assis, seul, sur un banc du parc du village. L'inspecteur semblait nourrir les oiseaux, mais ce n'était
sûrement pas le cas. Il reporta son attention sur
l'importante tâche de la préparation du thé.

Armand Gamache était assis sur le banc, à regarder
les oiseaux, mais surtout à observer le village. Devant
ses yeux, Three Pines semblait ralentir. L'insistance
de la vie, son brouhaha et son énergie s'assourdissaient.
Les voix se taisaient, les pas s'attardaient. Gamache
s'était installé confortablement et faisait ce qu'il savait
le mieux faire. Il observait. Il notait tout, les gens,
leurs visages, leurs gestes, et, quand c'était possible,
il captait leurs paroles, mais, comme ils restaient loin
de son banc de bois, il n'entendait pas grand-chose. Il
remarquait lesquels se touchaient et lesquels s'en abs-
tenaient. Lesquels se donnaient l'accolade et lesquels
se serraient la main. Il voyait lesquels avaient les yeux

rouges et lesquels continuaient de vivre comme si de rien n'était.

A l'autre bout du parc, trois immenses pins lui faisaient face. Il en était séparé par un étang autour duquel une bande d'enfants en pull semblaient chasser la grenouille. Bien sûr, le parc se trouvait au centre du village, entouré de maisons disposées le long du chemin circulaire. Sauf derrière lui : on aurait dit un minuscule district commercial. Il y avait là, voyait Gamache, un magasin général dont l'enseigne Pepsi indiquait Béliveau, une boulangerie, le bistro et une librairie. Quatre routes s'échappaient du chemin, comme les rayons d'une roue ou les points cardinaux d'une boussole.

Assis en silence à regarder vivre le village, il était impressionné par sa beauté, par ces vieilles maisons qui s'élevaient devant le parc, par leurs jardins et leurs grands arbres rustiques. Par tout ce naturel sans planification apparente. La petite communauté affrontait le deuil qui la frappait avec tristesse, dignité, mais aussi avec une certaine familiarité. Ce village était vieux, et on n'arrive pas à la vieillesse sans connaître la douleur. Et la perte.

— Il paraît qu'il va pleuvoir demain.

Gamache leva les yeux et vit Ben tenant en laisse un chien usé et, à l'odeur qui s'en dégageait, peut-être en décomposition.

— C'est vrai ?

Gamache désigna la place à côté de lui et Ben s'assit. Daisy s'effondra avec reconnaissance à ses pieds.

— Ça va commencer le matin. Et le temps va se refroidir.

Les deux hommes demeurèrent quelques minutes silencieux.

— C'est là, chez Jane.

Ben montra du doigt un petit cottage de pierre situé sur la gauche.

— La maison voisine appartient à Peter et Clara.

Gamache tourna son regard. Leur maison était un peu plus grande que celle de Jane et, tandis que la sienne était en pierre des champs, la leur était en brique rouge, dans le style loyaliste. Deux chaises à bascule en osier étaient posées sur un balcon de bois qui s'étendait le long de la façade. Deux fenêtres flanquaient la porte principale et, à l'étage, il en voyait deux autres, aux volets d'un bleu foncé et chaleureux. Devant la maison, un joli jardin planté de roses, de vivaces et d'arbres fruitiers. "Probablement des pommes sauvages", se dit Gamache. Un bouquet d'arbres, surtout des érables, séparait Jane Neal des Morrow. A présent, autre chose aussi les séparait.

— J'habite là-bas.

Ben fit un signe de tête en direction d'une charmante maison recouverte de planches à clin blanches, avec un balcon en bas et trois lucarnes en haut.

— Mais j'imagine que, là-haut, c'est aussi chez moi.

Ben fit un signe vague en direction du ciel. Gamache se demanda s'il s'exprimait métaphoriquement ou même météorologiquement. Ses yeux descendirent des nuages cotonneux et se posèrent sur le toit d'une maison à flanc de colline, à la sortie de Three Pines.

— Elle appartient à ma famille depuis des générations. Ma mère habitait là.

Gamache ne savait pas trop quoi lui dire. Il avait déjà vu des maisons semblables. Souvent. Il s'agissait de ce que l'on appelait, à l'époque où il étudiait au Christ's College, à Cambridge, des "énormités" victoriennes. Il avait toujours trouvé l'expression assez évocatrice. Le Québec, surtout Montréal, était fier de posséder sa part d'énormités, construites par les requins écossais de l'industrie, des chemins de fer, de l'alcool et des banques. Elles étaient cimentées par l'orgueil, un liant à court terme, tout au plus, car, depuis longtemps, nombre d'entre elles avaient été démolies ou cédées à l'université McGill, qui avait besoin d'une autre monstruosité victorienne autant que du virus Ebola. Ben regardait la maison avec une grande affection.

— Allez-vous emménager dans la grande maison ?

— Ah, oui. Mais elle a besoin de rénovation. Il y a des coins, là-dedans... on se croirait dans un film d'épouvante. C'est effrayant.

Ben avait parlé à Clara de l'époque lointaine où Peter et lui, jouant à la guerre dans la cave, avaient trouvé un nid de serpents. Il n'avait jamais vu personne virer au vert avant Clara.

— Le village a-t-il reçu son nom de ces arbres ?

Gamache regardait le bosquet du parc.

— Vous ne connaissez pas l'histoire ? Ce ne sont pas les pins d'origine, bien sûr. Ils ont seulement soixante ans. Ma mère a aidé à les planter quand elle était jeune. Mais il y a des pins ici depuis la fondation du village, il y a plus de deux cents ans. Toujours par groupe de trois. Three Pines.

— Pourquoi donc ?

Gamache se pencha en avant, curieux.

— C'est un code. Pour les loyalistes de l'Empire-Uni. Ils ont colonisé tout le territoire des alentours, à part, bien sûr, les terres des Abénaquis.

En une seule phrase, remarqua Gamache, Ben balayait un millénaire d'occupation amérindienne.

— Mais, nous, nous ne sommes qu'à quelques kilomètres de la frontière avec les Etats. Quand ceux qui étaient restés loyaux à la couronne se sont enfuis, pendant et après la guerre de l'Indépendance, ils n'avaient aucun moyen de savoir à quel moment ils étaient en sécurité. Alors, ils se sont donné un code. Trois pins en bouquet, ça voulait dire que les loyalistes seraient bien reçus.

— Mon Dieu, c'est incroyable. C'est si élégant. Si simple, dit Gamache, sincèrement impressionné. Mais pourquoi n'en ai-je pas entendu parler ? J'étudie l'histoire du Québec, mais cette anecdote m'était complètement inconnue.

— Les Anglais voulaient peut-être que cela reste un secret, au cas où on en aurait encore besoin.

Ben eut au moins la grâce de rougir en disant cela. Gamache se retourna sur son siège et regarda cet homme de grande taille, affalé comme le voulait sa nature, ses longs doigts sensibles tenant lâchement la laisse d'un chien qui n'aurait jamais pu le quitter.

— Sans blague ?

— Au dernier référendum sur la souveraineté, le résultat était dangereusement serré, comme vous le savez. Pendant la campagne référendaire, c'était parfois affreux. On n'est pas toujours à l'aise en minorité dans son propre pays, dit Ben.

— Je vois. Mais, même si le Québec se séparait du Canada, vous ne vous sentiriez sûrement pas menacé ? Vous savez que vos droits seraient protégés.

— Ah oui ? Est-ce que j'ai le droit d'installer une enseigne dans ma propre langue ? Ou de travailler uniquement en anglais ? Non. La police de la langue me prendrait au collet. L'Office de la langue française. C'est de la discrimination. Même la Cour suprême est d'accord. Je veux parler anglais, inspecteur-chef.

— Vous parlez déjà anglais. Moi aussi. Tout comme mes policiers. Que vous le vouliez ou non, monsieur Hadley, les Anglos sont respectés au Québec.

— Pas toujours, et pas par tout le monde.

— C'est vrai. Tout le monde ne respecte pas les policiers, non plus. C'est la vie, voilà tout.

— Si, vous, vous n'êtes pas respectés, c'est à cause de vos agissements, de ce que la police du Québec a fait dans le passé. Nous, c'est uniquement parce qu'on est des Anglais. Ce n'est pas la même chose. Etes-vous au courant des changements qui se sont produits dans nos vies depuis vingt ans ? De tous les droits que nous avons perdus ? Combien de nos voisins, de nos parents et de nos amis sont partis à cause de ces lois sévères ? Ma mère parlait à peine le français, mais je suis bilingue. On essaie, inspecteur, mais les foules se moquent encore des Anglais. On les accuse de tous les maux. Les "têtes carrées". Non.

Ben Hadley fit un signe en direction des trois solides pins qui se balançaient légèrement dans le vent.

— Je mets ma confiance dans les individus plutôt que dans la collectivité.

"C'est l'une des différences fondamentales entre les Québécois anglophones et francophones, se dit Gamache – les Anglais croient aux droits individuels et les Français estiment devoir protéger les droits collectifs : leur langue et leur culture."

Ce débat était familier et parfois amer, mais il contaminait rarement les relations personnelles. Gamache se rappelait avoir lu dans une chronique de *La Gazette* de Montréal, des années auparavant, que le Québec fonctionnait dans la réalité, mais pas en principe.

— La situation change, vous savez, monsieur Hadley, dit Gamache d'un ton aimable, espérant alléger la tension qui s'était créée sur leur petit banc de parc.

Au Québec, le débat entre l'anglais et le français était un facteur de polarisation de l'opinion publique. Mieux valait, selon Gamache, le laisser aux politiciens et aux journalistes qui n'avaient rien de mieux à faire.

— Vraiment, inspecteur-chef ? Est-ce qu'on est en train de devenir plus civilisés ? Plus tolérants ? Moins violents ? Si les choses avaient changé, vous ne seriez pas ici.

— Vous faites référence à la mort de Mlle Neal. Vous croyez que c'était un meurtre ?

Gamache s'était lui-même posé la question.

— Non, je ne crois pas. Mais je sais que le coupable avait l'intention de commettre un meurtre, ce matin, d'une façon ou d'une autre. En tout cas, le meurtre d'un cerf innocent. Ce n'est pas un acte civilisé. Non, inspecteur, les gens ne changent pas.

Ben pencha la tête et joua avec la laisse qu'il tenait dans ses mains.

— Je me trompe sans doute.

Il fit à Gamache un sourire désarmant.

Gamache partageait les sentiments de Ben à propos de la chasse, mais se situait à l'opposé des siens concernant les gens. Cependant, la conversation avait été révélatrice, et c'était son travail : amener les gens à se révéler.

Depuis deux heures, après avoir quitté Beauvoir, il n'avait pas chômé. Avec Peter Morrow et Ben Hadley, il avait marché jusqu'à l'église, où Peter avait appris la nouvelle à sa femme. Debout près de la porte, Gamache s'était contenté d'observer sans intervenir, pour voir sa réaction. Les laissant seuls, M. Hadley et lui avaient repris le chemin du village.

Il avait quitté Ben Hadley à l'entrée du charmant village et s'était rendu droit au bistro. L'établissement était facile à repérer avec ses auvents bleu et blanc, ses tables rondes en bois et ses chaises disposées sur le trottoir. Quelques clients sirotaient du café, et tous les yeux se tournèrent vers lui lorsqu'il longea le parc.

Quand sa vue se fut adaptée à l'intérieur du bistro, il vit non pas l'unique salle assez grande à laquelle il s'attendait, mais deux, chacune munie d'une cheminée, où crépitait maintenant un feu joyeux. Les chaises et les tables formaient un confortable bric-à-brac d'antiquités. Quelques tables étaient entourées de fauteuils recouverts de tissus anciens et déteints. Chaque meuble semblait avoir été fabriqué sur place. Au cours de sa vie, Gamache avait suffisamment couru les ventes d'antiquités pour avoir du discernement, et ce buffet taillé à la pointe de diamant, dans le coin, avec l'étalage de verres et de coutellerie, était une rare trouvaille. Des pots remplis de réglisses en forme de pipe et de torsade, de bâtons de cannelle et d'oursons gélatineux partageaient le comptoir avec des miniboîtes de céréales.

Derrière les deux salles, des portes-fenêtres s'ouvraient sur une salle à manger – sans doute, se dit Gamache, celle que Ben Hadley avait recommandée.

— Que puis-je faire pour vous ? lui demanda dans un français parfait une jeune femme plantureuse au teint brouillé.

— J'aimerais parler au propriétaire, s'il vous plaît. Olivier Brûlé, je crois.

— Si vous voulez bien vous asseoir, je vais aller le chercher. Prendriez-vous un café en attendant ?

Après les bois frisquets, un café au lait devant la cheminée lui semblait une excellente idée. Avec, peut-être, une réglisse ou deux. En attendant M. Brûlé et le café, il tenta de déterminer ce qu'il y avait d'inhabituel ou d'inattendu dans cet adorable bistro. Un détail clochait.

— Excusez-moi de vous déranger, dit une voix gutturale au-dessus de lui.

Tournant les yeux, il vit une femme âgée, aux cheveux blancs et courts, appuyée sur une canne noueuse. Se levant prestement, il remarqua qu'elle était plus grande qu'il ne s'y attendait. Même appuyée sur sa canne, elle arrivait presque à sa hauteur, et il eut l'impression qu'elle n'était pas aussi fragile qu'il y paraissait.

Armand Gamache s'inclina subtilement et désigna l'autre chaise à sa petite table. Après un moment d'hésitation, la grande perche finit par plier et s'asseoir.

— Je m'appelle Ruth Zardo, dit-elle d'une voix forte et lente, comme à un enfant peu doué. C'est vrai ? Jane est morte ?

— Oui, madame Zardo. J'en suis fort désolé.

Un grand bruit d'explosion remplit le bistro, si soudain et si violent que même Gamache sursauta. Aucun des autres clients ne broncha, remarqua-t-il. Il comprit aussitôt que Ruth Zardo avait frappé le plancher avec sa canne, comme un homme des cavernes pourrait manier une massue. C'était incroyable. Il avait déjà vu des gens donner des coups de canne pour attirer l'attention, d'une façon agaçante, généralement avec succès. Mais, rapidement et d'une façon experte, Ruth Zardo avait saisi sa canne par le bas, l'avait brandie par-dessus sa tête et avait frappé le plancher avec la poignée recourbée.

— Qu'est-ce que vous faites ici alors que Jane est étendue, morte, dans les bois ? Quel genre de policier êtes-vous ? Qui a tué Jane ?

Le bistro devint momentanément silencieux, puis, peu à peu, le murmure des conversations reprit. Le visage pensif, Armand Gamache soutint le regard fixe et impérieux de la femme et, lentement, se pencha au-dessus de la table, jusqu'à ce qu'il fût sûr qu'elle seule pourrait l'entendre. Ruth, le croyant sur le point de murmurer le nom du meurtrier, se pencha elle aussi.

— Ruth Zardo, mon travail consiste à trouver qui a tué votre amie. Je vais le faire. Je le ferai de la manière qui me convient. Je ne me laisserai pas intimider ni traiter avec irrespect. Cette enquête m'appartient. Si vous avez des commentaires ou des questions, je vous prie de m'en faire part. Mais ne brandissez plus jamais, vous m'entendez, cette canne en ma compagnie et ne me parlez plus jamais de cette façon.

— Comment oserais-je ! De toute évidence, ce policier est en plein travail.

Ruth se raidit en même temps que sa voix.

— Il ne faut pas déranger l'as de la Sûreté.

Gamache se demanda si Ruth Zardo comptait vraiment que ce sarcasme la mène quelque part. Il se demanda aussi pourquoi elle affichait une telle attitude.

— Madame Zardo, qu'est-ce que je vous apporte ? demanda la jeune serveuse, comme si aucun drame ne s'était produit – ou peut-être était-ce juste un simple entracte.

— Un scotch, s'il te plaît, Marie, répondit Ruth.

Se dégonflant subitement, elle s'affala de nouveau sur la chaise et regarda l'inspecteur-chef.

— Je suis désolée. Pardonnez-moi.

Gamache eut l'impression qu'elle avait l'habitude de s'excuser.

— Je suppose que je pourrais attribuer mon comportement détestable à la mort de Jane, mais, comme vous le découvrirez, je suis ainsi faite. Je choisis toujours mal mes batailles. Etrangement, je vois la vie comme un combat. Un combat permanent.

— Je dois donc m'attendre à une répétition de ce traitement ?

— Oh, je crois bien. Mais vous ne serez pas le seul à essuyer les coups et je promets de ne plus frapper le plancher avec ma canne, du moins près de vous.

Armand Gamache se radossa au moment même où le scotch, son café au lait et ses bonbons arrivaient. Il les prit et, avec toute la dignité dont il était capable, se tourna vers Ruth et demanda :

— Une réglisse, madame ?

Ruth choisit la pipe la plus volumineuse et en mordit immédiatement l'extrémité couverte de minuscules grains rouges.

— Comment est-ce arrivé ? s'informa Ruth.

— Ça ressemble à un accident de chasse. Croyez-vous que quelqu'un ait voulu tuer votre amie ?

Ruth parla des garçons qui avaient lancé du fumier. Lorsqu'elle eut fini, Gamache demanda :

— Pourquoi, d'après vous, ces garçons l'auraient-ils tuée ? J'en conviens, c'était un acte répréhensible, mais, comme elle avait déjà prononcé leurs noms, on ne l'a pas tuée pour la museler. A quoi cela aurait-il servi ?

— La revanche ? avança Ruth. A cet âge-là, on peut considérer l'humiliation comme une offense capitale. Oui, ils tentaient d'humilier Olivier et Gabri, mais les rôles ont été renversés. Les brutes n'aiment pas beaucoup qu'on leur fasse goûter à ce qu'ils infligent.

Gamache hocha la tête. "C'est possible", se dit-il. Mais, à moins de souffrir de psychose, la vengeance prendrait une autre forme, n'importe quoi sauf le meurtre de sang-froid.

— Depuis combien de temps connaissiez-vous Mme Neal ?

— Mademoiselle, le corrigea Ruth. Elle ne s'est jamais mariée. Oh, elle a bien failli une fois. Comment s'appelait-il ?

Elle consulta le Rolodex jaunissant qu'elle avait dans la tête.

— Andy. Andy Selchuk. Non. Sel… Sel… Selinsky. Andreas Selinsky. Cela fait des années. Cinquante, au moins. Peu importe.

— S'il vous plaît, racontez-moi, dit Gamache.

Ruth hocha la tête et remua posément son scotch avec le mégot de sa pipe de réglisse.

— Andy Selinsky était bûcheron. Pendant cent ans, ces montagnes ont été remplies de chantiers forestiers. La plupart sont maintenant fermés. Andy travaillait au mont Echo, à l'exploitation Thompson. Les bûcherons étaient parfois violents. Ils trimaient toute la semaine sur la montagne, dormaient à la dure pendant les tempêtes et la saison des ours, et les mouches noires devaient les rendre fous. Pour éloigner les bestioles, ils s'enduisaient de graisse d'ours. Ils craignaient plus les mouches noires que les ours noirs. Le week-end, quand ils sortaient des bois, on aurait dit des ordures ambulantes.

Gamache écoutait attentivement, avec un intérêt sincère, sans trop savoir si tout cela avait un rapport avec l'enquête.

— L'exploitation de Kaye Thompson était différente. J'ignore comment, mais elle arrivait à discipliner ces colosses. Personne ne se frottait à Kaye, dit Ruth d'un ton admiratif. Andy Selinsky a monté en grade jusqu'à devenir contremaître. Un chef naturel. Jane en est tombée amoureuse, mais j'avoue que la plupart d'entre nous avions le béguin pour lui. Ces bras immenses, ce visage buriné…

A mesure qu'elle parlait, Gamache se sentait s'éloigner, retourner en arrière dans le temps.

— Il était énorme, mais gentil. Non, gentil n'est pas le mot. Il était correct. Il pouvait être dur, brutal même. Mais pas haineux. Il était propre. Il sentait le savon Ivory. Il était arrivé en ville avec les autres bûcherons du chantier Thompson, qui se distinguaient parce qu'ils ne puaient pas la graisse d'ours rance. Kaye devait les frotter avec de la lessive.

Gamache se demanda si la barre était placée si bas que tout ce qu'un homme avait à faire pour attirer une femme, c'était de ne pas sentir l'ours en décomposition.

— Au bal inaugural de la foire agricole, Andy a choisi Jane.

Ruth devint silencieuse, fouillant dans ses souvenirs.

— Je ne comprends toujours pas, dit Ruth. Ecoutez, Jane était gentille et tout. Nous l'aimions toutes. Mais, franchement, elle était d'une laideur ! Elle ressemblait à une chèvre.

Ruth rit aux éclats de l'image qu'elle venait d'employer. C'était vrai. Le visage de la jeune Jane semblait s'étirer devant elle, comme tendu vers quelque chose, le nez allongé et le menton fuyant. De plus, elle était myope et, comme ses parents ne voulaient pas admettre qu'ils avaient engendré autre chose qu'une enfant parfaite, ils ignorèrent sa faiblesse oculaire. Cela ne fit qu'accentuer chez elle le regard interrogateur, la tête qui s'avançait en étirant le cou jusqu'à la limite, les yeux qui clignaient pour mieux voir. Elle avait toujours l'air de se demander : "Est-ce que c'est comestible ?" La jeune Jane était également potelée. Elle devait le rester toute sa vie.

— Pour une raison mystérieuse, Andreas Selinsky l'a choisie. Ils ont dansé toute la nuit. C'était quelque chose à voir !

La voix de Ruth s'était durcie.

Gamache tenta d'imaginer la jeune Jane, courtaude, replète et guindée, danser avec ce gigantesque montagnard musclé.

— Ils sont tombés amoureux, mais ses parents à elle l'ont su et ont mis fin à la relation. Ça a fait pas mal de bruit. Jane était la fille du chef comptable de Hadley's Mills. Il était hors de question qu'elle épouse un bûcheron.

— Qu'est-il arrivé ?

Il ne put s'empêcher de le demander. Elle le regarda comme si elle était surprise de le voir encore là.

— Oh, Andy est mort.

Gamache haussa un sourcil.

— Rien de captivant, inspecteur Clouseau, dit Ruth. Un accident en forêt. Un arbre lui est tombé dessus. Il y avait beaucoup de témoins. C'est très fréquent. Même si, à l'époque, on a cru, d'une façon très romantique, que sa grande peine l'avait poussé à une négligence délibérée. Ça ne tient pas debout. Je le connaissais aussi. Il avait beaucoup d'affection pour elle, peut-être même qu'il l'aimait, mais il n'était pas fou. Un jour ou l'autre, on casse tous notre pipe, sans se tuer pour autant. Non, c'était un simple accident.

— Qu'a fait Jane ?

— Elle est partie étudier. Elle est revenue quelques années plus tard avec son diplôme d'enseignante et a pris la relève à l'école locale. L'école n° 6.

Gamache vit se dessiner une légère ombre sur son bras et leva les yeux. Un homme apparut, la mi-trentaine. Blond, soigné, dans une belle tenue décontractée, comme s'il était sorti d'un catalogue de vêtements sport Lands' End. Il paraissait fatigué, mais soucieux d'aider.

— Je suis désolé d'avoir mis autant de temps. Je m'appelle Olivier Brûlé.

— Armand Gamache, je suis inspecteur-chef à l'escouade des homicides, Sûreté du Québec.

A l'insu de Gamache, Ruth haussa les sourcils. Elle avait sous-estimé l'individu. C'était le grand patron. Elle l'avait appelé "inspecteur Clouseau", c'était la seule insulte qu'elle se rappelait. Après s'être entendu sur le repas avec Gamache, Olivier se tourna vers Ruth :

— Comment va ?

Il effleura l'épaule de Ruth. Elle grimaça, comme si on la brûlait.

— Pas mal. Comment va Gabri ?

— Pas bien. Tu connais Gabri, il a le cœur sur la main.

Avant le départ de Ruth, Gamache prit en note les grandes lignes de la vie de Jane. Il recueillit également le nom de son plus proche parent, une nièce appelée Yolande Fontaine, agente immobilière à Saint-Rémy. Il consulta sa montre : midi trente. Saint-Rémy était à une quinzaine de minutes. Il pouvait sans doute s'y rendre et en revenir à temps. Tandis qu'il sortait son portefeuille de sa poche, il vit partir Olivier et eut l'idée de faire d'une pierre deux coups.

En prenant son chapeau et son paletot sur le porte-manteau, il remarqua une minuscule étiquette blanche suspendue à l'un des crochets. Gamache comprit. C'était cela, le détail étrange, inhabituel. Il se retourna, mit son manteau et, plissant les yeux, regarda les tables, les chaises, les glaces et toutes les autres antiquités du bistro. Chacune d'elles portait une étiquette. C'était une boutique. Tout était à vendre. On pouvait manger son croissant et acheter l'assiette. Il se réjouit d'avoir résolu la petite énigme. Quelques minutes plus tard, il était dans la voiture d'Olivier, direction Saint-Rémy. Soucieux d'aider, Olivier s'était facilement laissé convaincre.

— Il va pleuvoir, dit Olivier alors qu'ils étaient cahotés sur la route de gravier.

— Ce sera plus froid demain, ajouta Gamache.

Les deux hommes hochèrent la tête en silence. Après quelques kilomètres, Gamache parla :

— A quoi ressemblait Mlle Neal ?

— Il est tellement invraisemblable qu'on ait voulu la tuer. C'était une personne merveilleuse. Affable, gentille.

Inconsciemment, Olivier avait établi une adéquation entre la façon de vivre des gens et leur façon de mourir. Gamache en était toujours frappé. On croyait presque invariablement que les bons ne devaient pas connaître une mauvaise fin, qu'on ne tuait que ceux qui le méritaient. On avait ce sentiment subtil et secret que la victime d'un meurtre l'avait cherché, d'une façon ou d'une autre. D'où le choc devant le meurtre d'un individu connu pour sa gentillesse et sa bonté. On croyait alors à une erreur.

— Je n'ai jamais rencontré personne qui soit toujours bon et aimable. Elle n'avait donc aucun défaut ? Y a-t-il quelqu'un qu'elle aurait pris à rebrousse-poil ?

Il y eut une longue pause et Gamache se demanda si Olivier avait oublié la question. Mais il attendit. Armand Gamache était un homme patient.

— Gabri et moi, on n'est ici que depuis douze ans. Je ne l'ai pas connue avant. Mais, honnêtement, je n'ai jamais entendu dire du mal de Jane.

Ils arrivèrent à Saint-Rémy, un village que Gamache connaissait un peu pour avoir skié à la montagne qui s'élevait derrière lorsque ses enfants étaient jeunes.

— Voulez-vous me parler de sa nièce Yolande avant que je la voie ?

— Pas maintenant, au retour.

Gamache décela de l'impatience dans la voix d'Olivier. Il était clair qu'il avait des choses à dire sur son compte. Mais cette récompense devrait attendre.

— Très bien.

Olivier gara la voiture et indiqua l'agence immobilière située dans le petit centre commercial. Tandis que Williamsburg était délibérément pittoresque, Saint-Rémy n'était qu'un village ancien des Cantons. Pas vraiment planifié ni dessiné, c'était un village ouvrier et, en quelque sorte, il paraissait plus vrai que le principal village de la région, Williamsburg, beaucoup plus charmant. Ils convinrent de se retrouver à la voiture à treize heures quinze. Olivier laissa quelque chose sur le siège arrière sans verrouiller les portières, nota Gamache, et s'éloigna sans se presser, tout simplement.

Une blonde au grand sourire accueillit l'inspecteur-chef Gamache à la porte de l'agence.

— Monsieur Gamache, je suis Yolande Fontaine.

Elle lui tendit la main et l'agita avant même qu'il y ait glissé la sienne. Il se sentit observé par un œil expert qui l'évaluait. Avant de partir de Three Pines, il l'avait appelée pour s'assurer qu'elle serait au bureau, et il était clair qu'il était à la hauteur de ses attentes, ou bien était-ce son Burberry ?

— Bien, veuillez vous asseoir. Quel genre de propriété vous intéresse ?

Elle lui offrit une chaise tulipe au coussin orange. Il sortit sa carte de police, la lui tendit au-dessus du bureau et vit s'effacer le sourire.

— Il a encore fait un mauvais coup, ce maudit garçon ? Tabarnac !

Son français impeccable avait également disparu, faisant place au français des rues, dur et nasillard, avec son âpre vocabulaire.

— Non, madame. Votre tante est-elle Jane Neal ? De Three Pines ?

— Oui. Pourquoi ?

— Je regrette de devoir vous annoncer une mauvaise nouvelle. Votre tante a été retrouvée morte aujourd'hui.

— Oh, non ! fit-elle avec toute l'émotion qu'on accorde à une tache sur un vieux tee-shirt. Le cœur ?

— Non. Ce n'était pas une mort naturelle.

Yolande Fontaine le regarda fixement, comme pour bien saisir ses paroles. Elle comprenait bien chaque mot, mais leur enchaînement n'avait aucun sens.

— Pas une mort naturelle ? Qu'est-ce que ça veut dire ?

Gamache regarda la femme assise devant lui. A midi, elle avait les ongles laqués, les cheveux blonds gonflés et soudés en place, le visage maquillé comme pour un bal. Elle devait être au début de la trentaine, estima-t-il, mais, paradoxalement, l'épais maquillage lui donnait quelque vingt ans de plus. Elle semblait manquer de naturel.

— Elle a été trouvée dans les bois. On l'a tuée.

— Un meurtre ? murmura-t-elle.

— Nous l'ignorons. On m'a dit que vous étiez sa plus proche parente. Est-ce vrai ?

— Oui. Ma mère était sa sœur cadette. Elle est morte d'un cancer du sein, il y a quatre ans. Elles étaient très proches. Comme ça.

Yolande tenta alors de croiser ses doigts, mais, comme ses ongles s'entêtaient à se heurter, son geste ressemblait à un match de lutte opposant des marionnettes digitales. Elle y renonça et regarda Gamache d'un air entendu.

— Quand est-ce que je peux entrer dans la maison ? demanda-t-elle.

— La maison ?

— A Three Pines. Ma tante Jane a toujours dit qu'elle me reviendrait.

Au cours de sa vie, Gamache avait vu suffisamment de chagrin pour savoir qu'il se manifeste de différentes façons. Sa propre mère, en se réveillant auprès du cadavre de son mari après cinquante ans de vie commune, avait commencé par appeler son coiffeur pour annuler son rendez-vous. Gamache était trop intelligent pour juger les gens à leurs réactions aux mauvaises nouvelles. Tout de même, il trouva la question bizarre.

— Je ne sais pas. Nous n'y sommes même pas encore entrés.

Yolande s'agita.

— Bon, j'ai une clé. Puis-je y aller avant vous, juste pour faire un peu de rangement ?

Il se demanda brièvement s'il s'agissait d'une déformation professionnelle.

— Non.

Le visage de Yolande se durcit et passa au rouge. Il était assorti à la couleur de ses ongles. Cette femme n'avait pas l'habitude de s'entendre dire non ni de maîtriser sa colère.

— J'appelle mon avocat. La maison m'appartient et je ne vous donne pas la permission d'entrer. Compris ?

— En parlant d'avocats, connaissez-vous celui de votre tante ?

— Stickley. Norman Stickley, dit-elle d'une voix sèche. On l'appelle de temps en temps pour des transactions immobilières dans la région de Williamsburg.

— Puis-je avoir ses coordonnées, s'il vous plaît ?

Pendant qu'elle les notait d'une écriture ornementée, Gamache balaya la pièce du regard et remarqua que certaines des inscriptions, au tableau d'affichage, étaient des domaines, des maisons ancestrales, magnifiques et monumentales. Les autres étaient plus modestes. Yolande avait beaucoup de copropriétés et de mobile homes. Il fallait tout de même que quelqu'un les vende, et un mobile home exigeait probablement un bien meilleur vendeur qu'une maison centenaire. Mais, pour bien vivre, il fallait vendre beaucoup de mobile homes.

— Voilà, dit-elle en poussant la feuille sur son bureau. Mon avocat vous contactera.

Gamache retourna à la voiture, où Olivier l'attendait.

— Suis-je en retard ? demanda-t-il en consultant sa montre, qui indiquait treize heures dix.

— Non, un peu en avance, en fait. J'avais juste des échalotes à aller chercher pour le dîner de ce soir.

Dans la voiture, Gamache remarqua une odeur distincte et très agréable.

— Pour être honnête, je me suis dit que l'entrevue avec Yolande ne serait pas longue.

Olivier sourit en tournant dans la rue Principale.

— Comment ça s'est passé ?

— Pas tout à fait comme je m'y attendais, admit Gamache.

Olivier aboya de rire.

— C'est tout un numéro, notre Yolande. Est-ce qu'elle a pleuré d'une façon hystérique ?

— A vrai dire, non.

— Ça, c'est une surprise. J'aurais cru que, devant un public, un policier qui plus est, elle tirerait profit de son rôle de seule survivante. Elle incarne le triomphe de l'image sur la réalité. Je ne suis même pas sûr qu'elle sache encore ce qu'est la réalité tellement elle est occupée à créer cette image d'elle-même.

— Quelle image ?

— Le succès. Elle a besoin d'être considérée comme une épouse et une mère heureuse et triomphante.

— C'est un besoin que nous avons tous, non ?

Olivier lui lança alors un regard malicieux et délibérément gay. Gamache le perçut et se rendit compte de ce qu'il avait dit. Il arqua le sourcil à l'intention d'Olivier, comme s'il lui retournait son regard, et Olivier rit de nouveau.

— Je voulais dire, expliqua Gamache en souriant, que nous avons tous une image publique.

Olivier hocha la tête. C'était vrai. "Surtout dans la communauté gay, se dit-il, où il faut être drôle, astucieux, cynique et, par-dessus tout, attirant." Il trouvait épuisant de toujours avoir l'air de s'ennuyer autant. C'était l'une des raisons qui l'avaient poussé à fuir la ville. Il lui semblait qu'à Three Pines il avait une chance d'être lui-même, mais il n'avait pas prévu qu'il lui faudrait autant de temps pour découvrir qui "il" était.

— C'est vrai. Mais c'est plus profond chez Yolande, je crois. Elle ressemble à un plateau de tournage de Hollywood. Une grande façade bidon, et derrière c'est la laideur et le vide. La superficialité.

— Quelle était sa relation avec Mlle Neal ?

— Eh bien, apparemment, elles étaient assez proches quand Yolande était petite, mais il y a eu une sorte de rupture. Je ne sais pas pourquoi. Yolande finit toujours par écœurer tout le monde, mais, là, ça a dû être plutôt grave. Jane a même refusé de la voir.

— Vraiment ? Pourquoi ?

— Aucune idée. Clara le sait peut-être. Timmer Hadley vous l'aurait certainement dit, mais elle est morte.

Encore ça. La mort de Timmer, si proche de celle de Jane.

— Pourtant, Yolande Fontaine semble croire que Mlle Neal lui a tout légué.

— Ecoutez, c'est possible. Certains liens de parenté sont plus forts que d'autres.

— Elle semblait particulièrement impatiente d'entrer avant nous chez Mlle Neal. Voyez-vous une raison ?

Olivier réfléchit.

— Je ne sais pas. On ne peut pas répondre à cette question, étant donné que personne n'est jamais entré chez Jane.

— Pardon ? fit Gamache qui crut avoir mal entendu.

— C'est fou, j'en ai tellement l'habitude que je n'ai pas pensé à le mentionner. Oui. C'était la seule bizarrerie chez Jane. Elle nous laissait entrer dans le vestibule et la cuisine. Mais jamais plus loin.

— Clara est sûrement…

— Pas même Clara. Ni Timmer. Personne.

Gamache se dit qu'il allait en faire une priorité, après le repas. Ils arrivèrent avec quelques minutes d'avance. Gamache s'installa sur le banc du parc et regarda Three Pines vivre sa vie, et sa mort remarquable. Ben se joignit à lui pour bavarder quelques minutes, puis traîna Daisy jusque chez lui. Avant de se diriger vers le bistro, Gamache réfléchit à ce qu'il avait entendu jusque-là, en se demandant qui pouvait bien vouloir tuer la gentillesse même.

Sur une grande table, Beauvoir avait disposé du papier et des marqueurs. Gamache s'assit à côté de lui dans l'arrière-salle privée d'Olivier et regarda par le mur de portes-fenêtres. Il voyait des tables aux parasols refermés et, au-delà, la rivière Bella Bella, la bien nommée.

La salle se remplit de policiers de la Sûreté, grelottants et affamés. Gamache remarqua que l'agente Nichol s'était assise à l'écart et se demanda pourquoi elle avait choisi cet isolement. Beauvoir lui fit un premier rapport tout en mangeant un croissant garni d'une épaisse tranche de jambon fumé à l'érable, de sauce au miel et à la moutarde et de tranches de cheddar vieilli.

— Nous avons fouillé le site et trouvé…

Beauvoir baissa la tête pour consulter son carnet de notes et un peu de moutarde coula sur la page.

— … trois vieilles bouteilles de bière.

Gamache fronça les sourcils.

— C'est tout ?

— Et quinze millions de feuilles. Voici la blessure.

Beauvoir traça un cercle au moyen d'un marqueur. Les officiers observaient sans intérêt. Beauvoir releva la main et compléta le dessin en traçant quatre lignes qui rayonnaient du cercle, comme les points cardinaux d'une boussole. Plusieurs policiers posèrent leur sandwich. A présent, ils étaient intéressés. Cela ressemblait plus ou moins à une carte de Three Pines. En contemplant la macabre image, Gamache se demanda si telle était l'intention du tueur.

— Est-ce qu'une flèche causerait une pareille blessure ? demanda Beauvoir.

Personne ne semblait le savoir.

"Si c'est une flèche qui a causé cette blessure, se dit Gamache, où est-elle ? Elle devrait se trouver dans le cadavre." Il songea à Notre-Dame-de-Bon-Secours, l'église qu'il fréquentait parfois avec Reine-Marie. Les murs étaient couverts de fresques représentant des saints à diverses étapes de la douleur et de l'extase. L'une de ces images lui revenait à présent, imprécise. Saint Sébastien se tordant et s'effondrant, le corps criblé de flèches. Chacune d'elles pointait de son corps martyrisé comme un doigt accusateur. Une flèche aurait dû être plantée dans le corps de Jane Neal et pointer vers la personne qui avait fait cela. Il n'aurait pas dû y avoir de blessure de sortie. Mais il y en avait une. Une énigme de plus.

— Laissons cela et passons à autre chose. Rapport suivant.

Les policiers assis autour du repas écoutaient et réfléchissaient tout haut, dans une atmosphère de collaboration. Gamache croyait fermement à la coopération plutôt qu'à la compétition au sein de son équipe. Il se savait minoritaire dans la hiérarchie de la Sûreté. Il estimait que, pour bien diriger, il fallait savoir écouter. Il invitait aussi les membres de son équipe à se respecter mutuellement, à écouter les idées, à s'encourager. Ce n'était pas du goût de tout le monde. Dans ce domaine profondément concurrentiel, celui qui produisait des résultats obtenait une promotion. Il ne servait à rien d'être le second à résoudre un meurtre. Puisque les honneurs étaient injustement attribués au sein de la Sûreté, Gamache récompensait l'esprit d'équipe. Il avait un taux de résolution quasi parfait et, depuis douze ans, ne s'était jamais élevé au-dessus de son rang actuel. Mais c'était un homme heureux.

Gamache prit une bouchée de sa baguette au poulet et aux légumes grillés et se dit qu'il allait apprécier les repas à cet endroit. Certains policiers avaient commandé une bière, mais pas Gamache, qui préférait le soda au gingembre. La pile de sandwichs disparut rapidement.

— La médecin légiste a trouvé quelque chose d'étrange, annonça Isabelle Lacoste. Deux bouts de plume insérés dans la plaie.

— Les flèches ont des plumes, non ? demanda Gamache.

Il revit saint Sébastien et ses flèches, toutes empennées.

— Auparavant, oui, s'empressa de dire Yvette Nichol, heureuse de cette occasion de montrer son expertise. Maintenant, elles sont en plastique.

Gamache hocha la tête.

— Je ne savais pas. Autre chose ?

— Comme vous l'avez vu, il y avait très peu de sang, ce qui correspond à une mort instantanée. Elle a été tuée à l'endroit où on l'a trouvée. Le corps n'a pas été déplacé. Le décès est survenu entre six heures trente et sept heures, ce matin.

Gamache leur dit ce qu'il avait appris d'Olivier et de Yolande et distribua des affectations. Il fallait d'abord fouiller la maison de Jane Neal. A ce moment précis, le téléphone cellulaire de Gamache sonna. C'était l'avocat de Yolande Fontaine. Gamache n'éleva

la voix à aucun moment, mais sa frustration était évidente.

— Nous n'entrerons pas tout de suite chez Jane Neal, annonça-t-il après avoir refermé son appareil. Incroyable, mais l'avocat de Mme Fontaine a trouvé un juge prêt à signer une injonction qui nous empêche de perquisitionner la maison.

— Jusqu'à quand ? demanda Beauvoir.

— Jusqu'à ce qu'on prouve qu'il s'agit d'un meurtre ou que Mme Fontaine n'a pas hérité de la maison. Les nouvelles priorités sont les suivantes : trouver le testament de Jane Neal, recueillir des informations sur les archers de l'endroit, et je veux savoir pourquoi un chasseur, s'il a accidentellement tiré sur Mlle Neal, se donnerait la peine d'enlever la flèche. Nous devons en apprendre davantage sur la mort de Timmer Hadley. Je vais nous trouver un bureau provisoire, quelque part à Three Pines. Je vais également parler aux Morrow. Beauvoir, j'aimerais que vous veniez avec moi. Vous aussi, agente Nichol.

— C'est Thanksgiving, dit Beauvoir.

Gamache s'arrêta subitement. Il avait oublié.

— Qui, ici, a des plans pour le repas de Thanksgiving ?

Toutes les mains se levèrent. D'ailleurs, lui aussi en avait. Reine-Marie et lui recevaient leurs meilleurs amis à dîner. Comme c'était intime, ils regretteraient sûrement son absence. Ils n'avaleraient pas l'excuse du centre de traitement.

— Changement d'horaire. Nous repartirons pour Montréal aux environs de seize heures – c'est dans une heure et demie. D'ici là, faites-en le plus possible. Nous ne voulons pas laisser refroidir la piste sous prétexte que la dinde n'attend pas.

Beauvoir ouvrit la barrière de bois menant par un sentier sinueux à la porte du cottage. Des hydrangées, maintenant rosies par le froid, entouraient la maison. L'allée même était bordée de vieux rosiers de jardin, sous lesquels on avait planté des fleurs violettes – "de la lavande", pensa Gamache. Il se promit de le demander à Mme Morrow, à un moment plus propice. Les chrysanthèmes et les roses trémières, il les reconnut immédiatement. Son seul regret, à l'appartement d'Outremont, était de n'avoir que des boîtes à fleurs accrochées aux fenêtres. Il aurait adoré un jardin identique à celui-ci. Il était parfaitement assorti à la modeste maison de brique dont il s'approchait. Avant même qu'ils eurent frappé, Peter ouvrit la porte bleu foncé, et ils entrèrent dans un petit vestibule, longeant des manteaux accrochés au mur et des bottes alignées sous un long banc de bois.

— A la radio de Burlington, la météo annonce de la pluie, dit Peter en prenant leurs paletots avant de les conduire à la grande cuisine de campagne. Bien sûr, ils se trompent presque toujours. On dirait qu'on a un microclimat ici. Ça doit être les montagnes.

La pièce était chaude et confortable, avec des comptoirs de bois foncés et luisants et des armoires ouvertes montrant de la vaisselle, des moules et des verres. Des carpettes de catalogne, jetées ici et là sur le plancher

de vinyle, donnaient à la salle un charme détendu. Un immense bouquet, presque une île, était posé à une extrémité de la table de pin. Clara était assise à l'autre, enveloppée dans un afghan multicolore. Elle paraissait blême et coupée de la réalité.

— Du café ?

Peter n'était pas vraiment certain de l'étiquette à respecter, mais les trois refusèrent.

Avec un léger sourire, Clara se leva, la main tendue, et l'afghan tomba de son épaule. "On nous apprend tellement à être polis, se dit Gamache, que, même au milieu d'une terrible perte personnelle, les gens sourient."

— Je suis vraiment désolé, dit-il à Clara.

— Merci.

— J'aimerais que vous vous asseyiez là-bas pour prendre des notes, murmura Gamache à Yvette Nichol, en désignant une simple chaise en pin à côté du vestibule.

"Des notes, se dit l'agente Nichol. Je ne suis pas une secrétaire. Deux ans à la Sûreté du Québec et on me demande de rester assise à prendre des notes !" Les autres s'assirent à la table de la cuisine. Ni Gamache ni Beauvoir ne sortirent leurs carnets, remarqua-t-elle.

— Nous croyons que la mort de Jane Neal était un accident, commença Gamache, mais nous avons un problème. Nous ne trouvons pas d'arme et personne ne s'est présenté. Alors, j'ai bien peur que nous n'ayons à traiter cette affaire comme une mort suspecte. Vous vient-il à l'esprit le nom d'une personne qui aurait voulu faire du mal à votre amie ?

— Non. Aucune, vraiment. Jane organisait des ventes de pâtisseries et des bazars pour l'association des femmes anglicanes, ici, à la paroisse Saint-Thomas. C'était une institutrice à la retraite. Elle menait une vie tranquille et sans incident.

— Madame Morrow ?

Clara réfléchit un moment, du moins en apparence. Mais son cerveau était engourdi, incapable de donner une réponse claire. Gamache se dit qu'une question plus précise serait peut-être utile.

— Est-ce que quelqu'un pouvait tirer bénéfice de sa mort ?

— Je ne crois pas, répondit Clara, honteuse d'éprouver autant d'émotions. Elle était financièrement à l'aise, je pense, même si on n'en a jamais parlé. Dans notre coin, on n'a pas beaucoup de dépenses, Dieu merci. Elle cultivait ses légumes, mais elle en donnait une bonne partie. J'ai toujours pensé qu'elle le faisait plus pour le plaisir que par nécessité.

— Et sa maison ? demanda Beauvoir.

— Oui, elle doit valoir pas mal, dit Peter. Mais surtout selon les critères de Three Pines, pas ceux de Montréal. Elle aurait pu en tirer, disons, cent cinquante mille. Peut-être un peu plus.

— Est-ce qu'on aurait pu profiter de sa mort autrement ?

— Ça ne me paraît pas évident.

Gamache commença à se lever.

— Nous avons besoin d'un bureau provisoire. Un lieu privé qui pourrait temporairement nous servir de quartier général, ici, à Three Pines. Connaissez-vous un endroit convenable ?

— La gare. Elle ne sert plus aux trains. C'est maintenant la caserne des pompiers volontaires. Je suis sûr qu'ils accepteraient de la partager.

— Nous avons besoin d'un endroit plus privé, j'en ai bien peur.

— Il y a l'ancienne école, proposa Clara.

— Celle où travaillait Mlle Neal ?

— C'est ça, dit Peter. On est passés devant, ce matin. Elle appartient aux Hadley, mais c'est le club de tir à l'arc qui l'utilise, ces temps-ci.

— Le club de tir à l'arc ? demanda Beauvoir, qui n'en croyait pas tout à fait ses oreilles.

— On en a un depuis des années. Je l'ai fondé avec Ben, il y a longtemps.

— Est-ce fermé à clé ? Avez-vous une clé ?

— J'ai une clé quelque part, j'imagine. Ben en a une aussi, je pense. Mais on n'a jamais verrouillé. Peut-être qu'on aurait dû.

Il regarda Clara, cherchant un indice de ce qu'elle pensait ou un signe de réconfort. Il ne trouva qu'un visage inexpressif. Gamache hocha la tête en dirigeant ses yeux vers Beauvoir, qui passa un appel sur son portable pendant que les autres parlaient.

— J'aimerais convoquer une assemblée publique le matin, dit Gamache, à Saint-Thomas, à onze heures trente. Il faudrait passer le mot.

— C'est facile. Dites-le à Olivier. Toute la population du Québec va venir, en plus de la distribution de *Cats*. Son copain Gabri va diriger les chœurs.

— Je ne crois pas que nous ayons besoin de musique, dit Gamache.

— Moi non plus, mais il vous faudra entrer. Il a un trousseau de clés.

— Le club de tir à l'arc est ouvert, mais l'église est fermée à clé ?

— Le prêtre vient de Montréal, expliqua Peter.

Gamache dit au revoir, puis les trois traversèrent le parc du village, à présent familier. D'instinct, ils donnaient de légers coups de pied en foulant les feuilles mortes, soulevant une légère turbulence et un parfum de musc automnal.

Le gîte touristique était situé de biais devant la rangée d'édifices commerciaux, au coin du chemin Old Stage, une autre route qui sortait de Three Pines. Il avait jadis servi de halte de diligence sur la route fréquentée qui reliait Williamsburg à Saint-Rémy. Longtemps abandonné, il avait, avec l'arrivée d'Olivier et de Gabri, retrouvé sa vocation : loger des voyageurs fatigués. Gamache confia à Beauvoir son intention d'y trouver à la fois de l'information et des chambres.

— Pour combien de temps ? demanda Beauvoir.

— Jusqu'à ce que l'affaire soit résolue ou qu'on nous retire le dossier.

— Ça devait être une sacrément bonne baguette.

— Je vous le dis, Jean-Guy, s'il avait mis des champignons dessus, je lui aurais acheté son bistro et j'y aurais emménagé sur-le-champ. Ce sera beaucoup plus confortable ici que certains endroits où nous nous sommes retrouvés.

En effet. Leurs enquêtes les avaient menés loin de chez eux, à Kuujjuaq et à Gaspé, à Schefferville et à Baie-James. Ils avaient dû rester loin de chez eux pendant plusieurs semaines d'affilée. Beauvoir avait espéré que ce serait différent cette fois, en raison de la proximité de Montréal. Ce n'était apparemment pas le cas.

— Réservez pour moi.

— Nichol ? dit-il par-dessus son épaule. Voulez-vous rester aussi ?

Yvette Nichol eut l'impression d'avoir gagné à la loterie.

— Merveilleux. Je n'ai pas de vêtements de rechange, mais ce n'est pas un problème. Je pourrais en emprunter et laver ceux-ci dans la baignoire, ce soir...

Gamache leva la main.

— Vous n'écoutiez pas. Nous rentrons ce soir et nous revenons ici demain.

"Merde." Chaque fois qu'elle montrait de l'enthousiasme, il lui bottait le cul. Allait-elle apprendre un jour ?

Des citrouilles sculptées étaient posées sur chacune des marches menant au majestueux balcon du gîte touristique. A l'intérieur, des tapis orientaux usés et des fauteuils rembourrés, des abat-jour à pompons et une collection de lampes à huile donnèrent à Gamache le sentiment d'entrer chez ses grands-parents. Pour ajouter à l'impression, l'endroit sentait les gâteaux. Juste alors apparut, par une porte battante, un homme massif portant un tablier en dentelle où il était inscrit "Chef, mais pas chétif". Gamache fut renversé : il croyait voir sa grand-mère.

Gabri poussa un immense soupir et posa une main blafarde sur son front, à la manière de Gloria Swanson.

— Des muffins ?

La question était si inattendue que même Gamache en fut déconcerté.

— Pardon, monsieur ?

— J'en ai aux carottes, aux dattes, aux bananes, et j'ai aussi préparé un hommage à Jane, que j'ai baptisé "Charles de Mills".

Sur ce, Gabri disparut, puis réapparut un moment plus tard avec un plateau sur lequel étaient posés en cercles des muffins merveilleusement décorés de fruits et de roses.

— Ce ne sont pas ses roses Charles de Mills, bien sûr. Elles sont mortes depuis longtemps.

Gabri fondit en larmes et le plateau vacilla dangereusement. Il fut sauvé par la réaction rapide de Beauvoir, motivée par l'appétit.

— Désolé. Excusez-moi. Je suis si triste.

Gabri s'effondra sur l'un des sofas, les bras ballants et les jambes molles. Gamache avait le sentiment qu'en dépit de toute sa comédie cet homme était sincère. Il donna à Gabri le temps de se calmer, même s'il doutait que Gabri eût jamais été calme. Il lui demanda alors de passer le mot à propos de l'assemblée publique du lendemain et d'ouvrir l'église. Il réserva également des chambres au gîte touristique.

— On sert généralement un brunch plutôt qu'un petit-déjeuner, précisa Gabri. Mais vous pouvez prendre votre brunch à l'heure du petit-déjeuner, si vous voulez, puisque c'est vous qui allez permettre que justice soit faite.

— Savez-vous qui aurait pu la tuer ?

— Un chasseur, non ?

— Ce n'est pas certain. Sinon, quel nom vous vient à l'esprit ?

Gabri prit un muffin. Beauvoir considéra qu'on lui donnait la permission de se servir. A peine sortis du four, ils étaient encore tout chauds.

Gabri mangea deux muffins en silence, puis dit calmement :

— Il ne me vient personne à l'esprit, mais...

Il hésita, tourna ses yeux bruns et intenses vers Gamache, puis poursuivit :

— Devrais-je vous le dire ? Ecoutez, vous savez ce qu'un meurtre a de plus horrible ? C'est qu'on ne le voit pas venir. Bon, je ne m'exprime pas très bien...

Il prit un autre muffin et l'engouffra, y compris la rose.

— Les gens contre qui j'ai été le plus en colère ne s'en sont peut-être jamais rendu compte. Est-ce que ça vous paraît possible ?

Il semblait supplier Gamache de comprendre.

— Oui. Tout à fait, dit Gamache, sincère.

Peu de gens comprennent si rapidement que la plupart des meurtres prémédités naissent de la rancœur, de l'avidité, de la jalousie, de la peur, toutes réprimées. Comme le disait Gabri, on ne le voit pas venir, car le meurtrier est un maître de l'image, de la façade trompeuse, il sait présenter un extérieur posé, même placide, qui masque l'horreur. C'est pourquoi l'expression qu'on retrouve le plus souvent sur les visages des victimes n'est ni la peur ni la colère, mais la surprise.

— Qui sait quel mal se cache dans le cœur des hommes ? dit Gabri.

Gamache se demanda s'il savait qu'il citait une vieille dramatique radiophonique.

Gabri fit un clin d'œil, avant de s'éclipser de nouveau. A son retour, il tendit à Gamache un petit sac de muffins.

— Une autre question, dit Gamache, qui tenait le sac d'une main et la poignée de porte de l'autre. Vous avez mentionné la rose Charles de Mills.

— C'était la préférée de Jane. Ce n'est pas une rose ordinaire, inspecteur-chef. Pour les rosiéristes, c'est l'une des plus raffinées du monde. Un rosier de jardin ancien. Il ne fleurit qu'une fois par année, mais avec opulence. Puis, la fleur disparaît. C'est pourquoi j'ai préparé des muffins à l'eau de rose en hommage à Jane. Ensuite, je les ai mangés, comme vous l'avez vu. Je mange toujours ma douleur.

Gabri sourit légèrement. Considérant la taille de l'homme, Gamache s'étonna de la quantité de douleur qu'il devait avoir. Et de peur, peut-être. Et de colère ? Qui sait.

Ben Hadley les attendait devant l'école, comme Beauvoir le lui avait demandé au téléphone.

— Vu de l'extérieur, est-ce que tout vous semble normal, monsieur Hadley ? demanda Gamache.

Pris de court par la question, Ben regarda autour de lui. Gamache se demanda s'il n'était pas toujours un peu surpris.

— Oui. Voulez-vous voir à l'intérieur ?

Ben tendit la main vers la poignée de porte, mais Beauvoir lui saisit le bras pour arrêter son geste.

L'inspecteur tira aussitôt de sa veste un rouleau de ruban jaune, qu'il remit à Yvette Nichol. Pendant qu'elle obstruait la porte et les fenêtres au moyen de ce ruban où était inscrit "ACCÈS INTERDIT – SÛRETÉ DU QUÉBEC", Beauvoir donna des explications.

— Mlle Neal semble avoir été tuée au moyen d'une flèche. Nous devons examiner soigneusement votre local, au cas où l'arme viendrait d'ici.

— Mais c'est ridicule !

— Pourquoi ?

Ben se contenta de regarder autour d'eux, comme si ce décor paisible en disait assez long. Il déposa les clés dans la main tendue de Beauvoir.

En manœuvrant la voiture à l'entrée du pont Champlain, en direction de Montréal, l'agente Nichol regarda l'inspecteur-chef Gamache, absorbé dans ses réflexions et silencieux sur le siège passager, puis vit, dominant la silhouette de la ville, l'immense croix du mont Royal qui venait de s'allumer. Pour elle, sa famille avait peut-être retardé le repas de Thanksgiving. Elle faisait tout pour elle, elle le savait, à la fois réconfortée et embarrassée par cette certitude. Tout ce qu'elle avait à faire, c'était réussir.

En rentrant chez lui, ce soir-là, Gamache sentit l'odeur du rôti de perdrix. C'était l'une des spécialités de Reine-Marie lors des réceptions, ce petit gibier à plumes enveloppé dans le bacon et cuit lentement dans une sauce au vin et aux baies de genièvre. Normalement, il aurait préparé la farce de riz sauvage, mais elle s'en était probablement chargée. Ils échangèrent des nouvelles pendant qu'il se déshabillait et prenait une douche. Elle lui parla du baptême et du buffet qui avait suivi. Elle était presque certaine d'être allée au bon baptême, même si elle n'avait pas reconnu tous les gens présents. Il lui parla de sa journée et de l'affaire. Il lui raconta tout. Il était l'un des rares policiers à le faire, mais il ne voyait pas très bien comment il aurait pu avoir une relation profonde avec Reine-Marie en dissimulant cette part de sa vie. Alors il lui disait tout, et elle lui disait tout. Jusque-là, après une trentaine d'années, cela semblait fonctionner.

Leurs amis arrivèrent, et ce fut une soirée paisible et détendue. Quelques bonnes bouteilles de vin, un excellent repas de Thanksgiving, et une compagnie chaleureuse et attentive. Gamache se rappela le début d'*Orlando* de Virginia Woolf. A travers les âges, Orlando ne cherche ni la richesse, ni la gloire, ni les honneurs. Non, tout ce qu'il veut, c'est de la compagnie.

Dans le lit, Clara s'était bercée et bercée encore, apaisant sa peine. Plus tôt dans la journée, elle avait cru s'être fait arracher le cœur et le cerveau. A présent, elle les avait retrouvés, mais en miettes. Son esprit bondissait follement de tous côtés, mais revenait toujours à cette unique brûlure.

Peter se dirigea doucement vers la porte de la chambre à coucher et regarda à l'intérieur. Grand Dieu, d'une certaine manière, il était jaloux. Jaloux de l'emprise de Jane sur Clara. Il se demandait si Clara aurait réagi ainsi s'il était mort. Il s'aperçut que, s'il était mort dans les bois, Clara aurait eu Jane pour la réconforter. Jane aurait su quoi faire. A cet instant, une porte s'ouvrit pour Peter. Pour la première fois de sa vie, il se demanda ce que ferait quelqu'un d'autre. Que ferait Jane si elle était encore là, et lui, mort ? Il reçut sa réponse. En silence, il s'allongea près de Clara et l'enveloppa de son corps. Pour la première fois depuis qu'elle avait appris la nouvelle, son cœur et son esprit se calmèrent. Pour un seul instant de grâce, le sentiment amoureux occulta la douleur de la perte.

4

— Du pain grillé ? hasarda Peter, le lendemain, en s'adressant au dos de Clara qui pleurait comme une Madeleine.

— Jhjh'vhheux pa-has de pain-ain grillé, dit-elle en sanglotant, tandis qu'un mince filet de bave coulait de sa bouche et allait former une petite flaque luisante à ses pieds.

Ils étaient debout, nu-pieds, dans la cuisine où ils avaient commencé à préparer le petit-déjeuner. En temps normal, ils auraient déjà pris une douche et, faute de s'habiller, auraient au moins mis des pantoufles et recouvert d'un peignoir leur pyjama de flanelle. Mais ce matin-là n'était pas comme les autres. A présent, Peter le voyait bien.

Après avoir passé toute la nuit à tenir Clara dans ses bras, il avait osé espérer que le pire était passé. Qu'aujourd'hui sa femme serait là, malgré sa peine. Mais celle qu'il connaissait et aimait s'était fait avaler. Comme Jonas. Par une baleine blanche de perte et de chagrin, dans un océan de larmes.

— Clara ? Il faut qu'on se parle. On peut se parler ?

Peter avait envie de retourner se blottir dans leur lit chaud, avec une cafetière pleine, des tartines grillées et des confitures, et le dernier catalogue d'outils de jardinage Lee Valley. Mais il était nu-pieds au milieu du plancher froid de la cuisine et brandissait une baguette de pain, telle une baguette magique, dans le dos de Clara. Il n'aimait pas l'image de la baguette magique. C'était peut-être une épée. Mais comment peut-on brandir une épée contre sa femme ? Il l'agita, et le pain croustillant se cassa. "Ça suffit, se dit-il, l'image devient trop confuse."

— Il faut qu'on parle de Jane.

Il revint à la situation, mit sur le comptoir les tragiques débris d'épée, et posa une main sur l'épaule de Clara. Pendant un moment, il sentit la douceur de la flanelle, puis, d'une secousse, l'épaule se dégagea de sa main.

— Te rappelles-tu quand tu discutais avec Jane et que je partais en faisant un commentaire grossier ?

Clara regardait fixement devant elle, reniflant de temps à autre à mesure que son nez coulait.

— Je m'en allais peindre dans mon atelier. Mais je laissais la porte ouverte. Tu ne le savais pas, hein ?

Pour la première fois depuis vingt-quatre heures, il décela un éclair d'intérêt. Elle se tourna vers lui en s'essuyant le nez du dos de la main. Peter résista à l'envie d'aller chercher un mouchoir de papier.

— Chaque semaine, pendant que vous parliez, Jane et toi, j'écoutais en peignant. Pendant des années et des années. J'ai fait mon meilleur travail en vous écoutant. C'était un peu comme quand j'étais petit, étendu sur le lit, en train d'écouter maman et papa qui discutaient en bas. C'était réconfortant. Mais encore meilleur. Jane et toi, vous parliez de tout. De jardinage, de livres, de relations, de cuisine. De vos croyances. Tu te rappelles ?

Clara baissa les yeux vers ses mains.

— Vous croyiez toutes les deux en Dieu. Clara, tu dois retrouver ce en quoi tu crois.

— Qu'est-ce que tu veux dire ? Je sais ce que je crois.

— Qu'est-ce que c'est ? Dis-moi.

— Va-t'en. Laisse-moi !

Maintenant, elle s'en prenait à lui.

— Où sont tes larmes ? Hein ? Tu es plus mort qu'elle. Tu ne peux même pas pleurer. Et quoi, maintenant ? Tu veux que j'arrête ? Ça ne fait même pas une journée, et qu'est-ce que tu fais ? Tu t'ennuies ? Tu n'es plus le centre de l'univers ? Tu veux que tout redevienne comme avant, comme ça ?

Ce disant, Clara fit claquer ses doigts devant son visage.

— Tu me dégoûtes !

Peter esquiva l'attaque, blessé, et faillit dire toutes ces choses qui la blesseraient autant qu'elle venait de le blesser.

— Va-t'en ! hurla-t-elle entre deux hoquets.

Il voulut partir. Depuis la même heure, la veille, il voulait s'en aller. Mais il était resté. Maintenant, plus que jamais, il voulait s'enfuir. Juste un court moment. Une promenade dans le parc, un café avec Ben. Une douche. Cela paraissait raisonnable et justifié. Au lieu de cela, il se pencha de nouveau vers elle, prit ses mains couvertes de morve et les embrassa. Elle tenta de les retirer, mais il les retint fermement.

— Clara, je t'aime. Je te connais. Tu dois retrouver ce en quoi tu crois, ce en quoi tu crois vraiment, sincèrement. Toutes ces années, tu as parlé de Dieu. Tu as écrit sur ta foi. Tu as dessiné des anges dansants et des déesses languissantes. Est-ce que Dieu est ici, maintenant, Clara ? Est-ce qu'il est dans cette pièce ?

Sa voix douce calma Clara. Elle se mit à écouter.

— Est-ce qu'il est ici ?

Peter dirigea lentement son index vers sa poitrine à elle, sans tout à fait la toucher.

— Est-ce que Jane est avec lui ?

Peter continua. Il savait où aller. Cette fois, ce n'était pas ailleurs.

— Après tous ces débats entre Jane et toi, ces rires et ces discussions, elle connaît la réponse. Elle a rencontré Dieu.

La bouche de Clara s'ouvrit toute grande et elle regarda fixement devant elle. Là. C'était là. Son continent. C'était là qu'elle pouvait mettre sa douleur. Jane était morte et se trouvait désormais auprès de Dieu. Peter avait raison. Dieu, elle y croyait ou n'y croyait pas. C'était l'un ou l'autre. Mais elle ne pouvait plus dire qu'elle y croyait tout en agissant autrement. Elle croyait vraiment en Dieu. Elle croyait aussi que Jane était avec lui. Soudain, sa douleur et sa peine devenaient humaines et naturelles. Elle pouvait y survivre. Elle pouvait les placer en ce lieu où Jane se trouvait avec Dieu.

Ce fut un tel soulagement ! Elle regarda Peter, son visage penché vers elle. Ses cernes sous les yeux. Ses cheveux gris et ondulés, hérissés. Elle passa la main dans le chaos de sa propre chevelure et y trouva, enfouie, une barrette. Elle l'enleva, avec quelques cheveux, et posa sa main sur la tête de Peter. En silence, elle l'attira vers elle et, de l'autre main, lissa la chevelure rebelle et y planta sa barrette. Ce faisant, elle lui murmura à l'oreille :

— Merci. Je m'excuse.

Peter se mit à pleurer. Avec effroi, il sentit les larmes qui lui montaient aux yeux. Le fond de sa gorge brûlait. Incapable de se retenir, il éclata. Il pleura comme il avait pleuré, enfant, lorsque, étendu sur le lit, écoutant les voix rassurantes de ses parents qui montaient du rez-de-chaussée, il s'était tout à coup rendu compte qu'ils parlaient de divorce. Il prit Clara dans ses bras et la serra contre sa poitrine, en priant pour ne jamais la perdre.

Au quartier général de la Sûreté, à Montréal, la rencontre fut brève. La médecin légiste espérait recevoir un rapport préliminaire dans l'après-midi et allait passer par Three Pines en rentrant chez elle. Jean-Guy Beauvoir rapporta sa conversation avec Robert Lemieux, de la Sûreté de Cowansville, toujours désireux d'apporter son aide.

— Il dit que Yolande Fontaine n'a aucun casier judiciaire. Quelques vagues soupçons de pratiques douteuses en tant qu'agente immobilière, mais rien d'illégal jusqu'ici. Son mari et son fils, en revanche, sont assez bien connus de la police locale et de la Sûreté. Son mari, c'est André Malenfant, trente-sept ans. Cinq chefs d'accusation pour ébriété et trouble à l'ordre public. Deux pour agression. Deux pour effraction.

— Est-ce qu'il a déjà été incarcéré ? demanda Gamache.

— Quelques séjours à Bordeaux et pas mal de nuits en détention provisoire à la prison locale.

— Et le fils ?

— Bernard Malenfant, quatorze ans. Il semble suivre les traces de son père. Incontrôlable. Beaucoup de plaintes de l'école et de parents.

— Est-ce que ce garçon a été vraiment accusé de quoi que ce soit ?

— Non. Il s'en est tiré avec un ou deux avertissements, c'est tout.

Quelques officiers dans la pièce renâclèrent cyniquement. Gamache connaissait assez Jean-Guy Beauvoir pour savoir qu'il gardait toujours le meilleur pour la fin. Son langage corporel disait à Gamache qu'il restait quelque chose.

— Par ailleurs, dit Beauvoir avec une lueur de triomphe dans les yeux, André Malenfant est un chasseur. Vu ses condamnations, il n'a plus de permis de chasse pour son fusil. Mais…

Gamache aimait bien regarder Beauvoir s'adonner à son penchant pour la flamboyance, qui n'allait jamais plus loin qu'une pause dramatique.

— … cette année, pour la première fois, il a demandé et obtenu un permis de chasse à l'arc.

Pa-pam.

La réunion se termina. Beauvoir distribua les affectations et les équipes partirent. Pendant que la salle se vidait, Nichol commença à se lever, mais Gamache l'arrêta. Ils étaient seuls, à présent, et il voulait avoir un entretien tranquille. Il l'avait observée pendant la réunion : elle avait encore choisi un siège éloigné de son voisin et n'avait pas pris de café ni de viennoiserie avec les autres. En fait, elle n'avait rien fait comme les autres. Cette volonté de se mettre à l'écart de l'équipe paraissait délibérée. Ses vêtements étaient quelconques pour une Montréalaise d'une vingtaine d'années. Elle n'avait rien de l'extravagance caractéristique des Québécoises. Il s'aperçut qu'il s'était habitué à un certain individualisme chez les membres de son équipe. Mais Yvette Nichol semblait vouloir rester invisible. Son ensemble, d'un bleu terne, était confectionné dans un tissu bon marché. Les épaules étaient légèrement rembourrées, et les bosses de caoutchouc mousse trahissaient la marchandise à bas prix. Sous ses aisselles se faufilait une fine ligne blanche, là où s'était arrêtée la marée de la transpiration la dernière fois qu'elle avait porté cet ensemble. Elle ne l'avait pas fait nettoyer. Il se demanda si elle confectionnait ses propres vêtements. Si elle habitait encore chez ses parents. S'ils étaient fiers d'elle et à quel point ils faisaient pression sur elle pour qu'elle réussisse. Il se demanda si tout cela expliquait la seule chose qui la distinguait des autres : sa suffisance.

— Vous êtes une apprentie, vous êtes ici pour apprendre, dit-il d'un ton calme, en s'adressant directement à son visage un peu pincé. Par conséquent, un certain enseignement est nécessaire. Aimez-vous apprendre ?

— Oui, monsieur.

— Comment apprenez-vous ?

— Pardon ?

— La question est claire. Réfléchissez, s'il vous plaît, et répondez.

Ses yeux brun foncé étaient, comme toujours, vifs et chaleureux. Il parlait calmement, mais fermement. Sans hostilité, mais avec insistance. C'était nettement le ton du patron s'adressant à la jeune recrue. Elle fut prise de court. La veille, il avait été si sympathique, si courtois qu'elle avait cru pouvoir en tirer avantage. A présent, elle commençait à se rendre compte de son erreur.

— J'apprends en observant et en écoutant, monsieur.

— Et ?

"Et quoi ?" Ils étaient assis là, et Gamache faisait comme s'il avait toute la journée, même si elle savait qu'il devait diriger une rencontre publique à Three Pines dans seulement deux heures, et qu'ils avaient la route devant eux. La pensée de l'agente Nichol se figea. "Et… et…"

— Pensez-y. Ce soir, vous pourrez me dire ce que vous avez trouvé. Pour l'instant, laissez-moi vous dire comment je travaille. Et quelles sont mes attentes à votre égard.

— Oui, monsieur.

— J'observe. Je suis très observateur. Je remarque des choses. Et j'écoute. J'écoute attentivement ce que disent les gens, le choix de leurs mots, le ton de leur voix. Ce qu'ils ne disent pas. C'est la clé, agente Nichol : le choix.

— Le choix ?

— Nous choisissons nos pensées, nos perceptions, nos attitudes. Peut-être sans nous en rendre compte, ou sans y croire, mais c'est un fait. J'en ai la conviction profonde. J'ai pu le vérifier à maintes reprises, dans bien des tragédies. Dans bien des triomphes. C'est une question de choix.

— Comme un choix d'école ? Ou de repas ?

— De vêtements, de coiffure, d'amis. Oui. Au départ. La vie est un choix. Du matin au soir, tous les jours. A qui l'on parle, où l'on s'assoit, ce que l'on dit, comment on le dit. Notre vie est définie par nos choix. C'est aussi simple et aussi complexe que cela. Et aussi fort. Alors, quand j'observe, c'est ce que je cherche à observer. Les choix des gens.

— Qu'est-ce que je peux faire, monsieur ?

— Vous pouvez apprendre. Vous pouvez observer, écouter et faire ce qu'on vous dit. Vous êtes une jeune recrue. Personne ne s'attend à ce que vous sachiez tout. Si vous faites semblant de savoir, vous n'allez pas vraiment apprendre.

Yvette Nichol se sentit rougir et maudit son corps, qui la trahissait depuis toujours. Elle avait tendance à s'empourprer. "Peut-être, lui souffla une voix intérieure, peut-être que, si tu cessais de faire semblant, tu arrêterais aussi de rougir." Mais la voix était très faible.

— Je vous ai observée, hier. Vous avez fait du bon travail. Vous nous avez vite amenés à l'hypothèse de la flèche. C'est excellent. Mais vous devez aussi écouter. Ecouter les villageois, écouter les suspects et les rumeurs, écouter vos instincts et vos collègues.

L'agente Nichol aimait entendre ce mot : collègues. Jusque-là, elle n'en avait jamais eu. A la division des autoroutes, à la Sûreté, elle travaillait plus ou moins seule et, avant, à la police de Repentigny, elle avait toujours eu l'impression que les gens attendaient la première occasion de pouvoir la dénigrer. C'était bien d'avoir enfin des collègues. Gamache se pencha vers elle.

— Vous devez apprendre que vous avez des choix. Quatre choses mènent à la sagesse. Etes-vous prête à les entendre ?

Elle fit signe que oui, tout en se demandant quand le travail policier allait débuter.

— Il y a quatre phrases qu'on apprend à dire, et à dire avec sincérité.

Gamache leva une main fermée, puis déplia ses doigts l'un après l'autre pour souligner chaque élément.

— Je ne sais pas. J'ai besoin d'aide. Pardonnez-moi. Et une autre.

Gamache réfléchit un moment, sans pouvoir se rappeler.

— J'ai oublié. Mais nous en reparlerons ce soir, n'est-ce pas ?

— Bien, monsieur. Merci.

Assez étrangement, elle s'aperçut qu'elle était sincère.

Après le départ de Gamache, Nichol sortit son carnet. Elle ne voulait pas prendre des notes pendant qu'il parlait, pour ne pas paraître ridicule. Rapidement, elle écrivit : pardonnez-moi, je ne sais pas, j'ai besoin d'aide, j'ai oublié.

En passant de la douche à la cuisine, Peter remarqua deux choses. Le café était presque prêt et Clara était blottie contre Lucy, elle-même recroquevillée, le museau entre les pattes de derrière.

— Ça m'a soulagée, hier soir, dit Clara, tournant la tête pour voir les pantoufles de Peter et, d'instinct, sous son peignoir.

Peter s'agenouilla et embrassa Clara. Il embrassa ensuite la tête de Lucy. Mais le chien ne bougea pas.

— La pauvre.

— Je lui ai offert des morceaux de banane, mais elle n'a même pas levé les yeux.

Chaque jour de la vie de Lucy, Jane avait tranché une banane au petit-déjeuner et miraculeusement laissé tomber l'un des disques parfaits sur le plancher, où il était aussitôt happé. Chaque matin, les prières de Lucy étaient exaucées, ce qui confirmait sa croyance : Dieu était une vieille femme maladroite qui sentait la rose et habitait dans la cuisine.

Mais c'était fini.

Lucy savait que son Dieu était mort. Et que le miracle n'était pas la banane, mais la main qui l'offrait.

Après le petit-déjeuner, Peter et Clara revêtirent tous deux des vêtements d'automne et traversèrent le parc du village pour aller chez Ben. Les nuages gris annonçaient de la pluie, et le vent était humide et mordant. Avant même d'entrer chez Ben, ils furent accueillis, sur le balcon, par l'arôme d'ail et d'oignons sautés. Clara savait que, si elle devenait aveugle, elle saurait toujours qu'elle se trouvait dans la maison de Ben. Cela sentait le chien malodorant et les vieux livres. Tous les chiens de Ben avaient senti mauvais, pas seulement Daisy, et cela ne semblait pas associé à l'âge. Clara ne savait pas trop s'il leur donnait cette odeur ou les attirait tels quels. Mais maintenant, soudainement, cet endroit sentait la cuisine familiale. Au lieu de s'en réjouir, Clara eut une légère nausée, comme si une autre certitude avait disparu. Elle voulait ravoir l'ancienne odeur. Elle voulait revoir Jane. Elle voulait que tout soit comme avant.

— Ah, je voulais vous faire une surprise ! dit Ben en venant serrer Clara dans ses bras. Du chili con carne.

— Mon aliment-réconfort préféré.

— Je n'en ai jamais fait, mais j'ai quelques-uns des livres de recettes de ma mère, et j'ai trouvé celle-là dans *La Joie de cuisiner*. Ça ne nous ramènera pas Jane, mais ça soulagera peut-être notre douleur.

En voyant l'immense livre de cuisine ouvert sur le comptoir, Clara se cabra. Il venait de cette maison. La maison de Timmer. La maison qui repoussait l'amour et le rire, et attirait les serpents et les souris. Elle l'avait en horreur et s'aperçut que sa révulsion s'étendait aux objets qui en provenaient.

— Mais, Ben, tu aimes Jane, toi aussi. C'est toi qui l'as trouvée. Ça a dû être un cauchemar.

— Oui.

Il leur en parla un peu, le dos tourné, sans oser faire face à Peter et Clara, comme si c'était lui, le responsable. Il remuait la viande hachée qui cuisait, tandis que Clara l'écoutait en ouvrant les boîtes de conserve nécessaires. Après un moment, elle tendit l'ouvre-boîte à Peter et dut s'asseoir. Le récit de Ben se déroulait dans sa tête comme un film. Elle s'attendait toujours à ce que Jane se lève. Lorsque Ben eut fini, Clara s'excusa et passa de la cuisine à la salle de séjour.

Elle posa une autre petite bûche sur le feu et écouta le murmure tranquille de Peter et de Ben. Elle ne distinguait pas les mots, juste leur familiarité. Une nouvelle vague de tristesse la submergea. Elle avait perdu sa confidente. Celle avec qui elle se livrait à de réconfortants babillages. Elle ressentait autre chose, un brin de jalousie envers Peter, qui pouvait encore compter sur Ben. Il pouvait lui rendre visite n'importe quand, mais sa meilleure amie à elle avait disparu. Elle savait que c'était affreusement mesquin et égoïste, mais c'était ainsi. Elle respira à fond, inhalant l'odeur d'ail, d'oignon, de hachis en friture et d'autres odeurs apaisantes. Nellie avait dû nettoyer récemment, car elle détectait une odeur fraîche de détergent. De propreté. Clara se sentit mieux, elle savait que Ben était son ami à elle aussi, pas seulement celui de Peter. Qu'elle n'était pas seule, à moins d'en faire le choix. Elle savait aussi que l'odeur de Daisy finirait par l'emporter sur celle de l'ail sauté.

L'église Saint-Thomas était en train de se remplir lorsque Peter, Clara et Ben arrivèrent. Comme la pluie ne faisait que commencer, il n'y avait pas beaucoup de mouvement. Sur le côté de la chapelle, le minuscule parc de stationnement était rempli, et camions et voitures bordaient le chemin circulaire. A l'intérieur, la petite église était chaude et bondée. Cela sentait la laine humide et les bottes terreuses. Les trois se faufilèrent dans la file de personnes appuyées contre le mur du fond. Clara sentit de petites bosses dans son dos et, se retournant, elle vit qu'elle s'était adossée au tableau d'affichage en liège. Des avis concernant le thé et la vente d'artisanat semestriels, la réunion des scouts, les cours de gymnastique de Hanna les lundis et les jeudis matin, les mercredis du club de bridge à dix-neuf heures trente, et de vieilles annonces jaunies des "nouveaux" horaires de services religieux datant de 1967.

— Je m'appelle Armand Gamache.

L'homme imposant occupait la position principale. Ce matin-là, il portait une veste de tweed et un pantalon de flanelle grise, avec une cravate bordeaux, simple et élégante, par-dessus sa chemise Oxford. Comme il avait retiré sa casquette, Clara vit sa calvitie, qu'il ne tentait pas de masquer. Ses cheveux étaient grisonnants, tout comme sa moustache bien taillée. On aurait dit un châtelain s'adressant aux villageois. Il était habitué à commander et cela lui allait bien. La salle se tut immédiatement, à l'exception d'une toux persistante à l'arrière.

— Je suis l'inspecteur-chef de l'escouade des homicides de la Sûreté du Québec.

Un murmure général accueillit ces mots, dont il attendit la fin.

— Voici mon adjoint, l'inspecteur Jean-Guy Beauvoir.

Beauvoir s'avança et salua d'un mouvement de la tête.

— Il y a d'autres policiers de la Sûreté dans la salle. J'imagine que vous les reconnaissez sans peine.

Il ne mentionna pas le fait que la plupart de ses hommes étaient en train de fouiller de fond en comble le local du club de tir à l'arc.

Clara se dit que la personne qui avait tué Jane faisait probablement partie de la foule rassemblée à Saint-Thomas. Elle regarda autour d'elle et repéra Nellie et son mari Wayne, Myrna et Ruth, Olivier et Gabri. Matthew et Suzanne Croft étaient assis dans la rangée derrière eux. Mais pas Philippe.

— Nous pensons que la mort de Jane Neal est accidentelle, mais, jusqu'ici, personne ne s'est livré.

Gamache fit une pause et Clara remarqua son calme et sa concentration. Ses yeux intelligents balayèrent posément l'assistance, puis il poursuivit :

— Si c'est un accident et que la personne qui l'a tuée est ici, je veux qu'elle sache une ou deux choses.

Clara ne croyait pas que la salle pouvait devenir plus silencieuse, mais c'est ce qui arriva. Même la toux s'arrêta, miraculeusement guérie par la curiosité.

— Vous avez dû passer un moment horrible en réalisant ce que vous aviez fait. Mais vous devez vous avancer et l'avouer. Plus vous attendez, plus ce sera difficile. Pour nous, pour le village et pour vous-même.

L'inspecteur-chef Gamache se tut. Lentement, il promena ses yeux sur la salle, et chaque personne eut l'impression d'être fouillée du regard. La salle attendit. Il y eut un frisson : chacun entretenait l'idée que, peut-être, le responsable se lèverait.

Clara croisa le regard de Yolande Fontaine, qui lui sourit faiblement. Clara la détestait cordialement, mais elle lui retourna son sourire. André, le mari maigrichon de Yolande, se grattait les cuticules et, à l'occasion, les mordillait. Leur fils Bernard, remarquablement laid, l'air maussade, la mâchoire pendante, était affalé sur son banc. Il semblait s'ennuyer et envoyait des grimaces à ses amis de l'autre côté de l'allée, entre deux bouchées de bonbons.

Personne ne bougeait.

— Nous vous trouverons. C'est notre rôle.

Gamache respira profondément, comme s'il s'apprêtait à changer de sujet.

— Nous menons notre enquête comme si c'était un meurtre, bien que nous en doutions. J'ai ici le rapport préliminaire de la médecin légiste.

Il ouvrit son assistant personnel.

— Il confirme que Jane Neal est morte entre six heures trente et sept heures, hier matin. Il semble que l'arme utilisée soit une flèche.

Cette phrase déclencha une vague de murmures.

— Je dis "semble", parce qu'on n'a trouvé aucune arme. C'est un problème et cela va à l'encontre de l'hypothèse du simple accident. L'absence d'arme, combinée au fait que personne n'a revendiqué la responsabilité de l'accident, explique pourquoi nous devons considérer cette mort comme suspecte.

Gamache fit une pause et regarda l'assemblée. Une mer de visages bien intentionnés le dévisageaient, avec, çà et là, quelques récifs de mauvaise humeur. "Ils n'ont aucune idée de ce qui est sur le point de leur arriver", se dit-il.

— Voici donc comment cela va se passer. Vous allez nous voir partout. Nous allons poser des questions, vérifier des antécédents, vous parler non seulement à vous, mais aussi à vos voisins, à vos employeurs, à votre famille et à vos amis.

Un autre murmure, cette fois hostile. Gamache fut presque certain d'entendre le mot "fasciste" à gauche, vers le bas. Il glissa un regard et vit Ruth Zardo.

— Vous n'avez rien demandé de tout cela, mais c'est la réalité actuelle. Jane Neal est morte et nous y sommes tous confrontés. Nous avons un travail à faire et vous devez nous aider, ce qui veut dire accepter des choses que vous n'accepteriez pas normalement. C'est la vie, tout simplement. J'en suis désolé. Mais les faits sont là.

Le murmure diminua et il y eut même des hochements de tête approbateurs.

— Nous avons tous des secrets et, avant la fin de l'enquête, je saurai la plupart des vôtres. S'ils ne sont pas pertinents, ils s'éteindront avec moi. Mais je les découvrirai. Presque tous les jours, en fin d'après-midi, je serai au bistro de M. Brûlé, en train de revoir mes notes. Vous êtes invités à vous joindre à moi pour une consommation et une conversation.

Le crime était profondément humain, Gamache le savait. La cause et l'effet. La seule façon qu'il connaissait d'attraper un criminel, c'était d'établir une relation avec les humains concernés. Bavarder dans un café était la plus agréable façon de le faire. La plus désarmante aussi.

— Des questions ?

— Sommes-nous en danger ? demanda Hanna Parra, l'élue locale.

Gamache s'y attendait. C'était une question difficile, car on ne savait pas vraiment s'il s'agissait d'un accident ou d'un meurtre.

— Je ne crois pas. Devriez-vous verrouiller vos portes le soir ? Toujours. Devriez-vous rester prudents en vous promenant dans les bois ou même dans le parc ? Oui. Devriez-vous ne pas faire ces choses ?

Il marqua une pause et vit toute une assemblée inquiète.

— As-tu verrouillé, hier soir ? murmura Clara à Peter.

Il fit un signe affirmatif de la tête et Clara lui pressa la main, soulagée.

— L'as-tu fait ? demanda-t-elle à Ben, qui secoua la tête.

— Non, mais je vais le faire ce soir.

— A vous de juger, dit Gamache. Le plus souvent, après un événement semblable, les gens réagissent par la prudence pendant environ une semaine. Puis, ils retournent à leur mode de vie plus confortable. Certains prennent ces précautions toute leur vie, d'autres reviennent à leurs vieilles habitudes. La plupart font preuve de prudence et trouvent un entre-deux. Il n'y a pas de bonne ou de meilleure façon. Franchement, je ferais attention dès maintenant, mais il est absolument inutile de paniquer.

Gamache sourit et ajouta :

— Cela ne semble pas être votre genre.

Il avait raison, même si la plupart avaient les yeux légèrement plus grands qu'à leur arrivée.

— De plus, je vais séjourner au gîte touristique, au cas où vous auriez des inquiétudes.

— Je m'appelle Old Mundin.

Un homme d'environ vingt-cinq ans se leva. Il était incroyablement beau, avec des cheveux noirs ondulés, un visage rude, taillé au couteau, et un corps qui trahissait de longues séances d'haltérophilie. Beauvoir lança à Gamache un regard amusé et confus. Cet homme s'appelait-il vraiment "Vieux" Mundin ? Il le nota sans conviction.

— Oui, monsieur Mundin ?

— J'ai entendu dire que Lucy n'était pas avec Jane quand elle est morte. Est-ce que c'est vrai ?

— Oui. Je crois comprendre que c'est très inhabituel.

— Exactement, mon ami. Elle allait partout avec sa chienne. Elle ne serait jamais allée dans les bois sans Lucy.

— Pour sa protection ? demanda Gamache.

— Non, parce que c'était comme ça. Si t'as un chien, pourquoi tu ne l'emmènes pas se promener avec toi ? C'est la première chose qu'on fait, le matin, quand un chien a envie de courir et de faire ses besoins. Non, monsieur. C'est pas logique.

Gamache se tourna vers l'assemblée.

— Est-ce que l'un d'entre vous sait pourquoi Jane aurait laissé Lucy à la maison ?

Clara était impressionnée par la question. Le chef de l'enquête, un officier supérieur de la Sûreté, leur demandait leur opinion. Un changement se produisit : du deuil et d'une certaine passivité, ils passaient à l'engagement. Cela devenait "leur" enquête.

— Si Lucy était malade ou en chaleur, Jane l'aurait laissée chez elle, s'écria Sue Williams.

— C'est vrai, dit Peter, mais Lucy a été opérée et elle est en bonne santé.

— Est-ce que Jane aurait vu des chasseurs et ramené Lucy à la maison pour qu'ils ne lui tirent pas dessus par erreur ? demanda Wayne Robertson, qui fut alors pris d'une quinte de toux et dut se rasseoir.

Nellie, sa femme, l'entoura de son bras généreux, comme si la chair pouvait écarter la maladie.

— Mais, demanda Gamache, serait-elle allée seule dans les bois pour affronter un chasseur ?

— Peut-être bien, dit Ben. Elle l'a déjà fait. Rappelez-vous, il y a quelques années, quand elle a attrapé…

Il s'arrêta, troublé. Des rires embarrassés et un murmure suivirent sa phrase laissée en suspens. Gamache haussa un sourcil et attendit.

— C'était moi, comme vous le savez tous.

Un homme se leva de son siège.

— Je m'appelle Matthew Croft.

La trentaine, supposa Gamache, taille moyenne, apparence quelconque. Une femme mince et tendue était assise auprès de lui. Le nom lui était familier.

— Il y a trois ans, j'ai chassé illégalement sur la propriété des Hadley. Mlle Neal m'a parlé et m'a demandé de partir.

— L'avez-vous fait ?

— Oui.

— Pourquoi donc étiez-vous là ?

— Ma famille est établie ici depuis des centaines d'années et on a été élevés dans la croyance que la propriété privée n'existe pas pendant la saison de la chasse.

— Ce n'est pas vrai, lança une voix sonore du fond de la salle.

Beauvoir s'affairait à prendre des notes.

Croft se tourna vers l'arrière.

— C'est toi, Henri ?

Henri Larivière, le sculpteur sur pierre, se dressa majestueusement.

— C'est comme ça que j'ai été élevé, poursuivit Croft. On m'a enseigné qu'il était permis de chasser là où on voulait : pour survivre, il fallait rapporter de la viande pour la saison.

— Les épiceries, Matthew. Loblaws, ça ne te suffit pas ? dit Henri, d'un ton calme.

— IGA ! Provigo ! crièrent les autres.

— Moi, fit Jacques Béliveau, le propriétaire du magasin général de l'endroit.

Tout le monde se mit à rire. Gamache laissa passer, se contentant d'observer et d'écouter, pour voir jusqu'où les choses iraient.

— Oui, les temps changent, reconnut Croft, exaspéré. Ce n'est plus nécessaire, mais c'est une belle tradition. Et une belle philosophie d'entraide entre voisins. Moi, j'y crois.

— Personne ne dit que tu n'y crois pas, Matt, intervint Peter en s'avançant. Je ne pense pas que tu aies à te justifier ni à justifier tes gestes, surtout ceux qui remontent à des années.

— Mais il le fait, monsieur Morrow, dit Gamache au moment même où Beauvoir lui tendait une note. Jane Neal a probablement été tuée par un chasseur entré sans autorisation sur la propriété de M. Hadley. Tous ceux à qui c'est déjà arrivé doivent s'expliquer.

Gamache jeta un coup d'œil à la note. En majuscules, Beauvoir avait écrit : "PHILIPPE CROFT A LANCÉ DU FUMIER. SON FILS ?" Gamache replia le papier et le mit dans sa poche.

— Chassez-vous encore où bon vous semble, monsieur Croft ?

— Non, monsieur.

— Pourquoi pas ?

— Parce que je respectais Mlle Neal, et parce que j'ai fini par entendre ce que les gens me disaient depuis des années. Je l'ai accepté. En fait, je ne chasse plus du tout, nulle part.

— Possédez-vous un équipement de chasse à l'arc ?

— Oui, monsieur.

Gamache balaya la salle du regard.

— J'aimerais que tous ceux qui possèdent un équipement de chasse à l'arc, même s'ils ne s'en servent plus depuis des années, donnent leurs noms et adresses à l'inspecteur Beauvoir.

— Juste pour la chasse ? demanda Peter.

— Pourquoi ? De quoi voulez-vous parler ?

— Les arcs fabriqués pour le tir récréatif, qu'on appelle des arcs recourbés, sont différents de l'équipement des chasseurs. Ceux-ci utilisent des arcs à poulies.

— Mais ils donneraient le même résultat si on s'en servait contre une personne ?

— Je crois bien.

Peter se tourna vers Ben, qui réfléchit un instant.

— Oui, dit Ben. Mais les flèches sont différentes. Il faudrait avoir une chance extraordinaire, ou une

132

malchance, j'imagine, pour tuer avec une flèche de tir sur cible.

— Pourquoi ?

— Eh bien, une flèche de tir sur cible a une pointe très courte, assez semblable à celle d'une balle de fusil. Mais une flèche de chasse, là, c'est autre chose. Je n'en ai jamais tiré, mais toi, Matt, tu l'as fait.

— La flèche de chasse est munie de quatre, parfois cinq lames de rasoir, qui se terminent en pointe.

Beauvoir avait disposé le chevalet et le bloc de papier près de l'autel. Gamache s'en rapprocha et dessina rapidement un grand cercle noir d'où sortaient quatre lignes, une copie de celui que Beauvoir avait tracé la veille au repas de midi.

— Est-ce que la blessure ressemblerait à ceci ?

Matthew Croft s'avança un peu et parut entraîner l'assemblée avec lui, car tout le monde se pencha en avant sur son siège.

— Exactement.

Gamache et Beauvoir braquèrent leurs regards sur lui. Ils avaient au moins une partie de leur réponse.

— Alors, dit Gamache presque pour lui-même, c'était donc une flèche de chasse.

Sans trop savoir si Gamache s'adressait à lui, Matthew Croft répondit :

— Oui, monsieur. Aucun doute là-dessus.

— A quoi ressemble une flèche de chasse ?

— Elle est en métal, creuse et très légère, avec des pennes.

— Et l'arc ?

— Un arc de chasseur s'appelle un arc à poulies et il est fabriqué en alliage.

— En alliage ? demanda Gamache. C'est métallique. Je croyais que c'était en bois.

— Avant, oui, admit Matthew.

— Il y en a encore, s'écria quelqu'un parmi la foule, provoquant l'hilarité générale.

— Ils se moquent de moi, inspecteur, dit Ben. Quand j'ai fondé le club de tir à l'arc, c'était avec de vieux arcs et de vieilles flèches. Du genre recourbé, traditionnel…

— Robin des Bois ! lança quelqu'un, provoquant d'autres ricanements.

— Et ses gais lurons ! renchérit Gabri, satisfait de son intervention.

Les rires furent ténus, mais Gabri ne les entendit pas, occupé qu'il était à dégager sa jambe de la poigne d'acier d'Olivier.

— C'est vrai, poursuivit Ben. Quand on a fondé le club, Peter et moi, on se passionnait pour Robin des Bois, les cow-boys et les Indiens. On se déguisait.

A côté de lui, Peter grognait et Clara renâclait au souvenir depuis longtemps oublié de ces deux amis parcourant la forêt en collants verts, portant des tuques de ski en guise de coiffures médiévales. A l'époque, ils avaient une vingtaine d'années. Clara savait aussi que Peter et Ben le faisaient encore parfois lorsqu'ils étaient sûrs que personne ne pouvait les voir.

— A l'époque, on n'avait rien que des arcs et des flèches de bois, dit Ben.

— Qu'est-ce que vous utilisez maintenant, monsieur Hadley ?

— Les mêmes arcs et les mêmes flèches. Je n'ai aucune raison de changer. Mais c'est seulement pour tirer sur des cibles, derrière l'école.

— Alors, permettez-moi de résumer. Les arcs et les flèches modernes sont en métal. Les anciens sont en bois, c'est ça ?

— C'est ça.

— Est-ce qu'une flèche traverserait un corps ?

— Oui, de part en part, dit Matthew.

— Vous parliez de cow-boys et d'Indiens, monsieur Hadley. Dans tous les vieux films, la flèche reste fichée dans le corps.

— Ces films-là ne recherchaient pas l'authenticité, dit Matthew.

Gamache entendit derrière lui le petit rire de Beauvoir.

— Croyez-moi, une flèche traverserait un corps.

— Alliage et bois ?

— Ouais. Les deux.

Gamache secoua la tête. Un autre mythe déboulonné. Il se demanda si l'assemblée le savait. Mais, au moins, ils avaient une réponse à l'énigme de la blessure de sortie et, plus que jamais, on savait que Jane Neal avait été tuée par une flèche. Mais où se trouvait-elle ?

— Jusqu'où irait la flèche ?

— Euh, c'est une bonne question. A une distance de trois à cinq mètres.

Gamache regarda Beauvoir et hocha la tête. La flèche aurait atteint Jane en plein cœur, serait sortie par le dos et aurait abouti dans les bois, derrière elle. Pourtant, ils avaient fouillé, sans la repérer.

— Serait-elle difficile à trouver ?

— Pas vraiment. Si on est un chasseur d'expérience, on sait exactement où regarder. Elle serait plantée au sol et l'empennage la rendrait un peu plus visible. Les flèches sont coûteuses, inspecteur : c'est pour ça qu'on les cherche toujours. Ça devient une seconde nature.

— La médecin légiste a trouvé quelques lamelles de plumes véritables dans la blessure. Qu'est-ce que cela peut vouloir dire ?

Gamache fut surpris par le brouhaha que produisit cette simple déclaration. Peter regardait Ben, qui semblait confus. Tout le monde, en fait, semblait soudain s'animer.

— Si c'était une flèche, alors, ça ne pouvait être qu'une vieille flèche de bois, dit Peter.

— Est-ce qu'on ne trouverait pas de vraies plumes sur une flèche en alliage ? demanda Gamache, sentant enfin qu'il comprenait le sujet.

— Non.

— Alors. Pardonnez-moi d'insister, j'ai besoin d'être certain. Puisqu'il y avait de vraies plumes dans la blessure, nous parlons d'une flèche de bois. Non pas d'alliage, mais de bois.

— Oui, s'écria la moitié de l'assemblée, ce qui lui donna l'allure d'une réunion pour le renouveau de la foi.

— Puis, dit Gamache, qui faisait un petit pas de plus vers la solution, non pas une flèche de tir sur cible, comme en utilise le club de tir à l'arc, mais une flèche de chasse. Nous le savons grâce à la forme de la blessure.

Il montra le dessin. Tous firent un signe affirmatif de la tête.

— Il fallait que ce soit une flèche de bois avec une pointe de chasse. Pouvez-vous utiliser des flèches de chasse en bois avec les nouveaux arcs en alliage ?

— Non, dit l'assemblée.

— Alors, il fallait que ce soit un arc en bois, n'est-ce pas ?

— Oui.

— Un arc de Robin des Bois.

— Oui.

— J'ai compris, merci. Maintenant, j'ai une autre question. Vous employez constamment les mots "recourbé" et "à poulies". Quelle est la différence ?

Il tourna la tête vers Beauvoir, en espérant qu'il prenne de bonnes notes.

— L'arc recourbé, expliqua Ben, c'est celui de Robin des Bois. L'arc des cow-boys et des Indiens. C'est une pièce de bois longue et étroite, renflée au milieu, avec une sorte de poignée recourbée. Les deux bouts de la tige sont entaillés. On accroche la corde à un bout, puis à l'autre, et le bois se courbe pour former un arc. C'est simple et efficace. Le modèle n'a pas changé depuis des milliers d'années. Lorsqu'on a fini, on enlève la corde et on range l'arc, qui redevient une tige un peu arrondie. On dit que l'arc est "recourbé" parce qu'on le fléchit chaque fois qu'on l'utilise.

"C'est assez simple", pensa Gamache.

— L'arc à poulies, dit Matthew, est d'une conception assez nouvelle. Au fond, on dirait un arc vraiment complexe, avec des poulies aux deux extrémités et plusieurs cordes. Et un mécanisme de visée très avancé. Il a aussi une gâchette.

— Est-ce qu'un arc recourbé est aussi puissant et aussi précis que... comment s'appelle l'autre arc ?

— A poulies, dirent en chœur une vingtaine de personnes, dont trois des policiers de la salle.

— Aussi précis..., oui. Aussi puissant, non.

— Vous avez hésité à propos de la précision.

— Avec un arc recourbé, il faut dégager la corde avec les doigts. Si la main n'est pas assurée, ça nuit à la précision. Un arc à poulies s'utilise avec un décocheur : il est donc plus souple. Il a aussi un appareil de visée très précis.

— Il y a des chasseurs, aujourd'hui, qui choisissent d'utiliser les arcs recourbés et les flèches de bois. Est-ce vrai ?

— Pas beaucoup, dit Hélène Charron. C'est très rare.

Gamache se tourna vers Matthew.

— Si vous vouliez tuer quelqu'un, lequel utiliseriez-vous ? Recourbé ou à poulies ?

Matthew Croft hésita. Il n'appréciait manifestement pas la question. André Malenfant se mit à rire. Une sorte de râle sans humour.

— Sans hésiter, un arc à poulies. Je ne peux pas imaginer pourquoi quelqu'un, de nos jours, chasserait avec un vieil arc en bois recourbé, et avec des flèches à empennage. C'est comme revenir au passé. Pour le tir sur cible, je veux bien. Mais pour la chasse ? Il me faut de l'équipement moderne. Franchement, si vous alliez tuer quelqu'un délibérément ? Un meurtre ? Pourquoi prendre un risque avec un arc recourbé ?

Non, un arc à poulies a de bien plus grandes chances de donner de bons résultats. En réalité, j'utiliserais un fusil de chasse.

"C'était cela, l'énigme", se dit Gamache. Pourquoi ? Pourquoi une flèche et non une balle ? Pourquoi un arc à l'ancienne et non un arc de chasse dernier cri ? A la fin de l'enquête, il y avait toujours une réponse. Et qui avait un sens, au moins sur un certain plan. Pour une certaine personne. Mais, pour l'instant, cela semblait absurde. Un arc en bois à l'ancienne, avec une flèche munie de vraies plumes, avait servi à tuer une vieille institutrice de campagne à la retraite. Pourquoi ?

— Monsieur Croft, avez-vous conservé votre équipement de chasse ?

— Oui, monsieur.

— Peut-être pourriez-vous me faire une démonstration, cet après-midi ?

— Avec plaisir.

Croft n'eut aucune hésitation, mais Gamache crut déceler de la tension chez Mme Croft. Il regarda sa montre : midi trente.

— Quelqu'un d'autre a-t-il des questions ?

— J'en ai une.

Ruth Zardo se redressa avec effort.

— En fait, c'est plus une déclaration qu'une question.

Gamache la regarda avec intérêt. Intérieurement, il s'arma de courage.

— Vous pouvez utiliser la vieille gare en tant que quartier général, si vous croyez qu'elle vous conviendrait. J'ai entendu dire que vous cherchiez un local. Le service des pompiers volontaires peut vous aider à vous installer.

Gamache réfléchit un moment. Ce n'était pas parfait, mais cela semblait être la meilleure option, maintenant que l'école était clôturée.

— Merci, nous utiliserons votre salle des pompiers. Je vous suis très reconnaissant.

— Je veux dire quelque chose, annonça Yolande en se levant. La police me dira sans doute à quel moment je pourrai fixer la date des funérailles de ma tante. Je vous ferai savoir à tous quand et où elles auront lieu.

Gamache ressentit soudain une immense peine pour elle. Vêtue de noir de la tête aux pieds, elle semblait hésiter fortement entre deux images : une femme affaiblie par le chagrin et une autre qui faisait valoir son droit sur cette tragédie. Il avait souvent vu des gens jouer des coudes pour mener le deuil. C'était toujours humain, jamais agréable et souvent trompeur. Les travailleurs humanitaires, lorsqu'ils tendent de la nourriture à des gens affamés, apprennent rapidement que les gens qui se battent aux premiers rangs sont ceux qui en ont le moins besoin. Les vrais indigents sont assis en silence à l'arrière, trop faibles pour lutter. Il en va de même dans la tragédie. Souvent, les plus affligés sont ceux qui manifestent le moins leur peine. Mais il savait aussi qu'il n'y avait pas de règle absolue.

Gamache mit un terme à la rencontre. Presque tout le monde courut sous les rafales de pluie jusqu'au bistro, certains pour préparer le repas, d'autres pour le servir, la plupart pour manger. Gamache attendait avec impatience les résultats de la fouille menée au pavillon du club de tir.

5

L'agente Isabelle Lacoste plongea une main tremblante dans le sac en plastique et en retira soigneusement une arme mortelle. Entre ses doigts humides et engourdis par le froid, elle tenait une pointe de flèche. Dans la salle, les autres policiers de la Sûreté restaient muets, plusieurs plissant les yeux pour tenter de mieux voir la pointe minuscule et meurtrière.

— On l'a trouvée dans le pavillon, avec d'autres, dit-elle en la faisant circuler.

Elle était arrivée tôt ce matin-là, de Montréal, roulant dans la pluie et l'obscurité après avoir demandé à son mari de s'occuper des enfants. Elle aimait la tranquillité du bureau et, aujourd'hui, ce bureau était une ancienne école, froide et silencieuse. L'inspecteur Beauvoir lui avait donné la clé et, s'étant faufilée sous le ruban jaune de la police, elle avait pris son thermos rempli de café, avait déposé au sol son sac de police contenant l'attirail de "scène de crime", avait allumé et regardé autour d'elle. Les murs de planches bouvetées étaient couverts de carquois suspendus à d'anciens crochets à petits manteaux. Le tableau noir dominait encore l'avant de la pièce, sans doute fixé au mur en permanence. Quelqu'un y avait dessiné une cible et un X reliés par une courbe, en ajoutant des nombres en dessous. La veille au soir, l'agente Lacoste avait fait une recherche sur Internet, de sorte qu'elle avait reconnu, au tableau, une leçon de tir à l'arc plutôt élémentaire sur le vent, la distance et la trajectoire. Elle avait néanmoins sorti son appareil pour photographier le dessin. Se versant un café, elle s'était assise et avait reproduit le diagramme dans son carnet de notes. C'était une femme minutieuse.

Avant l'arrivée des autres policiers affectés à la perquisition, elle avait fait une chose dont elle ne parlerait jamais à personne : elle était ressortie et, dans la lumière blafarde du matin pluvieux, avait marché jusqu'à l'endroit où Jane Neal était morte. Et elle avait dit à Mlle Neal que l'inspecteur-chef Gamache allait trouver qui lui avait fait cela.

L'agente Isabelle Lacoste croyait au précepte "Faites aux autres…" et savait qu'elle apprécierait qu'on lui accorde le même traitement.

Elle était ensuite retournée au local du club de tir à l'arc, qui n'était pas chauffé. Les autres policiers étaient arrivés et, ensemble, ils avaient fouillé l'unique pièce, prélevé des empreintes, mesuré, photographié, ensaché. Puis, l'agente Lacoste, tendant le bras au fond d'un tiroir de l'unique bureau, les avait trouvées.

Gamache la tenait dans sa paume comme si c'était une grenade. Cette pointe de flèche était manifestement destinée à la chasse. Quatre lames de rasoir effilées se terminaient en une fine extrémité. Il comprenait enfin ce qui s'était dit à l'assemblée publique. Cette pointe de flèche semblait vouloir lui lacérer la main. Projetée au moyen d'un arc avec toute la force que pouvaient produire des milliers d'années de nécessité, elle traverserait sans doute un corps. Il s'étonna que les armes à feu aient été inventées alors qu'on avait déjà une arme aussi mortelle et silencieuse.

A l'aide d'une petite serviette, l'agente Lacoste épongea ses cheveux noirs ruisselants. Elle tourna le dos au feu vif qui flambait dans la cheminée de pierre, se sentit au chaud pour la première fois depuis des heures, huma l'odeur de soupe et de pain maison et observa le périple de l'arme fatale dans la pièce.

Clara et Myrna faisaient la queue à la table du buffet, tenant en équilibre des bols de soupe aux pois et des plats accompagnés de petits pains chauds de la boulangerie. Juste devant elles, Nellie empilait de la nourriture dans son assiette.

— J'en prends aussi pour Wayne, expliqua-t-elle inutilement. Il est là-bas, le pauvre.

— Je l'ai entendu tousser, dit Myrna. Un rhume ?

— Je ne sais pas. Ça l'a pris aux poumons. C'est la première fois depuis des jours que je sors de la maison tellement j'étais inquiète. Mais, comme Wayne tondait la pelouse chez Mlle Neal et se chargeait de menus travaux pour elle, il voulait aller à l'assemblée.

Les deux femmes regardèrent Nellie aller porter son immense assiette à Wayne, affalé, l'air épuisé, dans un fauteuil. Elle lui essuya le front, puis le fit se redresser. Ils quittèrent le bistro, Nellie inquiète et résolue, Wayne docile et heureux de se laisser conduire. Clara espéra qu'il se rétablirait.

— Comment as-tu trouvé la rencontre ? demanda Clara à Myrna tandis qu'elles avançaient.

— Je l'aime bien, l'inspecteur Gamache.

— Moi aussi. Mais c'est étrange que Jane ait été tuée par une flèche de chasse.

— Pourtant, si on y pense bien, ça a du sens. C'est la saison de la chasse, mais je suis d'accord, la vieille flèche de bois m'a donné le frisson. Très étrange. De la dinde ?

— S'il te plaît. Du brie ? demanda Clara.

— Juste un petit bout. Peut-être un peu plus.

— Quand est-ce qu'un petit bout devient un beau morceau ?

— Dans le cas d'un beau morceau, la taille est sans importance, expliqua Myrna.

— J'y repenserai la prochaine fois que je me taperai un beau morceau de stilton.

— Tu tromperais Peter ?

— Avec de la nourriture ? Je le trompe tous les jours. J'ai une relation particulière avec un ourson gélatineux que je ne nommerai pas. En fait, il s'appelle Ramón. Il me complète. Regarde-moi ça !

Clara désigna l'arrangement floral posé sur le buffet.

— Je l'ai préparé ce matin, dit Myrna, contente que Clara l'ait remarqué.

Clara remarquait presque tout, se dit Myrna, et, surtout, elle avait la sagesse de ne mentionner que ce qui était bien.

144

— Je me doutais qu'il était de toi. Est-ce qu'il contient quelque chose ?

— Tu verras, répondit Myrna avec un sourire.

Clara se pencha au-dessus de l'arrangement composé de monardes annuelles, d'hélénies et de pinceaux d'artiste pour le travail à l'acrylique. Il y avait, enfoui à l'intérieur, un paquet enveloppé dans du papier ciré brun.

— De la sauge et du foin d'odeur, dit Clara de retour à la table, en déballant le paquet. C'est bien ce que je pense ?

— C'est pour un rituel, dit Myrna.

— Oh, quelle belle idée !

Clara se pencha et toucha le bras de Myrna.

— Ça vient du jardin de Jane ? demanda Ruth en humant l'arôme musqué typique de la sauge, et le parfum de miel du foin d'odeur.

— La sauge, oui. Jane et moi l'avons coupée en août. Le foin d'odeur, je l'ai reçu d'Henri, il y a quelques semaines, lorsqu'il a fait les foins. Il en poussait autour de la Roche indienne.

Ruth les passa à Ben, qui les tint à bout de bras.

— Ah, bon sang, ils ne vont pas te faire de mal.

Ruth s'en empara et les agita sous le nez de Ben.

— Si je me souviens bien, tu as même été invité au rituel du solstice.

— Oui, en tant que victime du sacrifice humain, riposta Ben.

— Allons, Ben, ce n'est pas juste, gronda Myrna. On t'avait dit que ce ne serait sans doute pas nécessaire.

— C'était drôle, dit Gabriel en avalant un œuf à la diable. Je portais la soutane du prêtre.

Il baissa la voix et décocha des regards autour de lui, au cas où le prêtre aurait vraiment décidé de venir accomplir sa tâche.

— Elle n'a jamais été si bien portée, dit Ruth.

— Merci, dit Gabriel.

— Ce n'était pas un compliment. Est-ce que tu n'étais pas hétéro avant le rituel ?

— Oui, en fait.

Gabri se tourna vers Ben.

— Ça a marché. C'est magique. Tu devrais vraiment participer au prochain.

— C'est vrai, approuva Olivier, qui se tenait derrière Gabri et lui massait le cou. Ruth, est-ce que tu n'étais pas une femme avant le rituel ?

— Et toi ?

— Vous me dites que ça, dit Gamache en tenant la pointe de flèche tournée vers le plafond, ça a été trouvé dans un tiroir non verrouillé, avec douze autres ?

Il en examina l'extrémité, dont les quatre lames de rasoir se terminaient en une pointe élégante et mortelle. C'était une machine à tuer, parfaite et silencieuse.

— Oui, monsieur, répondit Isabelle Lacoste, qui occupait fermement la place située directement devant le feu.

De l'arrière-salle du bistro, elle voyait la pluie, presque de la neige fondue, fouetter les portes-fenêtres. Entre ses mains, au lieu d'armes fatales, elle tenait délicatement une grande tasse de soupe chaude et un petit pain chaud fourré de jambon, de brie fondant et de quelques feuilles de roquette.

Gamache déposa soigneusement la pointe dans la paume ouverte de Beauvoir.

— Est-ce qu'on pourrait la fixer à l'extrémité d'une flèche ?

— A quoi pensez-vous ? demanda Beauvoir à son patron.

— Eh bien, ce pavillon est rempli de flèches destinées au tir sur cible, non ?

Isabelle Lacoste hocha la tête, la bouche pleine.

— Avec de petites têtes courtaudes et arrondies, comme des balles ?

— Eg-jhakt, parvint à articuler l'agente Lacoste en faisant signe que oui de la tête.

— Est-ce qu'on peut remplacer ces pointes par celle-ci ?

— Oui, dit l'agente Lacoste en avalant, la gorge serrée.

— Pardonnez-moi, dit Gamache en souriant, mais comment le savez-vous ?

— Je l'ai lu sur Internet hier soir. Les pointes sont interchangeables. Bien sûr, il faut savoir ce qu'on fait pour ne pas se charcuter les doigts. Mais oui, on l'enlève et on la remplace. C'est comme ça que ça marche.

— Même les vieilles, celles en bois ?

— Oui. Je soupçonne ces pointes de chasse de provenir des vieilles flèches de bois du club de tir. Quelqu'un les aura enlevées et remplacées par des pointes de tir sur cible.

Gamache hocha la tête. Ben leur avait dit qu'il avait recueilli les vieilles flèches de bois auprès de familles qui changeaient leur équipement de chasse. A l'origine, ces flèches étaient vraisemblablement munies de pointes de chasse et il avait dû les remplacer par des pointes de tir sur cible.

— Bien. Apportez-les toutes au labo.

— Elles sont déjà en route, dit l'agente Lacoste en prenant place à côté d'Yvette Nichol, qui écarta légèrement sa chaise.

— A quelle heure est notre rendez-vous avec le notaire Stickley à propos du testament ? demanda Gamache à l'agente Nichol.

Celle-ci savait très bien que c'était à treize heures trente, mais vit une occasion de prouver qu'elle avait bien compris sa petite leçon de la veille.

— J'ai oublié.

— Pardonnez-moi ?

"Ah, se dit-elle, il a pigé. En guise de réponse, il m'a donné l'une des phrases-clés." Elle reprit rapidement les autres phrases, celles qui mènent à la promotion. "J'ai oublié, pardonnez-moi, j'ai besoin d'aide" et quelle était l'autre ?

— Je ne sais pas.

A présent, l'inspecteur-chef Gamache la regardait avec une inquiétude manifeste.

— Je vois. L'auriez-vous écrit, par hasard ?

Elle envisagea d'essayer la dernière phrase, mais n'arrivait pas à prononcer "J'ai besoin d'aide". Elle baissa plutôt la tête en rougissant, en se disant que, d'une façon ou d'une autre, on lui avait tendu un piège.

Gamache consulta ses propres notes.

— C'est à treize heures trente. Avec de la chance, nous entrerons chez Mlle Neal après avoir réglé la question du testament.

Il avait déjà appelé son vieil ami et camarade de classe, le directeur Brébeuf. Michel Brébeuf était le supérieur de Gamache, un poste qu'ils avaient convoité tous les deux sans que cela modifie leur relation. Gamache respectait Brébeuf et l'appréciait. Le directeur avait sympathisé avec Gamache, mais ne pouvait rien lui promettre.

— Pour l'amour du ciel, Armand, tu sais comment ça marche. C'est de la malchance pure et simple qu'elle ait trouvé quelqu'un d'assez bête pour signer l'injonction. De notre côté, je doute qu'on mette la main sur un juge prêt à casser la décision d'un confrère.

Gamache devait prouver qu'il s'agissait d'un meurtre ou que la maison n'avait pas été léguée à Yolande Fontaine. Alors qu'il songeait à la rencontre avec le notaire, son téléphone sonna.

— Oui, allô ?

Il se leva et se réfugia dans un coin tranquille de la salle.

— Je pense qu'un rituel conviendrait parfaitement, dit Clara en grignotant une tranche de pain sans avoir vraiment faim. Mais j'ai l'impression qu'il devrait être réservé à des femmes. Pas uniquement aux amies de Jane, mais à toutes les femmes qui aimeraient y participer.

— Zut, dit Peter, qui avait pris part au rituel du solstice d'été et l'avait trouvé gênant et fort étrange.

— Quand voudrais-tu que ce soit ? demanda Myrna à Clara.

— Que dirais-tu de dimanche prochain ?

— Une semaine jour pour jour après la mort de Jane, dit Ruth.

Clara avait vu Yolande et sa famille arriver au bistro et savait qu'elle devait lui dire quelque chose. Rassemblant son courage, elle s'approcha d'elle. Le bistro devint tellement silencieux que l'inspecteur-chef Gamache, après avoir raccroché, entendit le bruit s'interrompre subitement dans la pièce voisine. Longeant le fond de la salle sur la pointe des pieds, il s'arrêta à l'entrée des serveurs. De là, il voyait et entendait tout, sans être vu. "Impossible de faire du bon travail dans ce domaine, se dit-il, sans épier un peu." Il remarqua alors qu'une serveuse se tenait patiemment derrière lui avec une assiette de viandes froides.

— Ça devrait être bon, murmura-t-elle. Du jambon Forêt-Noire ?

— Merci.

Il en prit une tranche.

— Yolande, dit Clara, la main tendue. Je suis désolée que tu aies perdu ta tante. C'était une femme merveilleuse.

Yolande regarda la main tendue, la prit brièvement, puis la relâcha, comme pour donner l'impression d'un chagrin monumental. C'eût été crédible si elle n'avait pas joué devant un public bien au fait de sa gamme d'émotions. Ainsi que de sa véritable relation avec Jane Neal.

— S'il te plaît, accepte mes condoléances, poursuivit Clara, qui se sentait rigide et affectée.

Yolande inclina la tête et porta une serviette de papier sèche à son œil sec.

— Au moins, on pourra réutiliser la serviette, ironisa Olivier, qui regardait lui aussi par-dessus l'épaule de Gamache. Quel numéro lamentable ! C'est vraiment affreux à voir. Une pâtisserie ?

Olivier tenait un plateau de millefeuilles, de meringues, de pointes de tarte et de tartelettes à la crème anglaise et aux fruits confits. Gamache en choisit une, garnie de minuscules bleuets sauvages.

— Merci.

— Je suis le traiteur officiel du désastre imminent. Je n'arrive pas à imaginer pourquoi Clara fait ça, elle sait ce que Yolande dit derrière son dos depuis des années. Quelle femme épouvantable !

Gamache, Olivier et la serveuse avaient les yeux rivés sur la scène qui se déroulait dans le bistro silencieux.

— Ma tante et moi étions extrêmement proches, comme tu le sais, déclara sans ambages Yolande à Clara, avec l'air de croire chacune de ses paroles. Tu ne seras pas fâchée si je te dis qu'on pense tous que tu l'as éloignée de sa vraie famille. Tout le monde est d'accord avec moi. Mais tu n'as probablement pas réalisé ce que tu faisais.

Yolande souriait avec indulgence.

— Oh, mon Dieu, murmura Ruth à Gabri, ça y est.

Peter était agrippé aux accoudoirs de sa chaise. Il voulait de tout son être bondir et hurler à la face de Yolande. Mais il savait que Clara devait enfin se défendre elle-même. Il attendait sa réponse. Toute la salle attendait.

Clara respira à fond, sans rien dire.

— Je vais organiser les funérailles de ma tante, poursuivit Yolande. Ce sera probablement à l'église catholique de Saint-Rémy. C'est l'église d'André.

Yolande tendit une main à son mari, mais ce dernier avait déjà les deux mains prises par un immense sandwich débordant de mayonnaise et de viande. Son fils Bernard bâilla, révélant une pleine bouchée de sandwich à moitié mastiqué et des fils de mayonnaise qui dégouttaient de son palais.

— Je publierai probablement un avis dans le journal, je suis sûre que tu le verras. Mais tu as peut-être une idée pour sa pierre tombale. Rien d'extravagant, ma tante n'aurait pas aimé ça. Penses-y et tiens-moi au courant.

— Encore une fois, je suis tellement désolée en ce qui concerne Jane.

En allant parler à Yolande, Clara savait que cela se produirait. Elle savait que Yolande, pour une insondable raison, pouvait toujours l'atteindre. La blesser en un endroit que la plupart des autres ne pouvaient pas toucher. C'était l'un des petits mystères de la vie : cette femme, pour laquelle elle n'avait absolument aucun respect, pouvait l'envoyer au tapis. Elle se croyait prête. Elle osait même entretenir l'espoir que, peut-être, cette fois, ce serait différent. Bien sûr, ce n'était pas le cas.

Pendant des années, Clara se rappellerait ce qu'elle avait éprouvé, là, debout. Elle s'était une nouvelle fois sentie comme la petite fille laide dans la cour de récréation. L'enfant mal-aimée, impossible à aimer. Maladroite, les pieds plats, lente et en proie aux moqueries. Celle qui riait aux mauvais moments et croyait des histoires à dormir debout, celle qui voulait désespérément que quelqu'un, n'importe qui, l'aime. L'idiote ! L'attention polie et le poing serré sous le pupitre. Elle voulait courir vers Jane pour qu'elle la réconforte. Qu'elle la prenne dans ses bras amples et bienveillants et dise les paroles magiques : "Allons, allons."

Ruth Zardo allait également se rappeler cet instant et le changer en poème. Celui-ci serait publié dans son recueil suivant, intitulé *I'm FINE* :

> Tu étais un papillon
> et tu m'as frôlé la joue
> dans l'obscurité.
> Je t'ai tuée,
> sans savoir
> que tu n'étais qu'un papillon,
> sans dard.

Mais, par-dessus tout, Clara allait se rappeler le rire caustique d'André qui résonna dans ses oreilles tandis qu'elle retournait en silence à sa table, si loin. Le rire d'un enfant inadapté au spectacle d'une créature blessée et souffrante. C'était un son familier.

— Qui était au téléphone ? demanda Beauvoir lorsque Gamache revint discrètement à sa place.

Beauvoir ignorait que le patron n'était pas allé qu'aux toilettes.

— La Dr Harris. Je ne savais pas qu'elle habitait près d'ici, dans un village appelé Cleghorn Halt. Elle a dit qu'elle nous livrerait son rapport en revenant chez elle, vers dix-sept heures.

— J'ai chargé une équipe d'installer le bureau provisoire et j'en ai renvoyé une autre dans les bois pour une nouvelle fouille. Je me dis que la flèche soit est restée plantée au sol dans les bois, soit a été ramassée par le tueur, auquel cas elle est probablement détruite à l'heure qu'il est, soit se trouve par chance parmi les flèches que l'agente Lacoste a trouvées dans le local du club de tir.

— Oui.

Beauvoir distribua les affectations et envoya quelques agents interroger Gus Hennessey et Claude Lapierre sur l'incident du fumier. Il irait interroger lui-même Philippe Croft. Il rejoignit ensuite Gamache à l'extérieur et les deux hommes se promenèrent dans le parc du village, en tête à tête sous leurs parapluies.

— Sale temps, maugréa Beauvoir en soulevant le col de sa veste et en haussant les épaules pour se protéger de la pluie battante.

— On prévoit encore de la pluie et une baisse de température, dit Gamache sans réfléchir.

Il réalisa soudain que les villageois, ou du moins leurs incessantes prévisions, lui entraient dans la tête.

— Que pensez-vous de l'agente Nichol, Jean-Guy ? reprit-il.

— Je ne peux pas m'imaginer de quelle façon elle est entrée à la Sûreté avec une attitude pareille, ni surtout pourquoi on l'a mutée à l'escouade des homicides. Aucun don pour le travail en équipe, presque pas d'entregent, aucune capacité d'écoute. C'est renversant. J'avoue que ça confirme ce que vous dites depuis des années, qu'on accorde les promotions aux mauvaises personnes.

— Croyez-vous qu'elle soit capable d'apprendre ? Elle est jeune, non ? Environ vingt-cinq ans ?

— Ce n'est pas si jeune. Isabelle Lacoste n'est pas beaucoup plus âgée. Je suis loin d'être convaincu que c'est une question d'âge et non de personnalité. Je pense qu'elle sera pareille, même pire, à cinquante ans, si elle ne fait pas attention. Est-ce qu'elle peut apprendre ? Sans aucun doute. Mais il faut surtout se demander si elle peut désapprendre. Est-ce qu'elle peut se débarrasser de ses mauvaises attitudes ?

Il remarqua la pluie qui dégouttait du visage de l'inspecteur-chef. Il voulut l'essuyer, mais résista à l'impulsion.

Tout en parlant, Beauvoir savait qu'il commettait une erreur. C'était comme offrir du miel à un ours. Il vit le visage du chef passer de la gravité et du mode résolution de problèmes au mode mentor. Il allait essayer de la corriger. "Mon Dieu, c'est reparti !" pensa Beauvoir. Même s'il respectait Gamache plus que quiconque, il voyait que son défaut, un défaut qui le perdrait peut-être, était le désir d'aider les gens au lieu de tout simplement les congédier. Il avait beaucoup trop de compassion. Une qualité que Beauvoir lui enviait parfois, mais qu'il se contentait, la plupart du temps, d'observer avec suspicion.

— Eh bien, son besoin d'avoir raison sera peut-être tempéré par sa curiosité.

"Quand les poules auront des dents", pensa Beauvoir.

— Inspecteur-chef ?

Les deux hommes levèrent les yeux et virent Clara Morrow courir sous la pluie, son mari Peter s'efforçant de suivre la cadence tout en se débattant avec leur parapluie.

— J'ai pensé à une chose étrange, annonça-t-elle.

— Aah, quelque chose à se mettre sous la dent ! dit Gamache en souriant.

— Eh bien, c'est une toute petite miette, mais qui sait. Je me suis seulement dit que c'était une étrange coïncidence et que vous devriez le savoir. C'est à propos des œuvres de Jane.

— Je ne pense pas que ce soit si important, commenta Peter, maussade et trempé.

Clara lui lança un regard surpris que Gamache ne manqua pas de capter.

— C'est simplement que Jane a passé sa vie à peindre sans jamais montrer ses œuvres à personne.

— Ce n'est pas si étrange que ça, si ? dit Beauvoir. Beaucoup d'artistes et d'écrivains gardent le secret sur leur œuvre. Il en est sans arrêt question dans les journaux. Puis, après leur mort, on découvre une œuvre et elle vaut une fortune.

— C'est vrai, mais ce n'est pas ce qui s'est passé. La semaine dernière, Jane a décidé de montrer son œuvre à la galerie d'art de Williamsburg. Elle a pris sa décision seulement le vendredi matin, et l'évaluation avait lieu le vendredi après-midi. Son tableau a été accepté.

— Elle a été acceptée, puis on l'a tuée, murmura Beauvoir. C'est étrange.

— En parlant d'étrange, dit Gamache, est-il vrai que Mlle Neal n'a jamais invité qui que ce soit dans sa salle de séjour ?

— C'est vrai, dit Peter. On s'y était tellement habitués que ça ne nous paraissait plus étrange. C'est comme un boitillement ou une toux, j'imagine. Une petite anomalie qui devient normale.

— Mais pourquoi ?

— Je ne sais pas, répondit Clara, elle-même déroutée. Comme le dit Peter, je m'y suis tellement habituée que ça ne me paraît plus bizarre.

— Le lui avez-vous déjà demandé ?

— A Jane ? Je suppose que oui, quand on est arrivés. Ou peut-être à Timmer et à Ruth, mais, ce qui est sûr, c'est qu'on n'a jamais reçu de réponse. Personne n'a l'air de savoir. Gabri pense qu'elle a un tapis à longs poils orange et de la pornographie.

Gamache se mit à rire.

— Vous, qu'en pensez-vous ?

— Je n'en ai aucune idée.

Le silence se fit. Gamache se posa des questions à propos de cette femme qui avait choisi de vivre si longtemps avec tant de secrets, puis de tous les laisser échapper. Etait-elle morte à cause de cela ? Telle était la question.

Debout à son bureau, maître Norman Stickley hocha la tête en guise de salutation, puis s'assit sans offrir de chaise aux trois policiers qui lui faisaient face. Chaussant de grandes lunettes rondes, il consulta son dossier et se mit subitement à parler.

— Ce testament a été rédigé il y a dix ans et il est très simple. A part quelques petits legs, l'ensemble de ses biens va à sa nièce, Yolande Marie Fontaine, ou à sa descendance. Cela veut dire la maison de Three Pines, tout son contenu, plus tous les fonds qui resteront une fois qu'auront été payés les legs, les frais d'enterrement et toutes les dépenses des exécuteurs. Plus les taxes, bien sûr.

— Qui sont ses exécuteurs testamentaires ? demanda Gamache, acceptant sans sourciller le coup que cela portait à leur enquête, mais jurant intérieurement.

Il avait le sentiment que quelque chose n'allait pas. "C'est peut-être seulement ton orgueil, se dit-il. Trop entêté pour admettre que tu as eu tort et que cette femme âgée a, tout naturellement, légué sa maison au seul survivant de sa famille."

— Ruth Zardo, née Kemp, et Constance Hadley, née Post, surnommée Timmer, je crois.

La liste des noms troubla Gamache, mais il n'arrivait pas à mettre le doigt sur le problème. Etait-ce à cause des personnes ? se demanda-t-il. Du choix ? Qu'y avait-il donc ?

— A-t-elle fait d'autres testaments auprès de vous ? demanda Beauvoir.

— Oui. Elle avait fait un testament cinq ans avant celui-ci.

— En avez-vous conservé un exemplaire ?

— Non. Croyez-vous que j'ai suffisamment d'espace pour garder de vieux documents ?

— Vous rappelez-vous son contenu ? demanda Beauvoir, qui s'attendait à une autre réponse défensive et hargneuse.

— Non. Croyez-vous…

Gamache le devança.

— Si vous ne pouvez vous rappeler les termes exacts du premier testament, peut-être pouvez-vous vous rappeler, dans les grandes lignes, les raisons pour lesquelles elle l'a changé cinq ans plus tard ? demanda Gamache sur un ton aussi raisonnable et sympathique que possible.

— Il n'est pas rare que des gens refassent leur testament après quelques années, dit Stickley.

Gamache commençait à se demander si ce ton légèrement pleurnichard n'était pas tout simplement sa façon naturelle de parler.

— En effet, poursuivit le notaire, nous recommandons à nos clients de le faire tous les deux à cinq ans. Bien sûr, ajouta Stickley comme s'il répondait à une accusation, ce n'est pas pour les frais notariaux, mais parce que, en quelques années, les situations ont tendance à changer. Des enfants naissent, des petits-enfants arrivent, des conjoints meurent, il y a un divorce…

— Le grand carrousel de la vie, fit Gamache pour stopper le carrousel.

— Exactement.

— Pourtant, maître Stickley, son dernier testament date de dix ans. Pourquoi donc ? Je pense que nous pouvons tenir pour acquis qu'elle a fait celui-ci parce que le précédent n'était plus valide. Mais – Gamache se pencha et tapota le document long et mince posé devant le notaire – ce testament est peut-être également périmé. Etes-vous certain que ce soit le plus récent ?

— Bien sûr. Les gens sont occupés et souvent un testament n'est pas une priorité. Ce peut être une tâche désagréable. Pour un certain nombre de raisons, les gens le remettent à plus tard.

— Est-ce qu'elle aurait pu aller chez un autre notaire ?

— C'est impossible. Et je n'apprécie pas votre insinuation.

— Comment savez-vous que c'est impossible ? insista Gamache. Vous l'aurait-elle nécessairement dit ?

— Je le sais, c'est tout. C'est un petit village, j'en aurais entendu parler. Point final.

Alors qu'ils s'apprêtaient à partir, Gamache, une copie du testament en main, se tourna vers Yvette Nichol :

— Je ne suis toujours pas convaincu à propos de ce testament. Je veux que vous fassiez quelque chose.

— Oui, monsieur.

L'agente Nichol était soudainement alerte.

— Pouvez-vous vérifier si c'est le plus récent ?

— Absolument.

Yvette Nichol lévitait presque.

160

— Bonjour ! cria Gamache, en passant la tête par l'entrebâillement de la porte de la galerie d'art de Williamsburg.

Après le notaire, ils s'étaient dirigés, à pied, vers la galerie, un ancien bureau de poste merveilleusement conservé et restauré. Ses immenses fenêtres laissaient entrer la faible lumière du ciel. Cette lueur grise caressait les parquets de planches étroites et usées et se frottait contre les murs immaculés de la petite salle ouverte, lui donnant un éclat presque spectral.

— Bonjour ! dit-il encore.

Un vieux poêle à bois ventru était placé au centre de la pièce, magnifique. Simple, direct, sans aucune élégance, juste un gros poêle noir qui avait écarté le froid canadien pendant plus de cent ans. Nichol avait trouvé les commutateurs et allumé. D'immenses toiles abstraites tranchaient sur les murs. Gamache fut étonné. Il s'était attendu à de jolis paysages à l'aquarelle, romantiques et vendables. Il était plutôt entouré de bandes de couleurs vives et de sphères de trois mètres. Cela paraissait jeune, vivant et fort.

— Bonjour.

L'agente Nichol sursauta, mais Gamache se retourna simplement pour voir Clara qui venait à leur rencontre, une barrette accrochée à quelques mèches de cheveux et prête à s'envoler pour de bon.

— Comme on se retrouve, dit-elle en souriant. Après avoir tant parlé de l'œuvre de Jane, je voulais la retrouver et rester en sa présence, en silence. C'est un peu comme être en présence de son âme.

Yvette Nichol roula les yeux en gémissant. Beauvoir le remarqua avec un tressaillement et se demanda s'il

161

avait été lui-même aussi détestable et borné lorsque le chef avait parlé de ses propres sentiments et de son intuition.

— Et cette odeur.

Ignorant Yvette Nichol, Clara inspira avidement.

— Chaque artiste réagit à cette odeur. Elle ouvre le cœur. C'est comme entrer chez grand-maman et sentir des cookies aux pépites de chocolat tout chauds. Pour nous, c'est cette combinaison de vernis, d'huiles et de fixatif. Même l'acrylique a une odeur, si on a un bon nez. Vous devez avoir des odeurs comme celle-là, auxquelles les policiers réagissent.

— Eh bien, dit Gamache en riant et en se rappelant le matin de la veille, quand l'agente Nichol est venue me chercher chez moi en voiture, elle a apporté du café Tim Hortons. Deux crèmes, deux sucres. Dès que je hume cette odeur, j'ai le cœur battant – il posa sa main sur sa poitrine et l'y laissa –, car elle est complètement et exclusivement associée aux enquêtes. Même dans une salle de concert, si je retrouvais l'odeur du deux-deux de chez Tim Hortons, je pourrais commencer à chercher un cadavre sur le plancher.

Clara se mit à rire.

— Si vous aimez les contours tracés à la craie, vous adorerez l'œuvre de Jane. Je suis contente que vous soyez venu la voir.

— C'est ici ?

Gamache promena son regard sur la salle vibrante de couleurs.

— Ça n'a rien à voir. C'est un autre artiste. Son exposition se termine dans une semaine, et ensuite nous accrochons l'exposition des membres. Celle-là s'ouvre dans une dizaine de jours. Pas vendredi qui vient, mais le suivant.

— C'est le vernissage ?

— Exactement. Deux semaines après l'évaluation.

— Puis-je vous voir un moment ?

Beauvoir entraîna Gamache quelques pas plus loin.

— J'ai parlé à l'agente Lacoste. Elle vient d'avoir une conversation téléphonique avec le médecin de Timmer Hadley. Sa mort était tout à fait naturelle, en ce qui le concerne. Cancer du rein. Ça s'est étendu jusqu'au pancréas et au foie, ensuite ce n'était plus qu'une question de temps. En fait, elle a survécu plus longtemps qu'on ne s'y attendait.

— Est-elle morte chez elle ?

— Oui, le 2 septembre de cette année.

— Le jour de la fête du Travail, intervint Yvette Nichol, qui s'était rapprochée et avait écouté la conversation.

— Madame Morrow, qu'en pensez-vous ? lança Gamache à Clara, qui était restée à distance respectueuse, de sorte qu'elle semblait hors de portée de leurs voix, alors qu'en fait elle entendait toute la conversation.

"Oh, oh. Epinglée ! Par un inspecteur, cette fois." Elle s'aperçut que la fausse timidité ne servait à rien.

— La mort de Timmer était prévisible, mais elle nous a tout de même un peu étonnés, répondit Clara en se joignant à leur petit cercle. Enfin non, étonnés c'est beaucoup dire. Seulement, on se relayait à son chevet. Ce jour-là, c'était le tour de Ruth. Il était convenu que, si Timmer allait bien, Ruth s'esquiverait pour le défilé final de l'exposition agricole. Timmer aurait dit à Ruth qu'elle se sentait bien. Ruth lui a donné ses médicaments, lui a apporté un verre frais de supplément nutritionnel liquide, puis est partie.

— Elle a laissé une mourante seule, commenta Yvette Nichol.

Clara répondit calmement.

— Oui. Je sais, ça paraît insensible, égoïste même, mais on s'occupait d'elle depuis si longtemps qu'on connaissait ses hauts et ses bas. On partait tous en douce, une demi-heure à la fois, pour faire la lessive, les courses ou lui préparer un repas léger. Alors, ce n'était pas si étrange que ça en a l'air. Ruth ne serait jamais partie, ajouta Clara en se tournant vers Gamache, si elle avait constaté le moindre signe de difficulté chez Timmer. Ça a été terrible pour elle à son retour, lorsqu'elle a trouvé Timmer morte.

— Alors, c'était inattendu, dit Beauvoir.

— En ce sens, oui. Mais, depuis, les médecins nous ont dit que ça se passe souvent ainsi. Le cœur lâche, tout simplement.

— Y a-t-il eu une autopsie ? demanda Gamache.

— Non. Personne n'en a vu la nécessité. Pourquoi vous intéressez-vous à la mort de Timmer ?

— Juste pour aller au fond des choses, répondit Beauvoir. Deux femmes âgées qui meurent à quelques semaines d'intervalle dans un très petit village, eh bien, ça soulève des questions. C'est tout.

— Mais, comme vous l'avez dit, elles étaient âgées. On pouvait s'y attendre.

— Sauf que l'une d'elles est morte avec un trou dans le cœur, lâcha Yvette Nichol.

Clara grimaça.

— Puis-je vous voir un moment ?

Gamache entraîna Yvette Nichol à l'extérieur.

— Agente, si jamais vous traitez encore quelqu'un comme vous venez de traiter Mme Morrow, je vous retire votre insigne et je vous renvoie chez vous par le premier bus, est-ce clair ?

— Qu'est-ce que j'ai dit de mal ? C'est la vérité.

— Vous croyez qu'elle ne sait pas que Jane Neal a été tuée par une flèche ? Vous ne voyez vraiment pas ce que vous avez fait de mal ?

— J'ai dit la vérité, c'est tout.

— Non, vous avez traité quelqu'un comme un idiot, c'est tout, et, d'après ce que je peux voir, vous l'avez délibérément blessé. Vous devez prendre des notes et rester silencieuse. Nous en reparlerons ce soir.

— Mais…

— Je vous ai traitée avec courtoisie et respect parce que c'est ainsi que je choisis de traiter tout le monde. Mais ne prenez jamais, jamais, vous m'entendez, ma gentillesse pour de la faiblesse. Ne discutez plus jamais ce que je vous dis. Compris ?

— Oui, monsieur.

Yvette Nichol se promit de garder ses opinions pour elle-même, puisqu'on la remerciait ainsi d'avoir eu le courage de dire ce que tout le monde pensait. Si on l'interrogeait directement, elle répondrait par monosyllabes. Voilà.

— Alors, voici le tableau de Jane, dit Clara en rapportant de l'entrepôt une toile de taille moyenne, qu'elle posa sur un chevalet. Elle n'a pas fait l'unanimité.

Yvette Nichol faillit dire "Sans blague", mais se rappela sa promesse.

— Vous, il vous plaît ? demanda Beauvoir.

— Au début, il ne m'a pas plu, non, mais, plus je le regardais, plus je l'aimais. Quelque chose s'est comme mis en place et le tableau a pris un éclat nouveau. Au début, ça ressemblait à une peinture rupestre et c'est devenu quelque chose de profondément émouvant. Comme ça.

Clara claqua des doigts.

Gamache se demanda s'il cesserait un jour de trouver la toile ridicule, même en la regardant pendant le reste de sa vie. Pourtant, il y avait là quelque chose, un charme.

— C'est Nellie et Wayne, dit-il en pointant, étonné, deux personnes dans les gradins.

— Là, c'est Peter.

Clara désigna une tarte avec des yeux et une bouche, mais sans nez.

— Comment a-t-elle fait ? Comment a-t-elle pu rendre ces gens si précisément, avec deux points pour les yeux et un gribouillis en guise de bouche ?

— Je ne sais pas. Je suis une artiste, je l'ai été toute ma vie, et j'en serais incapable. Mais il y a autre chose. Il y a une profondeur. Sauf que je la fixe depuis plus d'une heure maintenant, et l'éclat n'a pas réapparu. Je suis peut-être trop exigeante. La magie ne fonctionne peut-être que lorsqu'on ne la cherche pas.

— Est-ce une bonne œuvre ? demanda Beauvoir.

— Voilà la question. Je ne sais pas. Peter la trouve brillante, et le reste du jury, à une exception près, a bien voulu prendre le risque.

— Quel risque ?

— La chose pourra vous surprendre : les artistes sont des gens capricieux ! Pour que l'œuvre de Jane soit acceptée et exposée, il fallait rejeter celle d'un autre. Cet autre sera en colère. Tout comme sa famille et ses amis.

— Irait-il jusqu'au meurtre ? demanda Beauvoir.

Clara émit un petit rire.

— Je peux vous garantir que la pensée a traversé nos cervelles d'artiste et y a même fait son nid à un moment ou à un autre. Mais tuer parce que votre œuvre a été rejetée à la galerie de Williamsburg ? Non. Si vous le faisiez, ce serait le jury que vous tueriez, et non Jane. D'ailleurs, personne, en dehors du jury, ne savait que cette œuvre avait été acceptée. Nous n'avions fait l'évaluation que vendredi dernier.

"Ça semble si loin, maintenant", se dit Clara.

— Même Mlle Neal ?

— Eh bien, je l'ai dit à Jane vendredi.

— Est-ce que quelqu'un d'autre le savait ?

A présent, Clara devenait un peu gênée.

— On en a parlé ce soir-là, chez nous, entre amis, pendant le prérepas de Thanksgiving.

— Qui était présent ? demanda Beauvoir, le carnet à la main.

Pour la prise de notes, il ne faisait plus confiance à l'agente Nichol. Celle-ci s'en rendit compte et en fut presque aussi contrariée que lorsqu'on lui avait demandé de s'en charger. Clara déclina les noms.

Gamache, entre-temps, regardait fixement la peinture.

— Qu'est-ce qu'elle représente ?

— Le défilé de clôture de la foire agricole de cette année. Là – Clara montra du doigt une chèvre à la tête verte avec une houlette de berger –, c'est Ruth.

— Mon Dieu, c'est vrai, dit Gamache à Beauvoir, qui rugit de rire.

C'était parfait. Il avait dû être aveugle pour ne pas la remarquer.

— Mais attendez – Gamache perdit soudainement sa joie –, elle a été peinte le jour et à l'heure où Timmer Hadley était mourante.

— Oui.

— Quel est le titre ?

— *Jour de foire*.

6

Même sous la pluie et le vent, Gamache voyait la grande beauté de la campagne. Les érables avaient pris des teintes orange et rouge foncé, et les feuilles arrachées par l'orage tapissaient les bords de la route et de la ravine. De Williamsburg à Three Pines, la route, bien tracée, traversait un rang de montagnes en longeant les vallées et la rivière. C'était sans doute l'ancien chemin de diligence. Beauvoir bifurqua sur une route de terre encore plus étroite. D'immenses nids-de-poule secouaient la voiture, au point que Gamache pouvait à peine lire ses notes. Il avait appris à dominer son estomac de façon à ne pas avoir de haut-le-cœur dans un véhicule, mais ses yeux étaient beaucoup plus récalcitrants.

Beauvoir ralentit devant une grande boîte aux lettres métallique jaune soleil. Le numéro, comme le nom de Croft, était tracé en blanc, à la main. Il s'engagea dans l'allée, bordée elle aussi par d'immenses érables formant un tunnel à la Tiffany.

Entre les coups des essuie-glaces en furie, Gamache vit une maison de ferme recouverte de planches à clin blanches. Bordée de roses trémières et de grands tournesols en fin de saison, la maison paraissait confortable et marquée par le temps. Le vent s'emparait de la fumée de bois de la cheminée pour la ramener dans les bois des alentours.

Les maisons, Gamache le savait, sont des autoportraits. Chacun des choix d'une personne – couleurs, meubles, images –, chaque touche révèle l'individu. Si Dieu, ou le diable, est dans les détails, l'humain l'est aussi. Est-ce sale, désordonné, d'une propreté maniaque ? Les décorations ont-elles été choisies pour impressionner ou est-ce un fatras d'histoire personnelle ? L'espace est-il encombré ou dégagé ? Chaque fois qu'il entrait dans une maison au cours d'une enquête, un frisson le parcourait. Il avait hâte d'entrer chez Jane Neal, mais cela devrait attendre. Pour l'instant, les Croft étaient sur le point de se révéler.

Gamache se tourna vers Yvette Nichol.

— Gardez l'œil ouvert et prenez des notes détaillées. Contentez-vous d'écouter, compris ?

Yvette Nichol lui renvoya un regard furieux.

— Je vous ai posé une question, agente.

— Compris.

Puis, après une longue pause, elle ajouta :

— Monsieur.

— Bien.

Gamache se tourna ensuite vers Beauvoir.

— Inspecteur Beauvoir, voulez-vous diriger l'interrogatoire ?

— Oui, répondit Beauvoir en sortant de l'auto.

Matthew Croft attendait à la porte moustiquaire. Après avoir accroché leurs manteaux trempés, il les mena directement à la cuisine. Des rouges et des jaunes vifs. Dans le vaisselier, des assiettes et des plats aux couleurs joyeuses. Des rideaux blancs et propres, aux lisières brodées de fleurs. De l'autre côté de la table, Gamache vit Croft rectifier la salière et la poivrière en forme de coq. Ses yeux intelligents ne semblaient pas pouvoir se poser et il se retenait, comme en attente. A l'écoute. C'était très subtil, camouflé sous l'extérieur sympathique. Mais c'était là, Gamache en était certain.

— Je garde l'attirail de tir à l'arc sur le balcon. Dehors, c'est humide, mais, si vous voulez tout de même une démonstration, je pourrai vous montrer comment on tire.

Croft s'adressait à Gamache, mais c'est Beauvoir qui répondit, détournant de son chef le regard de Croft.

— Ce serait très utile, mais j'ai d'abord quelques questions, juste des renseignements de base que j'aimerais vérifier.

— Bien sûr, tout ce que vous voulez.

— Parlez-moi de Jane Neal, de votre relation avec elle.

— On n'était pas si proches que ça. J'allais parfois lui rendre visite. C'était tranquille, paisible. Autrefois, elle a été mon professeur à la vieille école.

— C'était quel genre d'enseignante ?

— Extraordinaire. Elle vous regardait, et vous aviez l'impression d'être la seule personne au monde. Vous comprenez ?

Beauvoir comprenait parfaitement. Armand Gamache avait cette même faculté. En parlant, la plupart des gens observent également le reste de la pièce, tout en adressant à l'autre des signes de la tête ou de la main. Gamache, jamais. Lorsqu'il vous regardait, rien d'autre n'existait. Mais Beauvoir savait que le patron captait aussi chaque moment dans les moindres détails. Sans le montrer.

— Qu'est-ce que vous faites dans la vie ?

— Je travaille pour le canton de Saint-Rémy, à la voirie.

— Vous faites quoi ?

— Je suis chef de l'entretien des routes. Je confie des tâches à des équipes, j'évalue des zones qui présentent des problèmes. Parfois, je me contente de rouler en cherchant un problème. Je ne veux pas le découvrir en même temps qu'une auto renversée.

Cela se produit trop souvent. Généralement, la mort vient la nuit, surprend une personne dans son sommeil, arrête son cœur ou la réveille par un chatouillement, l'amène à la salle de bains avec un mal de tête atroce et inonde son cerveau de sang. Elle attend dans les ruelles et les stations de métro. A la nuit tombante, des gardiens en blanc débranchent des appareils, et la mort est invitée dans une salle aseptisée.

Mais, à la campagne, la mort vient sans invitation, en plein jour. Elle prend des pêcheurs dans leurs chaloupes. Elle saisit des enfants par les chevilles tandis qu'ils nagent. En hiver, elle les appelle sur une pente trop abrupte pour leurs jambes balbutiantes et croise les extrémités de leurs skis. Elle attend sur la rive, là où il n'y a pas si longtemps la neige rencontrait la glace, mais où maintenant, à l'insu des yeux brillants, un peu d'eau touche la rive, et le patineur décrit des cercles un peu plus larges qu'il ne l'aurait voulu. La mort guette dans les bois avec un arc et une flèche, à l'aube et au crépuscule. En plein jour, elle fait sortir des voitures de la route, et les pneus glissent furieusement sur la glace, la neige ou les feuilles d'automne aux couleurs vives.

Matthew Croft était toujours appelé sur les lieux lors des accidents de la route. Il arrivait parfois le premier. Tandis qu'il travaillait à dégager les corps, Croft consolait son cœur et son cerveau meurtris dans le sein de la poésie. Il récitait de mémoire des poèmes qu'il avait appris dans des livres empruntés à Mlle Neal. La poésie de Ruth Zardo était sa préférée.

Les journées tranquilles, il rendait souvent visite à Mlle Neal. Il s'asseyait dans son jardin, dans un fauteuil Adirondack, regardant couler le ruisseau derrière les phlox, et apprenait les poèmes qui allaient ensuite lui servir à dissiper les cauchemars. Pendant qu'il les mémorisait, Mlle Neal préparait de la limonade rose et taillait ses bordures de vivaces. Elle savourait l'ironie : elle étêtait pendant qu'il bannissait la mort de sa tête. Pour une raison quelconque, Matthew répugnait à en parler à la police, à la laisser entrer aussi loin en lui.

Il n'en dit pas plus long et se tendit légèrement. Un instant plus tard, Gamache entendit lui aussi. Suzanne ouvrit la porte du sous-sol et entra dans la cuisine.

Suzanne Croft avait mauvaise mine. A l'assemblée publique, elle avait paru fatiguée, mais, là, ce n'était pas comparable. Sa peau tachetée de rouge était presque translucide et une fine pellicule de sueur lui donnait un lustre reptilien. La main que serra Gamache était glaciale. Il comprit qu'elle était terrifiée. Malade de peur. Gamache tourna la tête vers Croft, qui n'essayait même plus à présent de dissimuler sa propre peur. Il regardait sa femme comme si c'était un spectre, un fantôme apportant un message affreux et personnel.

Le moment passa. Le visage de Matthew Croft redevint "normal" et seul un voile sombre sur sa peau trahissait ce qui se cachait là-dessous. Gamache offrit sa chaise à Mme Croft, mais Matthew lui avait déjà cédé la sienne en prenant un tabouret. Personne ne dit un mot. Gamache adjurait intérieurement Beauvoir de ne pas parler. De laisser le silence s'étirer jusqu'au point de rupture. Cette femme, qui s'accrochait à quelque chose d'horrible, était en train de perdre prise.

— Voudriez-vous un verre d'eau ? demanda Yvette Nichol à Suzanne Croft.

— Non, merci, mais permettez-moi de préparer du thé.

Sur ce, Mme Croft se leva promptement de sa chaise et le moment fut rompu. Gamache regarda l'agente Nichol, perplexe. Si elle avait voulu saboter l'affaire, et sa carrière avec, elle n'aurait pas fait mieux.

— Attendez, laissez-moi vous aider, dit Yvette Nichol en se précipitant sur la bouilloire.

Sur le coup, Beauvoir laissa paraître sa fureur, mais son visage reprit aussitôt son air raisonnable habituel.

"Quelle idiote !" pensa-t-il, tout en affichant un demi-sourire bienveillant. A la dérobée, il regarda

174

Gamache, soulagé de voir que, lui aussi, braquait son regard sur l'agente Nichol – mais sans colère. Dégoûté, Beauvoir vit de la tolérance sur le visage du chef. "Est-ce qu'il apprendra un jour ? Qu'est-ce qui peut bien le pousser, bon sang, à vouloir aider des débiles ?"

Maintenant que le silence était rompu, Beauvoir se dit qu'il pouvait bien reprendre la situation en main.

— Que faites-vous dans la vie, madame Croft ? Travaillez-vous ?

Au moment même où il posait la question, il entendit l'insulte : être mère n'était pas un travail. Mais il l'ignora.

— Trois fois par semaine, je donne un coup de main à la boutique de photocopie de Saint-Rémy. Ça permet de boucler le budget.

Beauvoir s'en voulut d'avoir posé la question. Il se demanda s'il n'avait pas détourné sur Mme Croft sa colère contre Nichol. Balayant du regard la cuisine, il remarqua toutes ces touches accueillantes, faites main : même les housses de plastique des chaises étaient maladroitement agrafées et certaines se défaisaient. Ces gens se débrouillaient avec presque rien.

— Vous avez deux enfants, je crois, reprit Beauvoir, secouant sa honte momentanée.

— C'est exact, répondit Matthew.

— Comment s'appellent-ils ?

— Philippe et Diane.

— Jolis noms, dit-il dans le calme qui s'installait. Ils ont quel âge ?

— Quatorze et huit ans.

— Où sont-ils ?

La question flottait dans l'air et la terre cessa de tourner. Il s'était inexorablement dirigé vers cette question et les Croft avaient dû s'en douter. Il n'avait pas voulu la poser par surprise, non pas pour les ménager, mais pour qu'ils la voient venir de loin et l'attendent. Jusqu'à ce qu'ils soient sur le point de craquer. Jusqu'à cet instant qu'ils appelaient et redoutaient à la fois.

— Ils ne sont pas ici, dit Suzanne, les mains crispées sur sa tasse de thé.

Beauvoir attendit, continuant à la regarder avec insistance.

— Quand prendrez-vous votre repas de Thanksgiving ?

Ce coq-à-l'âne laissa Suzanne Croft bouche bée, comme si l'inspecteur s'était soudainement mis à parler chinois.

— Pardon ?

— Chez moi, j'ai remarqué que l'odeur de la dinde reste pendant quelques jours. Bien sûr, le lendemain, nous faisons de la soupe et ça se sent, ça aussi.

Il respira à fond, puis lentement, très lentement, parcourut du regard les comptoirs propres.

— On devait célébrer Thanksgiving hier, dimanche, dit Matthew, mais, avec la nouvelle concernant Mlle Neal et tout ça, on a décidé de laisser tomber.

— Pour de bon ? demanda Beauvoir, incrédule.

Gamache se demandait si ce n'était pas exagéré, mais les Croft n'étaient pas en position de critiquer son comportement.

— Où est Diane, madame Croft ?

— Elle est chez une amie. Nina Lévesque.

— Et Philippe ?

— Il n'est pas ici, je vous l'ai dit. Il est sorti. Je ne sais pas quand il reviendra.

"Bon, ça va, se dit Beauvoir. Finie la comédie."

— Madame Croft, dans un moment, nous allons sortir avec votre mari pour examiner les arcs et les flèches. Pendant que nous serons à l'extérieur, j'aimerais que vous réfléchissiez. Nous devons parler à Philippe. Nous savons qu'il a été impliqué dans l'incident du fumier à Three Pines et que Mlle Neal l'a identifié.

— Avec d'autres, dit-elle d'un ton défiant.

— Deux jours plus tard, elle était morte. Nous devons lui parler.

— Il n'a rien à voir avec ça.

— C'est votre opinion. Vous avez peut-être raison. Mais le croyiez-vous capable de s'attaquer à deux hommes de Three Pines ? Connaissez-vous vraiment votre fils, madame Croft ?

Comme il s'y attendait, il avait touché un point sensible. Non pas parce qu'il avait reçu des confidences particulières sur la famille Croft, mais parce qu'il savait que tout parent d'adolescent redoute d'héberger en fait un étranger.

— Si nous ne pouvons pas parler à votre fils avant de partir, nous obtiendrons un mandat d'arrêt pour l'interroger au poste de police de Saint-Rémy. Nous lui parlerons aujourd'hui. Ici ou là-bas.

En observant tout cela, l'inspecteur-chef Gamache se disait qu'il fallait descendre au sous-sol. Ces gens y cachaient quelque chose, ou quelqu'un. "C'est bizarre,

Matthew Croft a gardé un comportement détendu et naturel à l'assemblée publique. Suzanne Croft, elle, était terriblement contrariée. Maintenant, ils le sont tous les deux. Qu'est-ce qui s'est passé ?"

— Monsieur Croft, pouvons-nous voir ces arcs et ces flèches maintenant ? demanda Beauvoir.

— Vous avez l'audace...

Croft frémissait de rage.

— Ce n'est pas une question d'audace, répliqua Beauvoir avec un regard sévère. A la réunion de ce matin, l'inspecteur-chef Gamache a été clair : nous allons demander des choses désagréables à chacun d'entre vous. C'est le prix à payer si l'on veut retrouver le meurtrier de Mlle Neal. Je comprends votre colère : vous ne voulez pas que vos enfants en soient traumatisés. Mais je pense qu'ils le sont déjà. Je vous donne le choix. Nous parlerons à votre fils ici, ou bien au poste de Saint-Rémy.

Beauvoir marqua une pause. Une longue pause. Intérieurement, il mit Yvette Nichol au défi d'offrir des biscuits. Puis, il reprit :

— Lorsqu'il y a mort violente, les règles de la vie normale sont suspendues. Votre famille et vous deux figurez parmi les premières victimes. Je ne me fais aucune illusion sur ce que nous faisons, et nous procédons de la façon la moins pénible possible.

— Peuh ! fit Matthew Croft.

— C'est pourquoi je vous ai offert le choix. Maintenant, les arcs et les flèches, s'il vous plaît.

Matthew Croft respira à fond.

— Par ici.

De la cuisine, il les fit passer au balcon.

— Madame Croft, voudriez-vous nous rejoindre, s'il vous plaît ? dit Gamache en tournant la tête vers la cuisine, alors même que la femme allait ouvrir la porte du sous-sol.

Les épaules de Suzanne Croft s'affaissèrent.

— Bon, dit Matthew Croft qui s'efforçait de rester poli. Voici un arc recourbé, là c'est un arc à poulies, et voici les flèches.

— Ce sont vos deux seuls arcs ? demanda Beauvoir en prenant les flèches, qui étaient destinées au tir sur cible.

— Oui, c'est ça, dit Croft sans hésiter.

Ils étaient exactement tels qu'on les lui avait décrits, juste un peu plus longs. Tour à tour, Beauvoir et Gamache soulevèrent chacun des arcs. Ils étaient lourds, même le simple arc recourbé.

— Voudriez-vous tendre la corde de l'arc recourbé, s'il vous plaît ? demanda Beauvoir.

Matthew saisit l'arc, prit une longue corde aux extrémités nouées en boucle, mit la perche entre ses jambes et appuya vers le bas jusqu'à ce que la corde atteigne la petite encoche du haut. Gamache constata qu'il fallait de la force. On se trouva soudain devant un arc à la Robin des Bois.

— Je peux ?

Croft tendit l'arc à Gamache, qui remarqua de la poussière. Mais pas de boue. L'attention de Gamache se porta ensuite sur l'arc à poulies. Il ne s'attendait pas à ce qu'il ressemble autant à un arc traditionnel. En le saisissant, il vit de fines volutes de fils d'araignée entre certaines des cordes. Cet arc non plus n'avait pas été utilisé depuis quelque temps. Son poids considérable l'étonna. Il se tourna vers Mme Croft.

— Faites-vous de la chasse à l'arc ou du tir sur cible ?

— Je fais parfois du tir sur cible.

— Quel arc utilisez-vous ?

Après un soupir d'hésitation, Suzanne Croft désigna l'arc recourbé.

— Voudriez-vous désengager la corde ?

— Pourquoi ? dit Matthew Croft en s'avançant.

— J'aimerais voir faire votre femme.

Gamache se tourna vers Suzanne.

— S'il vous plaît.

Suzanne Croft prit l'arc recourbé et, le collant à sa jambe, elle se pencha et dégagea la corde. Il était clair qu'elle était habituée. Gamache eut alors une idée.

— Pourriez-vous remettre la corde en place, s'il vous plaît ?

Suzanne haussa les épaules, appuya sur sa jambe l'arc maintenant redressé et se pencha sur la partie supérieure. Il ne se passa pas grand-chose. Elle donna ensuite une immense poussée vers le bas et fit passer la corde par-dessus l'extrémité supérieure, recréant la courbe. Elle le tendit à Gamache sans un mot.

— Merci, dit-il, perplexe.

Son pressentiment ne se confirmait pas.

— Si ça ne vous fait rien, nous aimerions tirer quelques flèches, dit Beauvoir.

— Ça ne me dérange pas du tout.

Après avoir remis leurs imperméables, les cinq sortirent en troupe dans la bruine légère. Heureusement, la forte pluie avait cessé. Matthew avait installé une cible de tir à l'arc : une toile circulaire bourrée de foin, avec des cercles peints en rouge. Il prit l'arc recourbé, l'arma d'une nouvelle flèche de bois destinée au tir sur cible et tira la corde. Croft passa un moment à viser, puis relâcha la flèche. Elle atteignit le deuxième anneau. Il tendit l'arc à Gamache, qui le remit avec un léger sourire à Beauvoir. Beauvoir le saisit avec délice. Il avait brûlé de l'essayer, s'imaginant faire mouche à plusieurs reprises jusqu'à ce que l'équipe canadienne de tir à l'arc l'invite à prendre part aux Jeux olympiques. Ce prétendu sport ressemblait à un jeu d'enfant, surtout pour un as du tir au revolver.

Le premier signe de difficulté vint presque immédiatement. Il faillit ne pas tirer la corde à fond. C'était beaucoup plus ardu qu'il ne l'avait imaginé. La flèche, qu'il tentait de maintenir en place entre deux doigts, se mit à sauter le long de l'arc, refusant de rester sur la petite cheville fixée à l'avant. Il fut enfin prêt à tirer. Il relâcha la corde et la flèche jaillit de l'arc, mais elle rata la cible d'une bonne distance. La corde, elle, ne rata pas Beauvoir. Une milliseconde après s'être détendue, elle lui heurta le creux du coude avec une force telle qu'il crut avoir le bras arraché. Il glapit et laissa échapper l'arc, osant à peine regarder son bras. La douleur était cuisante.

— Qu'est-ce qui s'est passé, monsieur Croft ? dit Gamache d'un ton brusque en se dirigeant vers Beauvoir.

Croft ne riait pas vraiment, mais Gamache voyait le plaisir qu'il en tirait.

— Ne vous inquiétez pas, inspecteur-chef. Il s'est tout simplement fait un bleu au bras. Ça arrive à tous les amateurs. La corde lui a pincé le coude. Comme vous le disiez, on doit tous se préparer à des choses désagréables.

Gamache se rappela qu'il lui avait offert l'arc en premier. C'était à lui que la blessure était destinée.

— Ça va ?

Beauvoir se tenait le bras et s'étirait le cou, cherchant la flèche des yeux. A moins d'avoir fendu celle de Croft, la sienne avait raté la cible. Cela lui faisait presque aussi mal que la contusion.

— Ça va, monsieur. Il y a eu plus de surprise que de douleur.

— Vous êtes sûr ?

— Oui.

Gamache se tourna vers Croft.

— Pouvez-vous me montrer comment tirer à l'arc sans me frapper le bras ?

— Probablement. Etes-vous prêt à prendre le risque ?

Refusant de jouer, Gamache se contenta de regarder Croft avec l'air d'attendre quelque chose.

— Bon. Prenez l'arc comme ceci.

Croft se plaça derrière Gamache et tendit le bras alors que Gamache saisissait l'arc.

— Maintenant, tournez le coude vers l'extérieur, pour qu'il soit perpendiculaire au sol. Là, c'est ça, dit Croft. Maintenant, la corde va frôler votre coude, au lieu de le heurter. C'est une moins grande cible. Probablement.

Gamache sourit. Tant pis si la corde le heurtait. Au moins, il y était préparé.

— Qu'est-ce que je dois faire d'autre ?

— Maintenant, de la main droite, posez le devant de la flèche sur l'appuie-flèche situé sur l'arc, et ajustez l'arrière à la corde. Bien. Maintenant, vous êtes prêt à tirer sur la corde. Il ne faut pas la retenir trop longtemps. Vous verrez pourquoi dans un moment. Alignez-vous comme ceci.

Il fit pivoter Gamache de façon que son corps soit de côté par rapport à la cible. L'inspecteur-chef avait le bras droit fatigué à force de soutenir cet arc lourd.

— Voici la mire.

Etonnamment, Croft désignait une minuscule épingle semblable à celles que Gamache extrayait de ses chemises après leur retour du nettoyage à sec.

— Vous alignez la tête de l'épingle avec le centre de la cible. Ensuite, tirez la corde d'un seul mouvement, en souplesse, réalignez la mire et relâchez.

Croft recula d'un pas. Gamache baissa l'arc pour reposer son bras, respira, revit mentalement les étapes, puis passa à l'action. Il leva le bras gauche avec souplesse et, avant de placer la flèche, il tourna le coude de façon à l'écarter de la corde. Il posa la flèche sur la saillie, ajusta le cul de la flèche à la corde, aligna la tête d'épingle et le point de mire et tira la corde d'un seul mouvement fluide. Sauf que ce ne l'était pas tout à fait. On aurait dit que les Canadiens de Montréal tiraient la corde dans l'autre direction. Le bras droit tremblant légèrement, il parvint à tendre la corde à fond, jusqu'à ce qu'elle lui arrive presque au nez, puis relâcha. A ce stade, il lui importait peu que tout son coude soit emporté, il voulait seulement relâcher le bataclan. La flèche s'envola très loin de la cible et la rata d'au moins autant que celle de Beauvoir. Mais la corde aussi manqua son coup. Elle revint en place en vibrant, sans même effleurer le bras de Gamache.

— Vous enseignez bien, monsieur Croft.

— Vous n'êtes pas difficile. Voyez où est passée votre flèche.

— Je ne la vois pas. J'espère qu'elle n'est pas perdue.

— Non. Elles ne se perdent jamais. Je n'en ai pas encore perdu une seule.

— Madame Croft, dit Gamache, c'est votre tour.

— J'aimerais mieux pas.

— S'il vous plaît, madame Croft.

L'inspecteur-chef Gamache lui tendit l'arc. Il était content d'avoir effectué un tir. Cela lui avait donné une idée.

— Je n'ai pas tiré depuis un bon moment.

— Je comprends, dit Gamache. Faites de votre mieux.

Suzanne Croft se mit en position, inséra la flèche, saisit la corde et tira. Tira. Tira, jusqu'à ce qu'elle se mette à pleurer et s'effondre sur le sol boueux, submergée par une émotion qui n'avait rien à voir avec son incapacité à décocher une flèche. Instantanément, Matthew Croft s'agenouilla près d'elle et la prit dans ses bras. Rapidement, Gamache saisit Beauvoir par le bras et le fit reculer d'un ou deux pas. D'une manière pressante, il lui murmura à l'oreille :

— Il nous faut absolument aller au sous-sol. J'aimerais que vous leur proposiez un marché. Nous n'emmènerons pas Philippe au poste de police à condition qu'ils nous conduisent tout de suite au sous-sol.

— Mais il faut qu'on parle à Philippe.

— Je comprends, mais nous ne pouvons pas faire les deux, et la seule façon pour nous d'entrer au sous-sol, c'est de leur donner une chose à laquelle ils tiennent vraiment. Ils veulent protéger leur fils. Faute d'avoir les deux, je crois que c'est ce qu'il y a de mieux à faire.

Beauvoir réfléchit, tout en regardant Croft consoler sa femme. L'inspecteur-chef avait raison. L'interrogatoire de Philippe pouvait sans doute attendre. Ce qui se trouvait au sous-sol, peut-être pas. Après cette démonstration, il était clair que Mme Croft savait manier un arc et une flèche, mais qu'elle ne s'était jamais servi de cet arc-là. Il devait y en avoir un autre quelque part, son arc habituel. Que Philippe avait peut-être utilisé. Probablement au sous-sol. Son nez capta l'odeur du feu de cheminée. Il espérait qu'il ne serait pas trop tard.

Peter et Clara promenaient Lucy le long du sentier qui traversait les bois situés de l'autre côté de la Bella Bella. Ayant franchi le petit pont, ils détachèrent la laisse. La chienne marchait en traînant la patte, sans montrer d'intérêt pour la profusion d'odeurs nouvelles. La pluie avait cessé, mais le sol et l'herbe épaisse étaient trempés.

— D'après la chaîne météo, c'est censé s'éclaircir, dit Peter en donnant un coup de pied à une pierre.

— Mais devenir plus froid, ajouta Clara. On annonce un gros gel. Il va falloir travailler au jardin.

Elle grelottait et serra ses bras autour de son corps.

— J'ai une question à te poser, dit-elle. Un conseil à te demander, en fait. Tu sais quand j'ai affronté Yolande ?

— Ce midi ? Oui. Pourquoi as-tu fait ça ?

— Eh bien, parce que c'était la nièce de Jane.

— Non, vraiment. Pourquoi ?

"Sacré Peter, se dit Clara. Il me connaît vraiment."

— Je voulais être gentille…

— Mais tu savais ce qui allait se passer. Pourquoi as-tu choisi de te mettre dans une situation où tu savais que l'autre allait être blessante ? Ça me tue de te voir faire ça et tu le fais tout le temps. C'est de la folie.

— Tu appelles ça de la folie, pour moi, c'est de l'optimisme.

— C'est optimiste de s'attendre à ce que les gens se mettent à faire ce qu'ils n'ont jamais fait ? Chaque fois que tu approches Yolande, elle te traite affreusement. Chaque fois. Pourtant, tu continues. Pourquoi ?

— D'où ça sort, tout ça ?

— T'es-tu jamais demandé comment je me sens quand je te vois recommencer et que je dois te ramasser à la petite cuiller, sans rien pouvoir faire d'autre ? Arrête de demander aux gens d'être ce qu'ils ne sont pas. Yolande est une personne horrible, haineuse et mesquine. Accepte-le et éloigne-toi d'elle. Si tu choisis d'entrer dans son espace, prépare-toi aux conséquences.

— C'est injuste. J'ai l'impression que tu me prends pour une imbécile qui n'avait aucune idée de ce qui allait arriver. Je savais très bien qu'elle serait comme ça. Je l'ai fait quand même. Parce qu'il fallait que je sache quelque chose.

— Quoi donc ?

— Il fallait que j'entende le rire d'André.

— Son rire ? Pourquoi ?

— C'est de ça que je voulais te parler. Te rappelles-tu quand Jane a décrit ce rire horrible, quand les gars ont lancé du fumier en direction d'Olivier et de Gabri ?

Peter acquiesça d'un hochement de tête.

— J'ai entendu un rire comme celui-là, ce matin, à l'assemblée publique. C'était André. Il fallait donc que je m'avance jusqu'à leur table, pour l'amener à rire une autre fois. C'est ce qu'il a fait. Au moins, Yolande et André sont prévisibles, on ne peut pas leur enlever ça.

— Mais, Clara, André est un adulte et il ne faisait pas partie des garçons masqués.

Clara attendit. En temps normal, Peter comprenait plus vite : c'était donc amusant à regarder. Son front ridé finit par s'éclaircir.

— C'était Bernard, le fils d'André.

— Bravo !

— Jane s'est trompée, ce n'étaient pas Philippe, Gus et Claude. L'un des trois n'était pas là, mais Bernard, si.

— Est-ce que je devrais en parler à l'inspecteur-chef Gamache ? Est-ce qu'il pourrait croire que c'est uniquement pour médire de Yolande ? demanda Clara.

— Peu importe. Il faut qu'il le sache.

— Bien. Cet après-midi, j'irai au bistro aux heures où il reçoit.

Clara cueillit un bâton et le lança, espérant que Lucy se précipiterait. Mais elle n'en fit rien.

Les Croft acceptèrent le marché. Ils n'avaient pas le choix. Avec Gamache, Beauvoir et Nichol, ils descendirent l'escalier étroit. Tout le sous-sol était bien organisé, ce n'était pas le genre de labyrinthe confus qu'ils avaient si souvent vu et passé au peigne fin. Lorsque Gamache en fit la remarque, Croft répondit :

— C'est l'une des tâches de Philippe, nettoyer le sous-sol. On l'a fait ensemble pendant des années, mais, à son quatorzième anniversaire, je lui ai dit que ça lui revenait entièrement.

S'apercevant sans doute de ce qu'il venait de dire, il ajouta :

— Ce n'était pas son seul cadeau d'anniversaire.

Pendant vingt minutes, les deux hommes fouillèrent méthodiquement. Puis, entre les skis, les raquettes de tennis et l'équipement de hockey, ils trouvèrent, accroché au mur, à moitié dissimulé par des jambières de gardien de but, un carquois. Le soulevant soigneusement de son crochet au moyen d'une raquette, Beauvoir regarda à l'intérieur. Cinq vieilles flèches de chasse en bois. Ce qui manquait au carquois, c'était une toile d'araignée. Ce carquois avait servi récemment.

— C'est à qui, monsieur Croft ?

— Celui-ci appartenait à mon père.

— Il n'y a que cinq flèches. Est-ce habituel ?

— Il m'est arrivé tel quel. Papa a dû en perdre une.

— Pourtant, vous avez dit que c'était rare. Vous avez dit, je crois, que les chasseurs ne perdent presque jamais de flèche.

— C'est vrai, mais "presque jamais" et "jamais", ce sont deux choses différentes.

— Puis-je ? demanda l'inspecteur-chef.

Beauvoir lui tendit la raquette de tennis à laquelle était suspendu le carquois. Gamache la tint aussi haut qu'il le put et s'appliqua à regarder le fond de cuir rond du vieux carquois.

— Avez-vous une lampe de poche ?

Matthew décrocha une Eveready jaune vif et la lui tendit. Gamache l'alluma et vit six ombres de pointes sur le cul du carquois. Il les montra à Beauvoir.

— Jusqu'à récemment, il y avait six flèches, dit Beauvoir.

— Récemment ? Comment faites-vous votre calcul, inspecteur ?

En écoutant Matthew Croft qui s'efforçait de rester calme, Gamache fut pris de compassion. Il tentait de se maîtriser, de plus en plus, à tel point que ses mains tremblotaient et que sa voix montait.

— Je connais le cuir, monsieur Croft, dit Beauvoir qui bluffait. C'est du cuir de veau mince, utilisé pour sa souplesse, mais aussi sa durabilité. Ces flèches, qui sont, je suppose, des flèches de chasse – Croft haussa les épaules –, ces flèches peuvent rester posées dans ce carquois à fond de cuir, la pointe vers le bas, sans émousser la pointe ni traverser le fond. De plus, et c'est important, monsieur Croft, le cuir ne garde pas la forme de ce qu'il retient. Il est tellement souple qu'il revient lentement à sa forme originale. Ces six imperfections ont été provoquées par six pointes. Mais il ne reste que cinq flèches. Comment est-ce possible ?

Croft demeura silencieux, la mâchoire serrée.

Beauvoir tendit la raquette de tennis et le carquois à Nichol, en lui ordonnant de la tenir, tandis que Gamache et lui poursuivraient la fouille. Croft avait rejoint sa femme et, côte à côte, ils attendaient la suite. Les deux hommes passèrent la demi-heure suivante à fouiller le sous-sol dans les moindres recoins. Ils étaient sur le point d'abandonner lorsque Beauvoir se rapprocha à tout hasard de la fournaise. Il faillit alors marcher dessus : posés presque à la vue de tous se trouvaient un arc recourbé et, à côté, une hache.

Après qu'ils eurent demandé et obtenu un mandat de perquisition, la ferme Croft fut ratissée du grenier à la grange, en passant par le poulailler. On découvrit Philippe dans sa chambre à coucher, branché à son Discman Sony. En examinant le cendrier sous la fournaise, Beauvoir trouva une pointe de flèche métallique, grillée, mais encore intacte. Lorsqu'on la lui montra, Matthew Croft défaillit et s'effondra sur le plancher de béton froid, où ne l'attendaient ni vers ni rimes. Il avait fini par recevoir une blessure contre laquelle la poésie ne pouvait rien.

Beauvoir envoya tous les objets recueillis aux laboratoires de la Sûreté, à Montréal. L'équipe se réunit de nouveau à la caserne des pompiers.

— Qu'est-ce qu'on fait avec les Croft ? voulut savoir Isabelle Lacoste, qui sirotait un café, double crème, double sucre, de chez Tim Hortons.

— Pour l'instant, rien, répondit Gamache en prenant une bouchée de beignet au chocolat. On attend le rapport des laboratoires.

— On va recevoir les résultats demain, dit Beauvoir.

— Quant à Matthew Croft, est-ce qu'on ne devrait pas le mettre en détention provisoire ? demanda l'agente Lacoste en lissant du poignet sa luisante chevelure auburn, tout en essayant de ne pas la barbouiller de glaçage au chocolat.

— Inspecteur Beauvoir, qu'est-ce que vous en pensez ?

— Vous me connaissez, je préfère toujours prendre des mesures de précaution.

Gamache se rappela un dessin satirique qu'il avait découpé, des années auparavant, dans *La Gazette* de Montréal. Il montrait un juge et un accusé. "Le jury vous a déclaré non coupable, disait le juge, mais je vous impose cinq ans par mesure de précaution." Tous les jours, il le regardait, ricanait et savait au fond de lui à quel point le dessin tapait juste. Quelque chose en lui le poussait à agir "par précaution", même au prix de la liberté des autres.

— Quel risque courons-nous en laissant Matthew Croft en liberté ?

Du regard, Gamache fit un tour de table.

— Eh bien, proposa Isabelle Lacoste, il y a peut-être chez lui d'autres preuves qu'il pourrait détruire d'ici à demain.

— C'est vrai, mais est-ce que Mme Croft ne les détruirait pas tout aussi facilement ? Après tout, c'est elle qui a jeté la flèche dans le feu et qui était sur le point de mettre en pièces l'arc à coups de hache. Elle l'a avoué. En fait, s'il y a quelqu'un à incarcérer, c'est elle, pour destruction de preuves. Je vais vous dire le fond de ma pensée.

Il prit une serviette de papier et s'essuya les mains, puis, penché en avant, il posa ses coudes sur la table. Tous les autres, à l'exception d'Yvette Nichol, firent de même, ce qui donna à la scène l'apparence d'une réunion hautement secrète.

— Supposons que cet arc et cette pointe de flèche aient servi à tuer Jane Neal. D'accord ?

Tout le monde hocha la tête. Ils n'avaient plus qu'à écouter.

— Mais lequel d'entre eux a fait le geste ? Matthew Croft ? Inspecteur Beauvoir, qu'en pensez-vous ?

Beauvoir voulait de toutes ses forces que Matthew soit le coupable. Mais, bon sang ! ça ne concordait pas.

— Non. Il était beaucoup trop détendu pendant l'assemblée publique. Sa panique a commencé plus tard. Non. Si c'était lui, il aurait été plus évasif auparavant. Il n'arrive pas très bien à cacher ses sentiments.

Gamache était du même avis.

— Eliminons M. Croft. Que pensez-vous de Suzanne Croft ?

— Eh bien, c'est peut-être elle. Elle s'y connaît en arcs et en flèches et, à l'assemblée, elle a eu l'air tendue. De plus, elle a détruit la flèche. Elle aurait jeté l'arc dans la fournaise si elle en avait eu le temps. Mais, là encore, ça ne concorde pas.

— Si elle avait tué Jane Neal, elle aurait détruit la flèche et l'arc bien avant, dit Yvette Nichol en se penchant vers le groupe. Elle serait tout de suite allée chez elle et aurait brûlé tout l'équipement. Pourquoi aurait-elle attendu de savoir que la police était sur le point d'arriver ?

— Vous avez raison, dit Gamache, heureusement surpris. Continuez.

— D'accord. Supposons que ce soit Philippe. Il a quatorze ans, non ? Le vieil arc n'est pas aussi puissant que les plus récents et n'exige pas beaucoup de force. Donc, il prend le vieil arc et les vieilles flèches de bois, et il part à la chasse. Mais, par erreur, il tire sur Mlle Neal. Avec son arc, il retourne en courant à la maison. Mais maman devine…

— Comment ? demanda Gamache.

— Comment ?

Cela fit taire Yvette Nichol. Elle dut réfléchir.

— Il avait peut-être du sang sur les vêtements ou les mains. Elle l'a peut-être appris de lui, juste avant l'assemblée publique. Il fallait qu'elle aille s'informer de ce que savait la police, tout en gardant Philippe à la maison. Ça explique son agitation croissante au fur et à mesure de l'assemblée.

— Y a-t-il des lacunes dans cette théorie ? demanda Beauvoir à l'assemblée, essayant de ne pas paraître optimiste.

S'il espérait que Nichol prouve qu'elle n'était qu'un boulet, il devait reconnaître que sa démonstration était d'une ingéniosité redoutable. Il s'efforça de ne pas la regarder, mais ne put s'en empêcher. Bien sûr, elle lui décocha un regard dur, avec un léger sourire. Elle s'adossa, lentement, voluptueusement.

— Bien joué, Nichol.

Gamache se leva et lui fit un signe de tête.

"Attends, se dit-elle, attends seulement que papa l'entende, celle-là."

— Donc la famille Croft ne bouge pas tant que nous n'avons pas reçu les résultats des tests de labo, dit Gamache.

La réunion fut levée, chacun s'attendant à conclure l'enquête le lendemain. Pourtant, Armand Gamache avait suffisamment d'expérience pour ne pas compter sur une seule théorie. Il voulait garder l'enquête ouverte. Par précaution.

Il était presque dix-sept heures, l'heure du bistro. Mais, d'abord, il avait autre chose à faire.

7

En traversant le bistro, Gamache salua d'un signe de tête Gabri qui préparait les tables. Comme les commerces étaient contigus, il se rendit jusqu'à l'arrière et ouvrit la porte du magasin voisin : *Myrna. Livres neufs et d'occasion.*

Le voilà donc avec, à la main, un exemplaire usé de *L'Etre.* Il avait lu cet ouvrage à sa parution, quelques années auparavant. Le titre lui rappelait toujours la fois où sa fille Annie était revenue de sa classe de première année avec son devoir de français, qui consistait à nommer deux espèces d'arbres. Elle avait écrit "hêtre et havoir".

Au dos du livre, il lut la présentation ainsi que la courte biographie de l'auteur, le Dr Vincent Gilbert, célèbre médecin et généticien de l'université McGill. Le docteur lançait un regard furieux, étrangement sévère pour un homme qui écrivait sur la compassion. Ce livre-ci concernait son travail avec le frère Albert Mailloux, à l'organisme La Porte, principalement avec des hommes et des femmes atteints du syndrome de Down. C'était vraiment une réflexion sur ce qu'il avait appris en observant ces gens – sur eux, sur la nature de l'humanité, et sur lui-même. Cette remarquable étude parlait d'arrogance, d'humilité et, surtout, de pardon.

Les murs de la librairie étaient tapissés de rayons, tous ordonnés, étiquetés et remplis de livres, neufs ou déjà lus, certains en français, la plupart en anglais. Plutôt qu'une librairie, on aurait dit la bibliothèque d'une confortable maison de campagne imprégnée de culture. Myrna avait installé quelques chaises à bascule à côté d'une cheminée à laquelle faisait face un divan. Gamache s'installa dans l'une d'elles et se rappela le plaisir qu'il avait pris à lire *L'Etre*.

— Ça, c'est un bon livre, dit Myrna en se laissant tomber dans la chaise d'en face.

Elle avait apporté une pile de livres d'occasion et des étiquettes de prix.

— On ne s'est pas vraiment rencontrés. Je m'appelle Myrna Landers. Je vous ai vu à l'assemblée publique.

Gamache se leva et lui serra la main en souriant.

— Je vous ai vue, moi aussi.

Myrna se mit à rire.

— Il est difficile de me rater. La seule Noire de Three Pines, et pas vraiment fluette.

— Vous et moi sommes très bien assortis.

Gamache se frotta la panse en souriant.

Elle choisit un livre à même sa pile.

— Avez-vous lu celui-ci ?

Elle tenait un exemplaire du livre du frère Albert, *La Perte*. Gamache secoua la tête et se dit que ce n'était peut-être pas la plus joyeuse des lectures. Elle le retourna dans ses mains immenses, comme pour le caresser.

— D'après sa théorie, vivre, c'est perdre, dit Myrna au bout d'un moment. Perdre ses parents, ses amours, ses emplois. On doit donc donner à sa vie un sens qui transcende ces choses et ces gens. Autrement, on court à sa perte.

— Qu'en pensez-vous ?

— Je crois qu'il a raison. Il y a quelques années, à Montréal, avant de venir ici, j'étais psychologue. La plupart des gens qui venaient me voir traversaient une crise de vie qui, la plupart du temps, prenait sa source dans une perte. La perte d'un mariage ou d'une importante relation. De la sécurité. D'un emploi, d'une maison, d'un parent. Quelque chose les poussait à demander de l'aide et à regarder au fond d'eux-mêmes. Le catalyseur était souvent le changement et la perte.

— Est-ce que c'est la même chose ?

— Pour quelqu'un qui n'a pas de grande capacité d'adaptation, peut-être.

— La perte de contrôle ?

— C'est souvent le cas, bien sûr. La plupart d'entre nous apprécient le changement, pourvu qu'il vienne de nous. Mais le changement imposé de l'extérieur peut précipiter certaines personnes dans une chute. Je pense que le frère Albert l'a bien saisi. Vivre, c'est perdre. Mais, comme le livre le souligne, cela nous rend libres. Si on peut accepter que rien n'est permanent et que le changement est inévitable, si on peut s'adapter, on sera plus heureux.

— Qu'est-ce qui vous a amenée ici ? Une perte ?

— Ce n'est pas juste, inspecteur-chef : vous m'avez eue ! Oui. Mais pas au sens conventionnel, car, bien sûr, il faut toujours que je me distingue, que je marque ma différence.

Myrna renversa la tête et rit d'elle-même.

— J'ai perdu de la sympathie pour un grand nombre de mes patients. Après avoir écouté leurs plaintes pendant vingt-cinq ans, j'ai fini par m'épuiser. Un matin, je me suis éveillée contrariée à cause de ce client de quarante-trois ans qui se conduisait comme s'il en avait seize. Chaque semaine, il arrivait avec les mêmes doléances : "Quelqu'un m'a blessé. La vie est injuste. Ce n'est pas ma faute." Depuis trois ans que je lui faisais des suggestions, il n'en avait appliqué aucune. Puis, un jour, en l'écoutant, j'ai soudain compris. S'il ne changeait pas, c'était parce qu'il ne voulait pas changer. Il n'en avait aucune intention. Il allait passer les vingt années suivantes à jouer la même comédie. J'ai réalisé, à cet instant, que la plupart de mes clients lui ressemblaient.

— Mais certains faisaient sûrement des efforts.

— Ah, oui, ceux-là s'amélioraient plutôt rapidement. Parce qu'ils y travaillaient fort et le voulaient vraiment. Les autres disaient vouloir s'améliorer, mais je pense, et ce n'est pas bien vu dans les cercles de psychologie – elle se pencha en avant et murmura, sur le ton de la confidence –, je pense que bien des gens adorent leurs problèmes. Ça leur donne toutes sortes d'excuses pour éviter de grandir et de se mettre à vivre.

Myrna s'adossa de nouveau dans son fauteuil et respira à fond.

— La vie est changement. Si vous ne grandissez pas, si vous n'évoluez pas, vous restez immobile et vous vous faites dépasser. La plupart de ces gens sont très immatures. Ils mènent une vie "immobile", à attendre.

— A attendre quoi ?

— A attendre que quelqu'un vienne les sauver. Ou, du moins, les protéger du grand méchant monde. Hélas, personne d'autre ne peut les sauver, car le problème leur appartient, tout comme la solution. Eux seuls peuvent en sortir.

— "La faute, cher Brutus, n'en est pas à nos étoiles ; elle en est à nous-mêmes."

Myrna se pencha en avant, animée :

— C'est bien ça. La faute en est à nous et à nous seuls. Ce n'est pas le sort, ni la génétique, ni la malchance, encore moins maman et papa. En définitive, c'est nous, avec nos choix. Mais, mais – et maintenant, les yeux brillants, elle palpitait presque d'excitation –, ce qu'il y a de plus fort, de plus spectaculaire, c'est que la solution repose également en nous. Nous sommes les seuls à pouvoir changer notre vie, la retourner. Alors, toutes ces années à attendre qu'un autre le fasse sont perdues. J'adorais parler de ces choses avec Timmer. C'était une femme brillante. Elle me manque.

Myrna se rejeta en arrière dans son fauteuil.

— La grande majorité des gens tourmentés ne comprend pas ça. La faute est ici, la solution aussi. C'est ce qu'il y a de merveilleux.

— Mais ce serait avouer que quelque chose ne tourne pas rond chez eux. La plupart des gens malheureux jettent le blâme sur les autres, non ? C'est ce qu'il y a de si dur et de si effrayant dans cette citation de *Jules César*. Qui d'entre nous est capable de reconnaître que le problème est en lui ?

— Tout à fait.

— Vous avez mentionné Timmer Hadley. Quel genre de personne était-ce ?

— Je ne l'ai rencontrée que vers la fin de sa vie. Je ne l'ai pas connue en bonne santé. Timmer était une femme brillante, à tous les points de vue. Toujours élégante, soignée, tirée à quatre épingles même. Je l'aimais beaucoup.

— L'avez-vous veillée ?

— Oui. Je suis restée à son chevet la veille de son décès. J'avais apporté un livre, mais, comme elle voulait regarder de vieilles photos, je suis allée chercher son album et nous l'avons feuilleté. Il y avait là une photo de Jane, prise il y a des lustres. Elle devait bien avoir seize ans, peut-être dix-sept. Elle habitait chez ses parents. Timmer n'aimait pas les Neal. Elle les trouvait froids et arrivistes.

Myrna s'arrêta soudain, sur le point de dire autre chose.

— Continuez, dit Gamache en l'encourageant.

— C'est tout, dit Myrna.

— Allons, je sais que ce n'est pas tout. Dites-moi.

— Je ne peux pas. Elle était bourrée de morphine et je sais qu'elle n'aurait rien dit de tel si elle avait eu toute sa raison. En plus, ça n'a rien à voir avec la mort de Jane. Ça s'est passé il y a plus de soixante ans.

— Ce qui est bizarre, dans le cas d'un meurtre, c'est que l'acte est souvent commis des décennies avant le geste réel. Quelque chose mènera inexorablement à la

200

mort, des années plus tard. Une mauvaise graine est semée. Comme dans ces vieux films d'épouvante des studios Hammer, avec le monstre qui ne court pas, qui ne court jamais, mais qui marche sans s'arrêter, sans réfléchir, impitoyablement, vers sa victime. Le meurtre est souvent ainsi. Il part de très loin.

— Quoi qu'il en soit, je ne vous dirai pas ce que Timmer m'a confié.

Gamache savait qu'il pouvait la persuader. Mais pourquoi ? Si les tests de labo blanchissaient les Croft, il allait revenir. Autrement, elle avait raison. Il n'avait pas à savoir, mais Dieu sait qu'il le voulait !

— Une seule chose, dit-il. Je ne vais pas insister. Mais, un jour, il se peut que je vous pose de nouveau la question et vous devrez me le dire.

— D'accord. Vous me le redemanderez et je vous le dirai.

— J'ai une autre question. Que pensez-vous des garçons qui ont lancé du fumier ?

— On fait tous des choses stupides et cruelles dans l'enfance. Je me rappelle avoir pris le chien d'une voisine et l'avoir enfermé chez moi, puis avoir dit à la petite fille que son chien avait été cueilli par la fourrière et piqué. Je revois encore son visage en me réveillant à trois heures du matin. J'ai retrouvé sa trace, il y a une dizaine d'années, pour m'excuser, mais elle était déjà morte, dans un accident de voiture.

— Vous devez vous pardonner vous-même, dit Gamache en reprenant *L'Etre*.

— Vous avez raison, bien sûr. Mais peut-être que je ne veux pas. C'est peut-être quelque chose que je ne veux pas perdre. Mon enfer secret. Il est horrible, mais il m'appartient. Je suis un peu lourde, à certains moments. Et à certains endroits.

Elle se mit à rire, écartant d'invisibles miettes de biscuits de son cafetan.

— Pour Oscar Wilde, le seul péché, c'est la bêtise.

— Pour vous, qu'est-ce que ça veut dire ?

Les yeux de Myrna s'allumèrent, car elle était heureuse de retourner aussi manifestement le projecteur vers lui. Il réfléchit un moment.

— J'ai commis des erreurs qui ont permis à des tueurs de faire d'autres victimes. Chacune de ces erreurs, quand j'y repense, était bête : une conclusion que j'ai tirée trop vite, une fausse supposition à laquelle j'ai tenu trop fermement. Chaque mauvais choix que je fais met une collectivité en danger.

— Avez-vous tiré des leçons de vos erreurs ?

— Oui, madame la Fourmi, je crois bien l'avoir fait.

— Alors, c'est tout ce que vous pouvez exiger de vous-même, Cigale. Je vais conclure un marché avec vous. Je vais me pardonner si vous vous pardonnez.

— Entendu, dit Gamache, en souhaitant que ce fût si facile.

Dix minutes plus tard, Armand Gamache était attablé à la fenêtre du bistro qui donne sur Three Pines. Il n'avait acheté qu'un livre de Myrna et ce n'était ni *L'Etre* ni *La Perte*. Elle avait paru légèrement surprise en plaçant l'ouvrage près de sa caisse enregistreuse. Il lisait maintenant devant un Cinzano et des bretzels et, de temps à autre, posait le livre pour regarder longuement, par-delà la fenêtre et le village, vers les bois.

Les nuages se séparaient, laissant des taches de ce soleil de fin d'après-midi sur les collines entourant Three Pines. Une ou deux fois, il feuilleta le livre, en quête d'illustrations. Lorsqu'il trouva ce qu'il cherchait, il corna la page et poursuivit sa lecture. C'était une façon très agréable de passer le temps.

Un dossier de papier Manille tomba sur la table et le ramena au bistro.

— Le rapport d'autopsie.

La médecin légiste, Sharon Harris, s'assit et commanda un verre.

Il abandonna son livre et prit le dossier. Après quelques minutes, il avait une question.

— Si la flèche ne l'avait pas atteinte au cœur, l'aurait-elle tout de même tuée ?

— Si elle était arrivée près du cœur, oui. Mais – la Dr Harris se pencha en avant et abaissa le rapport d'autopsie afin de pouvoir le lire à l'envers – elle a été atteinte au cœur. Voyez-vous ? Ce devait être un excellent tireur. Ce n'était pas un coup de chance.

— Pourtant, je pense que c'est exactement la conclusion à laquelle nous arriverons, que c'était un coup de chance. Un accident de chasse. Ce ne serait pas le premier de l'histoire du Québec.

— Vous avez raison : chaque saison, il se produit des tas d'accidents à la chasse au fusil. Mais au tir à l'arc ? Il fallait être bon chasseur pour l'atteindre au cœur, et les bons chasseurs n'ont pas l'habitude de commettre des erreurs semblables. Pas les archers. Ce ne sont pas des brutes ordinaires.

— Qu'est-ce que vous voulez dire, docteur ?

— Je dis que si la mort de Mlle Neal était un accident, c'est que le tueur avait un très mauvais karma. De toutes les morts accidentelles survenues à la chasse sur lesquelles j'ai enquêté en tant que médecin légiste, aucune n'impliquait un bon archer.

— Vous voulez dire que, si un bon chasseur faisait cela, ce serait intentionnel ?

— Ce que je dis, c'est que c'était un bon chasseur au tir à l'arc, et que les bons archers ne font pas d'erreurs. Vous avez complété ma pensée.

Elle se fendit d'un sourire affable, puis d'un signe de tête aux gens de la table voisine. Gamache se rappela qu'elle habitait dans la région.

— Vous avez une maison à Cleghorn Halt, n'est-ce pas ? Est-ce proche ?

— C'est à une vingtaine de minutes d'ici, en direction de l'abbaye. Je connais assez bien Three Pines pour avoir pris part au Tour des Arts. Peter et Clara Morrow vivent ici, n'est-ce pas ? Par là ?

Par la fenêtre, elle désigna leur maison de brique rouge, de l'autre côté du parc.

— C'est exact. Vous les connaissez ?

— Seulement leurs œuvres. Lui est membre de l'Académie royale des arts du Canada, c'est un artiste assez réputé. Il réalise les tableaux les plus incroyables, très austères. On dirait des abstractions, mais c'est tout le contraire, c'est de l'hyperréalisme. Il prend un sujet, disons ce verre de Cinzano – elle le saisit –, et il s'en rapproche vraiment.

Elle se pencha jusqu'à ce que ses cils lèchent l'humidité qui couvrait le verre.

— Puis, au microscope, il s'en rapproche encore davantage. C'est ce qu'il peint.

Elle reposa le verre sur la table.

— C'est absolument éblouissant. Il lui faut une éternité, apparemment, pour réaliser une seule œuvre. Je ne sais pas où il trouve la patience.

— Et Clara Morrow ?

— J'ai l'un de ses tableaux. Je la trouve fabuleuse, mais très différente de lui. Son art est assez féministe, beaucoup de nus de femmes et d'allusions aux déesses. Elle a fait la merveilleuse série sur *Les Filles de Sophie*.

— *Les Trois Grâces – La Foi*, *L'Espérance* et *La Charité* ?

— Très impressionnant, inspecteur-chef. J'en ai une de cette série. *L'Espérance*.

— Connaissez-vous Ben Hadley ?

— De Hadley's Mills ? Pas vraiment. Nous nous sommes rencontrés à quelques reprises lors de cérémonies publiques. La galerie de Williamsburg organise une garden-party annuelle, souvent à la propriété de sa mère, et il est toujours là. J'imagine que cette maison lui appartient maintenant.

— Il ne s'est jamais marié ?

— Non. La quarantaine finissante et encore célibataire. Je me demande s'il se mariera un jour.

— Qu'est-ce qui vous fait dire cela ?

— C'est souvent le cas, voilà tout. Aucune femme ne pourrait s'interposer entre la mère et le fils, même si je ne pense pas que Ben Hadley ait craqué pour sa maman. Chaque fois qu'il parlait d'elle, c'était pour dire à quel point elle l'avait rabaissé, d'une façon ou d'une autre. Certaines de ses histoires étaient horribles, bien qu'il n'ait jamais semblé le remarquer. J'ai toujours admiré cela.

— Qu'est-ce qu'il fait ?

— Ben Hadley ? Je ne sais pas. J'ai toujours eu l'impression qu'il ne faisait rien, qu'il avait été comme émasculé par sa maman. C'est très triste.

— C'est tragique.

Gamache se rappelait l'homme grand et aimable, au pas tranquille, du genre professeur toujours un peu ailleurs. Sharon Harris prit le livre qu'il était en train de lire et parcourut la quatrième de couverture.

— Bonne idée.

Elle le reposa sur la table, impressionnée. Elle avait le sentiment d'avoir donné un cours à Gamache sur des choses qu'il connaissait déjà. Ce n'était probablement pas la première fois. Après son départ, Gamache se replongea dans son livre, le feuilleta jusqu'à la page cornée et regarda attentivement l'illustration. C'était possible. Une simple possibilité. Il régla son addition, mit son paletot en haussant les épaules et quitta la chaleur de la pièce pour s'avancer dans le froid et l'humidité de l'obscurité naissante.

Clara fixa la boîte posée devant elle et lui intima intérieurement de parler. Quelque chose lui avait dit de construire une grande boîte de bois. C'était donc ce qu'elle avait fait. Maintenant, elle était assise dans son atelier, le regard fixe, tentant de se rappeler pourquoi l'idée lui avait semblé si bonne. Mieux que cela.

206

Pourquoi cela lui avait paru être une idée artistique. "Au fond, c'était quoi, cette idée ?"

Elle attendait que la boîte lui parle. Lui dise quelque chose. N'importe quoi. Même des choses absurdes. Mais pourquoi Clara avait-elle cru qu'une boîte parlante tiendrait des propos sensés ? C'était un autre mystère. De toute façon, qui écoute les boîtes ?

L'art de Clara était intuitif, sans être pour autant dépourvu de talent ou de formation. Elle avait fréquenté la meilleure école d'art du Canada, y avait même enseigné pendant un certain temps, jusqu'à ce que cette institution, avec son étroite définition de l'art, la chasse du centre de Toronto et la conduise à Three Pines. Cela faisait des décennies et elle n'était pas encore arrivée à enflammer le monde des arts. Peut-être, entre autres raisons, parce qu'elle attendait que des boîtes lui envoient des messages. Clara se dégagea l'esprit et l'ouvrit à l'inspiration. Un croissant y flotta, puis son jardin, qui avait besoin d'être taillé, puis elle eut une petite discussion avec Myrna à propos des prix que celle-ci lui offrirait sans doute pour certains de ses livres usagés. La boîte, en revanche, restait muette.

L'atelier était en train de se refroidir et Clara se demanda si Peter, assis de l'autre côté du couloir, dans son propre atelier, avait froid lui aussi. Elle se dit avec une pointe d'envie qu'il travaillait trop intensément pour le remarquer. Il ne semblait jamais souffrir de l'incertitude qui l'accablait parfois, elle, et l'acculait, la laissait figée sur place. Il continuait tout bonnement, peu à peu, à produire des œuvres atrocement détaillées, qui se vendaient pour des milliers de dollars à Montréal. Fastidieusement précis et méthodique, il consacrait des mois à chaque tableau. Pour son anniversaire, l'année précédente, elle lui avait offert un rouleau à peinture en lui disant de peindre plus vite. Il n'avait pas semblé apprécier la plaisanterie. Ils étaient constamment fauchés. Même à présent, avec le froid automnal qui s'immisçait par les fissures entourant les fenêtres, Clara répugnait à allumer le feu. Elle préférait mettre un autre pull, même usé et peluché. Elle rêvait d'avoir des draps neufs, au moins une boîte de conserve de marque dans leur cuisine, et assez de bois de chauffage pour passer l'hiver sans inquiétude. L'inquiétude. "Ça use", se dit-elle en mettant un autre tricot et en s'asseyant de nouveau devant la grande boîte silencieuse.

Encore une fois, Clara se dégagea l'esprit, l'ouvrit tout grand. C'est alors que vint une idée. Complète. Entière, parfaite et dérangeante. Elle sortit par la porte avant et monta en haletant la rue du Moulin. En s'approchant de la maison de Timmer, d'instinct, elle changea de côté en détournant les yeux. Après l'avoir dépassée, elle retraversa le chemin et croisa la vieille école encore décorée du ruban jaune de la police. Elle s'enfonça dans les bois, considérant un instant la folie de ses gestes. Le crépuscule descendait. Le moment où la mort attend dans les bois. Non pas sous la forme d'un spectre, espérait Clara, mais sous un jour encore plus sinistre. Un homme avec une arme conçue pour fabriquer des spectres. Au crépuscule, des chasseurs se faufilaient dans les bois. L'un d'eux avait tué Jane. Clara ralentit. Ce n'était peut-être pas sa plus brillante idée. En fait, c'était celle de la boîte, et elle pourrait la blâmer si elle était tuée. Droit devant, Clara perçut un mouvement. Elle se figea.

Gamache ne s'attendait pas à ce que les bois fussent si sombres. Il était entré par un chemin qui ne lui était pas familier et avait passé un moment à regarder autour de lui pour s'orienter. Au cas où il s'égarerait, il avait apporté son téléphone cellulaire, mais il savait qu'en montagne le signal était, au mieux, incertain. Malgré tout, il en tirait un certain réconfort. Lentement, il fit un tour complet sur lui-même et repéra un petit éclair jaune : le ruban de police qui entourait l'endroit où Jane était morte. Il s'y dirigea, les jambes et les pieds trempés par les bois encore humides de la pluie torrentielle de la journée. Tout près du cordon, il s'arrêta de nouveau pour écouter. Il savait que c'était l'heure de la chasse et espérait que son heure à lui n'était pas venue. "Reste confiant et très, très prudent", se dit-il. Gamache passa dix minutes à chercher, puis trouva. Il sourit en s'approchant de l'arbre. Combien de fois sa mère l'avait-elle réprimandé, enfant, parce qu'il regardait constamment ses pieds au lieu de lever les yeux ? Eh bien, elle avait une nouvelle fois raison. A la première fouille du site, il avait regardé au sol et ce qu'il voulait voir n'était pas en bas. C'était là-haut, dans les arbres.

Une boîte.

A présent, Gamache était assis au pied de l'arbre, contemplant la structure de bois installée à sept mètres du sol. Il y avait, cloués au tronc, une série de planches de bois et d'échelons, et les clous rouillés de longue date saignaient orange foncé. Gamache songea à sa place au chaud près de la fenêtre du bistro. A son Cinzano ambré et à ses bretzels. Un échelon à la fois, il tâchait de penser à autre chose, tandis que sa main tremblante montait en serrant le barreau suivant. Il détestait les hauteurs. Comment avait-il pu l'oublier ? Peut-être avait-il espéré que ce fût différent, cette fois ? Il s'accrocha aux lattes visqueuses, grinçantes et étroites, leva les yeux vers la plateforme de bois posée à des millions de mètres au-dessus, et se figea.

"Le bruit est-il venu de devant ou de derrière ?" se demanda Clara. C'était comme les sirènes en ville, le bruit semblait omniprésent. Maintenant, elle l'entendait de nouveau. Elle se retourna et regarda derrière elle. Là, les arbres, surtout des pins, gardaient leurs aiguilles foncées et rendaient les bois sombres et piquants. Devant, dans le crépuscule rouge, la forêt était plus mixte, avec des érables et des cerisiers. Clara se dirigea d'instinct vers la lumière, sans savoir avec certitude s'il fallait faire beaucoup de bruit, comme au printemps pour écarter les ours, ou garder le plus grand silence possible. "Tout dépend, se dit-elle, de ce que je rencontrerai dans les bois. Un ours, un cerf, un chasseur ou un spectre." Elle aurait voulu consulter une boîte. Ou Peter. Oui, Peter valait presque toujours mieux qu'une boîte.

Gamache adjurait intérieurement ses mains de passer à l'échelon suivant. Il se rappelait de respirer et fredonnait même une petite chanson de son cru pour éloigner la terreur. Il grimpa vers la tache sombre située au-dessus de lui. "Respirer, allonger le bras, soulever le pied. Respirer, allonger le bras, soulever le pied." Il finit par y arriver et sa tête sortit par le petit carré découpé dans le plancher. Comme dans le livre. Un affût. "Pas besoin d'être trop futé pour monter dans un affût", se dit Gamache. Par le trou, il se hissa sur ses pieds et sentit une vague de soulagement, qui fit place, un moment plus tard, à une terreur aveuglante. Il tomba à genoux et, à quatre pattes, alla se coller à l'arbre. La boîte fragile était perchée à sept mètres de hauteur et suspendue à deux mètres du tronc, et seule une vieille rampe séparait Gamache de la mort. Les mains enfoncées dans l'écorce, il sentit le bois lui pincer la paume et put enfin se concentrer sur la douleur. Sa peur horrible, terrible révélation, n'était pas de trébucher et de tomber, ni même de sentir l'affût de bois dégringoler jusqu'au sol. C'était de se jeter par-dessus bord. C'était l'horreur du vertige. Il se sentit attiré vers le bord et le vide, comme s'il avait une ancre accrochée à la jambe. Il allait se tuer, sans qu'on l'y pousse ni qu'on le menace. Il vit arriver tout cela et l'horreur lui coupa le souffle et, un moment, il s'agrippa à l'arbre, ferma les yeux et s'efforça de respirer à fond, régulièrement, à partir de son plexus solaire.

C'était bon. Lentement, la terreur se retira, la certitude de se précipiter vers sa propre mort diminua. Il ouvrit les yeux. Et vit ce pour quoi il était venu : ce qu'il avait vu, au bistro, dans le livre d'occasion qu'il avait acheté à Myrna, *Le Grand Livre de la chasse*. On y parlait des affûts, les structures que les chasseurs construisent pour voir venir les cerfs et les abattre. Mais ce n'était pas suffisant pour tirer Gamache de la sécurité et de la chaleur du village. Il était venu chercher autre chose que mentionnait le livre. De la plateforme, il l'apercevait au second plan.

Soudain, il entendit un son. Un son presque certainement humain. Oserait-il regarder en bas ? Oserait-il lâcher le tronc et ramper jusqu'au bord de l'affût pour regarder en direction du sol ? Encore le son. Une sorte de fredonnement. Un air familier. Qu'est-ce que c'était ? Avec prudence, il se détacha de l'arbre et, à plat ventre sur la plateforme, il s'avança peu à peu jusqu'au bord.

Il vit le sommet d'une tête familière. En fait, il vit un champignon de cheveux.

Clara avait décidé qu'elle devait envisager le pire scénario, mais elle ne pouvait déterminer lequel : un ours, un chasseur ou un spectre ? Penser à l'ours lui rappela Winnie l'Ourson et Lumpy l'Efélant. Elle se mit à fredonner. C'était un air traditionnel irlandais que Jane avait l'habitude de chantonner.

— *What Do You Do With a Drunken Sailor ?* cria Gamache d'en haut.

En bas, Clara se figea. Etait-ce Dieu ? Mais Dieu, lui, saurait exactement quoi faire d'un marin ivre. De plus, Clara ne pouvait croire que la première question que Dieu lui poserait pût être autre chose que : "Mais où avais-tu la tête ?"

Elle leva les yeux et vit une boîte. Une boîte parlante. Ses genoux se dérobèrent sous elle. Elles parlaient donc après tout.

— Clara ? C'est Armand Gamache. Je suis en haut, dans l'affût.

Même d'une telle hauteur, dans le crépuscule, il vit sur le visage de Clara une grande confusion, puis un large sourire.

— Un affût ? J'avais oublié qu'il était là. Je peux monter ?

Elle grimpait déjà les échelons, telle une immortelle enfant de six ans. Gamache était à la fois impressionné et consterné. Un autre corps, même mince, suffirait peut-être à faire tomber toute la structure.

— Oh, c'est fabuleux !

Clara monta d'un bond sur la plateforme.

— Quelle vue ! Heureusement que le temps s'est éclairci. J'ai entendu dire qu'il y aurait du soleil demain. Qu'est-ce que vous faites ici ?

— Et vous ?

— Je n'arrivais pas à me concentrer sur mon travail et, tout à coup, j'ai su que je devais venir ici. En fait, pas ici, mais en bas, là où Jane est morte. J'ai l'impression d'avoir une dette envers elle.

— Il est difficile de continuer à vivre sans se sentir coupable.

— Ça doit être ça.

Elle se tourna et le regarda, impressionnée.

— Vous, qu'est-ce qui vous a amené ici ?

— Je suis venu chercher ceci.

Il tendit un bras par-dessus le côté de la plateforme, essayant de se donner un air nonchalant. Des points blancs dansaient devant ses yeux, prélude familier au vertige. Il s'obligea à regarder par-dessus bord. Plus tôt il en aurait fini, mieux cela vaudrait.

— Quoi donc ?

Clara regarda fixement les bois, par-delà l'endroit où Jane avait été tuée. Gamache s'énervait de plus en plus. "Elle le voit sûrement. Est-ce un craquement que je viens d'entendre ?" Le soleil projetait de grandes ombres et une étrange lumière, accrochée en partie au bord de la forêt, puis elle vit.

— L'ouverture à travers les bois, par là. C'est ça ?

— C'est un passage de cerfs, dit Gamache, qui reculait petit à petit et cherchait le tronc d'arbre derrière lui. Tracé par des cerfs, année après année. Comme les trains suisses, ils sont très prévisibles. Depuis des générations, ils suivent le même parcours. C'est pourquoi on a construit l'affût ici.

Il avait presque oublié sa panique.

— Pour voir les cerfs circuler dans le sentier et leur tirer dessus. Mais le sentier est presque invisible. Hier, des enquêteurs expérimentés ont fouillé toute cette zone et n'ont rien vu. Aucun n'a vu cet étroit sentier à travers les bois. Je ne l'ai pas vu non plus. Il fallait être au courant.

— Je savais, mais j'avais complètement oublié, dit Clara. Peter m'a amenée ici, il y a longtemps. Jusqu'à cet affût. Mais vous avez raison. Il faut être du coin pour savoir que c'est ici qu'on trouve des cerfs. Celui qui a tué Jane l'a-t-il tirée à partir de cet affût ?

— Non, car il ne sert plus depuis des années. Je vais demander à Beauvoir, mais j'en suis sûr. Le tueur était embusqué dans les bois. Il était là soit parce qu'il attendait des cerfs…

— Ou il était venu attendre Jane. La vue est incroyable.

Clara tourna le dos au passage de cerfs et regarda dans la direction opposée.

— D'ici, on voit la maison de Timmer.

Gamache, surpris par le changement de sujet, se retourna à son tour, lentement, prudemment. Bien sûr, on voyait les toits d'ardoise de la vieille maison victorienne. Solide et belle à sa façon, avec ses murs de pierre rouge et ses immenses fenêtres.

— Elle est hideuse.

Clara frissonna et se rapprocha de l'échelle.

— C'est un lieu horrible. Au cas où vous vous poseriez la question – elle se retourna pour descendre et regarda Gamache, dont le visage était à présent caché par l'obscurité –, je comprends ce que vous disiez. Le tueur de Jane habite ici. Mais il y a autre chose.

— "Cela fait, tu n'en as point fini, plus de mal je te donne", dit Gamache citant John Donne, un peu grisé à la pensée de pouvoir enfin s'échapper.

Clara était à moitié descendue par le trou du plancher :

— Je m'en souviens depuis l'école. Franchement, je pense davantage à la poésie de Ruth Zardo :

> Je garderai tout en moi ;
> suppurant, pourrissant ; mais, en réalité, je suis une
> bonne personne, gentille, affectueuse. "Casse-toi de
> là, connard."
> Oups, désolée…

— Ruth Zardo, avez-vous dit ? fit Gamache, aba-sourdi.

Clara venait de citer l'un de ses poèmes préférés. Il s'agenouilla et enchaîna :

> *c'est sorti tout seul, ça m'a échappé, je vais*
> *faire plus d'efforts, regarde-moi bien, oui. Tu ne peux*
> *pas me faire dire quoi que ce soit. Je vais juste m'en*
> *aller encore plus loin, là où tu ne pourras jamais me*
> *trouver, me blesser, ni me faire parler.*

— Vous voulez dire que c'est Ruth Zardo qui a écrit cela ? Attendez…

Il repensa au bureau du notaire, plus tôt dans la journée, et au malaise qu'il avait ressenti en entendant les noms des exécuteurs testamentaires de Jane. Ruth Zardo, née Kemp. Ruth Zardo était Ruth Kemp, poète lauréate du prix du Gouverneur général ? L'auteure de talent qui avait défini la grande ambivalence cana-dienne entre la bonté et la rage ? Qui avait donné une voix à l'indicible ? Ruth Zardo.

— Pourquoi ce poème de Zardo en particulier vous rappelle-t-il ce que nous voyons maintenant ?

— Parce qu'à mon sens Three Pines est peuplé d'honnêtes gens. Mais cette piste de chevreuils nous dit que l'un d'entre nous est en train de suppurer. Celui qui a tiré sur Jane savait qu'il visait un humain, mais voulait que ça ressemble à un accident de chasse. Comme s'il avait attendu l'arrivée d'un cerf et tiré sur Jane par inadvertance. Le problème, c'est qu'avec un arc et des flèches il faut être beaucoup plus près. Assez près pour voir ce qu'on vise.

Gamache hocha la tête. Elle avait compris, finalement. Il était naturel, après tout, que, d'un affût, ils aient soudain le regard aussi affûté.

De retour au bistro, Gamache commanda un cidre chaud et alla faire un brin de toilette, versant de l'eau chaude sur ses mains gelées et retirant des fragments d'écorce des éraflures. Il prit un fauteuil à côté de celui de Clara, devant la cheminée. Elle sirotait sa bière en feuilletant *Le Grand Livre de la chasse*. Elle le déposa sur la table et le glissa vers lui.

— C'est très habile de votre part. J'avais complètement oublié les affûts, les pistes, tout ça.

Gamache entoura de ses deux mains la grande tasse de cidre chaud et odorant et attendit. Il sentit que Clara avait besoin de parler. Après une minute de détente, en silence, elle fit un signe de tête en direction du reste du bistro.

— Peter est là avec Ben. Je ne suis pas sûre qu'il ait même remarqué que j'avais quitté la maison.

Gamache vit Peter parler à une serveuse et Ben regarder de leur côté. Mais il n'avait pas les yeux fixés sur eux deux. Il dévisageait Clara. Lorsqu'il croisa le regard de Gamache, il détourna rapidement le sien et revint à Peter.

— Je vais vous dire quelque chose, commença Clara.

— J'espère que ce ne sera pas une prévision météo.

Gamache sourit. Clara parut confuse.

— Continuez, dit-il pour l'encourager. Quelque chose à voir avec l'affût ou le passage de cerfs ?

— Non, ça, je devrai y penser un peu plus. C'était assez troublant, et je n'ai même pas le vertige.

Elle lui sourit chaleureusement et il espéra qu'il ne rougissait pas. Il avait vraiment cru que ça ne se voyait pas. Bon, une personne de moins à le croire parfait.

— Qu'est-ce que vous vouliez me dire ?

— C'est à propos d'André Malenfant. Vous savez, le mari de Yolande. Ce midi, je suis allée parler à Yolande et je l'ai entendu rire de moi. C'était un son étrange. Un peu creux et cinglant. Aigre. Jane a décrit un rire semblable de la part de l'un des garçons qui avaient lancé du fumier.

Gamache assimilait cette information tout en regardant fixement le feu et en sirotant son cidre. Le liquide chaud et sucré circulait dans sa poitrine et se répandait dans son estomac.

— Vous pensez que son fils Bernard était parmi les garçons.

— C'est ça. L'un des trois n'y était pas. Mais Bernard, si.

— Nous avons interrogé Gus et Claude. Ils ont nié, comme il fallait s'y attendre.

— Philippe s'est excusé d'avoir lancé le fumier, mais ça ne veut peut-être rien dire. Tous les enfants craignent Bernie. Je crois que Philippe aurait été jusqu'à avouer un meurtre uniquement pour éviter de se faire corriger par ce garçon-là. Il les terrorise tous.

— Est-il possible que Philippe n'ait même pas été sur place ?

— Possible, mais peu probable. Mais je suis certaine que Bernard Malenfant lançait du fumier à Olivier et à Gabri et y prenait plaisir.

— Bernard Malenfant était le petit-neveu de Jane Neal, dit lentement Gamache en établissant des liens.

— Oui, acquiesça Clara, en prenant une poignée de noix mélangées. Mais ils n'étaient pas proches, comme vous le savez. Je ne sais pas à quand remonte leur dernière rencontre. Il y avait un froid.

— Qu'est-ce qui s'est passé ?

— Je ne connais pas les détails, dit Clara avec hésitation. Quelque chose à voir avec la maison. Celle de Jane. Elle avait appartenu à ses parents et il y avait eu un conflit. Jane disait qu'elle et Yolande avaient été proches autrefois. Yolande lui rendait visite quand elle était enfant. Elles jouaient au gin-rummy et au cribbage. Jane avait aussi un autre jeu, avec la reine de cœur. Chaque soir, elle plaçait la carte sur la table de la cuisine et disait à Yolande de la mémoriser, parce qu'au matin elle aurait changé.

— Elle changeait ?

— Exactement. Elle changeait. Chaque matin, Yolande descendait, certaine que la carte serait différente. C'était encore la reine de cœur, mais le dessin avait changé.

— La carte était-elle vraiment différente ? Autrement dit, est-ce que Jane la changeait elle-même ?

— Non. Mais Jane savait qu'un enfant ne pouvait mémoriser chaque détail. Elle savait aussi que chaque enfant veut croire à la magie. C'est tellement triste.

— Quoi ? demanda Gamache.

— Yolande. Je me demande à quoi elle croit aujourd'hui.

Gamache se rappela sa conversation avec Myrna et se demanda si Jane n'avait pas adressé un autre message à la jeune Yolande : le changement arrive et il ne faut pas en avoir peur.

— Quand Jane aurait-elle vu Bernard ? L'aurait-elle connu ?

— Elle l'a peut-être vu assez souvent, en fait, au cours de la dernière année, plus ou moins, mais à distance, dit Clara. Bernard et les autres enfants de la région prennent maintenant le car scolaire à Three Pines.

— Où ?

— Près de la vieille école, pour que le car n'ait pas à traverser le village. Certains parents déposent leurs enfants vraiment tôt, quand ça leur convient, et les enfants doivent attendre. Alors, ils vont parfois descendre la colline pour se promener au village.

— Et lorsqu'il fait froid ou qu'il y a un orage ?

— La plupart des parents restent avec les enfants dans leur auto, bien au chaud, jusqu'à l'arrivée de l'autobus. Par contre, on a découvert que certains parents se bornaient à déposer les enfants. Timmer Hadley les faisait entrer pour attendre l'autobus.

— C'était gentil, dit Gamache.

Clara parut légèrement surprise.

— Vraiment ? J'imagine que oui, maintenant que j'y pense. Mais elle avait peut-être une autre raison de le faire : la peur d'être poursuivie si un enfant mourait de froid, par exemple. Franchement, j'aimerais mieux mourir de froid que d'entrer dans cette maison.

— Pourquoi ?

— Timmer Hadley était une femme haineuse. Voyez le pauvre Ben.

Clara rejeta la tête en direction de Ben, et Gamache regarda juste à temps pour surprendre Ben en train de les fixer de nouveau.

— Elle l'a inhibé. C'était une femme manipulatrice, qui avait besoin d'attention. Même Peter en était terrifié. Il passait les vacances scolaires chez Ben. Pour lui tenir compagnie et essayer de le protéger de cette femme dans cette monstrueuse maison. Vous voulez savoir si je l'aime ?

Pendant un moment, il se demanda si Clara faisait référence à Peter ou à Ben.

— Peter est l'homme le plus merveilleux du monde et si même lui détestait et craignait Timmer, c'est que quelque chose ne tournait pas rond.

— Comment lui et Ben se sont-ils rencontrés ?

— A l'école Abbot, une institution privée pour garçons, près de Lennoxville. Ben a été envoyé là à sept ans. Peter aussi. C'étaient les deux plus jeunes garçons de l'établissement.

— Qu'est-ce que Timmer a fait de si mal ?

Gamache fronça les sourcils, imaginant les deux garçons effrayés.

— D'abord, elle a envoyé au pensionnat un petit garçon terrifié. Le pauvre Ben n'était absolument pas préparé à ce qui l'attendait. Avez-vous déjà été au pensionnat, inspecteur ?

— Non. Jamais.

— Vous avez de la chance. C'est le darwinisme dans toute sa splendeur. On s'adapte ou on meurt. On apprend des techniques de survie comme la ruse, la tricherie, l'intimidation, le mensonge. Ou bien on se cache, tout simplement. Mais, même ça, ça n'a pas duré longtemps.

Peter avait donné à Clara une image assez limpide de la vie à l'école Abbot. A présent, elle voyait la poignée de porte tourner lentement, très lentement. La porte du dortoir des garçons, qui ne se verrouillait pas, s'ouvrait lentement, très lentement. Les grands entraient sur la pointe des pieds pour réveiller les démons. Peter avait appris que le monstre n'était pas caché sous le lit, finalement. Clara avait le cœur brisé chaque fois qu'elle pensait à ces petits garçons. Se tournant vers leur table, elle vit deux hommes adultes, leurs deux têtes raboteuses et grisonnantes penchées si près l'une de l'autre qu'elles se touchaient presque. Elle voulait se ruer vers eux pour écarter tout ce mal.

— Matthieu X, 36.

Clara revint à Gamache, qui la regardait avec une telle tendresse qu'elle se sentit à la fois nue et protégée. La porte du dortoir se referma.

— Pardon ?

— C'est un passage de l'Evangile. Mon premier chef, l'inspecteur Comeau, avait l'habitude de nous le rappeler. Matthieu, chapitre X, verset 36.

— Je ne pardonnerai jamais à Timmer Hadley d'avoir fait ça à Ben, dit calmement Clara.

— Mais Peter aussi était là, répliqua Gamache, tout aussi calmement. Ses parents l'avaient envoyé.

— C'est vrai. Sa mère aussi est tout un poème, mais il était mieux équipé. C'était tout de même un cauche-mar. Et puis, il y avait les serpents. Un jour de congé, en jouant aux cow-boys, Ben et Peter ont trouvé un nid de serpents. D'après Ben, il y en avait partout dans la cave. Des souris aussi. Tout le monde a des souris, par ici, mais ce n'est pas tout le monde qui a des serpents.

— Les serpents sont-ils encore là ?

— Je ne sais pas.

Chaque fois que Clara était allée chez Timmer, elle avait vu des serpents enroulés dans des coins sombres, glissés sous les fauteuils et accrochés aux poutres. C'était peut-être seulement son imagination. Ou peut-être pas. Clara avait fini par refuser d'entrer dans la maison, jusqu'aux dernières semaines de Timmer, alors qu'il lui fallait des bénévoles. Même par la suite, elle n'y allait qu'avec Peter et n'entrait jamais dans la salle de bains. Elle savait que les serpents étaient enroulés derrière le réservoir suintant. Jamais, au grand jamais, elle ne s'aventurait au sous-sol. Jamais près de cette porte donnant sur la cuisine, avec ses bruits de glissement sinueux et ses odeurs de marécage.

Clara passa à la vitesse supérieure avec un scotch et les deux regardèrent fixement par la fenêtre les tourelles victoriennes, tout juste visibles au-dessus de la colline boisée.

— Mais Timmer et Jane étaient les meilleures amies du monde, dit Gamache.

— C'est vrai. D'un autre côté, Jane s'entendait avec tout le monde.

— Sauf avec sa nièce, Yolande.

— Ça ne veut rien dire. Yolande ne s'entend pas avec elle-même.

— Savez-vous pourquoi Jane ne laissait entrer personne au-delà de la cuisine ?

— Pas du tout, dit Clara, mais elle nous a invités à un cocktail dans sa salle de séjour, qui était censé avoir lieu après le vernissage à la galerie de Williamsburg, pour célébrer *Jour de foire*.

— Quand donc ? demanda Gamache en se penchant vers l'avant.

— Vendredi soir, au dîner, après avoir appris qu'elle avait été acceptée pour l'exposition.

— Attendez, dit Gamache, posant ses coudes sur la table, comme s'il voulait ramper vers elle et entrer dans sa tête. Voulez-vous dire que, le vendredi précédant sa mort, elle a invité tout le monde à une fête chez elle ? Pour la première fois de sa vie ?

— Oui. Nous étions allés manger et faire la fête chez elle des milliers de fois, mais toujours dans la cuisine. Cette fois-ci, elle a bien parlé de la salle de séjour. Est-ce important ?

— Je ne sais pas. Quelle est la date du vernissage ?

— Dans deux semaines.

Ils restèrent silencieux, songeant à l'exposition. Clara remarqua alors l'heure qu'il était.

— Je dois partir. Des invités à dîner.

Il se leva avec elle et elle lui sourit.

— Merci d'avoir trouvé l'affût.

Il lui fit une légère courbette et la regarda se faufiler entre les tables, envoyant des signes de tête et de main à des gens, jusqu'à ce qu'elle ait rejoint Peter et Ben. Elle embrassa Peter dans les cheveux, les deux hommes se levèrent de concert, et tous trois quittèrent le bistro, comme une famille.

Gamache reprit *Le Grand Livre de la chasse* et tourna la couverture. A l'intérieur, un nom avait été

griffonné d'une écriture ronde, grossière et immature :
"B. Malenfant."

Quand Gamache revint au gîte touristique, il trouva
Olivier et Gabri prêts à se rendre chez les Morrow
pour un repas-partage.

— Il y a du hachis Parmentier au four pour vous,
si vous en voulez, lança Gabri en partant.

A l'étage, Gamache frappa à la chambre de l'agente
Nichol et lui proposa une rencontre au rez-de-chaussée, vingt minutes plus tard, pour poursuivre leur
discussion du matin. Nichol accepta. Il lui dit aussi
qu'ils iraient manger à l'auberge, ce soir-là, et qu'elle
pouvait revêtir une tenue informelle. Elle fit un signe
de tête, le remercia et ferma la porte, reprenant ce qui
l'occupait depuis une demi-heure : tenter désespérément de choisir quoi porter. Lequel des ensembles
empruntés à sa sœur Angelina lui allait à la perfection ?
Lequel disait "brillante", "puissante", "ne m'embêtez
pas", "futur inspecteur-chef" ? Lequel disait "aimez-
moi" ? Lequel était le bon ?

Gamache grimpa l'escalier menant à sa chambre,
ouvrit la porte et fut attiré vers le lit de cuivre couvert
d'une couette d'un blanc immaculé et d'oreillers assortis. Il ne voulait qu'une chose : s'y enfoncer, fermer
les yeux et s'endormir rapidement et profondément.
Meublée avec simplicité, la chambre avait des murs
blancs apaisants et une commode à tiroirs en cerisier
foncé. Un vieux portrait à l'huile dominait un mur. Sur
le plancher de bois était posée une carpette orientale
déteinte et patinée.

C'était une chambre apaisante, accueillante, presque trop pour Gamache. Il hésita au milieu de la pièce, puis marcha d'un pas déterminé vers la salle de bains attenante. Sa douche le ranima et, après avoir passé une tenue décontractée, il appela Reine-Marie, rassembla ses notes et fut de retour à la salle de séjour au bout de vingt minutes.

Yvette Nichol descendit une demi-heure plus tard. Elle avait choisi d'être tirée à quatre épingles. Gamache ne leva pas les yeux de sa lecture lorsqu'elle entra.

— Nous avons un problème.

Gamache baissa son carnet de notes et la regarda, assise devant lui, bras et jambes croisés. On aurait dit une station de la Croix.

— En fait, c'est vous qui avez un problème. Mais il devient le mien lorsqu'il affecte cette enquête.

— Vraiment, monsieur ? Quoi donc ?

— Vous avez un bon cerveau, agente.

— C'est un problème ?

— Non. C'est *le* problème. Vous êtes condescendante et arrogante.

Ces mots prononcés à voix basse lui firent l'effet d'un coup de poing. Personne n'avait jamais osé lui parler ainsi.

— J'ai commencé par dire que vous aviez un bon cerveau. Au cours de la rencontre de cet après-midi, vous avez montré un bon raisonnement déductif.

Nichol se redressa, apaisée mais alerte.

— Mais un bon cerveau ne suffit pas, poursuivit Gamache. Vous devez l'utiliser. Vous ne le faites pas. Vous regardez, mais vous ne voyez pas. Vous entendez, mais vous n'écoutez pas.

Nichol était presque certaine d'avoir vu cela sur une tasse de café quand elle était à la circulation. Ce pauvre Gamache se livrait à des réflexions de comptoir.

— Je regarde et j'entends suffisamment bien pour résoudre l'affaire.

— Peut-être. Nous verrons. Comme je l'ai dit, c'était du bon travail et vous avez un bon cerveau. Mais il manque quelque chose. Vous en êtes sûrement consciente. Vous sentez-vous parfois perdue, comme si les gens parlaient une langue étrangère, comme s'il se passait quelque chose que tout le monde saisit, sauf vous ?

Nichol espérait que son visage ne trahirait pas son état de choc. Comment savait-il ?

— La seule chose que je ne comprends pas, monsieur, c'est comment vous pouvez me réprimander pour avoir résolu une affaire.

— Vous manquez de discipline, poursuivit-il en essayant de l'amener à voir. Par exemple, avant d'aller chez les Croft, qu'est-ce que j'ai dit ?

— Je ne me rappelle pas.

Là, au fond, elle commença à se rendre compte d'une chose : elle allait peut-être avoir des problèmes.

— Je vous ai dit d'écouter sans parler. Pourtant, vous avez parlé à Mme Croft lorsqu'elle est arrivée dans la cuisine.

— Eh bien, il fallait que quelqu'un la traite avec gentillesse. Vous m'avez accusée de ne pas être gentille et vous avez tort.

"Seigneur, faites que je ne pleure pas", se dit-elle, sentant monter ses larmes. Elle serra les poings sur ses genoux.

— Je suis gentille.

— C'était ça, l'important ? C'est une enquête sur un meurtre. Faites ce qu'on vous dit. Vous n'avez pas droit à des consignes distinctes ou exclusives. Comprenez-vous ? Si on vous dit d'être tranquille et de prendre des notes, c'est ce que vous devez faire.

Les derniers mots avaient été prononcés lentement, distinctement, froidement. Il se demanda si elle savait même à quel point elle était manipulatrice. Il en doutait.

— Ce matin, je vous ai donné trois des quatre phrases qui peuvent nous guider vers la sagesse.

— Vous m'avez donné les quatre, ce matin.

Nichol se demandait à présent s'il avait vraiment toute sa tête. Il la regardait d'un air sévère, sans colère, mais certainement sans chaleur.

— Répétez-les-moi, s'il vous plaît.

— Pardonnez-moi, je ne sais pas, j'ai besoin d'aide et j'ai oublié.

— J'ai oublié ? D'où est-ce que ça vient ?

— De vous, ce matin. Vous avez dit : "J'ai oublié."

— Sérieusement, avez-vous cru que "J'ai oublié" pouvait être une leçon de vie ? J'ai simplement voulu dire que j'avais oublié la dernière phrase. Oui, je suis sûr d'avoir dit "J'ai oublié". Mais pensez au contexte. C'est un exemple parfait de ce qui cloche dans votre bon cerveau. Vous ne l'utilisez pas. Vous ne pensez pas. Il ne suffit pas d'entendre les mots.

"Bon, encore ça, se dit Nichol. Blablabla. Il faut écouter."

— Il faut écouter. Les mots ne tombent pas dans un contenant stérile pour être resservis plus tard. Lorsque

Mme Croft a dit qu'il n'y avait rien au sous-sol, avez-vous remarqué sa façon de parler, le ton de sa voix, ce qui s'est passé avant, son langage corporel, ses mains et ses yeux ? Vous êtes-vous rappelé les enquêtes précédentes où des suspects disaient la même chose ?

— C'est ma première enquête, dit Nichol d'un ton triomphal.

— Pourquoi vous ai-je demandé de seulement écouter et de prendre des notes ? Parce que vous n'avez pas d'expérience. Pouvez-vous deviner la quatrième phrase ?

Nichol était littéralement repliée sur elle-même.

— Je me suis trompée.

Gamache avait le sentiment de parler tout seul, même s'il devait faire cette tentative. Toutes ces choses qu'il transmettait à Nichol, il les avait entendues à vingt-cinq ans, en entrant à l'escouade des homicides. L'inspecteur Comeau l'avait fait s'asseoir et lui avait tout dit d'une seule traite, puis n'en avait plus jamais parlé. C'était un immense cadeau, que Gamache n'en finissait pas d'ouvrir chaque jour. Il avait également compris, alors que Comeau parlait, que c'était un cadeau à donner à d'autres. Alors, quand il était devenu inspecteur, il avait commencé à le transmettre à la génération suivante. Gamache savait qu'il n'était responsable que de son propre effort. Ce qu'ils faisaient avec, c'était leur affaire. Il avait une chose de plus à transmettre.

— Ce matin, je vous ai demandé de penser à vos façons d'apprendre. Qu'est-ce que vous avez trouvé ?

— Je ne sais pas.

Des vers du fameux poème de Ruth Zardo lui revinrent :

Je vais juste m'en aller encore plus loin, là où tu ne pourras jamais me trouver, me blesser, ni me faire parler.

— Quoi ? dit Nichol.

C'était tellement injuste. Elle faisait de son mieux. Elle le suivait, elle était même prête à séjourner à la campagne pour son enquête. Elle avait résolu toute l'affaire. Est-ce qu'on lui accordait de la reconnaissance ? Non. Peut-être Gamache était-il en train de dérailler : en voyant qu'elle avait résolu l'affaire, il avait peut-être constaté à quel point il était pitoyable. "C'est tout, se dit-elle, alors que son œil fatigué et prudent repérait l'île. Il est jaloux. Ce n'est pas ma faute." Elle trouva prise dans le sable mou et s'extirpa tant bien que mal de la mer froide, juste à temps. Des mains lui frôlèrent les chevilles, cherchant à la retenir. Mais elle aborda dans son île, sauve et intacte.

— Nous apprenons grâce à nos erreurs, agente Nichol.

"Si tu le dis."

8

— Magnifique : nos gais rossignols ! s'exclama Ruth en ouvrant la porte du vestibule chez Peter et Clara.

— Bonsoir, mes amours, et bonsoir Ruth ! cria Gabri, qui entra dans un tourbillon.

— On a dévalisé la boutique d'aliments naturels.

Olivier parvint à entrer dans la cuisine et déposa sur le comptoir deux hachis Parmentier et quelques sacs en papier.

— J'avais tort, dit Ruth, c'est seulement deux empoisonneurs.

— Espèce de salope, dit Gabri.

— Espèce de vache, dit Ruth en ricanant. Qu'est-ce qu'il y a là-dedans ?

— C'est pour toi, mon petit tampon à récurer…

Gabri souleva les sacs et, tel un magicien maniaque, les renversa d'un grand geste théâtral. Ils répandirent des paquets de chips, des boîtes de noix de cajou salées, des bouchées artisanales de la *Maison du Chocolat Marielle*, de Saint-Rémy. Il y avait des réglisses, du fromage Saint-André, des bonbons haricots et des gâteaux Joe Louis. Des gâteaux Demi-Lune rebondirent sur le plancher.

— De l'or ! s'écria Clara, à genoux, en train de ramasser les ridicules et fabuleux gâteaux jaunes fourrés à la crème. Tout ça est à moi, à moi !

— Je te croyais addict au chocolat, dit Myrna en s'emparant des friandises crémeuses et délectables amoureusement préparées par Mme Marielle.

— Nécessité fait loi !

Clara déchira l'emballage de cellophane d'un gâteau Demi-Lune pour l'engloutir et réussit miraculeusement à en pousser au moins la moitié dans sa bouche. Le reste se nicha sur son visage et dans ses cheveux.

— Je n'en ai pas mangé depuis des années. Des décennies !

— Pourtant, ils te vont si bien, dit Gabri en examinant Clara.

On aurait dit que la pâtisserie Vachon lui avait explosé à la figure.

— J'ai apporté mes propres sacs en papier, dit Ruth en désignant le comptoir.

Peter tournait le dos à ses invités, encore plus rigide que d'habitude. Sa mère aurait enfin été fière de lui, pour sa posture physique autant qu'émotionnelle.

— Qui veut quoi ?

D'un ton sec, il avait parlé aux armoires. Invisibles derrière lui, ses invités échangèrent des regards soutenus. Nettoyant la chevelure de Clara avec une serviette, Gabri fit un signe de tête en direction de Peter. Clara haussa les épaules et eut immédiatement conscience de le trahir. Dans un mouvement aisé, elle se distanciait de sa crise, même si elle en portait la responsabilité. Juste avant l'arrivée de tout le monde, elle avait raconté à Peter son aventure avec Gamache. Avec animation et emballement, elle avait parlé de sa boîte, des bois et de sa grisante ascension de l'échelle jusqu'à l'affût. Ce mur de mots lui dissimula l'impassibilité croissante de Peter. Lorsqu'elle remarqua son silence et sa froideur, il était trop tard : il s'était complètement retiré dans son île glaciale. Elle détestait cet endroit. De là, il lançait sans broncher des regards durs et des jugements et balançait des tessons de sarcasme.

— Ton héros et toi, avez-vous résolu la mort de Jane ?

— Je croyais que ça te ferait plaisir, dit-elle en un demi-mensonge.

En réalité, elle n'y avait pas du tout pensé et, si elle l'avait fait, elle aurait probablement prédit qu'il réagirait ainsi. Mais, puisqu'il était confortablement installé dans son île du Grand Nord, elle se retira dans la sienne avec une vertueuse indignation réchauffée par la certitude morale. Elle jeta sur le feu de grandes bûches de "J'ai raison et tu es un salaud insensible" et se sentit en sécurité, réconfortée.

— Pourquoi ne pas me l'avoir dit ? demanda-t-il. Pourquoi ne pas m'avoir invité à y aller avec toi ?

Voilà. La question était simple. Peter avait toujours le don d'aller droit au but. Il avait formulé la seule question qu'elle redoutait de se poser. Pourquoi ne pas l'avoir fait ? Soudain, son refuge, son île, au terrain d'une hauteur implacable, était en train de sombrer.

Là-dessus, les invités étaient arrivés. Ruth avait alors étonné tout le monde en annonçant qu'elle aussi avait apporté quelque chose à partager. "La mort de Jane a dû l'ébranler jusqu'à la moelle", se dit Clara. Son chagrin occupait le comptoir. Du gin Tanqueray, du vermouth Martini & Rossi et du scotch Glenfiddich : cela représentait une fortune en alcool, et Ruth n'avait pas l'habitude de gaspiller. La poésie ne paie pas. A vrai dire, Clara ne se rappelait pas avoir jamais vu Ruth se payer un verre. Aujourd'hui, la vieille dame s'était rendue jusqu'à la Société des alcools, à Williamsburg, pour acheter ces bouteilles, puis les avait traînées jusque chez eux, en traversant le parc.

— Arrête ! s'exclama Ruth en brandissant sa canne en direction de Peter, qui était sur le point de dévisser la capsule de Tanqueray. C'est à moi. N'y touche pas. Tu n'as pas d'alcool à offrir à tes invités ? lui demanda-t-elle d'un ton impérieux, en l'écartant du coude et en remettant les bouteilles dans leurs sacs en papier.

Les tenant délicatement entre ses bras, elle clopina jusqu'au vestibule et les étala sur le plancher, sous son manteau d'étoffe, comme une mère le ferait pour un enfant particulièrement attachant.

— Verse-moi un scotch, s'écria-t-elle d'où elle se tenait.

Etrangement, Clara se sentait plus à l'aise avec cette Ruth qu'avec la Ruth momentanément généreuse. C'était la diablesse qu'elle connaissait.

— Donc, tu as des livres à vendre ? dit Myrna en passant à la salle de séjour, un verre de rouge à la main et une poignée de réglisses dans l'autre.

Clara la suivit, contente de s'éloigner du dos si éloquent de Peter.

— Des polars. Je voudrais en acheter d'autres, mais je dois d'abord me débarrasser des vieux.

A mesure que les deux femmes longeaient lentement les bibliothèques, face à la cheminée, Myrna choisissait un livre ici et là. Clara avait des goûts très précis. C'étaient surtout des romans britanniques dont l'action se déroulait dans le cadre intime d'un village. Myrna pouvait passer des heures de bonheur à bouquiner. Elle pouvait se faire une assez bonne idée d'une personne en jetant un coup d'œil à sa bibliothèque et à son panier d'épicerie.

Ce n'était pas la première fois qu'elle voyait ces livres. De temps en temps, ce couple économe en revendait pour les remplacer par d'autres, également d'occasion et provenant de sa librairie. Les titres défilaient. Romans d'espionnage, jardinage, biographie, littérature, mais surtout polars. Tous pêle-mêle. A un certain moment, on avait commencé à les ordonner, et les livres sur la restauration artistique étaient classés en ordre alphabétique, mais l'un d'eux avait été incorrectement replacé. Par réflexe, Myrna le remit à sa place. Elle devinait qui avait commencé ce travail, mais le reste avait succombé à la jubilation littéraire quotidienne.

— Voilà.

Lorsqu'elles arrivèrent au bout du rayonnage, Myrna examina sa pile. De la cuisine venait la promesse d'aliments-réconfort. Sa pensée suivit l'odeur, et Clara revit Peter, figé dans sa colère. "Pourquoi est-ce que je ne lui ai pas tout de suite parlé de l'affût et du sentier ?"

— Je te donne un dollar de chaque, dit Myrna.

— Si on les échangeait pour d'autres ?

C'était une danse familière et habituelle. Les deux femmes s'y livrèrent et en sortirent toutes deux satisfaites. Ruth les avait rejointes et lisait la quatrième de couverture d'un livre de Michael Innes.

— J'aurais été un bon détective.

Dans le silence étonné, Ruth expliqua :

— Contrairement à toi, Clara, je vois les gens tels qu'ils sont vraiment. Je vois la noirceur, la colère, la mesquinerie.

— C'est toi qui les crées, Ruth, précisa Clara.

— C'est vrai.

Ruth hurla de rire et, contre toute attente, serra Clara dans ses bras, avec une force déconcertante.

— Je suis odieuse et antipathique…

— Première nouvelle ! dit Myrna.

— C'est indéniable. Ce sont mes meilleures qualités. Le reste, c'est une façade. En fait, le vrai mystère, c'est pourquoi il n'y a pas plus de meurtriers. Ce doit être terrible d'être humain. A la Société des alcools, j'ai entendu dire que ce balourd de Gamache avait vraiment fouillé la maison des Croft. C'est ridicule.

Ils dérivèrent de nouveau vers la cuisine, où le repas était sur la table dans des cocottes fumantes pour que chacun se serve. Ben versa à Clara un verre de rouge et s'assit à côté d'elle.

— De quoi avez-vous parlé ?

— Je ne sais pas vraiment.

Clara sourit au visage aimable de Ben.

— Ruth dit que Gamache a fouillé la maison des Croft. C'est vrai ?

— Il ne te l'a pas dit, cet après-midi ?

Au bout de la table, Peter renâcla.

— Ah ouais, quelle histoire ! dit Olivier en tentant d'ignorer Peter qui jetait de la nourriture dans son assiette au moyen des cuillers de service. Il a chamboulé l'endroit et il a trouvé quelque chose, apparemment.

— Mais ils ne vont sûrement pas arrêter Matthew, hein ? dit Clara, sa fourchette figée devant sa bouche.

— Est-ce que Matthew aurait pu tuer Jane ? demanda Ben en offrant du chili con carne à la tablée.

Il avait adressé la question à tout le groupe, mais, naturellement et instinctivement, il se tourna vers Peter.

— Je ne peux pas le croire, dit Olivier devant le silence de Peter.

— Pourquoi pas ?

Ben se tourna de nouveau vers Peter.

— Des accidents, ça arrive.

— C'est vrai, reconnut Peter. Mais je pense qu'il l'assumerait.

— Ce n'était pas une erreur ordinaire. Je pense qu'il serait tout à fait naturel de s'enfuir.

— Tu crois ? demanda Myrna.

— Oui, dit Ben. Regarde. Supposons que je lance une pierre et qu'elle atteigne quelqu'un à la tête et le tue, et que personne n'ait rien vu. Je ne sais pas vraiment comment je réagirais. Est-ce que je l'avouerais ? Comprenez-moi, j'espère bien que j'appellerais à l'aide et que j'en assumerais les conséquences. Mais, aujourd'hui, est-ce que je peux vous l'assurer ? Non. Pas tant que ça n'est pas arrivé.

— Je pense que tu le ferais, dit Peter d'un ton calme.

Ben sentit sa gorge se contracter. Les compliments lui donnaient toujours envie de pleurer et le gênaient au plus haut point.

— Ça revient à ce dont on parlait vendredi soir, dit Myrna. Ta citation, Clara : "La conscience morale et la lâcheté ne sont qu'une seule et même chose."

— C'est d'Oscar Wilde, en fait. Il était plus cynique que moi. Je crois que c'est vrai pour certaines personnes, mais, heureusement, pas pour la majorité. Je pense que la plupart des gens ont une assez bonne boussole morale.

A sa gauche, elle entendit renâcler Ruth.

— Il suffit parfois d'un peu de temps pour retrouver ses esprits, surtout après un choc. Si je me mets à la place de Gamache, ça se tient. Matthew est un archer habile. Il savait qu'il y avait des cerfs dans cette zone. Il avait l'habileté et la connaissance nécessaires.

— Mais pourquoi ne pas l'avoir avoué ? voulut savoir Myrna. Bien sûr, je suis tout à fait d'accord avec toi, Ben. On comprendrait que Matthew se soit enfui sur le coup, mais, après un moment, est-ce qu'il n'aurait pas avoué ? Je ne pourrais pas vivre en gardant un secret pareil.

— Tu n'as qu'à apprendre à mieux garder tes secrets, dit Gabri.

— D'après moi, c'était un étranger, avança Ben. Dieu sait que les bois en sont remplis, ces temps-ci. Tous ces chasseurs de Toronto, de Boston et de Montréal, qui tirent comme des maniaques.

— Mais, dit Clara en se tournant vers lui, comment un chasseur de Toronto saurait-il où se poster ?

— Comment ça ? Ils vont dans les bois et ils se postent. Ce n'est pas compliqué, sinon il n'y aurait pas tant d'abrutis pour chasser.

— Mais, dans ce cas, le chasseur savait exactement où se poster. Cet après-midi, je suis allée voir l'affût pour la chasse au cerf, tu sais ? Celui qui se trouve derrière l'école, juste à côté de l'endroit où Jane a été tuée. Je suis montée et j'ai regardé les alentours. Evidemment, il y avait le passage de cerfs. C'est pour ça que l'affût a été construit là…

— Ouais, par le père de Matthew Croft, dit Ben.

— Vraiment ?

Clara fut momentanément déstabilisée.

— Je ne savais pas. Et vous ?

Elle s'adressait au reste de la tablée.

— Quelle était la question ? Je n'écoutais pas, avoua Ruth.

— Quel détective ! dit Myrna.

— C'est le père de Matthew qui a construit l'affût, dit Clara. De toute façon, Gamache est plutôt certain qu'il n'a pas été utilisé depuis un bon moment…

— En général, les archers ne se servent pas d'affûts, dit Peter d'une voix monotone. Seulement certains tireurs.

— Alors, où veux-tu en venir ?

Ruth était gagnée par l'ennui.

— Un chasseur qui n'est pas du coin ne saurait pas qu'il faut aller là.

Clara laissa le sous-entendu faire son effet.

— Donc, Jane a été tuée par quelqu'un d'ici ? demanda Olivier.

Jusque-là, ils avaient tous tenu pour acquis que le tueur était un chasseur de passage et qu'il avait pris la fuite. Plus maintenant.

— Alors, c'était peut-être bien Matthew Croft, après tout, dit Ben.

— Je ne pense pas, poursuivit Clara avec énergie. Les arguments mêmes qui incriminent Matthew l'innocentent aussi. Un archer expérimenté ne tuerait pas quelqu'un par accident. Ce n'est pas le genre d'accident qu'il est susceptible d'avoir. Un archer posté près du passage de cerfs serait trop proche. Il verrait bien s'il vient un cerf ou… ou pas.

— Ou Jane, tu veux dire.

Le ton normalement cassant de Ruth avait maintenant la dureté du Bouclier canadien. Clara hocha la tête.

— Le salaud, dit Ruth.

Gabri lui prit la main et, pour la première fois de sa vie, Ruth ne la retira pas.

De l'autre côté de la table, Peter posa son couteau et sa fourchette et dévisagea Clara. Elle ne savait pas trop comment interpréter son regard, mais il n'était pas admiratif.

— Une chose est vraie : celui qui a tué Jane était un très bon archer, dit-elle. Un archer médiocre n'aurait pas atteint sa cible en plein cœur.

— Il y a un tas de très bons archers par ici, hélas, observa Ben. Grâce au club de tir à l'arc.

— C'est un meurtre, dit Gabri.

— C'est un meurtre, confirma Clara.

— Mais qui aurait voulu la mort de Jane ? demanda Myrna.

— Est-ce qu'on ne le fait pas normalement pour gagner quelque chose ? demanda Gabri. De l'argent, du pouvoir.

— Pour faire un profit ou pour se protéger d'une perte, dit Myrna.

Elle avait écouté cette conversation en se disant que ce n'était qu'une tentative désespérée, de la part d'amis en deuil, pour détourner leur esprit de la perte au moyen d'un jeu intellectuel. A présent, elle commençait à en douter.

— Si une chose à laquelle tu tiens est menacée, comme ta famille, ton héritage, ton emploi, ta maison…

— On a pigé, l'interrompit Ruth.

— Tu peux te convaincre toi-même que le meurtre est justifié.

— Alors, si c'est Matthew Croft qui l'a tuée, dit Ben, il l'a fait délibérément.

Suzanne Croft baissa les yeux vers son assiette. En refroidissant, les mini-raviolis du Chef Boyardee formaient des mottes pâteuses dans une flaque de sauce froide et épaisse. Sur le côté de son assiette se tenait en équilibre une tranche de pain Weston, placée là par espoir plus que par conviction. L'espoir que ce mal à l'estomac la quitte assez longtemps pour qu'elle en prenne une bouchée.

Mais il restait là, entier.

Devant elle, Matthew aligna ses quatre mini-raviolis carrés, qui traversaient son assiette en succession selon un tracé méticuleux. De part et d'autre, la sauce formait des mares. C'étaient les enfants qui recevaient le plus de nourriture, puis Matthew, et Suzanne prenait le reste. Son cerveau lui disait que c'était un noble instinct maternel. Au fond, elle savait que c'était son instinct de martyre qui guidait le partage des portions. C'était un contrat implicite avec les membres de sa famille : elle était leur esclave.

Philippe était assis à côté de Matthew, à sa place habituelle. Il avait avalé tous les raviolis d'une seule traite et nettoyé son assiette avec un bout de pain. Suzanne songea à lui offrir le sien, intact, mais quelque chose lui arrêta la main. Elle regarda Philippe, branché à son Discman, les yeux fermés, les lèvres pincées dans cette attitude insolente qu'il adoptait depuis six mois, et décida d'annuler l'entente. Elle ne ressentait pas de véritable estime pour son fils. Elle l'aimait, oui. Probablement, disons. Mais est-ce qu'elle avait de l'estime pour lui ?

En temps normal, ou plutôt selon leur habitude depuis quelques mois, Matthew et Suzanne devaient se battre avec Philippe pour le décoller du Discman, Matthew se disputant avec lui en anglais, et Suzanne lui parlant dans sa langue maternelle, le français. Bilingue et biculturel, Philippe était tout aussi sourd aux deux langues.

— On forme une famille, ici, avait lancé Matthew, et 'N Sync n'est pas le bienvenu à la table.

— Qui ? s'était écrié Philippe, vexé. C'est Eminem !

Comme si cela avait la moindre importance. Philippe avait lancé à Matthew ce regard, non pas de colère ni d'irritation, mais de rejet. C'était comme si Matthew avait été... quoi ? Même pas le réfrigérateur. Philippe semblait avoir une bonne relation avec le frigo, son lit, la télé et son ordinateur. Non, il regardait son père comme s'il était 'N Sync. Un fossile. Un rebut. Rien du tout.

Philippe finissait habituellement par retirer son baladeur pour avoir de la nourriture. Mais, ce soir, c'était différent : sa mère et son père étaient heureux de le voir branché et distant. Il avait mangé goulûment, comme s'il n'avait jamais rien goûté de meilleur que cette mangeaille. Suzanne lui en avait même voulu. Chaque soir, elle s'échinait à leur préparer un bon repas. Aujourd'hui, elle avait eu tout juste la force d'ouvrir deux boîtes de conserve provenant de leur réserve d'urgence et de les réchauffer. Philippe avait engouffré cela comme un repas gastronomique. En regardant son fils, elle se demandait s'il le faisait exprès, pour l'insulter.

Matthew se pencha de nouveau au-dessus de son assiette et régla avec précision la route du ravioli. Il fallait que chacune des dentelures qui bordaient les carrés s'ajuste à celle d'en face. Sinon ? Sinon l'univers allait exploser dans le feu, leur chair allait bouillonner et se détacher sous les flammes et il verrait toute sa famille mourir devant lui, quelques millisecondes avant sa propre mort horrible. Tant de choses dépendaient du Chef Boyardee.

En levant les yeux, il surprit sa femme en train de l'observer, hypnotisée par la précision de ses mouvements, "coincée sur le bégaiement d'une virgule décimale". Ce vers lui vint subitement à l'esprit. Il l'avait toujours aimé, dès qu'il l'avait lu chez Mlle Neal. Il venait de l'*Oratorio de Noël* d'Auden. C'est elle qui l'avait incité à le lire. Depuis toujours, elle avait été une fervente admiratrice d'Auden. Même cette œuvre encombrante et plutôt étrange, elle semblait l'adorer. Et la comprendre. Quant à lui, il s'était efforcé de la lire, par respect pour Mlle Neal. Sans du tout l'aimer. Sauf ce vers. Il ne voyait pas pourquoi il se démarquait des millions d'autres vers de l'œuvre épique. Il ne savait même pas ce qu'il signifiait. Jusqu'à présent. Lui aussi était coincé sur le bégaiement d'une virgule décimale. Son monde en était arrivé là. Lever la tête, c'était affronter le désastre. Il n'y était pas prêt.

Il savait ce qu'allait apporter le lendemain. Il savait ce qu'il avait vu venir de si loin. Inexorablement. Sans espoir de s'échapper, il attendait que cela arrive. C'était presque là, à leur porte. Il regarda son fils, son petit garçon, qui avait tellement changé au cours des derniers mois. Au début, ils le croyaient sous l'emprise des drogues. Sa colère, la baisse de ses résultats scolaires, son rejet de tout ce qu'il aimait avant, comme le football, les soirées cinéma et 'N Sync. Et ses parents. Surtout lui, Matthew le sentait. Pour une raison quelconque, la rage de Philippe était dirigée contre lui. Matthew se demandait ce qui se passait derrière ce visage euphorique. Philippe pouvait-il savoir ce qui se préparait, et s'en réjouir ?

Matthew aligna les raviolis juste à temps avant l'explosion de son monde.

Chaque fois que le téléphone sonnait au bureau provisoire, l'activité cessait. Il sonnait souvent. Des policiers arrivaient. Des commerçants, des voisins, des bureaucrates rappelaient.

La vieille gare du Canadien National répondait parfaitement à leurs besoins. Une équipe avait travaillé, avec les pompiers volontaires, à dégager l'ancienne salle d'attente. Les murs étaient lambrissés au quart de leur hauteur de bois vernis et luisant, et les surfaces planes, recouvertes d'affiches : conseils de prévention des incendies et lauréats antérieurs des prix littéraires du Gouverneur général, un indice sur l'identité de la chef des pompiers. Les policiers de la Sûreté les avaient enlevées en les roulant soigneusement et remplacées par des organigrammes, des cartes et des listes de suspects. On aurait dit n'importe quel bureau provisoire de la police établi dans une vieille gare pleine d'une atmosphère particulière. Cet espace semblait habitué à l'attente. Des centaines, des milliers de gens s'étaient assis dans cette pièce, à attendre. Des trains. Qui les emmèneraient ou amèneraient leurs proches. Maintenant, de nouveau, des hommes et des femmes étaient assis dans cet espace, à attendre. Cette fois, ils attendaient un rapport du labo de la Sûreté, à Montréal. Le rapport qui allait les renvoyer chez eux. Le rapport qui allait anéantir les Croft. Gamache se leva, fit mine de s'étirer et se mit à marcher. Lorsqu'il devenait impatient, le chef faisait toujours les cent pas, les mains jointes derrière le dos, la tête baissée, en fixant ses pieds. A présent, alors que les autres faisaient semblant de travailler au téléphone et de recueillir des informations, l'inspecteur-chef Gamache les encerclait, lentement, d'un pas mesuré. Sans se presser, imperturbable, impossible à arrêter.

Ce matin-là, Gamache s'était levé avant le soleil. Son petit réveil de voyage indiquait cinq heures cinquante-cinq. Il était toujours ravi lorsqu'une horloge digitale alignait des chiffres identiques. Une demi-heure plus tard, portant ses vêtements les plus chauds, il descendait l'escalier à pas de loup. Il se dirigeait vers la porte principale quand il entendit un bruit dans la cuisine.

— Bonjour, monsieur l'inspecteur, dit Gabri en peignoir violet foncé et pantoufles duveteuses, tenant un thermos. Je me suis dit que vous aimeriez emporter un café au lait.

Gamache l'aurait volontiers embrassé.

— En plus d'un ou deux croissants, ajouta Gabri en faisant apparaître un petit sac de papier de derrière son dos.

Gamache l'aurait volontiers épousé.

— Merci infiniment, patron.

Quelques minutes plus tard, dans le parc, Armand Gamache était assis sur le banc vert couvert de givre. Il passa ainsi une demi-heure dans le matin immobile, paisible et sombre, en regardant changer le ciel. Le noir passa au bleu royal, puis une touche dorée perça. Pour une fois, les prévisions étaient justes. Le jour se leva, brillant, vif, clair et froid. Le village s'éveilla. Une à une, des lumières apparurent aux fenêtres.

Gamache, qui appréciait ces quelques minutes silencieuses et chaque instant de calme, se versa un riche et capiteux café au lait dans la petite tasse en métal du thermos et fouilla dans le sac en papier pour en tirer un croissant feuilleté, encore chaud.

Gamache sirotait et mastiquait. Mais, surtout, il observait.

A sept heures moins dix, une lumière s'alluma chez Ben Hadley. Quelques minutes plus tard, Daisy se mit à boiter dans la cour en remuant la queue. Gamache savait par expérience que les derniers gestes de la plupart des chiens, sur cette terre, consistaient à lécher leur maître en remuant la queue. Par la fenêtre, Gamache arrivait tout juste à distinguer des mouvements chez Ben, qui préparait le petit-déjeuner.

Gamache attendit.

Le village remua et, dès sept heures et demie, la plupart des maisons avaient repris vie. Lucy, que les Morrow avaient laissée sortir, se promenait en reniflant. Elle leva le museau, se tourna lentement et marcha, puis trotta, et finit par courir à travers bois, vers le sentier qui la ramènerait chez elle. A sa mère. Gamache regarda le panache doré disparaître dans la forêt d'érables et de cerisiers, et son cœur se brisa. Quelques minutes plus tard, Clara sortit et appela Lucy. On n'entendit qu'un seul aboiement solitaire et malheureux, et Gamache vit Clara entrer dans les bois et en revenir un moment plus tard lentement suivie de Lucy, la tête basse et la queue immobile.

La nuit précédente, Clara avait dormi par à-coups, s'éveillant à quelques heures d'intervalle avec ce sentiment d'angoisse qui l'accompagnait de plus en plus souvent. La perte. Ce n'était plus un hurlement, mais un gémissement de sa moelle. Peter et elle s'étaient reparlé en faisant la vaisselle, tandis que les autres étaient assis dans la salle de séjour, soupesant l'hypothèse du meurtre.

— Je suis désolée, dit Clara, un torchon à la main, prenant les assiettes chaudes et humides que lui tendait Peter. J'aurais dû te parler de ma conversation avec Gamache.

— Pourquoi est-ce que tu ne l'as pas fait ?

— Je ne sais pas.

— Ce n'est pas assez, Clara. Tu ne me fais pas confiance ?

Ses yeux bleu métallique, vifs et froids, fouillèrent son visage. Elle savait qu'elle devait le prendre dans ses bras, lui exprimer son amour, sa confiance et son attachement. Mais quelque chose la retenait. Cela revenait encore. Un silence entre eux. Encore du non-dit. "Est-ce ainsi que ça commence ?" se demanda Clara. Ces failles, dans le couple, remplies non pas de confort et de familiarité, mais d'un trop-plein de non-dits et de paroles ?

Encore une fois, son amoureux se referma, pétrifié, froid et figé.

Ben les surprit alors, dans un acte plus intime que le sexe. Leur colère et leur douleur étalées. Ben bégaya, buta et bafouilla, et finit par tourner les talons, comme un enfant qui aurait pris ses parents sur le fait.

Ce soir-là, quand tout le monde fut parti, Clara dit à Peter les choses qu'il avait envie d'entendre. Qu'elle lui faisait confiance et l'aimait. Qu'elle était désolée et qu'elle appréciait la patience dont il avait fait preuve lorsqu'elle souffrait, à la mort de Jane. Elle lui demanda pardon. Il le lui accorda, et ils s'étreignirent jusqu'à ce que leur souffle devienne égal et profond, et synchrone.

Cependant, quelque chose était dans le non-dit.

Le lendemain matin, Clara se leva tôt, laissa sortir Lucy et prépara pour Peter des pancakes au sirop d'érable avec du bacon. L'odeur inattendue de bacon salé, de café frais et de fumée de bois réveilla Peter. Etendu sur le lit, il décida de dépasser la rancune de la veille. Mais une chose était confirmée : il était trop dangereux d'exprimer ses sentiments. Il passa sous la douche, revêtit des vêtements propres, s'arma de courage puis descendit.

— D'après toi, quand est-ce que Yolande emménage ? demanda Clara à Peter au petit-déjeuner.

— Après la lecture du testament, j'imagine. Dans quelques jours, peut-être une semaine.

— Je ne peux pas croire que Jane ait laissé sa maison à Yolande, ne serait-ce que parce qu'elle savait à quel point je la déteste.

— Elle n'a peut-être pas tenu compte de toi, Clara.

Et paf. "Il est encore fâché", se dit Clara.

— J'observe Yolande depuis quelques jours. Elle n'arrête pas de trimballer des choses jusque chez Jane.

Peter haussa les épaules. Il était fatigué de réconforter Clara.

— Est-ce que Jane n'a pas fait de nouveau testament ? demanda-t-elle encore.

— Je ne me rappelle pas.

Peter connaissait suffisamment Clara pour savoir que c'était une ruse, une tentative pour détourner son attention de sa douleur et s'assurer son appui. Il refusa de jouer.

— Non, c'est vrai, dit Clara. Il me semble que, quand Timmer a reçu son diagnostic et qu'elle a appris qu'elle en était à la phase terminale, elles ont toutes les deux parlé de revoir leurs testaments. Je suis sûre que Jane et Timmer sont allées voir la notaire de Williamsburg. Elle s'appelle comment, déjà ? Tu sais, celle qui venait d'avoir un bébé. Elle faisait partie de ma classe de gymnastique.

— Si Jane a fait un autre testament, la police le saura. C'est son boulot.

Gamache quitta le banc. Il avait vu ce qu'il cherchait, ce qu'il soupçonnait. C'était loin d'être concluant, mais intéressant – comme tous les mensonges. A présent, avant d'être emporté par ses obligations de la journée, il voulait revoir l'affût. Peut-être pas y grimper, cependant. Il traversa le parc, ses bottes en caoutchouc laissant des empreintes dans l'herbe trempée par le gel. Il grimpa la colline, passa devant la vieille école et entra dans les bois. Une fois de plus, il se retrouva au pied de l'arbre. Il était plutôt évident, dès la première visite là-haut – la seule, espérait-il –, que l'affût n'avait pas été utilisé par le tueur. Pourtant...

— Haut les mains !

Gamache se retourna vivement, mais avait déjà reconnu la voix.

— Vous êtes sournois, Jean-Guy. Je vais devoir vous faire porter une cloche à vache.

— Pas encore !

Il n'avait pas coutume de prendre l'avantage sur le chef. Mais Beauvoir avait commencé à s'inquiéter. Si, un jour, il surprenait Gamache et que celui-ci fût victime d'une crise cardiaque ? Ce serait sûrement moins drôle. Tout de même, il s'en faisait pour l'inspecteur-chef. Sa raison, qui prenait normalement le dessus, trouvait cela idiot. L'inspecteur-chef avait franchi, avec un léger embonpoint, la crête des cinquante ans, mais c'était le cas de bien des gens, et la plupart se débrouillaient très bien sans l'aide de Beauvoir. Sauf que. Sauf que le stress que vivait l'inspecteur-chef aurait pu tuer un éléphant. C'était un travail intense. Mais, surtout, les sentiments de Jean-Guy Beauvoir ne pouvaient s'expliquer. Il ne voulait tout simplement pas perdre l'inspecteur-chef. Gamache lui donna une claque sur l'épaule et lui offrit le fond de café au lait du thermos, mais Beauvoir avait pris son petit-déjeuner au gîte touristique.

— Votre brunch, vous voulez dire.

— Humm. Des œufs Benedict, des croissants, des confitures maison.

Beauvoir regarda le sac de papier froissé dans le poing de Gamache.

— C'était affreux. Vous avez de la chance d'avoir manqué ça. L'agente Nichol est encore là. Elle est descendue après moi et s'est assise à une autre table. Une fille bizarre.

— Une femme, Jean-Guy.

Beauvoir se racla la gorge. Il détestait le côté politiquement correct de Gamache. Ce dernier sourit.

— Ce n'est pas ça.

Il avait deviné la raison de son raclement de gorge.

— Vous ne voyez donc pas ? Elle veut qu'on la traite exactement comme une fille, une enfant, quelqu'un qui a besoin de délicatesse.

— Dans ce cas, c'est une enfant gâtée. Elle m'énerve.

— Vous n'avez qu'à ne pas la laisser vous taper sur les nerfs. Elle est manipulatrice et colérique. Traitez-la tout simplement comme les autres agents. Ça va la rendre folle.

— D'ailleurs, qu'est-ce qu'elle fait avec nous ? Elle n'apporte rien.

— Elle nous a exposé une très bonne analyse, hier, qui nous a convaincus que Philippe Croft est notre tueur.

— C'est vrai, mais elle est dangereuse.

— Dangereuse, Jean-Guy ?

— Pas physiquement. Elle ne va pas utiliser son arme et tous nous abattre. Enfin, je ne crois pas.

— Pas tous. L'un de nous l'attraperait avant qu'elle nous achève tous, j'espère, dit Gamache en souriant.

— Ce sera moi, j'y compte bien. Elle est dangereuse parce qu'elle nous divise.

— Oui. C'est vrai. J'y ai pensé. Quand elle m'a cueilli chez moi, dimanche matin, j'ai été impressionné. Elle était respectueuse, réfléchie, elle répondait à fond à mes questions, sans s'imposer ni chercher à épater. Je croyais vraiment que nous avions tiré un bon numéro.

— Elle vous a apporté du café et des beignets, non ?

— Une brioche, en fait. J'ai failli la promouvoir sergent sur-le-champ.

— C'est comme ça que j'ai été nommé inspecteur. Un simple éclair au chocolat m'a transporté au pinacle. Mais quelque chose a changé chez Yvette Nichol depuis son arrivée, dit Beauvoir.

— Tout ce que je vois, c'est que sa rencontre avec le reste de l'équipe l'ait démontée. Ça arrive à certaines personnes. Elles excellent en tête à tête. Elles sont du genre à pratiquer des sports individuels. Elles sont intelligentes. Mais placez-les dans une équipe et elles ne valent plus rien. Nichol est comme ça, je pense : elle a un esprit de compétition, alors qu'elle devrait travailler en équipe.

— Je crois qu'elle essaie désespérément de faire ses preuves et qu'elle cherche votre approbation. En même temps, tout conseil lui apparaît comme une critique, et toute critique comme une catastrophe.

— Alors, elle a dû passer une soirée catastrophique.

Gamache le mit au courant de sa conversation avec l'agente Nichol.

— Congédiez-la, monsieur. Vous avez fait de votre mieux. Vous montez ?

Beauvoir commença à grimper l'échelle qui menait à l'affût.

— C'est magnifique. On dirait une maison dans les arbres.

Gamache avait rarement vu Beauvoir aussi animé. Mais il ne sentait aucunement le besoin de voir cette animation de près.

— J'y suis déjà allé. Voyez-vous le passage de cerfs ?

La veille, il avait parlé de l'affût à Beauvoir et lui avait conseillé d'y prélever des échantillons. Mais il ne s'attendait pas à voir l'inspecteur arriver si tôt.

— Eh oui. De là-haut, on le voit facilement. Mais il m'est venu une idée, hier soir.

Beauvoir le regardait fixement. "Mon Dieu, il faut que je monte, non ?" se dit Gamache. Tendant le bras vers les visqueuses lattes de bois, il se mit à grimper. Se hissant sur la plateforme, il s'adossa au tronc rugueux tout en serrant la rampe.

— De la drogue.

— Pardon ?

Pendant un instant, Gamache se dit que Beauvoir, ayant deviné son secret, l'avait épinglé…

— Du cannabis. De la marijuana. Ce ne sont pas seulement des citrouilles qu'on récolte à présent. C'est la saison de la drogue dans les Cantons. Jane Neal a peut-être été tuée par des cultivateurs après avoir trouvé la récolte. Elle avait l'habitude de se promener partout, non ? Dieu sait que c'est une industrie multimillionnaire et que des gens se font tuer, parfois.

— C'est vrai.

Gamache était intrigué par l'hypothèse, sauf pour une chose.

— Mais la plus grande partie de cette culture est aux mains des Hells Angels et des Rock Machine, les gangs de motards.

— Exact. C'est le territoire des Hells Angels. Je ne voudrais pas me frotter à eux. Ce sont des tueurs. Pensez-vous qu'on puisse muter Yvette Nichol aux stups ?

— Réfléchissez, Beauvoir. Jane Neal a été tuée par une flèche vieille de quarante ans. Avez-vous vu, récemment, un motard armé d'un arc et d'une flèche ?

C'était un bon argument et Beauvoir n'y avait pas songé. Il était content d'avoir exposé son idée ici, au-dessus du sol, plutôt que parmi la fourmilière du bureau provisoire. Accroché à la rampe, Gamache se demandait justement comment il allait descendre lorsqu'il eut l'envie soudaine d'aller aux toilettes. Beauvoir balança sa jambe par-dessus bord, trouva l'échelle et se mit à descendre. Gamache fit une courte prière, se rapprocha peu à peu du bord, posa sa jambe au-delà et ne sentit que le vide. Puis, une main lui saisit la cheville et guida son pied jusqu'au premier échelon.

— Même vous, vous avez besoin d'un peu d'aide, de temps à autre.

Beauvoir leva les yeux vers lui et se dépêcha de descendre.

— Bon, examinons vos rapports.

Quelques minutes plus tard, Beauvoir lança le briefing.

— Lacoste, vous commencez.

— Matthew Croft. Trente-huit ans, dit-elle en sortant son stylo de sa bouche. Chef du service de la

voirie du comté de Saint-Rémy. J'ai parlé à son directeur, qui ne tarit pas d'éloges à son sujet. Pour être
honnête, je n'avais pas entendu de pareilles louanges
depuis ma propre évaluation.

La salle s'esclaffa. Jean-Guy Beauvoir, qui menait
leurs évaluations, était d'une sévérité notoire.

— Mais un employé congédié a déposé une plainte.
Il a dit que Croft l'avait agressé.

— Qui était cet employé ?

— André Malenfant.

Il y eut un murmure appréciateur.

— Croft l'a emporté haut la main. Plainte rejetée.
Mais, auparavant, Malenfant avait fait des déclarations
aux journaux locaux. Un sale numéro, cet homme-là.
Ensuite, Suzanne Bélanger. Trente-huit ans, elle aussi.
Mariée à Croft depuis quinze ans. Travaille à temps
partiel chez Reproductions Doug, à Saint-Rémy.
Voyons, quoi d'autre ?

L'agente Lacoste repassa ses notes pour y trouver
un élément digne de mention sur cette femme à la vie
jusqu'ici tranquille et sans incident.

— Aucune arrestation ? demanda l'agent Nichol.

— Seulement une, l'an dernier, pour le meurtre
d'une dame âgée.

Yvette Nichol prit un air maussade.

— Et Philippe ?

— Il a quatorze ans et il est en seconde. Bons résultats jusqu'à Noël dernier. Puis, quelque chose est arrivé.
Ses notes ont commencé à dégringoler et son attitude
a changé. J'ai parlé à la conseillère d'orientation. Elle
dit ignorer complètement la cause du problème. Ça

pourrait être la drogue. Ou des difficultés familiales. Elle dit qu'à quatorze ans la plupart des garçons deviennent un peu bizarres. Ça ne semble pas l'inquiéter outre mesure.

— Savez-vous s'il fait partie d'une équipe scolaire ? demanda Gamache.

— De basketball et de hockey, mais il n'a pas commencé le basketball, cette session-ci.

— Est-ce qu'ils ont une équipe de tir à l'arc ?

— Oui, monsieur. Il n'en a jamais fait partie.

— Bien, dit Beauvoir. Agente Nichol, le testament ?

Yvette Nichol consulta son carnet de notes. Ou fit semblant. Elle avait complètement oublié de s'en occuper. Bon, pas tout à fait. Elle s'en était souvenue en fin d'après-midi, la veille, mais alors, comme elle avait résolu l'affaire, c'était devenu une perte de temps. De plus, elle ne savait absolument pas comment vérifier s'il existait un autre testament et n'avait aucune intention d'exposer son ignorance devant de soi-disant collègues qui, jusqu'ici, ne s'étaient guère montrés coopératifs.

— Le testament Stickley est le plus récent, dit Yvette Nichol en regardant Beauvoir dans les yeux.

Beauvoir hésita, puis baissa les yeux.

Les rapports se succédaient les uns aux autres. La tension montait dans la pièce, car le seul téléphone qu'ils voulaient tous entendre sonner restait silencieux dans la grande main de Gamache.

Selon les rapports, Jane Neal avait été une enseignante dévouée et respectée. Elle s'était préoccupée de ses élèves, suffisamment pour les faire redoubler à l'occasion. Ses finances personnelles étaient saines. Elle avait été marguillière à Saint-Thomas et active dans l'association des femmes de l'église anglicane, organisant des ventes de vêtements usagés et des rencontres. Elle jouait au bridge et jardinait avec passion.

Le dimanche matin, ses voisins n'avaient rien vu ni rien entendu.

"A l'ouest, rien de nouveau", se dit Gamache en écoutant raconter cette vie sans histoire. Sa pensée magique l'amenait à s'étonner du fait que, lorsqu'une si bonne âme mourait, cela ne se remarquait pas. Les cloches de l'église n'avaient pas sonné. Les souris et les cerfs n'avaient pas crié. La terre n'avait pas tremblé. Elle aurait dû. S'il avait été Dieu, lui, il l'aurait fait. Maintenant, le rapport officiel allait plutôt contenir cette affirmation : "Ses voisins n'ont rien entendu."

Les rapports terminés, l'équipe retourna à ses téléphones et à sa paperasse. Armand Gamache se mit à faire les cent pas. Clara Morrow appela pour dire à Gamache que l'affût avait été construit par le père de Matthew Croft, un fait d'un certain intérêt, étant donné leurs soupçons.

A dix heures quinze, son portable sonna. C'était le labo.

9

Matthew Croft allait se rappeler à jamais où il se trouvait à l'arrivée des voitures de police. Il était onze heures trois à l'horloge de la cuisine. Il s'attendait à les voir beaucoup plus tôt. Il patientait depuis sept heures du matin.

Chaque automne, à la saison des conserves, la mère de Suzanne, Marthe, arrivait avec un sac rempli de vieilles recettes familiales. Les deux femmes préparaient les conserves pendant un ou deux jours et, invariablement, Marthe demandait :

— Quand est-ce qu'un concombre devient un cornichon ?

Au départ, il avait tenté de lui répondre comme si elle voulait vraiment savoir. Mais, au fil des ans, il s'apercevait qu'il n'y avait pas de réponse. A quel moment le changement se produit-il ? Il est parfois soudain, comme dans les moments de révélation, lorsqu'on voit, tout à coup. Mais il est souvent graduel, en évolution.

Pendant quatre heures, Matthew se demanda ce qui s'était passé. A quel moment cela avait-il commencé ? A cette question non plus, il n'avait pas de réponse.

— Bonjour, monsieur Croft.

L'inspecteur-chef Gamache paraissait calme et détendu. Jean-Guy Beauvoir l'accompagnait, avec cette policière et, un peu en retrait, un homme que Matthew n'avait jamais rencontré. Age moyen, complet-cravate, cheveux grisonnants et apparence classique. Gamache suivit le regard de Croft.

— Voici Claude Guimette, le tuteur nommé par le gouvernement provincial. Nous avons reçu les résultats des tests effectués sur l'arc et les flèches. Pouvons-nous entrer ?

Croft recula d'un pas et ils entrèrent chez lui. D'instinct, il les conduisit à la cuisine.

— Il serait très important de vous rencontrer avec votre femme, tout de suite.

Croft hocha la tête et monta à l'étage. Suzanne était assise sur le côté du lit. Il lui avait fallu toute la matinée pour s'habiller, un vêtement à la fois, puis elle s'était effondrée sur le lit, épuisée. Environ une heure plus tôt, elle avait enfin terminé. Son corps avait belle allure, mais son visage était affreux et elle ne pouvait le cacher.

Elle avait tenté de prier, mais ne se souvenait plus des paroles. Elle répétait plutôt sans cesse la seule chose qu'elle pouvait se rappeler :

> J'ai vu le loup, le renard et la belette,
> J'ai vu le loup, le renard danser.

Elle avait chanté tant de fois cette chanson à Philippe, lorsqu'il était petit, mais, à présent, elle avait oublié le reste. Cela semblait avoir de l'importance, même si, en soi, ce n'était pas une prière. C'était bien plus. Cela prouvait qu'elle avait été une bonne mère. Qu'elle avait aimé ses enfants. "Ça prouve, chuchotait la voix de la petite fille dans sa tête, que ce n'est pas ta faute." Mais comme elle avait oublié le reste de la chanson, ce l'était peut-être.

— Ils sont là, annonça Matthew, debout dans l'embrasure de la porte. Ils veulent que tu descendes.

Lorsqu'elle apparut avec Matthew, Gamache se leva et lui serra la main. Elle prit la chaise qu'on lui offrait, comme si elle était devenue une invitée dans sa propre maison. Dans sa propre cuisine.

— Nous avons reçu les résultats des tests de labo, dit Gamache sans préambule.

Il aurait été cruel de mâcher les mots.

— On a identifié le sang de Jane Neal sur l'arc que nous avons trouvé dans votre sous-sol. Il y en avait aussi sur des vêtements appartenant à Philippe. La pointe de flèche correspond à la blessure. Les plumes découvertes dans la plaie étaient du même type et du même âge que celles qui se trouvaient dans le vieux carquois. Nous croyons que votre fils a tué Jane Neal accidentellement.

Et voilà.

— Qu'est-ce qui va lui arriver ? demanda Matthew, qui capitulait.

— J'aimerais lui parler, dit M. Guimette. Mon rôle est de le représenter. Je suis venu ici avec la police, mais je ne travaille pas pour elle. La Direction de la protection de la jeunesse est indépendante de la police. En fait, je travaille pour Philippe.

— Je vois, dit Matthew. Est-ce qu'il ira en prison ?

— Nous en avons discuté dans la voiture en chemin. L'inspecteur-chef Gamache n'a aucune intention d'accuser Philippe d'homicide.

— Mais qu'est-ce qui pourrait lui arriver ? demanda de nouveau Matthew.

— Il sera emmené au poste de police de Saint-Rémy et accusé de méfait.

Matthew leva les sourcils. S'il avait su qu'on pouvait être accusé de "méfait", sa propre jeunesse aurait été fort différente. Il avait été un fauteur de méfaits, comme son fils. Cela semblait officiel à présent.

— Mais ce n'est qu'un enfant, dit Suzanne, qui tenait à défendre son fils.

— Il a quatorze ans. Il est assez grand pour faire la différence entre le bien et le mal, dit Gamache d'un ton doux mais ferme. Il doit savoir que, lorsqu'il fait quelque chose de mal, même sans le vouloir, il y a des conséquences. Philippe faisait-il partie des garçons qui ont lancé du fumier en direction de MM. Dubeau et Brûlé ?

Le changement de sujet sembla ranimer Matthew.

— Oui. Il s'en est vanté une fois revenu à la maison.

Matthew se rappelait avoir dévisagé son petit garçon dans la cuisine, en se demandant qui pouvait bien être cet inconnu.

— En êtes-vous sûr ? Je sais que Mlle Neal a crié trois noms, et que Philippe était l'un d'eux, mais nous pensons qu'elle a pu se tromper sur le compte d'au moins un des trois.

— Vraiment ? dit Suzanne, retrouvant un espoir momentané, avant de se rappeler que c'était sans importance.

Quelques jours plus tôt, elle était morte de honte à la pensée que son fils avait commis un tel acte et s'était fait prendre. Or ce n'était rien à côté de ce qu'il avait fait ensuite.

— Puis-je le voir ? demanda M. Guimette. En présence de l'inspecteur-chef Gamache seulement.

Matthew hésita.

— Rappelez-vous, monsieur Croft, que je ne travaille pas pour la police.

De toute façon, Croft n'avait pas vraiment le choix et il le savait. Il les fit monter à l'étage et frappa à la porte fermée. Il n'y eut aucune réponse. Il frappa de nouveau. Toujours aucune réponse. Il posa la main sur la poignée, puis l'en retira et frappa encore, cette fois en criant le nom de son fils. Gamache observait tout cela avec intérêt. Finalement, il tendit le bras, tourna la poignée et entra dans la chambre de Philippe.

Dos tourné à la porte, Philippe balançait la tête. Même à cette distance, Gamache entendait la fine ligne métallique de musique qui s'échappait des écouteurs. Philippe portait l'uniforme du jour, un sweat-shirt trop ample et un pantalon flottant. Les murs étaient tapissés d'affiches de groupes de rock et de rap, montrant de jeunes hommes enragés avec des têtes d'enterrement. Entre elles, le papier peint était à peine visible : de petits joueurs de hockey portant le chandail rouge du Canadien.

Guimette toucha Philippe à l'épaule. Les yeux de Philippe s'ouvrirent brusquement et il leur lança un regard d'un tel mépris que les deux hommes se sentirent momentanément agressés. Puis, son expression disparut. Philippe s'était trompé de cible, et ce n'était pas la première fois.

— Ouais, qu'est-ce que vous voulez ?

— Philippe, je suis Claude Guimette, de la Direction de la protection de la jeunesse, et voici l'inspecteur-chef Gamache, de la Sûreté du Québec.

Gamache s'était attendu à rencontrer un garçon terrifié et il savait que la peur se présente sous bien des formes. L'agressivité, entre autres. Les gens colériques sont presque toujours craintifs. De l'insolence, des larmes, un calme apparent, mais des mains et des yeux nerveux. Quelque chose trahit presque toujours la peur. Mais Philippe Croft ne paraissait pas avoir peur. Il semblait… quoi ? Triomphant.

— Et alors ?

— On est venus te voir à propos de la mort de Jane Neal.

— Ouais. J'en ai entendu parler. Quel rapport avec moi ?

— On croit que c'est toi qui as fait ça, Philippe.

— Ah ? Pourquoi ?

— Il y avait de son sang sur l'arc qui a été retrouvé ici, au sous-sol, en plus de tes empreintes. Il y en avait aussi sur des vêtements à toi.

— C'est tout ?

— Il y avait aussi du sang sur ton vélo. Du sang de Mlle Neal.

— J'ai pas fait ça.

— Comment expliques-tu ces choses-là ? demanda Gamache.

— Vous, vous les expliquez comment ?

264

Gamache s'assit.

— Est-ce que je devrais te le dire ? D'après moi, voici comment c'est arrivé. Dimanche matin, tu es sorti tôt. Quelque chose t'a poussé à prendre le vieil arc et les flèches et à te rendre à vélo à cet endroit. On sait que c'est là que ton grand-père allait à la chasse. Il a même construit l'affût dans le vieil érable, non ?

Philippe continuait à le regarder fixement. Ou de voir clairement dans son jeu, en fait, se dit Gamache.

— Puis, il est arrivé quelque chose. Ou bien ta main a glissé et la flèche a jailli par erreur, ou bien tu as délibérément tiré, en pensant que c'était un cerf. D'une façon ou d'une autre, le résultat a été catastrophique. Qu'est-ce qui s'est passé, ensuite, Philippe ?

Gamache observait et attendait, tout comme M. Guimette. Mais Philippe était impassible, le visage neutre, comme s'il écoutait raconter ce qui était arrivé à quelqu'un d'autre. Il haussa les sourcils et sourit.

— Continuez. Ça devient intéressant. Comme ça, la vieille crève et il faudrait que je meure de peine ? Mais j'étais pas là, vous savez ?

— J'avais oublié, dit Gamache. Alors, laisse-moi continuer. Tu es un gars intelligent.

Philippe sourcilla. Il était clair qu'il n'aimait pas se faire traiter de haut.

— Tu savais qu'elle était morte. Tu as cherché la flèche et tu l'as trouvée, te barbouillant les mains et les vêtements de sang au passage. Ensuite, tu es revenu à la maison et tu as caché l'arc et la flèche au sous-sol. Mais ta mère a remarqué les taches sur tes vêtements et t'a demandé d'où elles venaient. Tu as probablement inventé une histoire. Mais elle a également trouvé l'arc et la flèche dans le sous-sol. Quand elle a entendu parler de la mort de Jane Neal, elle a tout compris. Elle a brûlé la flèche, mais pas l'arc, parce qu'il était trop gros pour entrer dans la fournaise.

— Ecoute, *man*. J'sais bien que t'es vieux, mais je vais répéter lentement. J'étais pas là. J'ai pas fait ça. Tu comprends ?

— Qui l'a fait alors ? demanda Guimette.

— Voyons donc, qui aurait pu faire ça ? Bon, qui est l'expert en chasse dans la maison ?

— Tu veux dire que ton père a tué Mlle Neal ? demanda Guimette.

— Vous êtes idiots, tous les deux ? Bien sûr que c'est lui.

— Et les taches de sang sur ton vélo ? Tes vêtements ? demanda Guimette, abasourdi.

— Ecoutez, je vais vous dire ce qui est arrivé. Vous pouvez prendre des notes.

Gamache ne broncha pas et se contenta d'observer calmement Philippe.

— Mon père est arrivé complètement énervé. Ses gants étaient pleins de sang. Je suis sorti pour l'aider. Aussitôt qu'il m'a vu, il m'a pris dans ses bras et m'a tenu les mains pour que je le soutienne. Il m'a donné la flèche pleine de sang avec l'arc et m'a dit d'aller les porter au sous-sol. J'ai commencé à avoir des soupçons.

— Qu'est-ce que tu soupçonnais ? demanda Guimette.

— Quand mon père chassait, il nettoyait toujours son équipement. Donc, c'était bizarre. Il n'y avait pas

266

de cerf à l'arrière du camion. J'ai réfléchi un peu et je me suis dit qu'il avait tué quelqu'un.

Guimette et Gamache échangèrent des regards.

— Le sous-sol, c'est moi qui m'en occupe, poursuivit Philippe. Alors, quand il m'a dit de descendre ces trucs pleins de sang, j'ai commencé à me demander s'il était pas en train, disons, de me tendre un piège. Mais je les y ai rangés quand même, puis il s'est mis à hurler : "Imbécile, enlève ton maudit vélo de l'allée." J'ai dû déplacer le vélo avant de me laver les mains. C'est comme ça que les taches se sont retrouvées là.

— J'aimerais voir ton bras gauche, s'il te plaît, demanda Gamache.

Guimette se tourna vers Philippe.

— Je te conseille de ne pas le faire.

Philippe haussa les épaules et remonta la manche, exposant une forte contusion violette. Jumelle de celle de Beauvoir.

— Comment est-ce que tu t'es fait ça ? demanda Gamache.

— De la même façon que la plupart des jeunes.

— Tu es tombé ? demanda Guimette.

Philippe roula les yeux.

— C'est quoi, l'autre façon ?

Guimette dit, avec tristesse :

— Ton papa t'a fait ça ?

— Allume.

— Il n'a pas fait ça. Ce n'est pas son genre.

Matthew était silencieux, comme s'il s'était soudainement vidé de tout ce qui l'animait. C'est Suzanne qui finit par recouvrer sa voix et qui protesta. Ils avaient dû mal entendre, mal comprendre, se tromper.

— Philippe n'a sûrement pas dit des choses pareilles.

— Nous l'avons entendu, madame Croft. Philippe dit que son père l'agresse et que, pour ne pas se faire battre, il l'a aidé à dissimuler son crime. C'est ce qui expliquerait le sang sur ses vêtements et ses empreintes sur l'arc. Il dit que c'est son père qui a tué Jane Neal.

Claude Guimette expliquait tout cela pour la deuxième fois et s'attendait à devoir recommencer.

Beauvoir croisa le regard de Gamache et y vit, stupéfait, ce qu'il n'avait jamais vu chez son patron. De la colère. Gamache détourna les yeux pour les porter sur Croft. Matthew prenait conscience, mais trop tard, de son erreur. Il avait cru que ce qui détruirait son foyer et sa famille viendrait de loin. Il n'aurait jamais imaginé que, tout ce temps, le mal était là, chez lui.

— Il dit vrai, laissa tomber Croft. J'ai tué Jane Neal.

Gamache ferma les yeux.

— Oh, Matthew, s'il te plaît. Non. Ne fais pas ça.

Suzanne se tourna vers les autres, serrant le bras de Gamache comme dans un étau.

— Faites-le taire. Il ment.

— Je crois qu'elle a raison, monsieur Croft. Je continue de croire que c'est Philippe qui a tué Mlle Neal.

— Vous vous trompez. C'est moi. Tout ce que dit Philippe est vrai.

— Y compris les raclées ?

Matthew baissa les yeux et ne dit rien.

— Voulez-vous nous accompagner au poste de Saint-Rémy ? demanda Gamache.

Beauvoir remarqua, comme les autres, que c'était une demande et non un ordre. Certainement pas une arrestation.

— Oui.

Croft parut soulagé.

— Je viens avec vous, dit Suzanne en bondissant.

— Et Philippe ? demanda Claude Guimette.

Suzanne réprima l'envie de hurler "Quoi, Philippe ?". Elle se contenta de respirer à fond.

Gamache s'avança et lui parla doucement, calmement.

— Il n'a que quatorze ans et, même s'il ne le montre pas, il a besoin de sa mère.

Elle hésita, puis hocha la tête, trop craintive pour se remettre à parler.

Gamache savait que le courage, comme la peur, se présentait sous plusieurs formes.

Gamache, Beauvoir et Croft étaient assis dans une petite salle d'interrogatoire aux murs blancs, au poste de la Sûreté de Saint-Rémy. Sur la table de métal, entre eux, se trouvaient une assiette de sandwichs au jambon et plusieurs canettes de boissons gazeuses. Croft n'avait rien mangé. Gamache non plus. Beauvoir n'en pouvait plus et, lentement, comme si son estomac n'émettait pas ces gargouillements qui remplissaient la pièce, il prit un demi-sandwich et en arracha une large bouchée.

— Racontez-nous ce qui s'est passé dimanche matin, dit Gamache.

— Je me suis levé tôt, comme d'habitude. Le dimanche, Suzanne fait la grasse matinée. J'ai dressé la table pour le petit-déjeuner pour les enfants, puis je suis sorti. Chasser à l'arc.

— Vous nous avez dit que vous ne chassiez plus, dit Beauvoir.

— J'ai menti.

— Pourquoi être allé dans les bois derrière l'école ?

— Je ne sais pas. J'imagine que c'est parce que c'est là que mon père chassait toujours.

— Votre père fumait des cigarettes sans filtre et exploitait une ferme laitière. Pas vous, dit Gamache. Cela montre bien que vous vous êtes affranchi des façons de faire de votre père. Il doit y avoir une autre raison.

— Eh bien, non. C'était Thanksgiving et il me manquait. J'ai pris son vieil arc recourbé et ses vieilles flèches et je me suis rendu sur son vieux terrain de chasse. Pour me sentir plus près de lui. Point final.

— Qu'est-ce qui s'est passé ?

— J'ai entendu un bruit, on aurait dit un cerf entre les arbres. C'était lent et paisible. Presque à pas feutrés. C'est comme ça qu'ils marchent, les cerfs. Alors, j'ai tendu mon arc et, dès que la forme est apparue, j'ai tiré. Avec les cerfs, il faut être rapide, car le moindre bruit les fait fuir.

— Mais ce n'était pas un cerf.

— Non. C'était Mlle Neal.

— De quelle façon était-elle étendue ?

Croft se leva, déploya ses bras et ses jambes, les yeux grands ouverts.

270

— Qu'avez-vous fait ?

— J'ai couru vers elle, mais je voyais bien qu'elle était morte. Alors, j'ai paniqué. J'ai cherché la flèche, je l'ai ramassée et j'ai couru vers le camion. J'ai tout jeté à l'arrière et j'ai roulé jusqu'à la maison.

— Ensuite, qu'est-ce qui s'est passé ?

Selon l'expérience de Beauvoir, un interrogatoire revenait à demander "Ensuite, qu'est-ce qui s'est passé ?" et à écouter attentivement la réponse. Ecouter, tout était là.

— Je ne sais pas.

— Que voulez-vous dire ?

— Je ne me rappelle rien de ce qui s'est passé après que je suis monté dans le camion pour rentrer à la maison. Mais est-ce que ça ne suffit pas ? J'ai tué Mlle Neal. C'est tout ce que vous voulez savoir.

— Pourquoi ne vous êtes-vous pas livré ?

— Eh bien, je ne pensais pas que vous alliez me découvrir. Ecoutez, les bois sont remplis de chasseurs, je ne croyais pas que vous me trouveriez. Puis, quand vous l'avez fait, je n'ai pas voulu détruire le vieil arc de mon père. J'y tiens beaucoup. C'est comme s'il était encore à la maison. J'ai réalisé trop tard qu'il fallait le détruire.

— Battez-vous votre fils ?

Croft grimaça, comme si l'idée le révoltait, mais ne dit rien.

— Je me suis assis dans votre cuisine, ce matin, et je vous ai dit que, d'après nous, c'était Philippe qui avait tué Mlle Neal.

Gamache se pencha en avant, la tête au-dessus des sandwichs, mais il n'avait d'yeux que pour Croft.

— Pourquoi n'avez-vous pas avoué à ce moment-là ?

— J'étais trop assommé.

— Allons, monsieur Croft. Vous nous attendiez. Vous saviez ce que révéleraient les tests de labo. Pourtant, maintenant, vous dites que vous vouliez faire arrêter votre fils pour un crime que vous avez vous-même commis ? Je ne vous en crois pas capable.

— Vous n'avez aucune idée de ce dont je suis capable.

— Sans doute. Ecoutez, si vous battez votre fils, vous êtes bien capable de n'importe quoi.

Les narines de Croft se dilatèrent et ses lèvres se crispèrent. Gamache se disait que, s'il était vraiment violent, il lui aurait déjà asséné un coup de poing.

Ils laissèrent Croft assis dans la salle d'interrogatoire.

— Qu'est-ce que vous en dites, Jean-Guy ? demanda Gamache lorsqu'ils furent isolés dans le bureau du chef de police.

— Je ne sais pas quoi penser, monsieur. Est-ce que c'est Croft, le coupable ? Le récit de Philippe se tient. C'est possible.

— Nous n'avons trouvé absolument aucune trace du sang de Jane Neal dans le camion de Croft ni dans l'auto de sa femme. Ses empreintes n'étaient nulle part...

— C'est vrai, mais Philippe a dit qu'il portait des gants, dit Beauvoir, l'interrompant.

— On ne peut pas tirer à l'arc avec des gants.

— Il les a peut-être mis après avoir tiré, en voyant ce qu'il avait fait.

— Alors, il a eu la présence d'esprit d'enfiler des gants, mais pas celle d'appeler la police pour rapporter l'accident ? Non. En théorie, ça se tient. Mais pas dans les faits.

— Je ne suis pas d'accord, monsieur. Vous m'avez enseigné, entre autres choses, qu'on ne peut jamais savoir ce qui se passe derrière des portes closes. Qu'est-ce qui se passe vraiment chez les Croft ? Oui, Matthew Croft donne bien l'impression d'être un homme réfléchi et raisonnable, mais on a souvent découvert que c'est exactement l'impression que donnent les agresseurs au monde extérieur. C'est obligatoire. C'est leur camouflage. Matthew Croft pourrait très bien être un agresseur.

Beauvoir se sentit ridicule de rappeler à Gamache des points qu'il avait appris de lui, mais il se dit qu'il valait la peine de les répéter.

— Et l'assemblée publique pendant laquelle il s'est rendu si utile ? demanda Gamache.

— C'est de l'arrogance. Il avoue lui-même n'avoir jamais cru qu'on le trouverait.

— Désolé, Jean-Guy. Je ne le crois tout simplement pas. Il n'existe absolument aucune preuve matérielle contre lui. Juste l'accusation d'un adolescent très en colère.

— Et meurtri.

— Oui. Avec une contusion identique à la vôtre.

— Mais il a déjà de l'expérience au tir à l'arc. Croft a dit que seuls les débutants se faisaient des contusions semblables.

— C'est vrai, mais Croft a également dit qu'il avait cessé de chasser il y a quelques années ; donc, il n'a probablement pas amené son fils à la chasse depuis aussi longtemps, raisonna Gamache. C'est une longue période dans la vie d'un garçon. Il avait sans doute un peu perdu la main. Croyez-moi, ce garçon a tiré une flèche au cours des deux derniers jours.

Ils avaient un problème et ils le savaient. Que faire de Matthew Croft ?

— J'ai appelé au bureau du procureur, à Granby, dit Gamache. On nous envoie quelqu'un. Qui devrait arriver bientôt. On va lui poser la question à lui.

— A elle.

Beauvoir fit un signe de tête vers la porte vitrée derrière laquelle une femme d'âge moyen patientait debout, porte-documents à la main. Il se leva et la fit entrer dans le bureau tout à coup exigu.

— Maître Brigitte Cohen, annonça Beauvoir.

— Bonjour, maître Cohen. Il est presque treize heures. Avez-vous mangé ?

— Une brioche en cours de route. Je considère ça comme un hors-d'œuvre.

Dix minutes plus tard, ils étaient attablés dans un petit restaurant en face du poste, en train de commander un repas. Beauvoir résuma la situation à maître Cohen, qui saisit immédiatement les détails pertinents.

— Alors, celui contre qui on a toutes les preuves ne veut pas avouer et celui contre qui il n'y a aucune preuve n'arrête pas d'avouer. En surface, on dirait que le père protège le fils. Pourtant, quand vous êtes arrivé, inspecteur-chef, il semblait désireux de faire accuser son fils du crime.

— C'est vrai.

— Qu'est-ce qui l'a fait changer d'idée ?

— D'après moi, les accusations de son fils l'ont bouleversé et profondément blessé. Il ne les a pas du tout vues venir. C'est difficile à croire, bien sûr, mais j'ai le sentiment que c'était autrefois un foyer très heureux et que ça ne l'est plus depuis un moment. Depuis que j'ai rencontré Philippe, je crois que le malheur vient de lui. J'ai déjà rencontré des cas semblables : le garçon en colère fait la pluie et le beau temps et les parents ont peur de lui.

— Oui, j'ai déjà vu ça aussi. Vous ne voulez pas dire qu'ils ont peur physiquement, n'est-ce pas ? demanda Brigitte Cohen.

— Non, émotionnellement. Je crois que Croft a avoué parce qu'il ne peut pas supporter ce que Philippe doit penser de lui. C'était un geste désespéré, même momentanément insensé, afin de retrouver son fils. De lui prouver son amour. Il semble également y avoir un élément de… comment dire ?

Gamache revit le visage de Croft en face de lui à la table de la cuisine.

— On dirait un suicide. Une démission. Selon moi, comme il ne pouvait supporter la douleur de l'accusation de son fils, il a tout simplement déclaré forfait.

Gamache regarda ses deux compagnons et sourit légèrement.

— Tout cela n'est que supposition, bien entendu. Juste une impression. Un homme fort qui finit par être abattu et qui jette l'éponge. Il avoue un crime qu'il n'a pas commis. Mais Matthew Croft est justement cela : un homme fort, un homme de conviction. Il le regrettera un jour – bientôt, j'espère. D'après ce que j'ai vu, Philippe est furieux et a appris à sa famille à ne pas le contrarier.

Gamache se rappela que Croft avait posé sa main sur la poignée de la porte, puis l'avait retirée. Gamache avait l'impression que Philippe avait déjà largement engueulé son père pour avoir ouvert cette porte sans sa permission, et que Croft avait bien appris la leçon.

— Mais pourquoi est-il tellement en colère ? voulut savoir Beauvoir.

— Pourquoi tout enfant de quatorze ans l'est-il ? répliqua Brigitte Cohen.

— Il y a une colère normale, mais il y en a une qui déborde sur tout l'entourage. C'est comme de l'acide.

Beauvoir lui parla du fumier qu'on avait lancé en direction d'Olivier et de Gabri.

— Je ne suis pas psychologue, mais ce garçon semble avoir besoin d'aide.

— Je suis d'accord, dit Gamache. Mais la question de Beauvoir est pertinente. Pourquoi Philippe est-il tellement en colère ? Se pourrait-il qu'il ait subi des violences ?

— Peut-être. La réaction typique d'un enfant battu, cependant, est de sympathiser avec l'agresseur et d'attaquer l'autre parent. Philippe semble mépriser les deux et ressentir un dédain particulier pour son père. Cela ne correspond pas au profil, mais je suis sûre que c'est souvent le cas. Je ne pourrais pas vous dire combien de fois j'ai conduit des poursuites contre des enfants qui avaient tué leurs parents agresseurs. Ils finissent par se rebeller. Bien que la plupart ne recourent pas au meurtre.

— Pourrait-il avoir été maltraité par quelqu'un d'autre et faire une projection ?

Gamache se rappelait le commentaire de Clara à propos de Bernard Malenfant. Elle avait dit que c'était un intimidateur qui terrifiait tous les garçons. Et que Philippe préférerait sans doute avouer le meurtre plutôt que de subir une raclée de la part de Bernard. Il fit part de ses réflexions à maître Cohen.

— C'est possible. Nous commençons seulement à comprendre tout le mal que peut provoquer l'intimidation. Philippe en est peut-être victime, ce qui provoquerait sûrement chez lui colère, désespoir et un sentiment d'impuissance. Il peut devenir excessivement autoritaire à la maison. C'est une réalité familiale, hélas trop courante. L'agressé devient un agresseur. Mais on ne sait pas.

— C'est vrai. On ne sait pas. Mais ce que je sais, c'est qu'il n'y a aucune preuve contre Croft concernant la mort de Mlle Neal.

— Nous avons ses aveux, cependant.

— Les aveux d'un homme qui n'a pas toute sa tête. Ça ne suffit pas. Nous devons avoir des preuves. Notre travail consiste parfois à sauver les gens d'eux-mêmes.

— Inspecteur Beauvoir, qu'en pensez-vous ?

Cette question plaça Beauvoir dans la position qu'il redoutait justement.

— Je crois qu'il y a une raison d'envisager sérieusement de poursuivre Matthew Croft pour la mort de Jane Neal.

En disant cela, Beauvoir regarda Gamache, qui hochait la tête.

— Nous avons le témoignage de Philippe, poursuivit Beauvoir, qui correspond à toutes les preuves, et nous avons une forte preuve circonstancielle selon laquelle cette mort exigeait un archer habile, ce que Philippe n'est pas. Croft a parfaitement décrit la scène et nous a même montré de quelle façon Jane Neal était étendue au sol. Il était au courant de l'existence du passage de cerfs. Tout cela, combiné aux aveux de Croft, devrait suffire pour le mettre en examen.

Maître Cohen prit une bouchée de salade César.

— Je vais passer vos rapports en revue et je vous donne des nouvelles cet après-midi.

En retournant au poste, Beauvoir tenta de s'excuser auprès de Gamache pour l'avoir contredit.

— Allons, pas de condescendance, dit Gamache en riant, prenant Beauvoir par l'épaule. Je suis content que vous exprimiez votre point de vue. Ce qui m'embête, c'est que vous ayez d'aussi bons arguments. Maître Cohen sera probablement de votre avis.

Gamache avait raison. A quinze heures trente, Brigitte Cohen appela de Granby pour ordonner à Gamache d'arrêter Croft et de l'accuser d'homicide, de délit de fuite, d'obstruction et de destruction de preuves.

— Sapristi, elle n'y va pas avec le dos de la cuiller ! commenta Beauvoir.

Gamache hocha la tête et lui demanda de le laisser quelques minutes dans le bureau du chef de police. Etonné, Beauvoir sortit. Armand Gamache composa son numéro personnel et parla à Reine-Marie, puis appela son supérieur, le directeur Brébeuf.

— Ah, voyons, Armand, tu veux rire.

— Non, monsieur le directeur. Je suis sérieux. Je n'arrêterai pas Matthew Croft.

— Ecoute, cette décision ne t'appartient pas. Je n'ai pas à te dire, surtout à toi, comment fonctionne le système. On fait une enquête et on recueille des preuves, on les expose aux procureurs et eux choisissent qui accuser. Ce n'est plus entre nos mains. On t'a donné des instructions, exécute-les, pour l'amour du ciel !

— Matthew Croft n'a pas tué Jane Neal. On n'en a absolument aucune preuve. On a l'accusation d'un fils probablement déséquilibré, et ses propres aveux.

— Qu'est-ce qu'il te faut de plus ?

— Quand tu enquêtais sur ce tueur en série, à Brossard, as-tu arrêté tous ceux qui avaient avoué ?

— C'est différent, tu le sais.

— Non, je ne le sais pas, monsieur le directeur. Ces gens qui ont avoué étaient des individus confus mus par un obscur besoin personnel, non ?

— C'est vrai.

Mais Michel Brébeuf semblait méfiant. Il détestait argumenter avec Armand Gamache, et pas seulement par amitié. Gamache était un homme réfléchi, et Brébeuf savait que c'était aussi un homme de conviction. Mais qui n'avait pas toujours raison.

— Les aveux de Croft sont sans importance. Je pense que c'est sa façon de se punir. Il est blessé et ne sait plus où il en est.

— Le pauvre chéri.

— Oui, eh bien, je ne dis pas que c'est noble ni joli. Mais c'est humain. Ce n'est pas parce qu'il nous supplie de le punir que nous devons le faire.

— Tu es un salaud de moralisateur. Tu me fais des sermons sur le rôle moral du corps policier. Je connais bien notre rôle, figure-toi. Tu veux être à la fois policier, juge et juré. Si Croft n'est pas coupable, il sera libéré. Fais confiance au système, Armand.

— Il ne se rendra même pas jusqu'au procès s'il continue de s'accrocher à ses aveux ridicules. Même s'il finit par être libéré, toi et moi savons ce qui arrive aux gens qu'on arrête pour un crime. Surtout un crime violent. Ils sont stigmatisés à vie. Coupables ou non. Nous infligerions à Matthew Croft une blessure indélébile.

— Tu as tort. C'est lui qui est en train de se l'infliger.

— Non, il nous met au défi de le faire. Il nous y incite. Mais nous n'avons pas à réagir. Je te le dis. La force policière, comme le gouvernement, doit être au-dessus de cela. Ce n'est pas parce qu'on nous provoque que nous devons réagir.

— Alors, qu'est-ce que tu es en train de me dire, inspecteur-chef ? A partir de maintenant, tu n'arrêteras les gens que si tu peux avoir la garantie d'une condamnation ? Tu en as déjà arrêté qui, tout compte fait, n'avaient pas commis de crime. Rien que l'an dernier, te rappelles-tu l'affaire Gagné ? Tu as arrêté l'oncle, mais c'est le neveu qui était coupable.

— C'est vrai, je me suis trompé. Je croyais l'oncle coupable. C'était une erreur. Dans ce cas-ci, c'est différent. Cela serait comme arrêter délibérément quelqu'un qui, d'après moi, n'a commis aucun crime. Je ne peux pas.

Brébeuf soupira. Dès la première minute de cette conversation, il avait su que Gamache ne changerait pas d'idée. Mais il lui fallait essayer. "Vraiment, quel emmerdeur !"

— Tu sais ce que je vais devoir faire ?

— Je le sais. Je suis prêt.

— Alors, à titre de punition pour insubordination, tu vas faire la tournée du quartier général de la Sûreté vêtu de l'uniforme de la sergente Lacroix ?

Mai Lacroix était l'immense sergente administrative qui présidait l'entrée du quartier général, tel un Bouddha dévoyé. Pour ajouter à l'horreur, elle portait une jupe de la Sûreté quelques tailles en dessous de ce qu'il lui fallait.

Gamache se mit à rire en pensant à l'image.

— Je vais faire un marché avec toi, Michel. Si tu parviens à lui faire enlever cet uniforme, je le porterai.

— Oublie ça. J'imagine que je vais tout simplement te suspendre.

Michel Brébeuf avait failli le faire après l'affaire Arnot. Ses propres supérieurs lui avaient ordonné de suspendre Gamache, toujours pour insubordination. Cette affaire avait presque mis fin à leurs carrières et la controverse collait encore à Gamache. Il avait eu tort, là aussi, croyait Brébeuf. Il n'avait qu'à ne rien dire, car leurs supérieurs ne proposaient pas de laisser filer les criminels, bien au contraire. Mais Gamache avait défié les autorités. Il se demandait si pour lui l'affaire Arnot était classée.

Brébeuf n'aurait jamais cru faire un jour ce qu'il fit alors :

— Tu es suspendu pour une semaine, sans solde. Une enquête disciplinaire sera tenue ensuite. Ne porte pas de jupe.

— Merci pour le conseil.

— Oui. Passe-moi Beauvoir.

Il en fallait beaucoup pour étonner Jean-Guy Beauvoir, mais ce fut précisément l'effet de sa conversation avec le directeur. Gamache se savait très attaché à Beauvoir, comme à un fils, mais le subordonné ne lui avait jamais montré ses sentiments, sauf le respect que l'on porte à un supérieur. C'était suffisant. A présent, Gamache constatait que cette obligation causait une profonde douleur à Beauvoir et ce fut un don inestimable : il voyait que l'attachement était réciproque.

— C'est vrai ?

Gamache fit un signe affirmatif de la tête.

— Est-ce que c'est ma faute ? Est-ce que j'ai causé ça en défendant un point de vue contraire au vôtre ? Que je suis bête ! Pourquoi est-ce que je ne l'ai pas fermée ?

Beauvoir faisait les cent pas dans le petit bureau, tel un léopard pris au piège.

— Ce n'est pas votre faute. Vous avez fait ce qu'il fallait. C'est tout ce que vous pouviez faire. Moi aussi. Tout comme le directeur Brébeuf, d'ailleurs.

— Je croyais que c'était un de vos amis.

— C'est le cas. Ecoutez, ne vous en faites pas pour ça. Quand j'ai appelé le directeur, je savais qu'il aurait à le faire. J'ai d'abord appelé Reine-Marie pour le lui expliquer.

Beauvoir fut piqué. C'était un minuscule point douloureux : l'inspecteur-chef avait consulté sa femme plutôt que lui. Il savait que c'était déraisonnable, mais c'est souvent le cas des sentiments. Voilà pourquoi il tentait de les éviter.

— Elle m'a dit "Vas-y", et j'ai appelé le directeur la conscience tranquille. Je ne peux pas arrêter Matthew Croft.

— Eh bien, si vous ne pouvez pas, moi non plus. Je ne serai pas celui qui fait le sale boulot de Brébeuf.

— C'est le directeur Brébeuf et c'est votre travail. Qu'est-ce que j'ai entendu, cet après-midi ? Des conneries d'avocat du diable ? Vous savez à quel point je déteste ça. Dites ce que vous pensez vraiment, ne jouez pas de petits jeux prétentieux. C'était donc ça et rien d'autre ? Adopter la position adverse, comme un adolescent qui s'adonnerait à un jeu intellectuel creux ?

— Non, je ne jouais pas. Je crois vraiment que le meurtrier est Matthew Croft.

— Alors, arrêtez-le.

— Il y a autre chose.

A présent, Beauvoir paraissait vraiment malheureux.

— Le directeur Brébeuf m'a ordonné de vous enlever votre insigne et votre arme.

Gamache fut secoué. A la réflexion, il n'aurait pas dû être étonné, mais il ne l'avait pas vu venir. Son sang ne fit qu'un tour. L'intensité de sa réaction le renversa. Il allait devoir se demander pourquoi et, heureusement, il avait un long trajet pour le faire, en retournant chez lui.

Gamache se ressaisit, plongea la main dans sa poche de poitrine et tendit son insigne et sa carte de police. Puis, il enleva l'étui de revolver de sa ceinture.

— Je suis désolé, murmura Beauvoir.

Gamache avait repris sa contenance rapidement, mais pas assez pour cacher ses sentiments à Beauvoir.

En prenant les objets, Beauvoir se rappelait l'une des nombreuses choses qu'il avait apprises de Gamache : Matthieu X, verset 36.

Les funérailles de Jane Neal, vieille fille du village de Three Pines, dans le comté de Saint-Rémy, au Québec, eurent lieu deux jours plus tard. Les cloches de l'église Sainte-Marie résonnèrent le long des vallées, à des kilomètres à la ronde et dans les profondeurs de la terre, où la vibration fut ressentie par des créatures qui, autrement, ne l'auraient pas ressentie.

On se rassembla pour une cérémonie d'adieu. Armand Gamache était venu de Montréal. Il appréciait cette pause au milieu de son inaction forcée. Il se faufila dans la foule, jusqu'à l'avant de la petite église, et se retrouva dans la triste atmosphère. Gamache avait toujours trouvé paradoxale la tristesse des églises. Lorsqu'il arrivait de l'extérieur ensoleillé, il lui fallait une ou deux minutes pour s'adapter. Et encore, il était loin de s'y sentir à l'aise. Les églises étaient de vastes hommages, non pas tant à Dieu qu'à la richesse et aux privilèges de la communauté, ou encore des monuments austères et froids.

Gamache aimait aller à l'église pour la musique, la beauté de la langue et le calme. Mais il se sentait plus proche de Dieu dans sa Volvo. Il repéra Beauvoir dans la foule, lui fit un signe de la main, puis se dirigea vers lui.

— J'espérais vous voir, dit Beauvoir. Vous trouverez intéressant de savoir que nous avons arrêté toute la famille Croft, y compris leurs animaux de ferme.

— Vous vous êtes placés du bon côté.

— Parfaitement, mon cher.

Gamache n'avait pas vu Beauvoir depuis son départ, mardi après-midi, mais ils s'étaient parlé plusieurs fois au téléphone. Beauvoir voulait tenir Gamache au courant et ce dernier désirait assurer Beauvoir qu'il ne lui gardait pas rancune.

Yolande s'avança en vacillant derrière le cercueil que l'on entrait dans l'église. André, mince, la peau huileuse, marchait à côté d'elle et Bernard se traînait derrière, ses yeux furtifs et affairés décochant des regards un peu partout, comme s'il avait été à la recherche de sa prochaine victime.

Gamache était profondément désolé pour Yolande. Non pas pour la douleur qu'elle éprouvait, mais pour celle qu'elle n'éprouvait pas. Il pria en silence pour qu'un jour elle n'ait plus à feindre ses émotions, à part le ressentiment, mais puisse vraiment les ressentir. D'autres, dans l'église, étaient tristes, mais Yolande paraissait la plus affligée. Certainement la plus misérable.

Le service funèbre fut court et impersonnel. De toute évidence, le prêtre n'avait jamais rencontré Jane Neal. Aucun membre de la famille ne prit la parole, sauf André, qui récita un magnifique passage de l'Evangile avec moins d'inspiration que s'il avait lu le programme télé. Le service se déroula entièrement en français, bien que Jane fût anglophone. Ce furent des funérailles entièrement catholiques, bien que Jane fût anglicane. Par la suite, Yolande, André et Bernard accompagnèrent le cercueil jusqu'au lieu de l'inhumation réservée aux membres de la famille, bien que les amis de Jane fussent sa vraie famille.

— Il fait vraiment frais aujourd'hui, dit Clara Morrow, qui était apparue à son côté, les yeux rougis. Il va y avoir de la gelée sur les citrouilles, ce soir.

Elle parvint à sourire.

— Il y a un service commémoratif pour Jane à Saint-Thomas, dimanche. Une semaine, jour pour jour, après sa mort. On aimerait que vous veniez, si ça ne vous dérange pas de revenir.

Cela ne dérangeait pas Gamache. En regardant autour de lui, il s'aperçut à quel point il aimait ce lieu et ces gens. Hélas, il y avait là un meurtrier.

10

Le service commémoratif pour Jane Neal fut court et émouvant. Un à un, les amis de Jane se levèrent pour parler d'elle, en français et en anglais. Le service fut simple et le message, clair. Sa mort n'avait été qu'un instant d'une vie magnifique et remplie. Elle était restée parmi eux aussi longtemps qu'elle l'avait voulu. Pas une minute de plus ni de moins. Jane Neal savait que, son heure venue, Dieu ne lui demanderait pas à combien de comités elle avait siégé, ni combien d'argent elle avait gagné, ni quels prix elle avait remportés. Non. Il allait lui demander combien de ses semblables elle avait aidés. Jane Neal savait déjà quoi répondre.

A la fin du service, Ruth se leva de son siège et chanta, d'une voix d'alto ténue et incertaine, *What Do You Do With a Drunken Sailor ?* Elle entonna cette chanson de marins invraisemblable au quart du tempo habituel, comme un hymne funèbre, puis accéléra graduellement. Gabri se joignit à elle, tout comme Ben et, à la fin, toute l'église était animée par les claquements de mains, les déhanchements et la question musicale : "Qu'est-ce qu'on fait avec un marin ivre, au petit matin ?"

Au sous-sol, après le service, l'association des femmes de l'église anglicane servit des plats cuisinés maison de même que des tartes aux pommes et à la citrouille fraîchement sorties du four, accompagnées par le fredonnement discret de la chanson de marins, ici et là.

— Pourquoi cette chanson ?

En s'approchant du buffet, Armand Gamache se retrouva près de Ruth.

— C'était l'une des préférées de Jane, dit Ruth. Elle la chantait tout le temps.

— Ce jour-là, vous la fredonniez dans les bois, dit Gamache à Clara.

— Pour éloigner les ours. Jane l'avait apprise à l'école, non ? demanda Clara à Ruth.

Olivier intervint.

— Elle m'a dit qu'elle l'avait apprise pour l'école. Pour enseigner, n'est-ce pas, Ruth ?

— On l'avait chargée d'enseigner toutes les matières, mais, comme elle ne savait ni chanter ni jouer du piano, elle s'est demandé quoi donner à ses élèves pendant le cours de musique. C'était à ses débuts, il y a de ça cinquante ans. Alors, elle a enseigné cette chanson-là, dit Ruth.

— Ça ne m'étonne pas vraiment, murmura Myrna.

— C'est la seule que ses élèves ont apprise, dit Ben.

— Vos spectacles de Noël, ça devait être quelque chose ! dit Gamache, imaginant la Vierge Marie, Joseph et l'Enfant Jésus avec trois marins ivres.

— Mais oui, dit Ben qui riait à ce souvenir. On apprenait des chants de Noël, mais tous sur l'air de

Drunken Sailor. Vous auriez dû voir la tête des parents, au concert de Noël, quand Mlle Neal présentait *Sainte nuit* et qu'on commençait !

Ben se mit à chanter "O nuit de paix, sainte nuit, dans le ciel, l'astre luit", mais sur l'air de la chanson de marins. Dans la salle, d'autres se mirent à rire et à chanter aussi.

— J'ai encore du mal à chanter les airs de Noël comme il faut, dit Ben.

Clara repéra Nellie et Wayne et leur fit un signe de la main. Nellie quitta son mari pour se diriger tout droit vers Ben et commença à lui parler de loin.

— Ah, monsieur Hadley, j'espérais vous trouver ici. J'irai chez vous la semaine prochaine. Que diriez-vous de mardi ?

Puis, elle se tourna vers Clara et dit sur le ton de la confidence, comme si elle révélait un secret d'Etat :

— Je n'ai pas été faire de ménage depuis la mort de Mlle Neal tellement Wayne m'a inquiétée.

— Comment va-t-il maintenant ? demanda Clara, qui se rappelait la quinte de toux de Wayne pendant l'assemblée publique, quelques jours plus tôt.

— Il se plaint : ça prouve que ça ne va pas si mal. Bon, monsieur Hadley, on n'a pas toute la journée, vous savez.

— Mardi, c'est très bien.

Une fois Nellie retournée à la tâche qui l'occupait, qui semblait être de dévorer tout le buffet, il se tourna vers Clara.

— La maison est tellement sale. Tu n'imagines pas tout le fouillis que ça peut produire, un vieux garçon avec sa chienne.

Alors que la file avançait, Gamache s'adressa à Ruth.

— Quand j'étais au bureau du notaire pour voir le testament de Mlle Neal, il a mentionné votre nom. Quand il a dit "née Kemp", j'ai saisi quelque chose, sans trop savoir quoi.

— Comment avez-vous fini par le trouver ? demanda Ruth.

— Grâce à Clara Morrow.

— Ah, comme c'est malin. Vous en avez déduit qui j'étais.

— Eh bien, il m'a fallu encore un moment, mais j'ai fini par y arriver, dit Gamache en souriant. J'adore votre poésie.

Gamache fut sur le point de réciter l'un de ses poèmes préférés, tel un ado boutonneux devant une idole. Ruth recula, tentant de s'esquiver pour ne pas entendre ses propres vers.

— Désolée de vous interrompre, dit Clara à ces deux personnes apparemment ravies de la voir. Mais avez-vous dit *il* ?

— *Il* ? répéta Gamache.

— Il ? Le notaire ?

— Oui. Maître Stickley, de Williamsburg. C'était le notaire de Mlle Neal.

— En êtes-vous certain ? Je croyais qu'elle avait vu cette notaire qui venait d'accoucher. Solange quelque chose.

— Solange Frenette ? Du cours de gymnastique ? demanda Myrna.

— C'est elle. Jane a dit qu'elle et Timmer iraient la voir à propos des testaments.

Gamache resta complètement immobile, fixant Clara.

— En êtes-vous sûre ?

— Franchement ? Non. Elle a dit ça, il me semble, quand j'ai demandé à Jane des nouvelles de Solange. Elle en était probablement à son premier trimestre. Les nausées matinales. Elle vient d'avoir son bébé, elle est en congé de maternité.

— Je vous suggère d'entrer en contact avec maître Frenette dès que possible.

— Je vais m'en charger, dit Clara, qui voulut soudain tout laisser tomber et courir chez elle pour appeler. Mais elle avait d'abord autre chose à faire.

Le rituel était simple et éculé. Myrna l'animait, après s'être "reliée à la terre" au moyen d'un repas abondant, composé de pain et de plats cuisinés. Très important, expliqua-t-elle à Clara, de se sentir enraciné avant un rituel. En voyant son assiette, Clara se dit qu'elle ne risquait pas de s'envoler. Clara examina la vingtaine de visages agglutinés dans le parc du village, dont beaucoup trahissaient l'appréhension. Ce demi-cercle de fermières portant pulls, mitaines et tuques fixaient cette immense Noire vêtue d'une cape vert pâle. Le Géant Vert, version druidique.

Clara se sentait parfaitement détendue et à l'aise. Au milieu du groupe, elle ferma les yeux, respira à fond à quelques reprises et pria pour la grâce d'abandonner la colère et la crainte, qui collaient à elle comme un drap mortuaire. Ce rituel allait permettre d'y mettre fin, de changer l'obscurité en lumière, de bannir la haine et la peur, et d'inviter la confiance et la chaleur.

— C'est un rituel de célébration et de purification, expliqua Myrna à la foule. Ses racines sont millénaires, mais ses branches s'étendent jusqu'à nous et accueillent tous ceux qui veulent en faire partie. Si vous avez des questions, vous n'avez qu'à les poser.

Myrna fit une pause, mais personne ne parla. Elle avait apporté quelques objets dans un sac. Elle y plongea la main et en sortit un bâton. En fait, c'était une branche droite et massive, dépouillée de son écorce et taillée en pointe à une extrémité.

— C'est un bâton de prière. Certaines d'entre vous le reconnaissent peut-être.

Au bout d'un moment, elle entendit un petit rire.

— Est-ce que ce n'est pas un bâton de castor ? demanda Hanna Parra.

— Exactement, dit Myrna en riant.

Elle le fit circuler et la glace fut rompue. Celles qui avaient éprouvé de l'appréhension, voire de la peur, devant ce qui ressemblait à de la sorcellerie se détendirent et s'aperçurent qu'il n'y avait rien à craindre.

— Je l'ai trouvé l'an dernier, près de l'étang du moulin. Vous pouvez voir à quel endroit le castor l'a rongé.

Des mains avides se tendirent pour toucher le bâton et voir les marques de dents à l'extrémité que le castor avait effilée.

Clara avait fait un saut chez elle pour chercher Lucy, maintenant calme et immobile au bout de sa laisse. Lorsque le bâton de prière revint à Myrna, elle l'offrit à la golden retriever. Pour la première fois depuis une semaine, depuis la mort de Jane, Clara vit remuer la queue de Lucy. Une fois. La chienne prit doucement le bâton entre ses dents. Et le retint. Sa queue remua une autre fois, timidement.

Gamache était assis sur le banc du parc. C'était devenu "son" banc, depuis le matin où ils avaient accueilli l'aube ensemble. Maintenant, il se trouvait au soleil, à quelques degrés de plus qu'à l'ombre. Ce qui ne l'empêchait pas d'exhaler de petits nuages de vapeur. Immobile, il vit les femmes s'aligner pour faire le tour du parc, Myrna la première, Clara et Lucy derrière.

— Serait temps que l'été indien arrive, dit Ben, qui, en s'asseyant, donna l'impression d'avoir les os dissous. Le soleil baisse dans le ciel.

— Hmm, fit Gamache comme pour acquiescer. Est-ce qu'elles font ça souvent ?

Il inclina la tête en direction de la procession des femmes.

— Deux fois par an, peut-être. Je suis allé au dernier rituel. Rien compris.

Ben secoua la tête.

— Peut-être que si elles bloquaient une passe, de temps à autre, on comprendrait, avança Gamache, qui pigeait parfaitement en réalité.

Les deux hommes étaient assis dans un silence de camaraderie, en train d'observer les femmes.

— Vous l'aimez depuis combien de temps ? demanda calmement Gamache à Ben, sans le regarder.

Ben se retourna sur son siège et fixa le profil de Gamache, abasourdi.

— Qui ?

— Clara. Depuis combien de temps l'aimez-vous ?

Ben poussa un long soupir, comme un homme qui avait attendu d'expirer toute sa vie.

— On est allés à l'école d'art ensemble, même si Peter et moi on a quelques années de plus que Clara. Il est tout de suite tombé amoureux d'elle.

— Et vous ?

— Il m'a fallu un peu plus de temps. Je pense être plus réservé que Peter. J'ai de la difficulté à m'ouvrir aux gens. Mais Clara est différente, non ?

Ben l'observait en souriant.

Myrna alluma la botte de sauge de Jane, qui se mit à fumer. La procession des femmes autour du parc s'arrêta aux quatre directions : nord, sud, est et ouest. A chaque arrêt, Myrna tendait la gerbe fumante à une autre femme qui, d'un léger ondoiement de la main, encourageait la douce fumée à serpenter vers les maisons.

Cette fumigation, expliqua Myrna, servait à chasser les mauvais esprits pour accueillir les bons. En inspirant profondément, Gamache inhala le mélange odorant de fumée de bois et de sauge, vénérable et réconfortant.

— Ça se voit tant que ça ? demanda Ben d'un ton anxieux. Ecoutez, j'ai souvent rêvé qu'on se rapprochait, elle et moi, mais ça fait longtemps. Je ne pourrais jamais faire ça. Pas à Peter.

— Non.

Ben et Gamache observaient la file de femmes qui remontait la rue du Moulin pour se diriger vers les bois.

Il faisait froid et sombre, avec des feuilles mortes au sol et dans les arbres, et d'autres qui tourbillonnaient entre les deux. La bonne humeur des femmes avait fait place à l'agitation. Une ombre gagna peu à peu le joyeux rassemblement. Même Myrna se montrait réservée et son visage souriant et amical devenait de plus en plus méfiant.

La forêt grinçait. Et frissonnait. Les feuilles des peupliers tremblaient dans le vent.

Clara voulait s'en aller. Ce n'était pas un bon endroit.

Lucy se mit à grogner, un grave et long chant d'avertissement. Les poils de son cou se hérissèrent et elle se coucha lentement au sol, les muscles serrés, comme si elle s'apprêtait à bondir.

— Nous devons former un cercle, dit Myrna.

Elle s'efforçait d'avoir l'air détendu, tout en essayant de voir qui, dans le groupe, elle pourrait distancer si on en arrivait là. Ou serait-elle la dernière ? Ah, ce maudit plat cuisiné l'avait bel et bien reliée à la terre.

On forma un cercle, le plus petit possible, mathématiquement, les femmes se serrant nerveusement les mains. Myrna prit le bâton de prière là où Lucy l'avait laissé tomber et l'enfonça profondément dans le sol. Clara s'attendait presque à entendre hurler la terre.

— J'ai apporté des rubans.

Myrna ouvrit son sac. Il y avait là, empilés, des rubans aux couleurs vives, tous entremêlés.

— Vous êtes censées avoir apporté un objet symbolique qui, pour vous, évoque Jane.

De sa poche, Myrna sortit un livre minuscule. Elle fouilla dans son sac jusqu'à ce qu'elle trouve un ruban cramoisi. Elle commença par attacher le livre à une extrémité du ruban, puis se rendit jusqu'au bâton de prière pour y nouer l'autre bout, tout en parlant.

— A toi, Jane, pour te remercier d'avoir partagé avec moi ton amour de l'écriture. Sois bénie.

Myrna resta immobile devant le bâton de prière, inclinant son immense tête, recula ensuite d'un pas et sourit pour la première fois depuis son arrivée à cet endroit.

Une à une, les femmes prirent un ruban, y attachèrent un objet et le nouèrent au bâton de prière, en prononçant quelques paroles. Certaines étaient audibles, d'autres, non. Certaines étaient des prières, d'autres, de simples explications. Hanna attacha au bâton un vieux soixante-dix-huit tours. Ruth, une photo délavée. Sarah joignit une cuiller, et Nellie, un soulier. Clara plongea la main dans ses cheveux et en tira une barrette. Elle y noua un ruban jaune vif, qui décorait maintenant le bâton de prière.

— Pour m'avoir aidée à voir plus clairement, dit Clara. Je t'aime, Jane.

Elle leva les yeux et repéra l'affût, là-haut, à une courte distance. Un affût. "Comme c'est étrange, se dit Clara. Un affût, ça permet d'avoir le regard affûté – et maintenant, je vois."

Clara eut une idée. Une inspiration.

— Merci, Jane, murmura-t-elle et, pour la première fois de la semaine, elle se sentit entourée par les bras de la vieille dame.

Avant de partir, Clara tira de sa poche une banane et l'attacha au bâton, pour Lucy. Mais elle avait un objet de plus à ajouter. De son autre poche, elle tira une carte à jouer. La reine de cœur. En l'attachant au bâton de prière, Clara songea à Yolande et au don merveilleux qu'elle avait reçu, enfant, puis rejeté ou bien oublié. Clara regarda fixement le dessin de la reine de cœur, en le mémorisant. Elle savait que la magie n'était pas dans la persistance, mais dans le changement.

Le bâton de prière finit par être brillamment décoré de rubans de couleur qui ondulaient et serpentaient. Le vent attrapait les objets et les faisait danser en l'air autour du bâton de prière. Ils composaient en s'entrechoquant une symphonie de bruits métalliques.

En regardant autour d'elles, les femmes virent que leur cercle n'était plus dominé par la peur, mais détendu et ouvert. Au centre, à l'endroit où Jane Neal avait vécu ses derniers moments, une pléthore d'objets jouaient et chantaient les louanges d'une femme fort aimée. Clara laissa son regard, maintenant libéré de la peur, suivre les rubans emportés par le vent. Au bout de l'un d'eux, elle aperçut quelque chose. Puis, elle vit que cet objet n'était pas du tout fixé au ruban, mais à l'arbre, derrière.

Au sommet d'un érable, elle vit une flèche.

Gamache venait de monter dans sa voiture pour retourner à Montréal lorsque Clara Morrow bondit de la forêt et courut vers lui dans la rue du Moulin, comme poursuivie par des démons. Pendant un moment étrange, Gamache se demanda si le rituel avait fait apparaître, par malheur, quelque chose qu'il eût mieux valu oublier. En un sens, c'était vrai. Les femmes et leur rituel avaient fait apparaître une flèche, quelque chose dont quelqu'un devait cruellement souhaiter la disparition.

Gamache appela immédiatement Beauvoir à Montréal, puis suivit Clara vers le site. Il n'y était pas allé depuis presque une semaine et fut impressionné de voir les changements. Surtout les arbres : une semaine plus tôt, ils étaient vifs et vigoureux avec leurs couleurs exubérantes, et maintenant, sur le retour, il y avait plus de feuilles à leur pied qu'à leurs branches. Cela avait dévoilé la flèche. La semaine précédente, à cet endroit, s'il avait levé les yeux, jamais, au grand jamais, il n'aurait vu cette flèche. Des couches de feuillage la dissimulaient. Mais plus maintenant.

L'autre changement, c'était le bâton planté au sol et les rubans qui dansaient autour. Il se dit que cela devait avoir un lien avec le rituel. Ou bien que Beauvoir était rapidement devenu très bizarre sans sa supervision. Gamache se dirigea vers le bâton de prière, impressionné par sa gaieté. Il saisit certains objets pour les regarder, dont une photographie ancienne d'une jeune femme, grassouillette et myope, à côté d'un rude et charmant bûcheron. Ils souriaient en se tenant par la main. Derrière eux, une jeune femme mince, le regard rivé sur l'appareil photo. Le visage marqué par l'amertume.

— Et puis après ? C'est juste une flèche.

Matthew Croft regarda Beauvoir, puis Gamache. Ils se trouvaient dans la cellule de la prison de Williamsburg.

— Vous en avez cinq autres. Qu'est-ce que celle-là a de spécial ?

— Celle-ci, dit Gamache, a été trouvée à huit mètres de hauteur, dans un érable, il y a deux heures. Là où Jane Neal a été tuée. Est-ce qu'elle appartenait à votre père ?

Croft examina la tige de bois, la pointe à quatre lames et, enfin, de très près, l'empennage. Lorsqu'il eut fini, il était au bord de l'évanouissement. Il poussa un immense soupir et s'effondra sur le bord du petit lit.

— Oui, répondit-il dans un murmure, arrivant à peine à se concentrer. C'était à papa. Vous pourrez vérifier en la comparant aux autres du carquois, mais laissez-moi vous dire : mon père fabriquait ses propres empennes, c'était un passe-temps pour lui. Comme il n'était pas très créatif, elles étaient toutes pareilles. Après qu'il a eu trouvé ce qu'il aimait et ce qui fonctionnait, il n'a pas cru nécessaire de changer.

— Tant mieux, dit Gamache.

— Alors, dit Beauvoir, assis sur le petit lit de l'autre côté, vous avez bien des choses à nous dire.

— J'ai besoin de réfléchir.

— Il n'y a pas de quoi réfléchir, dit Gamache. C'est votre fils qui a décoché cette flèche, non ?

Croft avait l'esprit en cavale. Il s'était tellement exercé à se conformer à son récit qu'il lui était maintenant difficile de l'abandonner, même devant cette preuve.

— S'il a décoché cette flèche et qu'elle a abouti dans cet arbre, poursuivit Gamache, il n'a pas pu tuer Jane Neal. Ce n'est donc pas lui. Ni vous non plus, car cette flèche prouve qu'un autre l'a fait. Vous devez maintenant nous dire la vérité.

Redoutant un piège, Croft hésitait, craignant d'abandonner sa version.

— Tout de suite, monsieur Croft, dit Gamache d'une voix qui n'admettait pas de réplique.

Croft fit un signe de tête. Il était trop estomaqué pour se sentir soulagé.

— Bon. Je vais vous dire ce qui s'est passé. Philippe et moi, on s'était disputés la veille. Quelque chose de ridicule, je ne me rappelle même pas quoi. Le lendemain matin, quand je me suis levé, Philippe était parti. J'avais peur qu'il n'ait fait une fugue, mais, vers sept heures et quart, il est arrivé dans la cour en dérapant sur son vélo. J'ai décidé de ne pas aller le voir, d'attendre qu'il vienne vers moi. C'était une erreur. Plus tard, j'ai su qu'il était descendu directement au sous-sol avec l'arc et la flèche et qu'il avait pris une douche et changé de vêtements. Il a passé la journée dans sa chambre, sans venir me voir. Ce n'était pas exceptionnel. Puis, Suzanne a commencé à se comporter bizarrement.

— Quand avez-vous appris ce qui était arrivé à Mlle Neal ? demanda Beauvoir.

— Ce soir-là, il y a une semaine. Roar Parra a appelé en disant que c'était un accident de chasse. Quand je suis allé à votre assemblée, le lendemain, j'étais triste, mais pas comme si c'était la fin du monde. Suzanne, elle, ne pouvait pas rester en place et n'arrivait pas à se détendre. Mais, honnêtement, je n'en ai pas pensé grand-chose : parfois, les femmes sont plus sensibles que les hommes.

— Comment avez-vous découvert que c'était Philippe ?

— Quand on est rentrés. Suzanne était restée silencieuse dans l'auto, mais, quand on est arrivés, elle m'est tombée dessus. Elle était en furie, presque violente, parce que je vous avais demandé de venir examiner les arcs et les flèches. C'est là qu'elle m'a tout dit. Les vêtements que Philippe avait mis au sale étaient maculés de sang. Au sous-sol, elle a trouvé le maudit arc. Elle a fait parler Philippe. Comme il était sûr d'avoir tué Mlle Neal, il a pris la maudite flèche et a couru en pensant que c'était la sienne. Il ne l'a pas regardée, Suzanne non plus. J'imagine qu'ils n'ont pas remarqué qu'elle n'était pas comme les autres. Suzanne a brûlé la flèche.

— Qu'est-ce que vous avez fait en entendant tout cela ?

— J'ai brûlé ses vêtements dans la fournaise, mais là vous êtes arrivés et j'ai dit à Suzanne de brûler l'arc, pour tout détruire.

— Mais elle ne l'a pas fait.

— Non. Quand j'ai mis les vêtements dans la fournaise, ils ont étouffé les flammes et elle a dû rallumer.
Puis, elle a réalisé qu'il fallait couper l'arc en morceaux.
Comme elle ne pensait pas pouvoir le faire en silence,
elle est montée pour m'avertir. Mais vous ne vouliez
pas la laisser redescendre. Elle allait le faire quand on
est sortis pour tirer des flèches.

— Comment connaissiez-vous la position du cadavre
de Mlle Neal ?

— C'est Philippe qui me l'a montrée. Je suis allé
dans sa chambre pour lui poser des questions, pour
entendre sa version. Il ne voulait pas me parler. Juste
au moment où j'allais sortir, il s'est levé et a fait ça.

Croft frémit en se rappelant, déconcerté par l'attitude
de son enfant.

— Je ne savais pas ce qu'il voulait dire à ce moment-
là, mais, plus tard, quand vous m'avez demandé de
vous montrer de quelle façon elle était étendue, j'ai
fait le rapport. Alors, j'ai tout simplement imité Philippe. Qu'est-ce que ça veut dire ?

Croft fit un signe de tête en direction de la flèche.

— Ça veut dire, dit Beauvoir, que quelqu'un d'autre
a décoché la flèche qui a tué Mlle Neal.

— Ça veut dire, précisa Gamache, que c'est presque
sûrement un meurtre.

Beauvoir réussit à mettre la main sur le directeur
Michel Brébeuf au Jardin botanique de Montréal, où
il faisait du bénévolat, un dimanche par mois, au
kiosque d'information. Les visiteurs agglutinés autour

de lui pour demander où se trouvait le jardin japonais furent ébahis de constater l'étendue des attributions de ces bénévoles.

— D'accord, ça ressemble à un meurtre, dit Brébeuf au téléphone, hochant la tête et souriant aux touristes soudainement méfiants qui attendaient devant lui. Je vous autorise à traiter cette affaire comme un homicide.

— En fait, monsieur, j'espérais que ce soit l'enquête de l'inspecteur-chef Gamache. Il avait raison, Matthew Croft n'a pas tué Mlle Neal.

— Croyez-vous vraiment que c'était ça, inspecteur ? Si Armand Gamache a été suspendu, ce n'est pas parce qu'on n'était pas d'accord sur l'identité du coupable, mais parce qu'il refusait d'exécuter un ordre direct. Ça reste vrai. De plus, si je me souviens bien, s'il avait eu carte blanche, il aurait arrêté un garçon de quatorze ans.

Un touriste prit la main de son fils adolescent, qui, bouleversé, laissa son père la tenir environ une nano-seconde.

— Eh bien, il ne l'a pas arrêté, justement, dit Beauvoir.

— Vous n'aidez pas votre cause, ici, inspecteur.

— Oui, monsieur. L'inspecteur-chef connaît cette affaire et ces gens. Depuis déjà une semaine, on a laissé la piste se refroidir en traitant l'affaire comme un accident probable. C'est lui qui, logiquement, devrait mener cette enquête. Vous le savez et moi aussi.

— Lui aussi.

— En effet, j'imagine. Voyons, est-ce qu'il s'agit de punir ou d'être efficace ?

— Très bien. Dites-lui qu'il a de la chance de vous avoir pour sa défense. J'aimerais bien que ce soit mon cas.

Quand Brébeuf raccrocha, il se tourna vers son comptoir et découvrit qu'il était seul.

— Merci, Jean-Guy.

Gamache prit sa carte de police, son insigne et son arme. Il s'était demandé pourquoi le fait de les céder l'avait tant contrarié. Des années auparavant, lorsqu'on lui avait donné sa carte et son arme, il s'était senti accepté : il avait réussi aux yeux de la société et, plus important encore, à ceux de ses parents. Puis, lorsqu'il avait dû remettre la carte et l'arme, il avait subitement eu peur. Il avait été dépouillé d'une arme, mais, surtout, de cette approbation. Cette impression avait disparu et n'était plus qu'un écho, le spectre du jeune homme angoissé qu'il avait été.

Faisant route vers chez lui, après sa suspension, Gamache s'était rappelé une analogie que quelqu'un avait faite des années auparavant. Vivre sa vie, c'est comme habiter une longue maison. On y entre à un bout sous la forme d'un bébé et on en sort, l'heure venue. Entre les deux, on circule dans cette salle unique, allongée et magnifique. Tous ceux qu'on a connus, toutes nos pensées et actions y cohabitent avec nous et continuent de nous chahuter de l'autre bout de la maison, jusqu'à ce que nous fassions la paix avec les aspects moins agréables de notre passé. Parfois, ceux qui sont vraiment bruyants et odieux nous disent quoi faire et dirigent nos actions, même des années plus tard.

Gamache n'était pas certain d'apprécier cette analogie, jusqu'au moment où il dut poser son arme dans la main de Jean-Guy. Alors, ce jeune homme angoissé revint à la vie en lui soufflant qu'il n'était rien sans cette arme. "Qu'est-ce que les gens vont penser ?" Lorsque Gamache comprit le caractère inopportun de sa réaction, ce jeune homme craintif ne disparut pas de la maison longue, mais, au moins, il n'était plus aux commandes.

— On va où ? Chez Jane Neal ?

Maintenant qu'ils pouvaient officiellement traiter l'enquête comme une affaire de meurtre, Beauvoir mourait d'envie d'y aller, tout comme Gamache.

— Très bien. Mais nous devons d'abord nous arrêter quelque part.

— Oui, allô ? répondit la joyeuse voix au téléphone, suivie par le cri perçant d'un bébé.

— Solange ? demanda Clara.

— Allô ? Allô ?

— Solange ! cria Clara.

— Bonjour ? Allô ?

Un vagissement remplit la maison de Solange et la tête de Clara.

— Solange ! hurla Clara.

— C'est moi-même ! cria Solange.

— C'est Clara Morrow ! hurla Clara.

— Non, pas L'Ile-Perrot.

— Clara Morrow.

— Vous appelez du barreau ?

"Mon Dieu, se dit Clara, merci de m'avoir épargné la maternité."

— Clara ! beugla-t-elle.

— Clara ? Clara qui ? demanda Solange d'une voix parfaitement calme, l'infernale progéniture ayant été réduite au silence, probablement au moyen d'un sein.

— Clara Morrow, Solange. On s'est rencontrées au cours de gymnastique. Félicitations pour ton bébé, dit-elle, s'efforçant de paraître sincère.

— Oui, je me rappelle. Comment vas-tu ?

— Très bien. J'ai une question. Désolée de te déranger pendant ton congé, mais ça concerne ta pratique de notaire.

— Ah, ça va. Le bureau m'appelle chaque jour. Je peux t'aider ?

— Tu sais que Jane Neal est morte ?

— Non, non, je n'étais pas au courant. Je suis désolée.

— C'était un accident. Dans les bois.

— Ah, c'est vrai, j'en ai entendu parler en revenant. Comme j'étais allée voir mes parents à Montréal pour Thanksgiving, ça m'avait échappé. Tu me dis que c'était Jane Neal ?

— Oui.

— La police s'en occupe ?

— Oui. Il paraît que son notaire est Norman Stickley, de Williamsburg. Mais je croyais qu'elle était allée te voir.

— Pourrais-tu venir à mon bureau demain matin ?

— Quelle heure te conviendrait ?

— Onze heures, disons ? Clara, pourrais-tu inviter les policiers ? Je pense qu'ils seront intéressés.

Il fallut à Philippe Croft quelques minutes pour comprendre que ce n'était pas un piège, puis il avoua tout. Alors qu'il racontait son histoire, ses longs doigts pâles grattaient une bouloche sur son pantalon d'entraînement. Pour punir son père, il avait pris le vieil arc et les flèches et était parti chasser. Il n'avait décoché qu'une flèche, mais elle avait suffi. Il était certain d'avoir tué un cerf, mais il avait trouvé Jane Neal, bras et jambes écartés. Morte. Il voyait encore ces yeux. Ils le suivaient.

— Tu peux les oublier, maintenant, dit Gamache d'un ton calme. Ce cauchemar appartient à quelqu'un d'autre.

Philippe se contenta de hocher la tête et Gamache se rappela Myrna et la douleur qu'on choisit de garder. Il voulait prendre Philippe dans ses bras et lui dire qu'il n'aurait pas toujours quatorze ans. Qu'il lui suffisait d'attendre un peu.

Mais Gamache ne le fit pas. Il savait que, malgré ses bonnes intentions, le geste aurait été considéré comme une agression, une insulte. Il tendit plutôt sa grande main calme au garçon. Après un moment, Philippe y glissa sa propre main pâle, comme s'il n'avait jamais pris la main d'un homme, et la serra.

De retour au village, Gamache et Beauvoir trouvèrent l'agente Lacoste en train de repousser Yolande.

On l'avait envoyée au cottage de Jane Neal, mandat en main. Elle était parvenue à faire sortir Yolande et à verrouiller la porte et donnait maintenant son imitation d'un garde du palais de Buckingham, impassible devant la provocation.

— Je vais te poursuivre à mort. Je vais te faire congédier, sale petite garce.

En apercevant Beauvoir, Yolande se tourna vers lui.

— De quel droit osez-vous me chasser de ma propre maison ?

— Avez-vous montré le mandat à Mme Fontaine, agente ?

— Oui, monsieur.

— Alors, dit Beauvoir en se tournant vers Yolande, vous savez que c'est maintenant une affaire de meurtre. J'imagine que vous voulez savoir qui a tué votre tante ?

C'était un coup facile, mais qui marchait presque toujours. Qui pouvait bien dire non ?

— Non. Je m'en fiche. Est-ce que ça va la ramener ? Dites-moi que ça va la ramener et je vous laisse entrer dans ma maison.

— On y est déjà et c'est non négociable. Je dois vous parler, à vous et à votre mari. Est-il chez vous ?

— Comment voulez-vous que je le sache ?

— Eh bien, pourquoi ne pas aller voir ?

En arrivant dans la voiture de Gamache, ils avaient vu Yolande s'en prendre à l'agente Lacoste, qui n'en pouvait plus.

— La pauvre, avait dit Gamache en souriant. Ça va lui donner une histoire à raconter aux débutants, un jour. Ecoutez, nous avons tous les deux hâte d'entrer dans cette maison, mais auparavant j'aimerais éclaircir une ou deux choses. Allez interroger Yolande et essayez de mettre la main sur André aussi. Je veux parler à Myrna Landers.

— Pourquoi ?

Gamache le lui dit.

— Je veux savoir ce qu'a dit Timmer Hadley le jour où vous étiez à son chevet.

Myrna verrouilla la porte de sa librairie et leur versa à chacun une tasse de thé. Puis, elle s'assit dans le confortable fauteuil qui faisait face au sien.

— Je crois que vous serez déçu. Je ne pense pas que ça ait de l'importance pour qui que ce soit, mort ou vivant.

— Vous seriez étonnée.

— En effet !

Elle sirota son thé, regarda le crépuscule par la fenêtre et revint en esprit à cet après-midi-là, seulement quelques mois auparavant. On aurait dit des années. Timmer Hadley était un squelette drapé de chair. Ses yeux brillaient dans une tête devenue gigantesque au bout de ce corps ratatiné. Elles s'étaient assises ensemble, Myrna perchée sur le côté du lit, Timmer enveloppée dans des couvertures et des bouillottes. Antique et volumineux, l'album brun était posé entre elles. Les photos tombaient, leur colle depuis longtemps changée en sable. L'une d'elles avait glissé : elle montrait la jeune Jane Neal avec ses parents et sa sœur.

309

Timmer parla à Myrna des parents de Jane, prison-
niers de leurs peurs et de leur sentiment d'insécurité.
Ces peurs s'étaient transmises à sa sœur, Irène, qui,
devenue arriviste elle aussi, cherchait la sécurité dans
l'acquisition d'objets et l'approbation des autres. Mais
pas Jane. Puis vint le récit que Gamache avait demandé.

— Cette photo a été prise le dernier jour de la foire
agricole, dit Timmer. Le lendemain de la danse. On
voit à quel point Jane est heureuse.

C'était vrai. Même sur la photo granuleuse, son
visage resplendissait, contrairement aux mines tristes
de ses parents et de sa sœur.

— Ce soir-là, elle se fiançait, expliqua Timmer avec
mélancolie. Comment s'appelait-il, déjà ? Andreas.
C'était un bûcheron, figure-toi. Peu importe. Elle ne
l'avait pas encore dit à ses parents, mais elle avait un
plan. Elle allait s'évader. Ils formaient un couple merveilleux. D'aspect plutôt bizarre, jusqu'à ce qu'on
arrive à les connaître et qu'on voie à quel point ils
étaient bien assortis. Ils s'aimaient. Sauf que – et, ici,
le front de Timmer s'assombrit – Ruth Kemp est allée
voir les parents de Jane, ici, à la foire, et leur a dit ce
que Jane avait l'intention de faire. Elle l'a chuchoté,
mais j'ai entendu. J'étais jeune et mon plus grand regret,
à ce jour, est de ne pas être allée aussitôt avertir Jane.
Je ne l'ai pas fait.

— Qu'est-ce qui s'est passé ? demanda Myrna.

— Ils ont ramené Jane à la maison et ont mis un
terme à la relation. Ils ont parlé à Kaye Thompson,
l'employeur d'Andreas, et ont menacé de rompre les
liens d'affaires entre la scierie et son exploitation si

310

ce bûcheron s'avisait une autre fois de poser les yeux sur Jane. A l'époque, ça se faisait. Kaye était une femme bonne et juste, et elle a expliqué tout ça au bûcheron, mais ça lui a brisé le cœur. Apparemment, il a essayé de revoir Jane, mais n'a pas pu.

— Et Jane ?

— Elle s'est fait dire qu'elle ne pouvait pas le voir. Point final. Elle n'avait que dix-sept ans et n'était pas très entêtée. Elle a cédé. C'était navrant.

— Est-ce que Jane a su que c'était Ruth ?

— Je ne le lui ai jamais dit. J'aurais peut-être dû. J'avais l'impression qu'elle souffrait déjà suffisamment, mais j'avais peut-être tout simplement peur.

— En avez-vous déjà parlé à Ruth ?

— Non.

Myrna regarda encore la photographie posée dans la main diaphane de Timmer. Un moment de joie s'alluma pour s'éteindre aussitôt.

— Pourquoi Ruth a-t-elle fait ça ?

— Je ne sais pas. Je me pose la question depuis soixante ans. Elle se la pose peut-être elle-même. Il y a en elle quelque chose d'amer, qui n'apprécie pas le bonheur des autres et ne peut s'empêcher de le gâcher. C'est probablement ce qui fait d'elle un grand poète : elle connaît la souffrance. Elle attire la souffrance. Et la provoque parfois. Je pense que c'est pour ça qu'elle aime s'asseoir à mon chevet, elle se sent plus à l'aise en compagnie d'une mourante qu'en présence d'une femme en pleine santé. Mais je suis peut-être injuste.

En écoutant le récit de Myrna, Gamache se dit qu'il aurait aimé rencontrer Timmer Hadley. Mais il était trop tard. Il était toutefois sur le point de rencontrer Jane Neal ou, du moins, de l'approcher plus qu'il ne l'avait jamais fait.

Beauvoir entra dans la maison parfaite. Si parfaite qu'elle était sans vie. Si parfaite qu'une mince part de lui-même la trouva jolie. Il repoussa cette part et fit comme si elle n'existait pas.

La maison de Yolande Fontaine resplendissait. Grâce à l'encaustique, chaque surface reluisait. On le fit passer, en chaussettes, dans la salle de séjour, une pièce dont le seul défaut était assis dans un immense fauteuil et lisait le cahier sportif. André ne bougea pas, ne salua pas sa femme. Yolande s'avança vers lui. En fait, elle s'avança jusqu'au journal qu'il avait laissé tomber et qui formait un tipi sur la moquette de bon goût. Elle ramassa le journal, le replia et le déposa en une pile bien rangée sur la table basse, tous les bords alignés. Elle se tourna ensuite vers Beauvoir.

— Alors, inspecteur, puis-je vous offrir un café ?

Ce changement d'attitude faillit lui donner un coup du lapin, puis il se rappela. Ils étaient chez elle. Sur son territoire. La châtelaine pouvait apparaître sans crainte.

— Non, merci. Je voudrais juste quelques réponses.

Yolande inclina légèrement la tête, en un geste gracieux envers un subordonné.

— Avez-vous sorti quelque chose de la maison de Mlle Neal ?

Cette question suscita une vive réaction, mais pas de la part de Yolande. André abaissa son journal et lança un œil mauvais.

— Et en quoi est-ce que ça vous regarde ?

— Nous croyons maintenant que Mlle Neal a été victime d'un meurtre. Nous avons un mandat de perquisition et la permission de mettre sa maison sous scellés.

— Ça veut dire quoi ?

— Ça veut dire que personne d'autre que la police ne peut y entrer.

Mari et femme échangèrent un regard, le premier depuis l'arrivée de Beauvoir. Ce n'était pas un regard amoureux ni complice, mais plutôt une question et une confirmation. Beauvoir en était convaincu. Ils avaient fait quelque chose dans cette maison.

— Avez-vous pris des objets ? répéta-t-il.

— Non, dit Yolande.

— Si vous mentez, je vous fais inculper pour obstruction à l'enquête et ça, monsieur Malenfant, ça ne va pas améliorer votre dossier, qui est déjà impressionnant.

Malenfant sourit. Il s'en fichait.

— Qu'avez-vous fait là-bas depuis cinq jours, madame Fontaine ?

— De la décoration.

D'un mouvement du bras, elle balaya la salle de séjour. Le mauvais goût s'y étalait partout. Les rideaux lui parurent soudain un peu étranges, puis il remarqua qu'elle avait placé le motif des deux côtés, de façon qu'il paraisse à l'extérieur autant qu'à l'intérieur. Il n'avait jamais rien vu de tel, mais n'en fut pas étonné. Yolande Fontaine n'existait vraiment que devant un public. Elle ressemblait à ces lampes gadgets qui s'allument lorsqu'on claque dans ses mains. Elle, elle s'animait à l'applaudissement ou au claquement vif du reproche. N'importe quelle réaction suffisait, pourvu qu'elle lui fût adressée. Le silence et la solitude la dépouillaient de toute vie.

— Cette pièce est superbe, dit-il en mentant. Le reste de la maison est-il aussi… élégant ?

Elle l'entendit applaudir et se mit subitement en marche.

— Venez avec moi, dit-elle en le traînant presque dans la petite maison.

On aurait dit une chambre d'hôtel, aseptisée et anonyme. Yolande semblait si égocentrique qu'elle ne voyait plus rien autour d'elle.

Du côté de la cuisine, il vit une porte entrouverte et essaya de deviner. Il l'ouvrit, descendit rapidement l'escalier et vit un fouillis indescriptible.

— Ne descendez pas, c'est le coin d'André.

Il l'ignora et fit rapidement le tour de la pièce froide et humide, jusqu'à ce qu'il trouve ce qu'il cherchait : une paire de bottes en caoutchouc encore mouillées et un arc appuyé contre le mur.

— Où étiez-vous le matin où on a tué Jane Neal ? demanda Beauvoir à André, une fois remonté à la salle de séjour.

— Dans mon lit, qu'est-ce que vous voulez que je fasse d'autre ?

— Eh bien, aller chasser, peut-être ?

— C'est possible. J'sais pas. J'ai un permis, vous savez.

— Vous n'avez pas répondu à ma question. Etiez-vous à la chasse dimanche matin ?

André haussa les épaules.

— J'ai vu un arc souillé au sous-sol.

"C'est bien lui, ça : ne pas nettoyer son équipement", se dit Beauvoir. Mais, en regardant la maison aseptisée, il comprenait pourquoi André avait un tel goût pour la boue et le désordre. Et une aversion pour l'encaustique.

— Vous pensez qu'il est resté sale et humide depuis la semaine dernière ? dit André en s'esclaffant.

— Non, d'aujourd'hui. Vous chassez le dimanche, non ? Y compris le dernier. Soyons clairs. C'est maintenant une affaire de meurtre. Qui est le suspect numéro un de tout meurtre ? Un membre de la famille. Le suspect suivant ? Quelqu'un qui tire avantage du décès. Si cette personne, en plus, a eu l'occasion de le faire, on peut tout de suite préparer sa cellule au pénitencier. Vous deux, vous répondez à toutes les conditions. Nous savons que vous avez des dettes.

C'était une supposition éclairée.

— Vous vous êtes dit que vous alliez hériter de tout, et vous, André, vous savez vous servir d'un arc et d'une flèche, et vous pourriez tuer quelqu'un. Est-ce assez clair ?

— Ecoutez, inspecteur.

André se leva en laissant tomber au plancher le cahier sportif, une double page à la fois.

— Le jour où Jane Neal a été tuée, je suis allé chasser et j'ai tué un cerf. Vous pouvez demander à Boxleiter, à l'abattoir, il l'a dépecé pour moi.

— Mais vous êtes allé chasser aujourd'hui. Est-ce que la limite n'est pas d'un seul cerf ?

— Comment, vous êtes garde-chasse maintenant ? Oui. Je suis sorti aujourd'hui. Je tue autant de cerfs que je veux.

— Et votre fils, Bernard ? Où était-il dimanche dernier ?

— Il dormait.

— Il dormait, comme vous ?

— Ecoutez, il a quatorze ans, les enfants sont comme ça à la fin de la semaine. Il dort, puis il reste éveillé juste assez longtemps pour me faire chier, manger ce que je mets dans le frigo et retourner se coucher. C'est le genre de vie que j'aimerais avoir.

— Que faites-vous dans la vie ?

— Je suis chômeur. J'étais astronaute, mais j'ai été viré.

André hurla de rire de sa propre astuce, d'un rire putride qui semblait rendre l'atmophère encore plus étouffante.

— Ouais, j'ai été remplacé par une lesbienne noire et manchote.

En sortant de la maison, Beauvoir voulut appeler sa femme pour lui dire à quel point il l'aimait, puis en quoi il croyait, et lui faire part de ses peurs, de ses espoirs et de ses déceptions. Pour parler de quelque chose de vrai et de sensé. Il composa le numéro sur son portable et la joignit. Mais les mots se coincèrent quelque part dans sa gorge. Il lui dit que le temps s'était éclairci et elle lui raconta le film qu'elle avait loué. Puis, ils raccrochèrent tous les deux. En retournant à Three Pines, Beauvoir remarqua qu'une odeur collait à ses vêtements : celle de l'encaustique.

Il trouva le chef debout devant la maison de Mlle Neal, la clé serrée dans sa paume. Gamache l'avait attendu. Enfin, exactement une semaine après sa mort, les deux hommes étaient sur le point d'entrer chez Jane Neal.

11

— Tabarnac, murmura Beauvoir.

Puis, après une pause pendant laquelle aucun des deux hommes ne respira :

— Crisse.

Ils étaient debout, immobiles sur le seuil de la salle de séjour de Jane, comme fascinés devant un terrible accident de voiture. Mais ce qui les figeait sur place n'était pas un simple accident : c'était plus agressif, plus intentionnel.

— Si j'étais Jane Neal, je tiendrais les gens à l'écart, moi aussi, dit Beauvoir, retrouvant son vocabulaire laïque.

Pour un temps.

— Hostie.

La salle de séjour de Jane les assaillit avec ses couleurs. D'immenses fleurs surgissaient, fluorescentes, dans le style de Timothy Leary. Des tours et des champignons d'argent psychédéliques et tridimensionnels s'avançaient et reculaient. D'énormes têtes jaunes souriantes défilaient de part et d'autre de la cheminée. C'était un véritable étalage de mauvais goût.

— Merde alors, murmura Beauvoir.

La pièce rutilait dans les ténèbres grandissantes. Même le plafond, entre les vieilles poutres, était tapissé de papier peint. C'était plus qu'une blague, c'était une profanation. Tout amoureux du patrimoine et de l'architecture du Québec se serait senti malheureux dans cette pièce, et Gamache, qui en était un, sentit remonter son dernier repas.

C'était toute une surprise. Devant cette cacophonie de couleurs, il ne se rappelait pas à quoi il s'attendait, mais ce n'était sûrement pas à cela. Arrachant son regard des têtes jaunes souriantes et démentes, il le dirigea vers le parquet à larges planches de bois d'œuvre équarri à la main, deux cents ans plus tôt, par un homme pressé par l'hiver. Ce genre de plancher était rare, même au Québec et, pour les connaisseurs comme Gamache, c'était une œuvre d'art. Jane Neal avait eu la chance de vivre dans l'une de ces minuscules maisons d'origine en pierre des champs littéralement arrachées à la terre lors du défrichement. Posséder une maison pareille, c'était être un gardien de l'histoire du Québec.

Avec effroi, Gamache posa les yeux sur le plancher. Il était peint en rose. D'un rose lustré.

Il maugréa. A côté de lui, Beauvoir faillit tendre le bras vers celui de l'inspecteur-chef. Il savait à quel point cela pouvait être bouleversant pour n'importe quel amoureux du patrimoine. C'était un sacrilège.

— Pourquoi ? demanda Gamache.

Mais les têtes jaunes souriantes restèrent muettes.

Tout comme Beauvoir. Il ne savait pas pourquoi, mais les "Anglais" l'étonnaient toujours. Cette pièce n'était qu'un exemple de leur insondable comportement. Tandis que le silence s'étirait, Beauvoir estima devoir à son chef au moins une tentative de réponse :

— Elle avait peut-être besoin de changement. Est-ce que ce n'est pas ainsi que la plupart de nos antiquités ont abouti chez les autres ? Nos grands-parents les ont vendues à de riches anglophones. Ils se sont débarrassés des tables, des armoires en pin et des lits de cuivre pour acheter de la camelote du catalogue Eaton.

— C'est vrai, dit Gamache.

Cela s'était passé exactement ainsi, soixante ou soixante-dix ans plus tôt.

— Mais regardez, ajouta-t-il.

Il désigna un coin. Une renversante armoire en pin à pointes de diamant, avec son lait de chaux original, remplie de poterie de Portneuf.

— Et là.

Gamache montra du doigt un immense vaisselier de chêne.

— Voici, dit-il en se dirigeant vers une table d'appoint, une fausse table Louis XIV, fabriquée à la main par un ébéniste qui connaissait le style français et essayait de le reproduire. Une pièce comme celle-ci est quasi inestimable. Non, Jean-Guy, Jane Neal connaissait les antiquités et les aimait. Je ne peux pas imaginer pourquoi elle aurait collectionné ces pièces pour ensuite changer d'idée et peindre le plancher. Mais ce n'était pas le sens de ma question.

Gamache se retourna lentement, promenant son regard sur la pièce. Sa tempe droite commençait à palpiter.

— Je me demandais pourquoi Mlle Neal empêchait ses amis d'entrer ici.

— Est-ce que ce n'est pas évident ? s'exclama Beauvoir, étonné.

— Non. Si elle a fait ça, c'est qu'elle devait aimer le style. Elle n'en aurait sûrement pas eu honte. Alors, pourquoi les éloigner ? Supposons même que cela ait été fait par quelqu'un d'autre, comme ses parents, à l'époque où ce genre de chose était à la…

— Navré de vous le dire, mais ça revient.

Beauvoir venait d'acheter une lampe à lave, mais ne trouvait plus opportun, maintenant, d'en parler au chef. Gamache leva les mains et se frotta le visage. Lorsqu'il les abaissa, il vit de nouveau la pièce en forme de trip d'acide. Merde alors, en effet.

— Très bien, supposons tout simplement que ses parents âgés et probablement déments aient fait ça et qu'elle n'y ait rien changé, pour une raison quelconque, comme les finances ou la loyauté envers eux, quelque chose comme ça, eh bien, vraiment, c'est plutôt affreux, mais ce n'est pas si mal. Dans le pire des cas, c'est gênant, mais pas honteux. Pour tenir ses amis à l'écart du cœur de sa maison pendant des décennies, il faut plus que de la gêne.

Les deux hommes promenèrent de nouveau leur regard sur la pièce. Elle avait des proportions magnifiques, Beauvoir devait le reconnaître. Mais c'était un peu comme dire qu'une inconnue avec qui on avait pris rendez-vous a une belle personnalité : ce ne serait pas une raison pour la présenter à ses amis. Beauvoir comprenait parfaitement comment Jane Neal s'était sentie. Il se dit qu'il allait peut-être retourner la lampe à lave.

Gamache marcha lentement dans la pièce. Y avait-il quelque chose ici qu'il ne voyait pas ? Pourquoi Jane Neal, une femme qui aimait ses amis et leur faisait confiance, les gardait-elle à l'écart de cette pièce ? Pourquoi avait-elle changé d'idée deux jours avant de se faire tuer ? Quel secret recelait cette pièce ?

— On monte ? suggéra Beauvoir.

— Après vous.

Gamache s'avança lentement et regarda l'escalier qui s'élevait au fond de la salle de séjour, également tapissé de papier peint imitant le velours bordeaux. Dire qu'il jurait avec les fleurs, ce serait sous-entendre que le contraire était possible. Tout de même, de tous les choix de styles et de couleurs, celui-ci était le pire. Il montait, telle une infection de la gorge, jusqu'à l'étage. Les marches aussi avaient été peintes. Gamache en avait le cœur brisé.

Le modeste étage comportait une grande salle de bains et deux chambres à coucher de bonnes dimensions. Celle qui devait être la chambre principale avait des murs peints en rouge foncé. L'autre était d'un bleu sombre.

Mais il manquait quelque chose dans cette maison.

Gamache descendit et fouilla la salle de séjour, puis la cuisine et le vestibule.

— Il n'y a ni chevalet ni tubes de couleurs. Il n'y a pas d'atelier. Où est-ce qu'elle peignait ?

— A la cave ?

— Bon, descendez vérifier, mais je peux vous assurer que les artistes ne peignent pas dans un endroit sans fenêtres.

A bien y réfléchir, l'œuvre de Jane Neal semblait avoir été créée dans l'obscurité.

— Il y a des couleurs, en bas, mais aucun chevalet, dit Beauvoir en remontant de la cave. Son atelier n'était pas là. Il y a autre chose…

Il adorait déceler une chose qui avait échappé au chef. Gamache se montra intéressé.

— Les peintures. Il n'y a pas de tableaux sur les murs. Nulle part.

Le visage de Gamache s'épanouit, étonné. Il avait raison. Gamache pivota sur place, examinant les murs. Rien.

— En haut non plus ?

— Même chose en haut.

— Je ne comprends tout simplement pas. Tout cela est bizarre, le papier peint, la peinture sur les murs et les planchers, l'absence de tableaux. Mais rien n'est assez étrange pour justifier le fait qu'elle ait tenu ses amis à l'écart. Il y a sûrement ici quelque chose qu'elle voulait cacher.

Beauvoir s'affala dans le grand sofa et regarda autour de lui. Gamache se laissa tomber dans le fauteuil de cuir, joignit les mains en pointe sur son ventre et réfléchit. Après quelques minutes, il se redressa brusquement dans un mouvement de bascule et descendit. La cave était remplie de boîtes de carton, en plus d'une vieille baignoire de fonte et d'un frigo contenant des bouteilles de vin. Il en sortit une. Un cru de Dunham, réputé pour être assez bon. Il remit la bouteille, ferma le frigo et se retourna. Une autre porte menait à l'armoire à conserves. Des gelées auburn, de riches confitures rouges et pourpres, des cornichons vert forêt. Il examina les étiquettes ; certains pots dataient de l'année précédente, la plupart, de cette année. Rien de spectaculaire. Rien d'anormal. Rien qu'il n'eût trouvé dans la cave de sa mère après son décès.

Il ferma la porte et recula d'un pas. Au moment même où son dos frôlait la rude surface du mur, quelque chose mordit sa chaussure. Durement. C'était à la fois agressif et familier.

— Tabarnac ! hurla-t-il.

Au-dessus, il entendit des pas qui couraient vers la porte de la cave. En un instant, Beauvoir était là, la main posée sur l'étui de son revolver.

— Quoi ? Qu'est-ce que c'est ?

Le chef jurait si rarement que le cri avait eu sur lui l'effet d'une sirène. Gamache lui montra son pied. Une souricière s'était refermée sur son soulier.

— Gros rongeur, dit Beauvoir avec un sourire.

Gamache se pencha et retira le piège, qu'on avait enduit de beurre de cacahuète pour attirer les bêtes. Il essuya sa chaussure et regarda autour. D'autres pièges étaient visibles, tous alignés contre le mur.

— Elle en a attrapé quelques-unes, dit Beauvoir en désignant certaines souricières retournées sous lesquelles pointaient de petites queues et des poings serrés.

— Je ne pense pas que ce soit elle qui ait installé ces pièges. Je pense que les siens sont ceux-là.

Gamache se pencha et ramassa une petite boîte grise. En l'ouvrant, il y trouva un mulot recroquevillé. Mort.

— C'est un piège sans cruauté. Elle attrapait les bestioles vivantes, puis les libérait. Celle-ci, la pauvre, a dû se faire prendre après le meurtre. Elle est morte de faim.

— Alors, qui a installé ces pièges à souris ? Attendez, ne me le dites pas. Yolande et André, bien sûr. Ils étaient seuls ici pendant environ une semaine. Mais ils auraient pu au moins vérifier le piège sans cruauté, dit Beauvoir avec dégoût.

Gamache secoua la tête. Une mort violente et intentionnelle l'étonnait toujours, celle d'un homme ou d'une souris.

— Viens avec moi, petit, dit-il au mulot recroquevillé en l'apportant au rez-de-chaussée.

Beauvoir jeta les autres pièges dans un sac en plastique et suivit le chef. Les deux hommes verrouillèrent, parcoururent l'allée du jardin de Jane et traversèrent le chemin circulaire. Maintenant que le soleil s'était couché, on voyait quelques phares de voitures. L'heure de pointe. Des villageois étaient sortis faire leurs courses ou promener leurs chiens. Dans le silence, Gamache entendait d'inintelligibles bribes de conversation venant d'autres promeneurs. Du côté de la rue du Moulin : "Fais pipi, s'il te plaît, fais pipi." Il espérait que cela s'adressait à un chien. Les deux hommes s'engagèrent dans le parc du village en direction du gîte touristique, éclairé et accueillant. A mi-chemin, Gamache s'arrêta et posa le mulot sur l'herbe. Beauvoir ouvrit le sac en plastique et libéra des pièges les autres petits cadavres.

— Ils vont se faire manger, dit Beauvoir.

— Exactement. Au moins, que ça bénéficie à quelqu'un. Abbie Hoffman disait qu'on devrait tous manger ce qu'on tue, que ça mettrait fin aux guerres.

Ce n'était pas la première fois que Beauvoir était à court de mots avec Gamache. Etait-il sérieux ? Peut-être un peu affecté ? Tout de même, qui était cet abbé Offman ? Un ecclésiastique du coin ? C'était tout à fait le genre de chose que dirait un mystique chrétien.

Le lendemain matin, l'équipe s'était de nouveau réunie dans le bureau provisoire pour un compte rendu des nouveaux faits et une redistribution des affectations de chacun. Sur son bureau, Gamache trouva un petit sac en papier et, à l'intérieur, un éclair. Une note disait, en grands caractères enfantins : "De la part de l'agente Nichol."

Yvette Nichol le regarda ouvrir le sac.

— Agente Nichol, j'ai un mot à vous dire, s'il vous plaît.

— Oui, monsieur.

L'éclair avait manifestement fait son effet. Il ne pouvait vraiment pas continuer à se comporter de façon si déraisonnable.

Gamache désigna un bureau situé à l'autre bout de la pièce, bien à l'écart des autres.

— Merci pour l'éclair. Vous êtes-vous assurée que maître Stickley avait le dernier testament de Jane Neal ?

C'était tout ? Pour s'être rendue tôt acheter la pâtisserie à la boulangerie de Sarah ? Juste une phrase ? Il la contre-interrogeait encore ? Elle réfléchit à toute vitesse. C'était manifestement injuste, mais elle activa ses neurones. Avouer la vérité la mettrait en difficulté. Que dire ? Peut-être mentionner de nouveau la pâtisserie ? Mais non, il voulait une réponse.

— Oui, monsieur, je l'ai fait. On m'a confirmé que c'est maître Stickley qui a le dernier testament.

— C'était qui, "on" ?

— C'était le type à l'autre bout du fil.

Le visage calme de Gamache changea. Il se pencha en avant, l'air grave et agacé.

— Cessez d'utiliser ce ton avec moi. Vous allez répondre à mes questions précisément, avec respect et en vous servant de votre tête. De plus…

Sa voix se calma, devint presque un murmure. Les gens qui avaient entendu ce ton l'oubliaient rarement.

— Vous allez me dire la vérité.

Il fit une pause et vrilla son regard sur ses yeux défiants. Il était las de cette personne dysfonctionnelle. Il avait fait de son mieux. Malgré des avis contraires judicieux, il l'avait gardée, mais, à présent, elle lui avait menti, et deux fois plutôt qu'une.

— Ne restez pas avachie sur cette chaise comme une enfant difficile. Redressez-vous quand vous me parlez. Regardez-moi.

Yvette Nichol réagit immédiatement.

— Qui avez-vous appelé à propos du testament, agente ?

— J'ai appelé le quartier général de Montréal et j'ai dit à celui qui a répondu de le vérifier à ma place. Il m'a rappelée avec cette information. Est-ce qu'elle était fausse, monsieur ? Dans ce cas, ce n'était pas ma faute. Je l'ai cru. J'ai cru qu'il ferait le travail convenablement.

Gamache fut si stupéfait par sa réponse qu'il aurait ressenti de l'admiration s'il n'avait pas éprouvé une telle aversion.

En vérité, elle n'avait appelé personne, car elle ne savait absolument pas qui appeler. Au moins, Gamache aurait pu la conseiller. Il aimait tellement se vanter de prendre des jeunes sous son aile et, après, il ne faisait foutrement rien pour eux. C'était sa faute à lui.

— Qui, au quartier général ?

— Je ne sais pas.

Gamache était excédé par tout cela, c'était une perte de temps. Elle lui faisait perdre son temps. Mais il voulait essayer encore une fois. Il pouvait lui montrer à quoi ressemblerait son avenir si elle ne faisait pas attention.

— Venez avec moi.

La maison de Ruth Zardo était minuscule, exiguë, remplie de journaux, de magazines et de manuels empilés. Des livres tapissaient tous les murs et séjournaient temporairement sur le repose-pied, la table basse et le comptoir de cuisine. Ils s'entassaient dans le placard, où elle lança leurs manteaux.

— Je viens de prendre la dernière tasse de café et je n'ai pas l'intention d'en faire d'autre.

"Quelle mégère !" se dit Yvette Nichol.

— Nous n'avons que quelques questions, dit Gamache.

— Je ne vais pas vous inviter à vous asseoir, alors faites vite.

Yvette Nichol ne pouvait croire à un tel manque de courtoisie. "Vraiment, il y a des gens, je te jure !"

— Jane Neal savait-elle que vous aviez parlé d'Andreas Selinsky à ses parents ? demanda Gamache.

Un silence descendit sur la maison.

Ruth Zardo aurait pu avoir une très bonne raison de vouloir la mort de Jane Neal : si on en venait à savoir qu'elle avait jadis trahi Jane, ses amitiés prendraient fin à Three Pines. Les gens qui l'aimaient malgré elle pourraient soudainement la voir telle qu'elle était vraiment. S'ils étaient au courant de l'horrible chose qu'elle avait faite, ils la détesteraient et l'isoleraient. C'était une vieille femme en colère, amère et solitaire. Elle ne pouvait prendre ce risque, l'enjeu était trop important.

Gamache savait, après des années à enquêter sur des meurtres, qu'il y avait toujours un motif, qui, souvent, n'avait de sens pour personne, sinon pour le meurtrier.

— Venez, dit-elle en faisant un signe en direction de la table de cuisine.

C'était une table de jardin entourée de quatre chaises de jardin métalliques de chez Canadian Tire. Une fois assise, elle le vit qui regardait autour de lui et lui fournit une explication.

— Mon mari est mort il y a quelques années. Depuis, j'ai vendu des objets, surtout des antiquités de la famille. Olivier s'en charge. Ça me permet de subsister, tout juste.

— Andreas Selinsky, lui rappela-t-il.

— J'ai compris, je ne suis pas sourde. C'était il y a soixante ans. Maintenant, tout le monde s'en fiche.

— Timmer Hadley ne s'en fichait pas.

— Qu'est-ce que vous en savez ?

— Elle savait ce que vous aviez fait, elle vous avait entendue parler aux parents de Jane.

Il étudiait le visage de forteresse de Ruth.

— Timmer a gardé votre secret et l'a regretté toute sa vie. Mais Timmer l'a peut-être révélé à Jane à la fin. Qu'en pensez-vous ?

— Je crois que vous seriez un mauvais voyant. Timmer est morte, Jane est morte. Laissez le passé en paix.

— Le pouvez-vous ?

> *Qui t'a blessée, un jour,*
> *si profondément, irréparablement,*
> *que tu accueilles chaque ouverture*
> *avec une moue dédaigneuse ?*

Ruth renâcla.

— Vous croyez vraiment marquer des points en me servant ma propre poésie ? Avez-vous passé la nuit debout à vous préparer à cet interrogatoire comme un étudiant ? En espérant me pousser aux larmes à propos de ma propre douleur ? Merde !

— En fait, je connais tout ce poème par cœur :

> *Quand donc les graines de cette colère ont-elles été*
> *   semées*
> *et dans quel sol*
> *pour fleurir ainsi*
> *arrosées par des larmes de rage ou de chagrin ?*

— "Ce n'était pas toujours ainsi", dirent Ruth et Gamache, terminant la strophe ensemble.

— Bon, bon. Ça suffit. Je l'ai dit aux parents de Jane parce que je croyais qu'elle se trompait. Elle était promise à un bel avenir, qui allait se perdre avec cette brute. Je l'ai fait par amour pour elle. J'ai essayé de la convaincre, mais ça n'a pas marché, alors je l'ai fait à son insu. Avec le recul, c'était une erreur, mais la seule. Pas la fin du monde.

— Est-ce que Mlle Neal l'a appris ?

— Pas que je sache, et ça n'aurait eu aucune importance si elle l'avait su. C'était il y a longtemps, c'est mort et enterré.

"Quelle femme horrible et égocentrique", se dit Yvette Nichol en cherchant quelque chose à manger autour d'elle. Puis, elle eut une révélation. Elle devait faire pipi.

— Puis-je utiliser les toilettes ?

Pas question de dire "s'il vous plaît" à cette femme.

— Vous les trouverez bien.

L'agente Nichol ouvrit chaque porte du rez-de-chaussée et trouva des livres et des magazines, mais pas les toilettes. Elle monta l'escalier et découvrit la seule salle de bains de la maison. Après avoir tiré la chasse, elle fit couler l'eau du robinet, faisant semblant de se laver les mains, et regarda dans la glace. Une jeune femme aux cheveux courts lui retournait son regard. Il y avait aussi des mots, probablement un autre foutu poème. Elle se rapprocha et vit un autocollant au miroir. Il disait : "Le problème, vous l'avez en face de vous."

Yvette Nichol commença immédiatement à fouiller la zone située derrière elle, celle qui était réfléchie dans la glace, car le problème s'y trouvait.

— Timmer Hadley vous a-t-elle dit qu'elle savait ce que vous aviez fait ?

Ruth s'était demandé si cette question lui serait jamais posée. Elle avait espéré que non. Mais c'était fait.

— Oui. Le jour où elle est morte. Elle m'a dit ce qu'elle en pensait. Elle a été plutôt brutale. J'avais beaucoup de respect pour Timmer. Il est difficile de se faire dire ce genre de chose par une personne qu'on admire et qu'on respecte, d'autant plus que Timmer était mourante et qu'il n'y avait pas moyen de rattraper le temps perdu.

— Qu'avez-vous fait ?

— C'était l'après-midi de la parade et Timmer voulait être seule. J'avais commencé à m'expliquer, mais elle était fatiguée, elle voulait se reposer et m'a demandé d'aller voir la parade et de revenir une heure plus tard. Ensuite, on pourrait parler. Quand je suis revenue, exactement une heure plus tard, elle était morte.

— Mme Hadley en a-t-elle parlé à Jane Neal ?

— Je ne sais pas. Je pense qu'elle en avait peut-être l'intention, mais qu'elle voulait d'abord me parler.

— L'avez-vous dit à Mlle Neal ?

— Pourquoi l'aurais-je fait ? Ça s'est passé il y a longtemps. Jane avait probablement oublié depuis belle lurette.

Gamache se demanda dans quelle mesure Ruth Zardo ne tentait pas de se convaincre elle-même. Lui n'était pas du tout convaincu.

— Qui, d'après vous, aurait pu vouloir la mort de Mlle Neal ?

Ruth joignit les deux mains sur sa canne et y posa soigneusement son menton. Elle regarda derrière Gamache. Finalement, au bout d'environ une minute, elle parla.

— Je vous ai déjà dit que, d'après moi, l'un ou l'autre des trois garçons qui ont lancé du fumier aurait pu vouloir sa mort. Elle les avait placés dans une position délicate. Je pense encore que rien ne sécrète autant de poison que la tête d'un adolescent qui broie du noir. Mais souvent il faut du temps. On dit que le temps guérit. Pour moi, c'est une aberration, car je crois que le temps ne fait rien. Il ne guérit que si on le veut. J'ai vu le temps, chez une personne malade, empirer des situations. Elle rumine, broie du noir et fait d'un incident une catastrophe, si on lui en donne le temps.

— Croyez-vous que ce soit le cas ici ?

Les pensées de Ruth Zardo reflétaient à ce point les siennes qu'on aurait dit qu'elle lisait dans son esprit. Mais réalisait-elle que cela faisait d'elle un parfait suspect ?

— Peut-être.

Sur le chemin du retour à travers le village, Yvette Nichol parla à Gamache de l'autocollant et de la recherche qui lui avait permis de mettre au jour du shampooing, du savon et un tapis de bain. Nichol eut alors la preuve que Gamache avait fini par perdre complètement la tête : il se contenta de rire.

— Commençons, dit Solange Frenette, quelques minutes après l'arrivée de Gamache, Beauvoir et Ruth.

Clara et Peter étaient déjà assis.

— J'ai appelé la Chambre des notaires du Québec pour vérifier le registre officiel des testaments. Le dernier testament de Mlle Neal aurait été rédigé dans ce bureau le 28 mai dernier. Le précédent datait de dix ans. Il a été annulé. Le dernier est très simple. Après avoir couvert les dépenses de funérailles et toutes les dettes, soldes de cartes de crédit, taxes et ainsi de suite, elle laisse sa maison ainsi que son contenu à Clara Morrow.

Clara se sentit pâlir. Elle ne voulait pas de la maison de Jane. Elle voulait entendre la voix de Jane sentir ses bras autour d'elle. Et son rire. Elle voulait que Jane soit avec elle.

— Mlle Neal demande à Clara d'organiser une fête et d'inviter des gens dont la liste figure dans le testament afin que chacun choisisse un objet dans la maison. Elle fait don de sa voiture à Ruth Zardo et de sa collection de livres à Myrna. Le reste, elle le lègue à Clara Morrow.

— C'est-à-dire combien ? demanda Ruth, au grand soulagement de Clara, qui voulait le savoir, mais sans paraître cupide.

— Ce matin, j'ai fait les calculs et passé quelques coups de fil. On parle d'environ deux cent cinquante mille dollars, après impôts.

La pièce sembla se vider de son air. Clara n'en croyait pas ses oreilles. Riches ! Ils étaient riches ! Malgré elle, elle voyait une nouvelle voiture, des draps neufs et un bon repas dans un restaurant de Montréal. Et…

— Il y a deux autres choses : des enveloppes, en fait. L'une vous est adressée, madame Zardo.

Ruth la prit et lança un regard dur à Gamache, qui avait observé tout le processus avec la plus grande attention.

— L'autre est pour Yolande Fontaine. Qui aimerait la prendre ?

Personne ne répondit.

— Je vais m'en charger, dit Clara.

En face du bureau de la notaire, l'inspecteur-chef Gamache s'approcha de Peter et Clara.

— J'aimerais avoir votre aide chez Mlle Neal. C'est chez vous, maintenant, je suppose.

— Pour moi, ce ne sera jamais autre chose que la maison de Jane.

— Ce n'est pas vrai, j'espère, dit Gamache avec un léger sourire à Clara.

— On va vous aider, bien sûr, affirma Peter. Qu'est-ce qu'on peut faire ?

— J'aimerais que vous veniez tous les deux y jeter un coup d'œil.

Il ne voulait pas en révéler davantage.

Contre toute attente, ce furent les odeurs qui prirent Clara à la gorge. Cet arôme caractéristique de Jane, le café et la fumée de bois. Les effluves de cuisson au four et de chien mouillé. Et Floris, sa seule extravagance. Jane adorait l'eau de toilette Floris et s'en commandait de Londres : c'était ce qu'elle s'offrait à Noël.

Des policiers de la Sûreté s'affairaient partout dans la maison, prenant des empreintes, des échantillons et des photographies. Cela rendait l'endroit fort étrange, mais Clara savait que Jane était là aussi, dans l'espace entre les inconnus. Gamache entraîna Clara et Peter à travers la cuisine familière, jusqu'à la porte battante. Celle qu'ils n'avaient jamais franchie. Une partie de Clara voulait maintenant faire demi-tour et rentrer chez elle. Pour ne jamais voir ce que Jane leur avait délibérément dissimulé. Pour elle, franchir la porte, c'était trahir la confiance de Jane, profaner les lieux, avouer que Jane n'était plus là pour les arrêter.

Mais bon, tant pis. Sa curiosité l'emporta, comme si elle n'avait jamais eu aucun doute. Elle poussa la porte battante et entra. En plein flash-back d'acide.

La première réaction de Clara fut de se marrer. Un moment, elle resta stupéfaite, puis se mit à rire. Et à rire. Tellement qu'elle eut envie d'uriner. Bientôt gagné par la contagion, Peter commença à rire à son tour. Et Gamache qui, jusque-là, y avait vu une profanation pure et simple, sourit, ricana, puis rit et, quelques moments plus tard, riait si fort qu'il dut essuyer ses larmes.

— C'est trop pur, *man*, dit Clara à Peter plié en deux.

— Mauvais délire, dit-il, haletant, parvenant à dresser deux doigts en signe de paix avant de s'appuyer à deux mains sur ses genoux pour soutenir son corps hoquetant.

— Est-ce que Jane était une disciple de Timothy Leary ?

— Je dirais que, le médium, c'est le message.

Clara désigna les têtes jaunes souriantes démentes et rit à en perdre le souffle. Elle s'accrocha à Peter, le serrant dans ses bras pour ne pas glisser au sol.

La pièce n'était pas seulement d'un sublime ridicule, elle était aussi apaisante. Après une minute ou deux à reprendre leur sérieux, ils montèrent à l'étage. Dans la chambre à coucher, sur la table de chevet de Jane, Clara prit un livre usé, *Surpris par la joie* de C. S. Lewis. Il sentait l'eau Floris.

— Je ne comprends pas, dit Peter lorsqu'ils redescendirent l'escalier et s'assirent devant la cheminée.

Clara ne put s'empêcher de toucher le papier peint aux têtes jaunes souriantes. Il était velouté. Elle eut un éclat de rire involontaire et voulut s'arrêter. C'était vraiment trop ridicule.

— Pourquoi Jane ne voulait-elle pas nous laisser voir cette pièce ? demanda Peter. Ecoutez, ce n'est pas si mauvais.

Tous le regardèrent d'un air incrédule.

— Bon, vous voyez ce que je veux dire.

— Je sais exactement à quoi vous pensez, acquiesça Gamache. C'est la question que je me pose aussi. Si elle n'en avait pas honte, elle n'avait qu'à laisser entrer les gens. Si elle en avait honte, alors pourquoi ne s'en est-elle pas tout simplement débarrassée ? Non, je crois que tout cela est une distraction, c'était même peut-être le but.

Il marqua une pause. Cela expliquait peut-être cet horrible papier peint. C'était une ruse, une diversion, placée là exprès pour les détourner de la seule chose que Jane voulait leur cacher. Finalement, c'était peut-être pour cela que Jane avait installé cet affreux papier.

— Il y a autre chose dans cette pièce. Un meuble, peut-être, la poterie, un livre. C'est sûrement ici.

Les quatre se séparèrent et recommencèrent à fouiller la pièce. Clara se dirigea vers la poterie de Portneuf, dont Olivier lui avait parlé. Ces vieilles tasses et ces bols d'argile avaient été l'une des premières productions industrielles du Québec, au XVIIIe siècle. Des images primitives de vaches, de chevaux, de porcs et de fleurs avaient été appliquées à l'éponge sur la rugueuse terre cuite. C'étaient de précieuses pièces de collection et Olivier aurait certainement hurlé de plaisir. Mais il n'était pas nécessaire de les garder cachées. Gamache avait renversé un petit bureau et cherchait des tiroirs secrets, tandis que Peter examinait de près une grande boîte en pin. Clara ouvrit les tiroirs de l'armoire, bourrés de serviettes de table à dentelle. Des napperons illustrés reproduisaient des scènes villageoises et des paysages québécois du milieu du XIXe siècle. Elle les avait déjà vus sur la table de cuisine de Jane au cours de ses repas, et ailleurs aussi. Ils étaient très répandus. Mais peut-être n'étaient-ce pas des reproductions, après tout ? Etaient-ce des originaux ? Ou les avait-on modifiés de façon à y intégrer un code secret ?

Elle ne trouva rien.

— Par ici, je pense avoir mis la main sur quelque chose.

Peter recula d'un pas devant la boîte en pin qu'il avait examinée. Posée sur de robustes petites pattes de bois, elle arrivait à la hauteur des hanches. Des poignées en fer forgé étaient fixées des deux côtés et deux petits tiroirs carrés sortaient par le devant. A première vue, pas un seul clou n'avait servi à la construction de ce meuble en pin miel, et tous les joints étaient en queue d'aronde. C'était exquis et tout à fait exaspérant. On accédait au corps de la boîte en soulevant le dessus, sauf qu'il ne se soulevait pas. D'une façon ou d'une autre, et pour une raison quelconque, il avait été verrouillé. De nouveau, Peter tira le dessus d'un coup sec, sans parvenir à le soulever. Beauvoir le fit s'écarter et essaya, ce qui agaça copieusement Peter, comme s'il y avait plus d'une façon d'ouvrir un couvercle.

— Il y a peut-être une ouverture sur le devant, comme dans un trucage ou un puzzle, proposa Clara.

Ils cherchèrent tous. Rien. Ils reculèrent et regardèrent longuement le meuble. Clara l'adjura de lui parler, comme tant de boîtes avaient semblé le faire récemment.

— Olivier saurait, dit Peter. S'il y a un truc, il le connaît.

Gamache réfléchit un moment et hocha la tête. Ils n'avaient vraiment pas le choix. Beauvoir fut délégué et, en moins de dix minutes, revint avec l'antiquaire.

— Où est le patient ? Sainte Mère de Dieu !

Il haussa les sourcils et fixa les murs, et son mince et joli visage prit un air enfantin et ébahi.

— Qui a fait ça ?

— Ralph Lauren. D'après toi ?

— Sûrement pas un gay. Est-ce que c'est le coffre ?

Il se rapprocha des autres.

— Magnifique. Un coffre à thé, modelé sur un original que les Britanniques utilisaient au XVIIᵉ siècle, sauf que celui-ci est québécois. Très simple, mais loin d'être primitif. Vous voulez l'ouvrir ?

— Si ça ne vous fait rien, dit Gamache, et Clara s'émerveilla de sa patience.

Elle était sur le point de gifler Olivier. L'antiquaire fit le tour de la boîte, la frappa à quelques endroits, collant son oreille sur le bois poli, puis finit par s'immobiliser droit devant. Tendant les mains, il saisit le dessus et le secoua. Gamache roula les yeux.

— Il est verrouillé, constata Olivier.

— Ça, on le sait, dit Beauvoir. Comment est-ce qu'on le déverrouille ?

— Vous n'avez pas de clé ?

— Si on avait une clé, on n'aurait pas besoin de votre aide.

— Bon argument. Ecoutez, la seule façon que je connaisse, c'est de retirer les charnières du fond. Ça peut prendre un certain temps, parce qu'elles sont vieilles et corrodées. Je ne veux pas les briser.

— S'il vous plaît, commencez, dit Gamache. Nous, de notre côté, nous continuerons notre recherche.

Vingt minutes plus tard, Olivier annonça qu'il avait enlevé la dernière charnière.

— Vous avez de la chance que je sois un génie !

— Oui, quelle chance ! dit Beauvoir, en montrant la porte à un Olivier réticent.

Gamache et Peter empoignèrent chacun un côté du grand dessus en pin et le soulevèrent. Il s'ouvrit et les quatre regardèrent à l'intérieur.

Rien. Le coffre était vide.

Ils passèrent quelques minutes à s'assurer qu'il n'y avait pas de tiroirs secrets, puis les quatre, découragés, retombèrent sur leurs sièges autour de la cheminée. Lentement, Gamache se releva. Il se tourna vers Beauvoir :

— Qu'est-ce qu'Olivier a demandé ? Qui a décoré cet endroit ?

— Et alors ?

— Eh bien, qu'est-ce qui nous dit que c'est Jane Neal ?

— Vous pensez qu'elle a embauché quelqu'un pour faire ça ? demanda Beauvoir, étonné.

Gamache se contenta de le regarder fixement.

— Non, vous pensez que quelqu'un d'autre s'est installé ici pour le faire. Mon Dieu, que je suis bête ! s'exclama Beauvoir. Yolande ! Quand je l'ai interrogée, hier, elle a dit qu'elle avait fait de la décoration, ici…

— C'est vrai, dit Clara en se penchant en avant sur son siège. Je l'ai vue trimballer un escabeau et de pleins sacs du magasin Réno-Dépôt de Cowansville. Peter et moi, on s'est demandé si elle avait l'intention d'emménager.

Peter hocha la tête en signe d'acquiescement.

— Alors, c'est Yolande qui a mis ce papier peint ?

Gamache se leva et le regarda de nouveau.

— Si c'est son style de décoration, sa maison doit être une véritable monstruosité.

— Mais non, dit Beauvoir. Tout le contraire. Sa maison est toute en blanc cassé et en beige, avec des couleurs de bon goût, comme une maison de magazine.

— Pas de têtes jaunes souriantes ? demanda Gamache.

— Et il n'y en aura probablement jamais.

Gamache se mit à marcher lentement, tête baissée, mains jointes derrière le dos. Tout en parlant, il fit ensuite quelques pas rapides jusqu'à la poterie de Portneuf et resta debout face à un mur comme un écolier puni. Puis, il se tourna vers eux.

— Yolande. Qu'est-ce qu'elle fait ? Qu'est-ce qui la motive ?

— L'argent ? suggéra Peter après un moment de silence.

— L'approbation ? dit Beauvoir en s'approchant de Gamache, car la fébrilité du chef se communiquait à tous ceux qui se trouvaient dans la pièce.

— On y est presque, mais ça va plus loin. En elle.

— La colère ? tenta de nouveau Peter.

Il n'aimait pas avoir tort, mais c'était encore le cas à voir la réaction de Gamache. Après un moment de silence, Clara parla, réfléchissant tout haut :

— Yolande vit dans son monde. Le monde parfait des magazines de déco, même si son mari est un criminel, et son fils, un voyou, et qu'elle mente, triche et vole. Ce n'est pas une vraie blonde, au cas où vous ne vous en seriez pas aperçus. D'après ce que je vois, elle est fausse jusqu'au bout des ongles. Elle vit dans le déni.

— C'est ça !

Gamache faillit bondir d'emballement, comme un animateur de jeu télévisé.

— Le déni. Elle vit dans le déni. Elle camoufle des choses. C'est la raison pour laquelle elle met tout ce maquillage. C'est un masque. Son visage est un masque, sa maison est un masque, une triste tentative pour couvrir et dissimuler quelque chose de très laid.

Il se tourna face au mur, puis s'agenouilla, sa main sur un joint du papier.

— Les gens ont tendance à être cohérents. C'est ce qui cloche dans ce cas-ci. Si vous m'aviez dit, poursuivit-il en s'adressant à Beauvoir, que Yolande avait ce même papier peint chez elle, ce serait normal, mais elle n'en a pas. Alors pourquoi passerait-elle des jours à installer celui-ci ?

— Pour cacher quelque chose, dit Clara en s'agenouillant à côté de lui.

Les doigts de Gamache avaient trouvé un petit coin du papier peint déjà en train de se soulever.

— Exactement.

Avec soin, il tira sur le coin et le décolla, exposant environ trente centimètres de mur, et encore du papier peint en dessous.

— Est-ce qu'elle en a posé deux couches ? demanda Clara, se sentant fléchir.

— Elle n'en a pas eu le temps, je crois, dit Gamache.

Clara se pencha de nouveau.

— Peter, regarde.

Il les rejoignit et, à genoux, examina la partie exposée du mur.

— Ce n'est pas du papier peint, dit-il en considérant Clara, abasourdi.

— Je m'en doutais, fit Clara.

— Eh bien, qu'est-ce que c'est, pour l'amour du ciel ? dit Gamache.

— C'est un dessin de Jane, répondit Clara. C'est Jane qui l'a fait.

Regardant de nouveau, Gamache le vit. Les couleurs vives, les traits enfantins. Il ne savait pas quoi, ce n'était pas suffisamment exposé, mais, en effet, c'était l'œuvre de Mlle Neal.

— Est-ce possible ? demanda-t-il à Clara, qui, comme lui, regardait le reste de la pièce.

— Quoi donc ? lança Beauvoir. Voyons, de quoi parlez-vous ?

— Du papier peint, dit Gamache. J'avais tort. Il n'était pas destiné à distraire, mais à recouvrir. Là où vous voyez du papier peint, il y a des dessins de Jane.

— Mais il y en a partout, protesta Beauvoir. Elle n'aurait pas...

Il s'arrêta en voyant l'expression sur le visage du chef. Peut-être bien que si. "Est-ce possible ?" se demanda-t-il en rejoignant les autres et en tournant sur place à plusieurs reprises.

Tous les murs ? Le plafond ? Même les planchers ? Il s'aperçut qu'il avait beaucoup sous-estimé les "Anglais" et les folies dont ils étaient capables.

— Et en haut ? demanda-t-il.

Gamache saisit son regard et le monde sembla s'arrêter un moment. Il hocha la tête.

— C'est incroyable, murmurèrent ensemble les deux hommes.

Clara se taisait et Peter était déjà en train de tirer sur un autre joint de l'autre côté de la pièce.

— Il y en a encore, ici ! s'écria-t-il, debout.

— C'était de ça qu'elle avait honte, dit Gamache – et Clara savait que c'était vrai.

En moins d'une heure, Peter et Clara avaient étendu des bâches et déplacé les meubles. Avant de partir, Gamache leur donna la permission d'enlever le papier peint et, autant que possible, la couche de peinture. Clara appela Ben, qui accepta volontiers de collaborer. Elle était enchantée. Elle aurait appelé Myrna, qui aurait certainement travaillé plus que lui, mais ce travail demandait de la délicatesse et la touche d'un artiste, et Ben avait ces qualités.

— Avez-vous une idée du temps qu'il faudra ? demanda Gamache.

— Honnêtement ? En comptant le plafond et les planchers ? Probablement un an.

Gamache fronça les sourcils.

— C'est important, n'est-ce pas ? dit Clara, qui lisait sur son visage.

— Peut-être. Je ne sais pas, mais je crois que oui.

— On ira aussi vite qu'on pourra. Il ne faut pas détruire les images en dessous. Mais je pense qu'on peut en enlever une grande partie, assez pour voir ce qu'il y a là.

Heureusement, Yolande, négligente jusqu'au bout, n'avait pas préparé le mur, et le papier se détachait déjà. Elle n'avait pas non plus utilisé de couche d'apprêt sous la nouvelle peinture, au grand soulagement de Peter et de Clara. Ils commencèrent après le déjeuner et continuèrent en ne s'arrêtant que pour une pause bière et chips, vers quinze heures. En soirée, Peter installa des projecteurs et ils continuèrent, à l'exception de Ben qui avait mal au coude.

Vers dix-neuf heures, Peter et Clara, fatigués et en nage, s'arrêtèrent pour manger et rejoignirent Ben près de la cheminée. Au moins, il avait réussi à disposer le bois et à l'allumer, et maintenant, les pieds sur le coussin, il sirotait du vin rouge en lisant le dernier numéro du *Guardian Weekly* de Jane. Gabri arriva avec des plats sichuanais. Il avait entendu des rumeurs sur l'activité en cours et voulait désespérément voir de ses propres yeux. Il avait même préparé sa réplique.

Encore plus énorme dans son manteau et ses écharpes, le mastodonte fit irruption dans la pièce. S'arrêtant net au centre et s'assurant de l'attention de son public, il regarda autour de lui et déclara :

— Ou c'est ce papier peint qui disparaît ou c'est moi !

Son auditoire l'applaudit en hurlant de rire, accepta la nourriture et le mit à la porte, en disant que, entre Jane et Oscar Wilde, il y avait un mort de trop dans la pièce.

Ils travaillèrent une partie de la soirée et s'arrêtèrent vers minuit, trop fatigués pour bien faire et un peu écœurés par les vapeurs du décapant. Ben était rentré chez lui depuis longtemps.

Le lendemain matin, à la lumière du jour, ils virent qu'ils avaient fait moins de un mètre carré à l'étage et un quart de mur au rez-de-chaussée. Gamache semblait avoir raison. Jane avait peint sur chaque centimètre de sa maison. Yolande avait tout recouvert. Au milieu de la journée, on avait dévoilé une surface un peu plus grande. Clara recula pour contempler l'œuvre de Jane que cachaient quelques mètres de papier peint qu'elle avait arrachés. On en voyait maintenant assez pour être emballé. L'œuvre de Jane semblait suivre un motif, répondre à une intention. Mais celle-ci n'était pas encore claire. Clara monta à l'étage et, découragée, ne put se retenir :

— Pour l'amour du ciel, Ben, c'est tout ce que tu as fait ?

Là-haut, Peter était arrivé à décaper presque un mètre, mais Ben avait à peine avancé, bien que son travail fût, à vrai dire, impeccable. Clair, net et magnifique, mais insuffisant. Pour résoudre le meurtre, il leur fallait mettre au jour tous les dessins, et rapidement. Clara sentait grandir son anxiété et son obsession.

— Nous sommes désolés, dirent-ils en même temps lorsque Ben se leva.

Il regarda son amie d'un air coupable.

— Excuse-moi, Clara. Je suis lent, je sais, mais je vais m'améliorer. C'est une question de pratique.

— Ne t'inquiète pas.

Elle passa un bras autour de sa taille fluette.

— C'est l'heure de la Miller. Nous serons vite de retour.

Ben, ragaillardi, la prit par les épaules. Les deux frôlèrent Peter, qui les regarda s'éloigner de dos et descendit l'escalier seul.

Ce soir-là, une grande surface des murs de la salle de séjour était exposée. Ils appelèrent Gamache, qui arriva avec de la bière, de la pizza et Beauvoir.

— La réponse se trouve ici, se contenta de dire Gamache en prenant une autre bière.

Ils mangeaient devant la cheminée de la salle de séjour et l'odeur des trois très grandes pizzas garnies masquait à peine celle de l'essence minérale qu'ils avaient utilisée pour enlever la peinture.

— Dans cette pièce, avec ces œuvres d'art. La réponse est ici, je le sens. La coïncidence est trop grande : Jane vous a tous invités ici le soir où son œuvre allait être exposée et elle a été tuée quelques heures après l'avoir dit à tout le monde.

— On a quelque chose à vous montrer, annonça Clara en époussetant son jean et en se relevant. On a découvert une autre partie des murs. Voulez-vous commencer à l'étage ?

Ayant pris des parts de pizza, ils montèrent à la file. Dans la chambre dont s'occupait Peter, l'éclairage était trop sombre pour vraiment apprécier ce que Jane avait fait, mais le travail de Ben était différent. Même si elle était minuscule, la zone qu'il avait dépouillée était renversante. Des traits brillants et vigoureux bondissaient des murs, alors que les personnages et les animaux prenaient vie. Certains de ces personnages étaient en forme d'animaux.

— Est-ce que ce sont Nellie et Wayne ?

Gamache regardait une parcelle de mur. Là, c'était clair, une bonne femme allumettes menait une vache. C'était un bâton très gras et une vache maigre et heureuse, avec une barbe.

— Merveilleux, murmura Gamache.

Ils revinrent dans l'obscurité du rez-de-chaussée. Peter avait éteint les projecteurs industriels branchés plus tôt, ce jour-là, pour qu'ils puissent travailler.

Pendant le repas, ils avaient mangé à la lueur du feu de cheminée et sous la chaude lumière de quelques lampes de table. Les murs étaient restés dans l'obscurité. Peter se dirigea vers le commutateur et inonda la pièce de lumière.

Gamache ferma les yeux de toutes ses forces. Après quelques instants, il les rouvrit.

On aurait dit une caverne, l'une de ces merveilleuses cavernes que les explorateurs découvrent parfois, pleines de symboles et de représentations archaïques : caribous à la course et personnages à la nage. Gamache avait tant lu à ce sujet dans la revue *National Geographic* et, à présent, il avait l'impression d'avoir été transporté par magie dans l'une d'elles, ici, au cœur du Québec, dans un vieux village calme et même guindé. Comme pour les dessins rupestres, Gamache savait que l'histoire de Three Pines et de ses habitants était dépeinte ici. Lentement, mains jointes derrière le dos, Gamache longea les murs. Ils étaient couverts du plancher au plafond de scènes villageoises et rurales, de salles de classe et d'enfants, d'animaux et d'adultes qui chantaient, jouaient et travaillaient. Quelques-unes des scènes représentaient des accidents, et il y avait au moins un service funèbre.

Il n'avait plus l'impression de s'avancer dans une caverne, mais d'être entouré de vie. Il recula de quelques pas et les larmes lui piquèrent les yeux. Il les referma encore de toutes ses forces, espérant qu'on le croirait gêné par la lumière. D'une certaine façon, c'était vrai. Il était envahi par l'émotion. La tristesse et la mélancolie. Et un grand plaisir. La joie. Il était soulevé hors de lui-même. Cela transcendait la littéralité. Telle était la maison longue de Jane. Sa maison était devenue sa maison longue, où était présente chaque personne, chaque situation, chaque chose, chaque émotion. Gamache savait que le meurtrier se trouvait là lui aussi. Quelque part sur ces murs.

Le lendemain, Clara apporta l'enveloppe chez Yolande. Appuyant sur le bouton de sonnette en faux laiton et entendant le carillon Beethoven, elle s'enhardit.

"Juste pour Jane, juste pour Jane."

— Petite garce ! hurla Yolande, furieuse.

Suivit un flot d'insultes et d'accusations, qui se termina par la promesse de poursuivre Clara pour lui arracher tous ses biens.

"Juste pour Jane, juste pour Jane."

— Maudite voleuse, tête carrée ! La maison m'appartient. Elle est à ma famille. T'as pas honte, salope ?

"Juste une chose."

Clara leva l'enveloppe jusqu'à ce qu'elle attire l'attention de Yolande et, comme un enfant à qui on présente un objet flambant neuf, Yolande cessa de hurler et regarda fixement, hypnotisée par le mince rectangle de papier blanc.

— C'est pour moi ? C'est à moi ? C'est l'écriture de ma tante Jane, hein ?

— J'ai une question à te poser, dit Clara en l'agitant.

— Donne-la-moi.

Yolande s'élança, mais, d'un coup sec, Clara l'enleva de sa portée.

— Pourquoi as-tu recouvert ses dessins ?

— Alors, tu les as trouvés ! cracha Yolande. Des choses sales et folles. Tout le monde l'adorait, mais sa famille savait qu'elle était fêlée. Mes grands-parents savaient qu'elle était timbrée depuis son adolescence et qu'elle faisait des dessins hideux. Ils avaient honte d'elle. On dirait les dessins d'une arriérée. Ma mère disait qu'elle voulait faire des études en art, mais que mes grands-parents l'en avaient empêchée. Ils lui ont dit la vérité : que ce n'était pas de l'art, mais une honte. Ils lui ont dit de ne jamais, jamais montrer ses gribouillages à personne. On lui a dit la vérité. C'était notre devoir. On ne voulait pas qu'elle soit blessée, hein ? C'était pour son bien. Qu'est-ce qu'on a eu en échange ? On s'est fait mettre à la porte de la maison familiale. Elle a osé dire que je pourrais revenir à condition de m'excuser. La seule chose qui me faisait pitié, je lui ai dit, c'était qu'elle avait ruiné notre maison. La vieille folle.

Clara revit Jane assise au bistro et pleurant de joie parce que quelqu'un, enfin, avait reconnu son talent. Clara sut alors ce qu'il avait fallu pour que Jane expose l'une de ses œuvres.

— Elle t'a eue, hein ? Tu ne savais pas que ton amie était une toquée. Eh bien, maintenant, tu sais ce qu'on a dû endurer.

— T'as aucune idée, hein ? Aucune idée de ce que t'as rejeté ? T'es conne, vraiment conne, Yolande.

L'esprit de Clara se vida, comme c'était toujours le cas dans les affrontements. Elle trembla et faillit perdre la tête. Elle dut écouter un chapelet d'accusations et de menaces. Etrangement, la rage de Yolande était d'une laideur telle que la colère de Clara se dissipa.

— Pourquoi as-tu choisi ce papier peint ? demanda-t-elle au visage empourpré de Yolande.

— C'est hideux, hein ? Il m'a semblé qu'il fallait couvrir une monstruosité avec une autre monstruosité. En plus, c'était bon marché.

La porte claqua. Clara s'aperçut qu'elle tenait encore l'enveloppe et elle la glissa en dessous. Terminé. "Juste pour Jane." Ce n'était pas si difficile, après tout, de ne pas plier l'échine devant Yolande. Toutes ces années, elle était restée silencieuse devant ses attaques sournoises et parfois directes et, maintenant, elle découvrait qu'il était possible de parler haut et fort. Clara se demandait si Jane savait, en préparant l'enveloppe, que cela se produirait. Que Clara la remettrait. Que Yolande réagirait face à Clara comme elle le faisait toujours. Et qu'elle avait donné à Clara une dernière chance de lui tenir tête et de se défendre.

En s'éloignant de la maison parfaite et silencieuse, Clara remercia Jane.

Yolande vit apparaître l'enveloppe. Elle en déchira l'extrémité et n'y trouva qu'une carte à jouer. La reine de cœur. Celle que tante Jane plaçait sur la table de cuisine, le soir, quand la petite Yolande lui rendait visite et que tante Jane lui promettait qu'au matin la carte serait différente. Qu'elle aurait changé.

Elle scruta de nouveau l'intérieur de l'enveloppe. Il y avait sûrement autre chose. Un héritage de sa tante ?

Un chèque ? La clé d'un coffret de sûreté ? Mais l'enveloppe était vide. Yolande examina la carte, essayant de se rappeler si c'était celle de son enfance. Les motifs sur les robes de la reine étaient-ils les mêmes ? Son visage avait-il un œil ou deux yeux ? Non, conclut Yolande. Ce n'était pas la même carte. Quelqu'un en avait mis une autre. On l'avait encore trompée. En allant chercher le seau pour nettoyer le porche que Clara avait foulé, elle jeta la reine de cœur au feu.

"Ça vaut rien."

12

— Yolande Fontaine et son mari André Malenfant, dit Beauvoir en écrivant soigneusement les noms en lettres majuscules sur une grande feuille.

Il était huit heures et quart, mardi matin, presque une semaine et demie après le meurtre. Les enquêteurs passaient en revue la liste des suspects. Les deux premiers allaient de soi.

— Qui d'autre ?

— Peter et Clara Morrow, dit Yvette Nichol en levant le nez de son griffonnage.

— Le mobile ? demanda-t-il en écrivant leurs noms.

— L'argent, intervint Isabelle Lacoste. Ils en ont très peu. Ou en avaient très peu. Maintenant, ils sont riches, bien sûr, mais, avant la mort de Mlle Neal, ils étaient presque fauchés. Comme Clara Morrow vient d'un milieu modeste, elle a l'habitude de gérer avec prudence, mais pas lui. C'est un garçon du Golden Square Mile, de pure souche. Un bourgeois montréalais. Les meilleures écoles, le St Andrew's Ball. J'ai parlé à une de ses sœurs, à Montréal. Elle était méfiante, comme seuls peuvent l'être ces gens-là, mais elle m'a carrément dit que la famille n'était pas ravie de son choix professionnel et en avait jeté le blâme sur Clara. Ils auraient voulu qu'il fasse carrière dans les affaires. La famille est très déçue, du moins sa mère. Dommage, vraiment, car, dans le milieu artistique canadien, c'est une vedette. L'an dernier, il a vendu pour dix mille dollars de tableaux, mais c'est encore sous le seuil de la pauvreté. Clara en a vendu environ pour un millier de dollars. Ils vivent dans la simplicité. Leur voiture a besoin de grosses réparations, tout comme leur maison. L'hiver, Clara donne des cours pour payer les factures et ils prennent souvent des contrats de restauration artistique. Ils vivotent.

— Sa mère à lui est encore vivante ? demanda Gamache en tentant un calcul rapide.

— Elle a quatre-vingt-douze ans, répondit l'agente Lacoste. Elle boit, au dire de tout le monde, mais elle respire encore. Une vieille mégère. Elle va probablement tous les enterrer. Selon la légende familiale, un matin, elle a trouvé son mari mort à côté d'elle et s'est retournée pour se rendormir. Pourquoi s'embêter ?

— Mme Morrow nous jure qu'ils ne connaissaient pas le contenu du testament, un point, c'est tout, dit Beauvoir. Mlle Neal leur a peut-être dit qu'ils allaient hériter, non ?

— S'ils avaient besoin d'argent, est-ce qu'ils ne seraient pas allés lui en emprunter, au lieu de la tuer ? demanda Gamache.

— Peut-être bien qu'ils l'ont fait, dit Beauvoir. Elle a peut-être dit non. Ils étaient en bonne position pour l'attirer dans les bois. Si Clara ou Peter l'avait appelée à six heures et demie du matin en lui demandant de venir les rencontrer sans son chien, elle y serait allée sans hésiter.

Gamache dut acquiescer.

— De plus, dit Beauvoir, qu'on n'arrêtait plus, Peter Morrow est un archer accompli. Sa spécialité est l'arc recourbé, à l'ancienne. Il dit ne tirer que sur des cibles, mais qui sait ? Comme vous l'avez découvert, il est facile de remplacer le bout arrondi par une pointe meurtrière. Il a bien pu prendre l'équipement au pavillon du club de tir, puis le nettoyer et le retourner après le meurtre. Même si on trouvait ses empreintes ou des fibres de vêtements, ça ne voudrait rien dire. Il utilisait toujours l'équipement de toute façon.

— Il faisait partie du jury qui a choisi le tableau, dit Isabelle Lacoste qui prenait goût à l'hypothèse. Supposons qu'il ait été jaloux d'elle, qu'il ait vu son talent et, je ne sais pas, qu'il ait piqué une crise, quelque chose comme ça.

Elle s'interrompit dans un bredouillement. Aucun d'entre eux ne pouvait s'imaginer Peter Morrow en train de "piquer une crise". Mais Gamache savait que la psyché humaine est complexe. Les gens réagissent parfois sans savoir pourquoi. Souvent, cette réaction est violente, physiquement et émotionnellement. Il était tout simplement possible que Peter Morrow, après s'être débattu toute sa vie avec son art et l'approbation de sa famille, ait vu du génie dans l'œuvre de Jane Neal et n'ait pas pu le supporter. Qu'il ait brûlé de jalousie. C'était possible, quoique improbable.

— Qui d'autre ? demanda Gamache.

— Ben Hadley, dit Isabelle Lacoste. C'est aussi un bon archer et il a accès aux armes. Il avait la confiance de Mlle Neal.

— Mais il n'a pas de mobile, dit Gamache.

— Ce ne serait pas l'argent, en tout cas, admit l'agente Lacoste. Ses biens valent des millions. Il a tout hérité de sa mère. Avant, il bénéficiait d'une généreuse rente.

Yvette Nichol renâcla. Elle détestait ces gosses de riches qui ne faisaient rien de leur vie, sinon attendre la mort de maman et papa.

Beauvoir choisit d'ignorer cette expression de dédain.

— Est-ce qu'il aurait pu avoir un autre mobile, à part l'argent ? Lacoste, est-ce qu'il y a quelque chose dans les papiers que vous avez trouvés chez Jane Neal ?

— Rien.

— Aucun journal ?

— Non. A part celui où elle gardait une liste de gens qui voulaient la tuer.

— Ah, il fallait le dire !

Beauvoir sourit.

Gamache relut la liste des suspects : Yolande et André, Peter et Clara, et Ben Hadley.

— Qui d'autre ? demanda Beauvoir en refermant son carnet.

— Ruth Zardo, dit Gamache.

Il s'expliqua.

— Alors, son mobile, dit Isabelle Lacoste, serait d'empêcher Jane de dire à tout le monde ce qu'elle avait fait. Est-ce qu'il n'aurait pas été plus facile de tuer Timmer pour la faire taire ?

— En fait, oui, et c'est ce qui me dérange jusqu'ici. On ne sait pas si Ruth Zardo n'a pas tué Timmer Hadley.

— Jane l'aurait découvert ? demanda Lacoste.

— Ou l'aurait soupçonnée. Elle était du genre, je pense, à aller voir Ruth directement en lui faisant part de ses soupçons. Elle croyait probablement que c'était de l'euthanasie, une amie qui en soulage une autre de sa douleur.

— Mais Ruth Zardo ne peut pas avoir décoché la flèche, fit remarquer Beauvoir.

— C'est vrai. Mais elle aurait pu faire appel à un archer prêt à tout. Pour de l'argent.

— Malenfant, dit Beauvoir avec un enjouement quelque peu sinistre.

Clara était assise dans son atelier avec son café matinal et regardait fixement la boîte. Celle-ci était encore là, mais, à présent, elle était posée sur quatre pattes, quatre branches d'arbre. Initialement, elle l'avait imaginée sur une seule patte, un tronc. Comme l'affût. L'image lui était venue dans les bois, pendant le rituel, quand elle avait vu l'affût en tournant la tête. C'était une image parfaite et tellement paradoxale. Le regard affûté. Ils étaient aveugles, ces gens qui utilisaient l'affût sans voir la cruauté de leur geste ni la beauté de ce qu'ils allaient tuer. Après tout, c'était un mot parfait pour désigner ce perchoir. Un affût. Pour affûter le regard. Clara en avait grand besoin, ces temps-ci, car elle avait l'impression d'être aveugle. Le tueur de Jane était parmi eux ; ça, au moins, c'était clair. Mais qui ? Qu'est-ce qu'elle ne voyait pas ?

Finalement, l'idée du tronc d'arbre n'avait pas marché. La boîte avait paru déséquilibrée, peu engageante. Alors, elle avait ajouté les autres pattes, et ce qui avait été un perchoir, un affût, avait maintenant l'allure d'une maison sur de longs pilotis. Sauf que ça n'allait pas encore. C'était proche. Mais il y avait quelque chose qu'elle ne voyait pas. Comme toujours lorsqu'elle affrontait ce problème, Clara tenta de faire le vide et de laisser l'œuvre venir à elle.

Beauvoir et l'agente Lacoste étaient en train de fouiller la maison des Malenfant. Isabelle Lacoste s'était préparée à voir de la saleté, à sentir une puanteur si forte qu'elle serait palpable. Elle ne s'attendait pas à cela. Debout dans la chambre à coucher de Bernard, elle avait la nausée. C'était parfait : pas une seule chaussette sale, pas une assiette de nourriture refroidie. Elle avait des enfants de moins de cinq ans et leurs chambres avaient déjà l'allure et l'odeur d'une plage à marée basse. Cet enfant avait… quoi… quatorze ans ? Sa chambre sentait l'encaustique. Isabelle Lacoste en eut un haut-le-cœur. Alors qu'elle mettait ses gants et commençait sa fouille, elle se demanda s'il ne dormait pas dans un cercueil au sous-sol.

Dix minutes plus tard, elle trouva une chose à laquelle elle ne s'attendait pas. Elle sortit de la chambre de Bernard et, en passant à la salle de séjour, fit en sorte que le garçon l'aperçoive. Enroulant le document, elle le mit dans son sac de pièces à conviction, discrètement, mais pas assez pour que Bernard ne s'en aperçût pas. C'était la première fois qu'elle décelait de la peur sur son visage.

— Eh, regardez ce que j'ai trouvé.

Beauvoir sortit de l'autre chambre à coucher en tenant un grand dossier en papier Manille.

— Bizarrement, dit-il devant le visage aigre de Yolande et le regard vaguement mauvais d'André, c'était collé à l'arrière d'un tableau dans votre chambre à coucher.

Beauvoir ouvrit le dossier et en feuilleta le contenu. C'étaient des ébauches de la foire agricole produites par Jane Neal depuis 1943.

— Pourquoi les avez-vous prises ?

— Prises ? Qui a dit qu'on les avait prises ? Ma tante Jane nous les a données, dit Yolande de la voix assurée de l'agent immobilier qui assure que "la toiture est presque neuve".

Beauvoir ne la croyait pas.

— Vous les avez collées derrière l'image d'un phare ?

— Elle nous a demandé de les garder à l'abri de la lumière, expliqua Yolande sur le ton de "la tuyauterie n'est pas en plomb".

— T'aurais dû les tapisser.

André rit en renâclant, puis Yolande le fit taire.

— Bon, emmenez-les, dit Beauvoir.

L'heure du repas arrivait et il avait envie d'une bière et d'un sandwich.

— Et le garçon ? demanda Isabelle Lacoste, captant le signal. C'est un mineur. Il ne peut pas rester ici sans ses parents.

— Appelez la DPJ.

— Non !

Yolande empoigna Bernard et tenta de l'entourer de ses bras. Il n'était pas question qu'ils s'en aillent. Bernard lui-même ne semblait pas si bouleversé à la pensée d'un foyer d'accueil. Quant à André, il semblait se dire que c'était une bonne idée. Yolande, elle, était dans une rage folle.

— Ou bien, dit Beauvoir de son ton le plus suave, du genre "faites-moi une offre avant que les propriétaires ne reviennent sur leur décision", vous pouvez tout de suite nous avouer la vérité.

Il s'en voulait un peu de se servir de Bernard, mais il se dit qu'il s'en remettrait.

Ils passèrent aux aveux. Elle avait trouvé le dossier sur la table basse chez sa tante Jane. Au grand jour. Yolande en parlait comme si elle avait trouvé un magazine sadomaso. Sur le point de tout jeter au feu, elle avait décidé, par respect et par amour pour sa chère tante, de garder les dessins.

— Pourquoi les avez-vous pris ? répéta Beauvoir en se dirigeant vers la porte.

— Bon, d'accord. Parce que je pensais qu'ils valaient quelque chose.

— Je croyais que vous détestiez les œuvres de votre tante.

— Pas pour l'art, imbécile, dit André. Pour les revendre à ses amis, peut-être à Ben Hadley.

— Pourquoi les aurait-il achetés ?

— Il est riche à craquer. Si j'avais menacé de les brûler, il aurait voulu les sauver.

— Mais pourquoi avoir sorti les ébauches de la maison ? Pourquoi ne pas les avoir gardées là-bas ?

— Parce qu'elles me dégoûtent.

Yolande s'était transformée. Tout le maquillage du monde, et Dieu sait qu'elle en portait, ne pouvait cacher la hideur qu'il y avait dessous. En un instant, elle devint une femme d'âge moyen, amère, tordue et aussi grotesque qu'une sculpture de ferronnerie. Toute en rouille et en angles aigus. Même Bernard s'écarta.

— Il fallait que je sache qu'elles étaient à un endroit où personne d'autre ne les verrait.

Sur un bordereau, Beauvoir libella un reçu pour les dessins et le tendit à Yolande, qui le prit de sa main manucurée comme s'il lui avait donné une feuille de papier hygiénique.

Clara avait cessé d'attendre que sa maison dans l'arbre se mette à parler et était allée chez Jane pour poursuivre le travail. Elle avait commencé à considérer la toile de Jane comme un chef-d'œuvre. Une peinture murale géante, comme la chapelle Sixtine ou *La Cène* de Léonard de Vinci. Elle n'hésitait pas à faire des comparaisons. Jane avait intégré les mêmes éléments que ces chefs-d'œuvre. L'étonnement. La création. L'émerveillement. Le rêve. Jusqu'à l'exploitation forestière dans le cas de Jane.

Ben n'aurait pas pu avancer plus lentement, même s'il l'avait voulu. Mais Clara se disait que c'était sans importance. Que tout cela finirait par être dévoilé.

— Oh, mon Dieu, quel désastre !

La voix de Ruth retentit. Clara monta de la cave avec son seau. Ruth et Gamache se tenaient au centre de la salle de séjour, et Clara fut un peu découragée d'y voir Ben aussi, nonchalamment appuyé sur le bureau.

— C'est toi qui as fait ça ? demanda Ruth.

— J'ai aidé à le dégager. C'est Jane qui a fait les dessins.

— Je n'aurais jamais cru dire ça un jour, mais je suis du même avis que Yolande. Recouvrez-les.

— Je veux te montrer quelque chose.

Clara prit Ruth par le coude et la guida jusqu'au mur opposé.

— Regarde.

Aucun doute, c'était une image de Ruth enfant tenant la main de sa mère dans l'école. La petite Ruth, grande et empotée, les pieds en forme de manuels scolaires. Des pieds encyclopédiques. Des boudins dansaient dans ses cheveux. Cela pouvait signifier deux choses.

— Quand j'étais petite, j'avais des nattes, dit Ruth, qui semblait lire dans ses pensées.

Toutefois, pour Clara, Jane avait voulu dire que, même alors, Ruth avait une tête de cochon. Les autres enfants riaient d'elle, mais une seule s'apprêtait à la prendre dans ses bras.

Ruth resta clouée sur place devant le mur de Jane :

*Quand on s'est rencontrées, Jenny m'a embrassée
en bondissant de sa chaise ;
toi, le temps, espèce de voleur qui aime inscrire
des douceurs dans ta liste, prends note de ceci :
tu peux dire que je suis fatiguée, que je suis triste,*

que la santé et la richesse m'ont oubliée ;
tu peux dire que je vieillis, mais ajoute :
Jenny m'a embrassée.

Ruth récita le poème en murmurant, et la pièce silencieuse l'entendit.

— Leigh Hunt, *Rondeau*. C'est le seul poème que je voudrais avoir écrit. Je ne pensais pas que Jane s'en souviendrait, je n'avais pas l'impression qu'elle y attachait de l'importance. C'était ma première journée ici, quand mon père est venu travailler à la scierie. J'avais huit ans, j'étais la nouvelle, grande et laide, comme vous le voyez, et pas très gentille, même à l'époque. Quand je suis entrée dans cette école, terrifiée, Jane a parcouru toute l'allée pour me prendre dans ses bras. Elle ne me connaissait même pas, mais elle y tenait. Quand on s'est rencontrées, Jane m'a embrassée.

Ses yeux d'un bleu fragile brillaient. Elle respira à fond et regarda longuement la pièce. Puis, elle secoua lentement la tête et murmura :

— C'est extraordinaire. Oh, Jane, je suis tellement désolée.

— De quoi ? demanda Gamache.

— Du fait qu'elle n'a pas su qu'on l'aimait assez pour qu'elle nous fasse confiance. Du fait qu'elle s'est crue obligée de nous cacher ça.

Ruth grogna d'un rire navré.

— Je pensais être la seule à avoir été blessée. Que j'ai été bête !

— Selon moi, la clé du meurtre de Jane se trouve ici, dit Gamache en regardant boitiller la vieille femme. Je pense qu'on l'a tuée parce qu'elle était sur le point de montrer cela à tout le monde. Je ne sais pas pourquoi, mais voilà. Comme vous l'avez connue pendant toute sa vie, je veux que vous me disiez ce que vous voyez ici. Ce qui vous frappe, les constantes que vous décelez, ce que vous ne voyez pas…

— En fait, à peu près tout l'étage, dit Clara, qui vit tressaillir Ben.

— Eh bien, prenez tout votre temps.

— Je ne sais pas, dit Ruth. Je suis censée m'adresser aux Nations unies, et Clara, est-ce que tu ne reçois pas le prix Nobel ?

— C'est vrai, en art.

— J'ai annulé les rendez-vous, dit Gamache en songeant que la petite Ruthie avait une mauvaise influence sur Clara.

Elles hochèrent la tête en souriant. Ben et Clara retournèrent à l'étage, tandis que Ruth marcha lentement le long des murs, examinant les images, sifflant parfois lorsque l'une d'entre elles lui semblait particulièrement juste. Gamache prit place dans le grand fauteuil de cuir au coin du feu et laissa la pièce venir à lui.

Tard ce jour-là, Suzanne alla prendre Matthew chez sa sœur, à Cowansville, où il se trouvait jusqu'à ce que la Direction de la protection de la jeunesse ait terminé son enquête. Même si Philippe avait retiré son accusation d'agression, la Direction se devait d'enquêter. Elle ne trouva rien. Dans son cœur, Matthew était déçu. Non pas, bien sûr, d'avoir été blanchi. Mais il avait subi tellement de tort qu'il aurait voulu qu'on déclare publiquement qu'il était, en réalité, un père merveilleux. Un parent gentil, compatissant et ferme. Un père aimant.

Il avait depuis longtemps pardonné à Philippe et ne voulait même pas savoir pourquoi son fils avait fait cela. Mais maintenant, debout dans la cuisine qui avait accueilli tant de fêtes d'anniversaire et de matins de Noël grisants, tant de fournées de biscuits à l'avoine ou au chocolat, il savait que la vie ne serait plus jamais la même. On en avait trop dit, trop fait. Il savait aussi qu'avec du travail cela pouvait s'améliorer. Restait à savoir à quoi Philippe voulait travailler. Une semaine et demie plus tôt, en colère, Matthew avait attendu que son fils vienne vers lui. Il s'était trompé. A présent, c'était lui qui allait au-devant de son fils.

— Ouais ? fut la réponse maussade au coup hésitant qu'il avait frappé sur la porte.

— Je peux entrer ? J'aimerais te parler. Sans qu'on s'engueule. Juste pour dégager l'atmosphère, d'accord ?

— Comme tu veux.

— Philippe, dit Matthew en s'asseyant sur la chaise du bureau face au garçon étendu sur son lit en désordre. J'ai fait quelque chose qui t'a blessé. Mon problème, c'est que je ne sais pas quoi. Je me suis creusé la cervelle. Est-ce que c'est le sous-sol ? Es-tu fâché parce que tu dois nettoyer le sous-sol ?

— Non.

— Est-ce que je t'ai crié après ou dit quelque chose qui t'a blessé ? Si je l'ai fait, s'il te plaît, dis-le-moi. Je ne serai pas fâché. Je veux juste le savoir, pour qu'on puisse en parler.

— Non.

— Philippe, je ne suis pas en colère à cause de ce que tu as fait. Je ne l'ai jamais été. J'étais blessé et confus. Mais pas fâché contre toi. Je t'aime. Peux-tu me parler ? Peu importe ce que c'est, tu peux me le dire.

Matthew considéra son fils et, pour la première fois en presque un an, il vit un garçon sensible, réfléchi, gentil. Philippe regarda son père et eut envie de lui parler. Il faillit le faire. Il faillit. Il se tint au bord du gouffre, les orteils dépassant de l'arête, et regarda dans le vide. Son père l'invitait à avancer et à lui faire confiance. Il allait l'attraper, ne le laisserait pas tomber. Et, cela était tout à son honneur, Philippe envisagea la chose. Philippe eut envie de fermer les yeux, de faire ce pas et de tomber dans les bras de son père.

Mais il en fut finalement incapable. Il tourna plutôt son visage vers le mur, remit ses écouteurs et se retira.

Matthew laissa tomber sa tête, regarda ses vieilles bottes de travail sales et vit, tels des détails insoutenables, la boue et les débris de feuilles qui y étaient restés collés.

Gamache était assis au *Bistro d'Olivier*, près de la cheminée, attendant d'être servi. Les clients qui avaient occupé cette place de premier choix venaient tout juste de partir et le pourboire qu'ils avaient laissé se trouvait encore sur la table. Un instant, Gamache songea à l'empocher. Un autre élément bizarre de la maison longue.

— Salut, je peux m'asseoir avec vous ?

Gamache se leva et s'inclina légèrement devant Myrna, puis lui indiqua le divan devant la cheminée.

— Je vous en prie.

— C'est superbe ! J'ai entendu dire que la maison de Jane était merveilleuse.

— Vous ne l'avez pas encore vue ?

— Non. Je voulais attendre jeudi.

— Jeudi ? Qu'est-ce qui se passe, jeudi ?

— Clara ne vous l'a pas dit ?

— Est-ce que je vais me sentir blessé ? Les policiers de l'escouade des homicides sont sensibles, c'est bien connu. Qu'est-ce qui se passe, jeudi ?

— Jeudi ? Est-ce que vous y allez aussi ? demanda Gabri, debout au-dessus d'eux, portant un petit tablier et imitant Julia Child.

— Pas encore.

— Ah bon, tant pis. J'ai entendu dire que l'ouragan Kyle avait frappé la Floride. Je l'ai vu sur la chaîne météo.

— Je l'ai vu aussi, dit Myrna. Quand est-ce qu'il arrive ?

— Oh, dans quelques jours. Bien sûr, à ce moment-là, ce ne sera plus qu'une tempête tropicale qui arrivera au Québec. Il paraît que ça va être quelque chose.

Il regarda par la fenêtre comme s'il s'attendait à voir apparaître l'ouragan au-dessus de la montagne. Il paraissait inquiet. Les tempêtes n'apportaient jamais rien de bon.

Gamache jouait avec l'étiquette de prix qui pendait à la table basse.

— Olivier a mis des étiquettes sur tout, confia Gabri, même sur nos toilettes privées, merci bien. Heureusement, j'ai suffisamment d'élégance et de bon goût pour être au-dessus de ce défaut d'Olivier. On appelle ça de la cupidité, je crois. Alors, seriez-vous intéressé par un verre de vin, ou peut-être par un lustre ?

Myrna commanda un verre de vin rouge, et Gamache, un scotch.

— Clara est en train d'organiser la fête de Jane pour jeudi, comme Jane prévoyait de le faire, dit Myrna lorsque les verres furent arrivés.

Quelques réglisses en forme de pipe firent aussi leur apparition.

— Après le vernissage à la galerie d'art de Williamsburg. Alors, si Clara le demande, vous devrez dire que vous m'avez torturée.

— Vous voulez que je sois suspendu de nouveau ? La Sûreté torturerait une Noire ?

— Est-ce qu'on ne vous ferait pas monter en grade pour ça ?

Gamache rencontra le regard de Myrna et le soutint. Aucun des deux ne sourit. Ils connaissaient tous les deux la vérité à ce sujet. Il se demanda si Myrna était au courant de son rôle particulier dans l'affaire Arnot et du prix qu'il avait payé. Il ne croyait pas. La Sûreté savait habilement dévoiler les secrets des autres et garder les siens.

— Wow, dit Clara en prenant le gros fauteuil de l'autre côté de la cheminée. Ça fait du bien. C'est bon de sortir des émanations d'essence minérale. Je retourne à la maison pour préparer le repas.

— Est-ce que ce n'est pas un peu à l'écart de ta route ? demanda Myrna.

— Nous autres, les artistes, on ne va jamais en ligne droite, sauf Peter. Il commence à A et peint sans arrêt jusqu'à ce qu'il arrive à B. Sans hésiter un instant. Ça me donne soif.

Elle fit signe à Gabri et commanda une bière avec des noix.

— Comment avance la restauration ? demanda Gamache.

— Très bien, je crois. J'ai laissé Ben et Ruth là-bas. Ruth a trouvé la réserve d'alcool de Jane et écrit de la poésie en examinant les murs. Dieu sait ce que Ben est en train de faire. Il applique probablement de la peinture. Je vous jure, on dirait qu'il avance à reculons. Mais c'est très bien de l'avoir là et, en fait, il abat un travail fantastique.

— Peter ne t'aide plus ? demanda Myrna.

— Si, mais maintenant on y va à tour de rôle. Bon, il vient la plupart du temps. Je passe la plus grande partie de la journée là-bas. Je suis devenue accro. Peter est heureux de participer, ne vous y trompez pas, mais il doit se consacrer à son œuvre.

Gabri apparut avec sa bière.

— Ce sera cent mille dollars.

— Si le service n'est pas compris, vous pouvez l'oublier.

— Ne vous en faites pas, je peux toujours compter sur les services d'Olivier.

— Nous parlions de jeudi, dit Gamache. Il paraît qu'il y a une fête.

— Ça ne vous dérange pas ? J'aimerais l'organiser exactement comme Jane l'avait prévue.

— J'espère que l'ouragan ne viendra pas la gâcher, dit Gabri, heureux de trouver un sujet de mélodrame.

Gamache se dit qu'il aurait dû y penser. Clara rendait hommage à son amie, il le savait, mais cela pouvait avoir un autre but fort pratique : déstabiliser le meurtrier.

— Pas si vous m'invitez.

Isabelle Lacoste leva les yeux de l'ordinateur sur lequel elle avait rédigé son rapport de perquisition chez les Fontaine-Malenfant et celui de sa visite au médecin de Timmer. Ce dernier avait ouvert le dossier informatique de Timmer et, avec une précaution extrême, avait fini par admettre la lointaine possibilité que quelqu'un l'ait aidée à passer dans l'au-delà.

— Avec de la morphine ; ce serait la seule façon. Il n'en aurait vraiment pas fallu beaucoup à ce stade, car on lui en administrait déjà : il aurait suffi d'une petite dose supplémentaire pour la faire basculer.

— Vous n'avez pas vérifié ?

— Je n'en voyais pas la nécessité.

Puis, il hésita de nouveau. Isabelle Lacoste était assez bonne enquêteuse pour attendre. Et attendre encore. Il se remit enfin à parler.

— C'est fréquent dans des cas pareils. Un ami, ou plus souvent un membre de la famille, administre une dose fatale. Par compassion. C'est plus fréquent qu'on ne le croit ou qu'on ne veut l'admettre. Il y a une sorte d'entente non verbale selon laquelle, dans les cas de maladie en phase terminale, en fin de vie, on ne regarde pas de trop près.

L'agente Lacoste aurait certainement sympathisé et approuvé, mais elle était en service et, dans un tel cas, la pitié n'avait pas sa place.

— Est-ce qu'il y a une façon de le vérifier maintenant ?

— Elle a été incinérée. Selon ses dernières volontés.

Il referma son ordinateur.

Maintenant, deux heures plus tard, elle fermait le sien. Il était dix-huit heures trente et, dehors, le ciel était noir comme du charbon. Avant de rentrer, elle voulait parler à Gamache de ce qu'elle avait trouvé dans la chambre de Bernard. C'était une soirée froide et Lacoste boutonna sa parka avant de s'engager sur le pont qui enjambait la rivière Bella Bella, en direction du centre de Three Pines.

— Donne-le-moi.

— Bonsoir, Bernard.

Avant même de le voir, elle avait reconnu sa voix revêche.

— Donne, dit Bernard Malenfant en s'appuyant contre elle.

— Veux-tu m'en parler ?

— Va te faire foutre ! Donne-moi ça !

Il leva le poing vers son visage, sans frapper.

Isabelle Lacoste avait affronté des tueurs en série, des tireurs isolés, des maris violents et soûls, et elle ne se faisait pas d'illusions : un garçon de quatorze ans, furieux et déchaîné, était tout aussi dangereux.

— Baisse ton poing. Je ne vais pas te le donner, inutile de me menacer.

Bernard s'empara de son sac à bandoulière pour le lui arracher, mais elle s'y attendait. Elle avait découvert que la plupart des garçons, et même certains hommes pas très malins, sous-estimaient les femmes. Elle était forte, déterminée et intelligente. Elle demeura calme et lui enleva le sac en tirant.

— Salope ! C'est même pas à moi. Penses-tu que j'aurais des cochonneries comme ça ?

Il lui hurla ce dernier mot au visage et elle sentit sa bave lui couler sur le menton et la puanteur de son haleine chaude.

— Alors, c'est à qui ? dit-elle calmement, tentant de contenir sa nausée.

Bernard lui jeta un regard malveillant.

— Tu veux rire ? Je te le dirai pas.

— Eh, ça va ?

Venant du pont, une femme avec son chien marchait rapidement vers eux.

Bernard se retourna et les vit. Il reprit rapidement son vélo et s'enfuit, non sans donner un brusque coup de guidon en direction du chien, qu'il manqua de justesse.

— Ça va ? répéta la femme, qui tendit le bras et toucha celui d'Isabelle.

Celle-ci reconnut Hanna Parra.

— C'était le jeune Malenfant ?

— Oui. On a échangé quelques mots. Je vais bien, mais merci d'avoir vérifié.

Elle était sincère. Ça ne serait pas arrivé à Montréal.

— De rien.

Elles traversèrent le pont sur la Bella Bella, entrèrent dans Three Pines et se séparèrent devant le bistro en se saluant de la main.

Parvenue aux joyeuses lumières et à la chaleur du bistro, Isabelle Lacoste se dirigea d'abord vers les toilettes pour se nettoyer le visage avec du savon parfumé et de l'eau fraîche. Une fois propre, elle commanda un Martini & Rossi et attira l'attention du chef. Il fit un signe de tête vers une petite table en retrait. Devant le Martini & Rossi, un bol de noix et son chef, Isabelle Lacoste se détendit. Elle lui parla alors de sa fouille de la chambre de Bernard et lui tendit l'objet qu'elle y avait pris.

— Ouf, dit Gamache en examinant l'objet. Demandez qu'on relève les empreintes. Bernard nie que ce soit à lui ? Est-ce qu'il a dit à qui c'était ?

L'agente Lacoste secoua la tête.

— L'avez-vous cru ?

— Je ne sais pas. Je ne veux peut-être pas le croire, mais, d'instinct, je pense qu'il dit vrai.

Il n'y avait qu'avec Gamache qu'elle pouvait parler de ses sentiments, de ses intuitions et de ses instincts sans se tenir sur ses gardes. Il acquiesça d'un hochement de tête et l'invita à manger avant de rentrer à Montréal, mais elle refusa. Elle voulait voir sa famille avant d'aller au lit.

Gamache fut tiré du lit par des coups lourds à sa porte. Son réveil indiquait deux heures quarante-sept.

Il mit son peignoir et alla ouvrir. Yvette Nichol était debout dans une tenue rose et blanc incroyablement duveteuse.

Elle n'avait pu trouver le sommeil, se tournant et se retournant, pour finalement rester recroquevillée sur le côté, à contempler le mur. Comment les choses avaient-elles bien pu dégénérer ainsi ? Elle était en difficulté. Quelque chose avait mal tourné. Quelque chose tournait toujours mal, semblait-il. Mais comment était-ce possible ? Elle avait fait tant d'efforts.

A présent, dans le petit jour à peine né, la vieille voix familière lui parlait : "C'est parce que tu es devenue l'oncle Saul, après tout. L'idiot d'oncle Saul. Elle comptait sur toi, ta famille, et tu as encore tout raté. Quelle honte !"

Yvette Nichol sentit se durcir la boule dans sa poitrine et se retourna. Elle se leva et alla à la fenêtre, d'où elle vit une lumière qui traversait le parc du village. Elle bondit hors du lit, enfila un peignoir et monta en courant à la chambre de Gamache.

— Il y a une lumière, dit-elle sans préambule.

— Où ?

— De l'autre côté, dans la maison de Jane Neal. Elle s'est allumée il y a quelques minutes.

— Appelez l'inspecteur Beauvoir. Dites-lui de me rencontrer en bas.

— Oui, monsieur.

Elle partit. Cinq minutes plus tard, il trouva Beauvoir, décoiffé, dans l'escalier. En partant, ils entendirent un bruit et virent descendre Yvette Nichol.

— Restez là, ordonna Gamache.

— Non, monsieur. C'est ma lumière.

Elle aurait dit "mon chandelier violet", ç'aurait été du pareil au même pour Gamache et Beauvoir.

— Restez là. C'est un ordre. Si vous entendez des coups de feu, appelez des renforts.

Tandis que les deux hommes traversaient le parc d'un pas vif en direction de la maison de Jane Neal, Gamache songea à demander :

— Avez-vous apporté votre arme ?

— Non. Et vous ?

— Non. Mais sachez qu'Yvette Nichol avait la sienne. Tant pis.

Ils voyaient deux lumières dans la maison, l'une à l'étage et l'autre dans la salle de séjour. Gamache et Beauvoir avaient déjà fait cela des centaines de fois et connaissaient leurs rôles. Gamache entrait toujours le premier, Beauvoir sur ses talons, prêt à pousser le chef hors d'une ligne de tir.

Gamache entra en silence dans le sombre vestibule et monta les deux marches menant à la cuisine. Il se dirigea à pas de loup vers la porte de la salle de séjour et écouta. Il entendait des voix. Un homme et une femme. Il ne pouvait ni les identifier ni comprendre leurs paroles. Il fit signe à Beauvoir, respira à fond et ouvrit la porte toute grande.

Ben et Clara se tenaient, stupéfaits, au milieu de la pièce. Gamache eut l'impression d'arriver en plein vaudeville : il ne manquait à Ben qu'une lavallière et un verre de martini. Clara, cependant, appartenait davantage au cirque. Elle portait un vêtement d'une pièce en flanelle rouge vif, probablement muni d'une ouverture à l'arrière.

— On se rend, dit Clara.

— Nous aussi, répliqua Beauvoir, étonné devant son costume.

On n'aurait jamais pu trouver une francophone habillée ainsi.

— Qu'est-ce que vous faites ici ?

Gamache alla droit au but. Il était trois heures du matin et il venait de se préparer à quelque chose de désagréable. Il voulait retourner au lit.

— C'est ce que j'étais en train de demander à Ben. Je ne dors pas très bien depuis la mort de Jane. Je me suis levée pour aller aux toilettes et j'ai vu la lumière. Je suis venue voir.

— Seule ?

— En fait, je ne voulais pas déranger Peter, et puis, c'est chez Jane, ajouta-t-elle, comme si ceci expliquait cela.

Gamache crut comprendre. Pour Clara, c'était un lieu sûr. Il aurait à lui parler.

— Monsieur Hadley, que faites-vous ici ?

A présent, Ben semblait fort gêné.

— J'ai réglé mon réveil pour venir ici. Je voulais, euh, comment dire, aller en haut, vous savez.

Sa réponse avait si peu d'intérêt que Beauvoir crut qu'il allait s'endormir debout.

— Continuez, dit Gamache.

— Euh, pour faire avancer le travail. Sur les murs. Vous avez dit hier qu'il était important de tout voir, et de façon nette. Puis, il y a Clara, bien sûr.

— Continuez, dit Gamache.

Dans son champ de vision périphérique, il voyait Beauvoir qui vacillait.

— Tu ne voulais pas me le dire, mais je savais que tu t'impatientais, expliqua Ben à Clara. Je ne travaille pas très vite. J'imagine que je ne suis pas une personne très rapide. De toute façon, je voulais te faire une surprise en travaillant cette nuit. C'était probablement une mauvaise idée.

— Je trouve ton idée très belle, dit Clara en s'avançant pour serrer Ben dans ses bras. Mais tu vas tout simplement t'épuiser, tu sais, et être encore plus lent demain.

— Je n'avais pas pensé à ça, avoua Ben. Mais est-ce que ça te dérange si je travaille seulement quelques heures ?

— Ça va pour moi, dit Gamache. Mais la prochaine fois, s'il vous plaît, dites-le-nous.

— Est-ce que je devrais rester pour t'aider ? demanda Clara.

Ben hésita et parut sur le point de dire quelque chose, mais se contenta de secouer la tête. En sortant, Gamache se tourna vers lui. Debout et seul dans la salle de séjour, il avait l'air d'un petit garçon égaré.

13

On était jeudi soir et la galerie d'art de Williamsburg jouissait d'une assistance record pour un vernissage. La queue de l'ouragan Kyle était censée arriver plus tard dans la soirée. L'attente ajoutait un frisson à l'événement, comme si aller à l'ouverture prouvait qu'on était maître de sa vie et qu'on avait à la fois du caractère et du courage. Tout compte fait, c'était assez vrai dans le cas de la plupart des expositions, à Williamsburg.

Aux vernissages précédents, seuls les artistes et quelques amis hirsutes se présentaient, se remontant au moyen d'un vin bon marché et du fromage de chèvre d'un membre du conseil. Ce soir-là, une grappe informe de gens entouraient l'œuvre de Jane, posée sur un chevalet au centre de la pièce et encore voilée. Le long des murs blancs étaient rangées les œuvres des autres artistes, de même que ces derniers. Ils avaient eu la malchance d'être choisis pour une exposition dans laquelle leur œuvre était totalement éclipsée par celle de la victime d'un meurtre. Quelques-uns auraient avoué que leur infortune était moindre que celle de la défunte, mais ne les avait-elle pas supplantés jusque dans le malheur ? La vie d'artiste était vraiment injuste.

Gamache attendait le dévoilement de *Jour de foire*. Comme le conseil de la galerie avait décidé d'en faire un "événement", on avait invité la presse, c'est-à-dire le *Williamsburg County News* et, à présent, la présidente du jury attendait le bon moment.

Gamache lança un regard d'envie à Jean-Guy, affalé dans l'un des confortables fauteuils, qu'il refusait de céder à un homme plus âgé. Il était épuisé. L'art de mauvais goût lui faisait cet effet. Comme toute forme d'art, à vrai dire. Le mauvais vin, le fromage puant et l'art plutôt malodorant lui enlevaient instantanément tout goût de vivre. Il regarda autour de lui et en vint à la triste et inéluctable conclusion que l'édifice n'allait pas s'effondrer lorsque Kyle finirait par arriver au village, ce soir-là.

— Comme vous le savez, un événement tragique nous a enlevé une femme superbe, et aussi une artiste douée, disait Elise Jacob, la présidente du jury.

Clara se glissa entre Ben et Peter. Elise parlait, parlait, parlait des vertus de Jane. Elle la fit presque canoniser. Enfin, alors que les yeux de Clara commençaient à jaillir de leurs orbites, elle dit :

— Maintenant, sans autre préambule…

Clara, qui connaissait et aimait Jane, se demanda si elle aurait apprécié tout ceci.

— … voici *Jour de foire* de Jane Neal.

Le voile fut rapidement retiré et *Jour de foire* apparut, laissant les souffles coupés. Suivit un silence, encore plus éloquent. Bouche bée devant *Jour de foire*, les visiteurs montraient des visages amusés, dégoûtés ou éberlués. Gamache ne regardait pas le chevalet, il regardait attentivement les réactions de la foule. Seule celle de Peter lui parut bizarre : lorsqu'on révéla *Jour de foire*, son sourire anxieux s'évanouit et, après un moment de contemplation, il pencha la tête de côté et plissa le front. Gamache, qui observait ces gens depuis deux semaines, savait que, chez Peter Morrow, c'était l'équivalent d'un cri.

— Qu'y a-t-il ?

— Rien.

Peter tourna le dos à Gamache et s'éloigna. Gamache le suivit.

— Monsieur Morrow, ma question ne concerne pas l'esthétique, mais le meurtre. Veuillez répondre.

La question l'arrêta net, tout comme la plupart des gens qui croyaient Gamache incapable de parler haut et fort.

— Le tableau me dérange. Je ne peux pas vous dire pourquoi, je ne sais pas. Ça ne ressemble pas à l'œuvre qu'on a jugée il y a deux semaines, même si je sais que c'est la même.

Gamache regarda fixement *Jour de foire*. Comme il ne l'avait jamais aimé, il n'était pas bon juge, mais, à la différence des peintures qui couvraient les murs de la maison de Jane Neal, ce tableau ne le touchait aucunement.

— Alors, qu'est-ce qui a changé ?

— Rien. C'est peut-être moi. Est-ce que c'est possible ? C'est comme le tour de cartes de Jane avec la reine de cœur. Est-ce qu'une peinture peut changer aussi ? En fin de journée, parfois, je regarde un de mes tableaux et je le trouve formidable, puis, le lendemain, je le revois et c'est de la merde. L'œuvre n'a pas changé, mais moi, oui. Peut-être que j'ai tellement changé depuis la mort de Jane que tout ce que je voyais dans sa peinture n'y est plus.

— Vraiment, c'est ce que vous croyez ?

"Qu'il aille au diable", se dit Peter.

— Non.

Les deux hommes regardèrent longuement *Jour de foire*, puis lentement, très lentement, un bruit se fit entendre, différent de ce que toutes les personnes présentes avaient déjà entendu. Il augmenta et s'amplifia jusqu'à se répercuter dans le cercle des spectateurs. Clara sentit son visage et ses mains se vider de leur sang. Etait-ce la tempête ? Etait-ce le bruit que faisait la queue d'une calamité ? Kyle s'était-il joint à eux après tout ? Mais le grondement semblait venir de l'intérieur de l'édifice. De la pièce même. En fait, c'était juste à côté de Clara. Elle se retourna et en vit la source : Ruth.

— C'est moi !

Ruth appliqua un doigt sur la chèvre dansante de *Jour de foire*. Le grondement éclata alors en un geyser de rires. Ruth rugissait. Elle riait tellement qu'elle devait s'appuyer sur Gabri. Son rire contamina toute la pièce, jusqu'à ce que même les artistes amers et oubliés se mettent à rire.

Pendant une grande partie de la soirée, les gens se reconnurent ou reconnurent d'autres personnages de l'œuvre de Jane. Ruth y découvrit aussi les parents de Timmer, son frère et sa sœur, maintenant décédés. Il y avait l'institutrice de première année, le mari de

Timmer, la classe d'exercice. C'étaient elles, les poulettes. Au bout d'une heure, environ, on avait reconnu presque tous les personnages. Mais Peter gardait son regard fixe, sans prendre part à la rigolade.

Quelque chose allait de travers.

— J'ai trouvé !

Clara montra le tableau du doigt.

— Il a été peint au défilé de clôture, non ? Le jour où ta mère est morte. En fait, est-ce que ce n'est pas ta mère ?

Clara montra à Ben le nuage à pattes. L'agneau volant.

— Tu as raison, dit Myrna en riant. C'est Timmer.

— Tu vois ? C'était l'hommage de Jane à ta mère. Elle attachait de l'importance à chaque personnage de ce tableau. Ses grands-parents, ses chiens, et tous les autres.

Clara se tourna vers Peter.

— Te rappelles-tu le dernier repas qu'on a pris tous ensemble ?

— A Thanksgiving ?

— Oui, c'est ça. On parlait de belles œuvres d'art et j'ai dit que, d'après moi, pour que ça devienne de l'art, l'artiste doit y mettre quelque chose de lui-même. J'ai demandé à Jane ce qu'elle avait mis dans cette œuvre, et te souviens-tu de ce qu'elle a répondu ?

— Non, désolé.

— Elle a avoué qu'elle y avait mis quelque chose, qu'il y avait un message dans cette œuvre. Elle s'est demandé si nous le trouverions. Tout en parlant, elle regardait Ben en face, comme s'il allait comprendre.

Je ne le savais pas, à l'époque, mais maintenant tout s'explique. Ça concerne ta mère.

— Tu penses ?

Ben se rapprocha de Clara et fixa la peinture.

— Ecoutez, ça n'a aucun sens, dit l'agente Nichol, qui avait quitté son poste près de la porte, attirée par le rire comme s'il s'agissait d'un crime.

Gamache tenta de se rapprocher d'elle pour l'empêcher de dire une bêtise. Mais elle fut plus rapide que lui.

— Qui était Yolande pour Timmer ? En fait, est-ce qu'elles se connaissaient ?

Yvette Nichol désigna, dans les gradins, le visage de la blonde à côté de la version acrylique de Peter et Clara.

— Pourquoi Jane Neal aurait-elle placé là une nièce qu'elle méprisait ? Si cette femme est là, ça ne peut pas être, comme vous l'avez dit, un hommage à Mme Hadley.

Nichol était visiblement fière de damer le pion à Clara. Celle-ci, malgré elle, sentait monter sa colère. Elle regarda, muette, ce jeune visage méprisant de l'autre côté du chevalet. Le pire, c'est qu'elle avait raison. Une grande blonde figurait indéniablement dans *Jour de foire* et Clara savait que Timmer, encore plus que Jane, détestait Yolande.

— Puis-je vous voir, s'il vous plaît ?

Gamache s'interposa entre Clara et Yvette Nichol, dont le regard triomphal se voila. Sans un mot de plus, il se retourna et marcha vers la sortie. L'agente Nichol hésita un moment avant de le suivre.

— Demain matin, un autobus pour Montréal part de Saint-Rémy à six heures. Prenez-le.

Il n'avait rien d'autre à dire. Tremblant de rage, l'agente Yvette Nichol resta sur le seuil froid et sombre de la galerie. Elle voulut frapper à la porte fermée. Il lui semblait que toutes les portes de sa vie se refermaient devant elle et qu'elle se retrouvait une nouvelle fois dehors. Furieuse, elle fit deux pas vers la fenêtre et regarda à l'intérieur ce grouillement de gens, et Gamache qui parlait à cette Morrow et à son mari. Mais il y avait autre chose dans l'image. Après un moment, elle s'aperçut que c'était son propre reflet.

Comment allait-elle expliquer cela à son père ? Elle avait foiré. Pour une raison ou une autre, quelque part, elle avait fait quelque chose de travers. Mais quoi ? Yvette Nichol ne raisonnait plus. Elle était obnubilée par la pensée de rentrer à la maison minuscule au parterre impeccable, dans l'est de Montréal, pour dire à son père qu'elle s'était fait renvoyer de l'affaire. La honte ! Une phrase de l'enquête flottait dans sa tête :

"Le problème, vous l'avez en face de vous."

Cela signifiait quelque chose. Quelque chose d'important, elle en était sûre. Puis, enfin, elle comprit.

Le problème, c'était Gamache.

Il était là, en train de rire et de parler, hautain et inconscient de la douleur qu'il causait. Il n'était pas différent de la police tchécoslovaque dont son père lui avait parlé. Comment avait-elle pu être si aveugle ? Soulagée, elle réalisa qu'elle n'avait pas à dire quoi que ce fût à son père. Après tout, ce n'était pas sa faute à elle.

Yvette Nichol se détourna, car le spectacle était trop pénible : ces gens qui s'amusaient, et son propre reflet solitaire.

Une heure plus tard, la fête avait migré de la galerie d'art à la maison de Jane. Le vent se levait et la pluie commençait à tomber. Clara se tenait au milieu de la salle de séjour, comme Jane l'aurait fait, pour voir les réactions à mesure que chacun arrivait.

On entendit bien des "Oh… mon Dieu !", des "Merde alors !", de même que des "Tabarouette !" Des "Tabarnouche !" et des "Tabarnac !" se répercutèrent sur les murs. La salle de séjour de Jane résonnait de jurons de toutes sortes. Clara se sentait plutôt à l'aise. Une bière à la main et des noix de cajou dans l'autre, elle regardait arriver les invités ébahis. La plupart des murs du rez-de-chaussée avaient été dénudés et devant leurs yeux tourbillonnaient la géographie et l'histoire de Three Pines. Les cougars et les lynx, depuis longtemps disparus, les garçons qui s'en allaient au pas à la Grande Guerre, jusqu'au modeste vitrail de Saint-Thomas commémorant les morts. En face du poste de police de Williamsburg poussaient vigoureusement des plants de cannabis sous les yeux d'un chat heureux assis à la fenêtre.

Bien sûr, la première chose que fit Clara fut de se retrouver sur le mur. Son visage émergeait d'un rosier Old Garden, tandis que Peter était accroupi derrière une noble statue de Ben en culottes courtes, debout sur la pelouse chez sa mère. Peter, en costume de Robin des Bois, portait arc et flèches, alors que Ben, fier et droit, regardait fixement la maison. Clara se pencha pour voir si des serpents sortaient de la vieille maison des Hadley, mais elle n'en vit pas.

La maison de Jane se remplit rapidement de rires, de cris perçants et de rugissements, qui fusaient chaque fois qu'on reconnaissait un personnage. Parfois une personne était émue aux larmes, sans pouvoir l'expliquer. Gamache et Beauvoir se promenaient dans la pièce, observaient et écoutaient.

— ... mais ce qui me touche, c'est le plaisir qui se dégage des images, dit Myrna à Clara. Même les décès, les accidents, les funérailles, les mauvaises récoltes, tout ça est dépeint avec une telle vie ! Elle leur a donné un aspect naturel.

— Eh, toi ! lança Clara à Ben, qui s'approcha avec enthousiasme. Regarde-toi.

Elle fit un signe de la main en direction de son image au mur.

— Très vigoureux.

Il sourit.

— Musclé, même.

Gamache dirigea son regard vers l'image de Ben sur le mur de Jane, un homme fort qui fixait les yeux sur la maison de ses parents, en se disant une fois de plus que la mort de Timmer Hadley était peut-être arrivée à point nommé pour son fils. Ce dernier pouvait enfin sortir de son ombre. Détail intéressant, c'était Peter qui se tenait dans l'ombre, celle de Ben. Gamache se demanda ce que cela pouvait bien vouloir dire. Il commençait à se rendre compte que la maison de Jane

389

était une sorte de clé permettant de décoder la communauté. Jane Neal était une femme très perspicace.

Sur ces entrefaites, Elise Jacob arriva, hochant la tête en direction de Gamache.

— Ouf, quelle soirée…

Mais elle reporta rapidement son regard sur le mur du fond, avant de pivoter pour examiner celui qui se trouvait derrière elle.

— Ça alors ! lâcha cette femme ravissante et bien mise, en faisant un signe de la main en direction de Gamache et du reste de la pièce, comme si elle avait été la première à remarquer les dessins.

Gamache se contenta de sourire et attendit qu'elle se ressaisisse.

— L'avez-vous apporté ? demanda-t-il, pas tout à fait sûr qu'elle ait retrouvé l'ouïe.

— C'est brillant, murmura-t-elle. Formidable. Magnifique. Génial !

Gamache était un homme patient et il lui donna quelques minutes pour s'imprégner de la pièce. Il s'aperçut alors qu'il était devenu fier de cette maison, comme s'il avait eu quelque chose à voir avec sa création.

— C'est fabuleux, bien sûr, dit Elise. Avant de prendre ma retraite ici, j'étais conservatrice au musée des Beaux-Arts du Canada, à Ottawa.

Gamache s'émerveilla une fois de plus de voir que des personnes comme elle choisissaient de venir habiter dans cette région. Margaret Atwood était-elle devenue éboueuse ? L'ex-premier ministre Mulroney s'était peut-être recyclé en postier. Personne n'était ce qu'on croyait être. Chacun était plus. Et une personne, dans cette pièce, était plus encore.

— Qui aurait cru que la même femme qui a peint cet affreux *Jour de foire* a fait tout cela ? poursuivit Elise. On a tous de mauvaises périodes, j'imagine. N'empêche, elle aurait pu soumettre une meilleure œuvre.

— C'était la seule qu'elle avait, dit Gamache, ou, du moins, la seule qui n'a pas été réalisée sur des matériaux de construction.

— C'est étrange.

— C'est le moins qu'on puisse dire, fit Gamache. Vous l'avez apporté ? répéta-t-il.

— Désolée, oui, il est dans le vestibule.

Une minute plus tard, Gamache installait *Jour de foire* sur son chevalet au centre de la pièce. L'œuvre entière de Jane était maintenant rassemblée.

Il resta parfaitement immobile et observa. Le vacarme augmentait à mesure que les invités buvaient du vin et reconnaissaient d'autres gens ou événements sur les murs. La seule personne qui se comportait bizarrement était Clara. Gamache la vit s'approcher d'un pas nonchalant de *Jour de foire* et retourner ensuite au même endroit sur le mur. Puis, elle revint au chevalet, mais, cette fois, d'une façon plus déterminée. Elle courut encore presque jusqu'au mur. Elle y resta très longtemps. Enfin, elle revint très lentement à *Jour de foire*, comme perdue dans ses réflexions.

— Qu'est-ce qui se passe ? lui demanda Gamache qui s'était approché.

— Ce n'est pas Yolande, répondit Clara en montrant du doigt la blonde peinte à côté de Peter.

— Comment le savez-vous ?

— Regardez là-bas.

Clara pointa le mur qu'elle avait examiné.

— Là, c'est Yolande vue par Jane. Il y a des ressemblances, mais pas tant que ça.

Gamache savait que Clara avait raison, mais tenait à le vérifier. Bien sûr, elle s'était trompée en parlant de ressemblances, car il n'en voyait pas. La Yolande du mur, même enfant, était nettement Yolande. Physiquement, mais aussi émotionnellement. Elle irradiait le mépris et l'avidité, et autre chose. La ruse. La femme qui figurait au mur montrait tout cela. Et même un certain besoin d'attention. En revanche, sur le chevalet, la femme représentée dans les gradins n'était qu'une blonde.

— Alors, qui est-elle ? demanda-t-il en revenant devant le mur.

— Je ne sais pas. Mais je suis certaine d'une chose. Avez-vous remarqué que Jane n'a inventé aucun visage ? Chacun des personnages qui figurent sur ces murs représente quelqu'un de sa connaissance, un habitant du village.

— Ou un visiteur, dit Gamache.

— En fait, dit Ruth en se joignant à leur conversation, il n'y a aucun visiteur. Des gens partis s'installer ailleurs, revenus en visite, oui, mais ils sont considérés comme du village. Elle connaissait tous ceux qui figurent sur les murs.

— Et elle connaissait tous les personnages de *Jour de foire*, sauf celui-ci.

Clara pointa une noix de cajou vers la blonde en question.

— C'est une inconnue. Mais ce n'est pas tout. Je me suis demandé ce qui clochait dans *Jour de foire*. C'est de toute évidence le tableau de Jane, mais en même temps ça ne l'est pas. Si ç'avait été sa première œuvre, je dirais qu'elle n'avait tout simplement pas trouvé son style. Mais c'était la dernière.

Clara se pencha vers le tableau.

— Chacun, dans cette peinture, est fort, confiant, résolu. Mais l'ensemble rate son effet.

— Elle a raison, dit Elise. Il y a quelque chose qui cloche dans ce tableau.

Autour de *Jour de foire* grandissait un cercle d'invités attirés par le mystère.

— Mais il nous a fait de l'effet quand on l'a jugé, non ?

Clara se tourna vers Peter.

— Regarde cette femme. Ce n'est pas Jane qui l'a peinte.

Clara montra d'un doigt accusateur la blonde assise dans les gradins à côté de Peter. Comme si elles étaient aspirées par un tuyau, toutes les têtes s'inclinèrent vers le centre du cercle pour scruter le visage d'un air interrogateur.

— C'est pour ça que ce tableau ne fonctionne pas, poursuivit Clara. Il fonctionnait avant qu'on change ce visage. La personne qui l'a fait a aussi changé tout le tableau, sans s'en apercevoir.

— Comment savez-vous que Jane n'a pas peint ce visage ? demanda Gamache en prenant un ton officiel.

De l'autre côté de la pièce, Beauvoir l'entendit et s'approcha en sortant son calepin et son stylo.

— Tout d'abord, c'est le seul qui n'a pas l'air vivant.

Gamache dut l'admettre.

— Mais c'est subjectif, ajouta Clara. Il existe une preuve réelle si vous voulez.

— Ce serait bien, pour une fois.

— Regardez.

Clara désigna de nouveau la femme.

— Sapristi, maintenant que je le regarde de plus près, je me dis que j'ai dû être aveugle pour ne pas le voir avant ! C'est comme un immense furoncle.

Malgré tous leurs efforts, les autres ne voyaient pas ce qu'elle voulait dire.

— Dieu du ciel, dis-le-nous, avant qu'on te donne la fessée ! s'écria Ruth.

— Là.

Du doigt, Clara traça un zigzag autour du visage de la femme et, bien sûr, en y regardant de plus près, ils virent une petite bavure.

— On dirait une verrue, une immense tache sur cette œuvre.

Elle montra des marques floues, quasi invisibles.

— Cela a été fait avec un chiffon et de l'essence minérale, hein, Ben ?

Mais Ben était encore occupé à scruter *Jour de foire*, presque en louchant.

— Regardez là, ces coups de pinceau. Tous à contresens. Regardez le visage de Peter à côté d'elle. Les coups de pinceau sont complètement différents. Ils vont surtout de côté, plutôt que de haut en bas. Puis, regardez les cheveux de cette femme. Des coups de haut en bas. Un indice sûr. As-tu remarqué les couleurs ?

Elle se tourna vers Peter, qui semblait mal à l'aise.

— Non. Rien d'étrange à propos des couleurs.

— Allons, voyons. Les blancs sont différents. Jane a utilisé du blanc de titane ici, ici et ici. Mais là, voyez les yeux de la femme : c'est du blanc de zinc. Et là, du jaune ocre.

Clara montrait du doigt la veste de la blonde.

— Jane n'utilisait jamais d'ocre, seulement du jaune de cadmium. C'est tellement évident. Vous savez, on a fait beaucoup de travaux artistiques, on a enseigné l'art – on a même parfois restauré des objets pour le musée McCord –, et je peux vous dire qui a peint quoi rien qu'en voyant les coups de pinceau, peu importe le choix de pinceaux et de couleurs.

— Pourquoi quelqu'un peindrait-il un visage ? demanda Myrna.

— Voilà la question, répondit Gamache.

— Ce n'est pas la seule. Pourquoi ajouter un visage, oui, bonne question, sauf que celui qui l'a fait en a aussi enlevé un. On le voit aux traînées. Il n'a pas seulement peint par-dessus le visage original, il l'a vraiment effacé. Je ne comprends pas. Si Jane, ou quelqu'un d'autre, avait voulu effacer un visage, il aurait été beaucoup plus facile de repeindre par-dessus. En fait, on y arrive avec de l'acrylique, tout le monde le fait. On ne prend presque jamais la peine d'effacer. On se contente de recouvrir ses erreurs.

— Si quelqu'un l'a fait, pouvez-vous enlever ce visage et retrouver l'original en dessous ? demanda Gamache.

— C'est délicat, dit Peter, mais un bon restaurateur le pourrait. C'est comme ce qu'on faisait à l'étage, ici, enlever une couche de peinture pour découvrir l'image en dessous. Avec une toile, il faut une radiographie. C'est un peu flou, mais ça donne une idée de qui se trouve là. Maintenant, bon, c'est détruit.

— Celle qui a fait ça ne voulait pas qu'on découvre le visage, dit Clara. Alors, elle a enlevé le sien et peint celui d'une autre femme.

— Mais cette personne s'est trahie, intervint Ben, en effaçant le visage original et en en dessinant un nouveau. Elle ne connaissait pas le travail de Jane, son code. Elle a inventé un visage sans s'apercevoir que Jane ne l'avait jamais fait…

— Et elle y est allée à rebrousse-poil, dit Clara.

— Eh bien, ça me met hors de cause, dit Gabri.

— Mais pourquoi l'avoir fait ? Autrement dit, quel visage a-t-on effacé ? demanda Myrna.

Il y eut un silence pendant un moment, alors qu'ils réfléchissaient tous.

— Pouvez-vous effacer ce visage et nous donner une idée de l'original ? demanda Gamache.

— Peut-être. Tout dépend dans quelle mesure le visage original a été enlevé. Pensez-vous que c'est le meurtrier qui l'a fait ? demanda Clara.

— Je pense que oui. Je ne sais tout simplement pas pourquoi.

— Vous avez dit "elle", fit remarquer Beauvoir à Clara. Pourquoi ?

— J'imagine que c'est parce que le nouveau visage est celui d'une femme. Je me suis dit que la personne choisirait le plus facile, celui qu'on voit chaque jour dans la glace.

— Vous croyez que c'est le visage du meurtrier ? demanda Beauvoir.

— Non, ce ne serait pas très malin. Je crois que c'est une femme, c'est tout. Sous la pression, un Blanc est plus susceptible de peindre un Blanc, plutôt qu'un Noir ou une Blanche – il reproduira ce qui lui est le plus familier. Même chose ici.

"C'est un argument qui se tient", se dit Gamache. Mais il se dit aussi que, pour tromper, un homme pourrait très bien peindre une femme.

— Est-ce qu'il faut de la dextérité pour y arriver ? demanda-t-il.

— Enlever un visage et le remplacer par un autre ? Oui, pas mal. Pas nécessairement pour enlever le premier visage, mais, là encore, la plupart des gens ne sauraient pas comment. Le sauriez-vous ? demanda-t-elle à Beauvoir.

— Non. Vous avez mentionné de l'essence minérale et un chiffon, mais la première fois que j'ai entendu parler d'essence minérale, c'était il y a quelques jours, quand vous en aviez besoin pour votre travail ici.

— Exactement. Les artistes le savent, mais la plupart des gens, non. Une fois le visage effacé, il fallait en peindre un autre dans le style de Jane. Ça demande de l'habileté. Celui qui l'a fait est un artiste, et je dirais un bon artiste. Il nous a fallu du temps pour trouver l'erreur. Nous ne l'aurions peut-être jamais trouvée si votre agente Nichol ne s'était pas montrée si désagréable en disant que c'était Yolande. J'étais tellement furieuse que je me suis mise à chercher la Yolande de Jane, pour voir si c'était vrai. Ça ne l'était pas. Mais ça m'a obligée à regarder le visage de plus près, pour voir qui ça pourrait être. C'est là que j'ai remarqué les différences. Alors, vous pouvez dire à Yvette Nichol qu'elle a aidé à résoudre l'affaire.

— Avez-vous autre chose à nous dire ? demanda Beauvoir à Clara, en souriant.

Gamache savait qu'il n'allait pas amener Nichol à croire que son impolitesse avait donné de bons résultats, mais il savait que, s'il l'avait congédiée plus tôt, ils n'auraient jamais avancé comme ils l'avaient fait. En un sens, Clara avait raison, mais elle sous-estimait son propre mérite. En voulant démontrer que Nichol avait tort, elle avait elle aussi joué un rôle important.

— Vous pensiez que *Jour de foire* était à la hauteur de l'exposition lorsque vous l'avez jugé le vendredi précédant Thanksgiving ? demanda-t-il à Peter.

— Je l'ai trouvé brillant.

— Dès le lundi de Thanksgiving, il avait changé, dit Clara en se tournant vers Gamache et Beauvoir. Vous rappelez-vous quand vous êtes venus, tous les trois, et que je vous ai montré *Jour de foire* ? La magie avait déjà disparu.

— Samedi et dimanche, dit Beauvoir. Deux jours. A un moment donné, le meurtrier a changé ce tableau. Jane Neal a été tuée dimanche matin.

Tous le regardèrent longuement et semblaient lui demander de leur dire qui. Gamache savait que *Jour de foire* voulait leur dire quelque chose. La raison du meurtre de Jane Neal était contenue dans ce tableau. Ayant entendu frapper de petits coups à la fenêtre de la salle de séjour, Clara alla voir qui était à l'extérieur.

Tandis qu'elle scrutait l'obscurité, une branche apparut soudain et heurta la vitre. L'ouragan Kyle était là et voulait entrer.

Le groupe se sépara alors rapidement et chacun courut vers sa maison ou sa voiture avant l'arrivée en force de l'ouragan.

— Fais attention, Méchante Sorcière de l'Ouest, la maison pourrait te tomber sur la tête ! s'écria Gabri derrière Ruth, qui lui fit – ou pas – un doigt d'honneur en disparaissant dans l'obscurité.

On transporta *Jour de foire* au gîte touristique, où un groupe occupa la grande salle de séjour, sirotant des liqueurs et de l'espresso. On avait allumé un feu dans la cheminée et, à l'extérieur, Kyle gémissait en arrachant les feuilles aux arbres. A présent, la pluie fouettait de nouveau les fenêtres et les faisait trembler. D'instinct, le groupe se rapprocha, réchauffé par le feu, les boissons et la compagnie.

— Qui connaissait *Jour de foire* avant le meurtre de Mlle Neal ? demanda Gamache.

Il y avait Peter et Clara, ainsi que Ben, Olivier, Gabri et Myrna.

— Le jury, dit Peter.

— N'en avez-vous pas parlé à votre repas de Thanksgiving du vendredi soir ?

— On en a beaucoup parlé. Jane l'a même décrit, confirma Clara.

— Ce n'est pas la même chose, dit Gamache. Qui avait vu *Jour de foire* avant ce soir ?

Ils se regardèrent en secouant la tête.

— Qui faisait partie du jury, déjà ? demanda Beauvoir.

— Henri Larivière, Irène Calfat, Elise Jacob, Clara et moi, répondit Peter.

— Qui d'autre aurait pu le voir ? redemanda Gamache.

C'était une question essentielle. Le meurtrier avait tué Jane à cause de *Jour de foire*. Il ou elle l'avait vu et s'était senti menacé au point de retoucher le tableau, au point de tuer.

— Isaac Coy, dit Clara. C'est le concierge. Et j'imagine que des visiteurs de l'autre exposition, celle d'art abstrait, ont pu s'égarer dans l'entrepôt et la voir.

— Mais ce n'est pas vraisemblable, dit Gamache.

— Pas par erreur, admit Clara.

Elle se leva.

— Désolée, je crois que j'ai laissé mon sac chez Jane. Je vais juste faire un saut chez elle.

— Dans la tempête ? demanda Myrna, incrédule.

— Je rentre aussi, dit Ben. A moins que je ne puisse faire autre chose ?

Gamache secoua la tête et l'assemblée se dispersa. Un à un, ils s'avancèrent dans la nuit noire, les bras levés d'instinct pour se protéger. L'air de la nuit était rempli de pluie battante, de feuilles mortes et de gens qui couraient.

Clara sentait le besoin de réfléchir et, pour réfléchir, elle avait besoin de son lieu sûr, la cuisine de Jane. Elle alluma toutes les lumières et s'enfonça dans l'un des gros fauteuils placés près du poêle à bois.

Etait-ce possible ? Elle avait sûrement mal compris. Oublié ou mal interprété quelque chose. Elle l'avait remarqué, la première fois, au cocktail, en regardant longuement *Jour de foire*, mais l'idée avait germé à la galerie de Williamsburg, plus tôt dans la soirée. Cependant, elle avait rejeté cette pensée. Trop pénible. Trop proche. Beaucoup trop proche.

Mais l'idée accablante lui était revenue en force au gîte touristique. Alors qu'ils fixaient *Jour de foire*, toutes les pièces s'étaient rassemblées. Tous les indices, tous les soupçons. Tout prenait un sens. Elle ne pouvait retourner chez elle. Pas maintenant. Elle avait peur de rentrer.

— A quoi pensez-vous ? demanda Beauvoir, assis dans un fauteuil en face de celui de Gamache.

Yvette Nichol était allongée sur le sofa et lisait un magazine, comme si elle voulait punir Gamache par son silence. Gabri et Olivier étaient partis se coucher.

— A Yolande, dit Gamache. Je reviens sans cesse à cette famille. Tant de pistes d'enquête nous y ramènent. L'incident du fumier, les murs tapissés de papier peint. André et son arc de chasse.

— Mais ce n'est pas un arc recourbé, dit Beauvoir d'un ton morose.

— Il l'a peut-être détruit, dit Gamache, mais pourquoi l'aurait-il utilisé au départ, voilà le problème. Qui se servirait d'un vieil arc au lieu d'un nouvel arc de chasse à poulies ?

— Une femme, dit Beauvoir.

C'était la partie du travail qu'il préférait : s'asseoir avec le chef en fin de soirée devant un verre et un feu de cheminée et résoudre le crime.

— Un arc recourbé est plus facile à utiliser, d'autant plus s'il est vieux. On l'a vu avec Suzanne Croft. Elle ne pouvait pas se servir de l'arc moderne, mais de l'ancien, oui, de toute évidence. Ce qui nous ramène à Yolande. Elle connaissait les œuvres d'art de sa tante, peut-être mieux que quiconque, et l'art est une affaire de famille. En creusant, on découvrirait sans doute qu'elle a fait de la peinture dans sa vie. Tout le monde ici en fait – c'est sans doute obligatoire.

— Bon, alors, suivons cette piste. Pourquoi Yolande voudrait-elle tuer Jane ?

— Pour l'argent ou la maison, ce qui revient au même. Elle croyait hériter, elle a probablement soudoyé cet escroc de notaire de Williamsburg pour lui soutirer des informations, et Dieu sait qu'elle tenait à connaître le contenu du testament.

— Bien. Mais quel est le lien avec *Jour de foire* ? Qu'est-ce qui, dans la peinture, pousserait Yolande à la changer ? Elle représente le défilé de fermeture de la foire de cette année, mais elle semble être un hommage à Timmer Hadley. Comment Yolande aurait-elle pu la voir et, même dans ce cas, pourquoi aurait-elle eu besoin de la modifier ?

Un silence. Après quelques minutes, Gamache poursuivit.

— Bon, voyons les autres. Ben Hadley ?

— Pourquoi lui ? demanda Beauvoir.

— Il avait accès aux arcs, il a l'habileté et la connaissance des lieux, Mlle Neal lui faisait sans doute confiance et il sait peindre. Apparemment, il est très bon peintre. Comme il fait partie du conseil de la galerie de Williamsburg, il en a la clé. Il aurait pu y entrer n'importe quand pour voir *Jour de foire*.

— Son mobile ? demanda Beauvoir.

— Voilà le problème. Il n'y a pas de mobile clair, n'est-ce pas ? Pourquoi aurait-il voulu tuer Jane Neal ? Pas pour de l'argent. Pourquoi ?

Tout en se creusant la cervelle, Gamache regardait les flammes mourantes. Il se demandait s'il ne réfléchissait pas trop, juste pour ne pas en venir à l'autre conclusion.

— Voyons. C'est Peter Morrow, le coupable. Qui d'autre ?

Gamache n'eut pas à lever les yeux pour savoir qui avait parlé. La citrouille figurant en couverture de *Harrowsmith Country Life* avait trouvé sa voix.

Clara dévisageait son reflet dans la fenêtre de cuisine chez Jane. Une femme spectrale et effrayée la regardait. Sa théorie se tenait.

"Laisse tomber, disait la voix intérieure. Ça ne te regarde pas. Laisse la police faire son travail. Pour l'amour du ciel, ne dis rien." Cette voix séduisante promettait la paix, le calme et le maintien de sa vie magnifique à Three Pines. Passer à l'acte détruirait cette vie.

"Et si tu avais tort ? susurra la voix. Tu blesserais un tas de gens."

Mais Clara savait qu'elle ne se trompait pas. Elle avait peur de perdre cette vie qu'elle aimait, cet homme qu'elle adorait.

"Il va être furieux. Il va nier, hurlait la voix dans sa tête, maintenant en état de panique. Il va te confondre. Il va te faire sentir affreuse pour avoir suggéré une telle chose. Mieux vaut se taire. Tu as tout à perdre et rien à gagner. Personne n'a à le savoir. Personne ne saura jamais que tu n'as rien dit."

Mais Clara savait que la voix mentait. Elle lui avait toujours menti. Clara savait et cela finirait de toute façon par détruire sa vie.

Etendu sur son lit, Gamache regardait *Jour de foire*. Des conversations et des bribes d'échanges tourbillonnaient dans sa tête tandis qu'il examinait les personnages et les animaux stylisés et se rappelait ce qu'avait dit chaque personne, à un moment donné, au cours des deux semaines précédentes.

Yvette Nichol avait raison. Peter Morrow était le suspect le plus probable, mais on n'avait aucune preuve. Gamache savait que leur meilleure chance de l'attraper reposait sur ce tableau et sur l'analyse du lendemain. *Jour de foire* était leur preuve accablante. Mais, tandis qu'il regardait fixement chaque visage de la toile, quelque chose s'imposa, quelque chose de si peu vraisemblable qu'il n'arrivait pas à le croire. Il se redressa. Ce n'était pas ce qui se trouvait dans *Jour de foire* qui allait prouver qui avait tué Jane Neal. C'était ce qui ne s'y trouvait pas. Gamache sauta hors du lit et s'habilla.

Clara voyait à peine devant elle à cause de la pluie, mais ce n'était rien à côté du vent. Kyle avait transformé les feuilles d'automne, si magnifiques sur les arbres, en petits missiles. Elles filaient à toute allure autour d'elle et venaient se plaquer contre son visage. Bras devant pour se protéger les yeux, elle marchait contre le vent, trébuchant sur le terrain raboteux. Les feuilles et les branchettes giflaient son imperméable et cherchaient sa peau. Elles échouaient, mais l'eau froide y parvenait : elle se déversait dans ses manches, le long de son dos, dans son nez, et bombardait ses yeux entrouverts. Mais elle était presque arrivée.

— J'étais inquiet. Je t'attendais plus tôt, dit-il en s'avançant pour la prendre dans ses bras.

Clara recula, se détacha de son étreinte. Il la regarda, surpris et blessé. Puis, il scruta les bottes, l'eau et la boue en flaques sur le plancher. Suivant son regard, elle se déchaussa machinalement, en souriant presque du caractère normal de son geste. Elle s'était peut-être trompée. Peut-être lui suffisait-il d'enlever ses bottes et de s'asseoir sans rien dire. Trop tard. Sa bouche s'animait déjà.

— J'ai réfléchi.

Elle fit une pause, ne sachant trop quoi dire ni comment.

— Je sais. Je l'ai vu sur ton visage. Quand est-ce que tu as trouvé ?

"Donc, se dit-elle, il ne va pas nier." Elle ne savait trop si elle devait se sentir soulagée ou horrifiée.

— A la fête, mais je ne pouvais pas tout mettre bout à bout. J'avais besoin de temps pour réfléchir, pour tout régler.

— C'est pour ça que tu as dit "elle" en parlant de la personne qui avait fait les retouches ?

— Oui. Je voulais gagner du temps, peut-être même semer la police.

— Ça m'a dérouté. Je m'attendais à ce que tu le dises franchement. Mais ensuite, au gîte touristique, je te voyais réfléchir. Je te connais trop bien. Qu'est-ce qu'on va faire ?

— J'avais besoin de vérifier si c'était vraiment toi. J'avais l'impression de te devoir ça, parce que je t'aime.

Clara se sentit engourdie, comme si son esprit était sorti de son corps.

— Moi aussi, je t'aime, dit-il d'une voix qu'elle trouva soudainement affectée.

Avait-elle toujours été ainsi ?

— J'ai besoin de toi. Tu n'as pas à prévenir la police, il n'y a aucune preuve. Même les tests de demain ne montreront rien. J'y suis allé avec soin. Quand j'ai quelque chose en tête, je suis très minutieux, mais, ça, tu le sais déjà.

En effet. Elle le soupçonnait d'avoir raison : la police aurait beaucoup de difficulté à prouver sa culpabilité.

— Pourquoi ? demanda-t-elle. Pourquoi as-tu tué Jane ? Pourquoi as-tu tué ta mère ?

— Toi, tu ne l'aurais pas fait ?

Ben sourit et s'avança.

Gamache avait réveillé Beauvoir et maintenant ils frappaient à la porte des Morrow.

406

— As-tu oublié ta clé ? dit Peter en ouvrant.

Il fixa, interdit, Gamache et Beauvoir.

— Où est Clara ?

— C'est ce qu'on voulait vous demander. Il faut qu'on lui parle, tout de suite.

— Je l'ai laissée chez Jane, mais c'était…

Peter consulta sa montre.

— Il y a une heure.

— C'est long pour quelqu'un qui cherche son sac à main, dit Beauvoir.

— Elle n'avait pas de sac à main, ce n'était qu'un prétexte pour quitter le gîte touristique et aller chez Jane, expliqua Peter. Je le savais, mais je me suis dit qu'elle voulait passer du temps seule, pour réfléchir.

— Elle n'est pas encore revenue ? demanda Gamache. Vous n'étiez pas inquiet ?

— Je suis toujours inquiet à propos de Clara. Dès qu'elle quitte la maison, j'angoisse.

Gamache tourna les talons et se hâta, à travers bois, en direction de chez Jane.

Clara se réveilla avec un élancement à la tête. Du moins, elle tint pour acquis qu'elle était éveillée. Tout était noir. D'un noir aveuglant. Le visage au sol, elle aspirait de la poussière. Celle-ci adhérait également à sa peau humide de pluie. Sous son imperméable, là où la pluie avait pénétré, ses vêtements lui collaient au corps. Elle avait froid et mal au cœur. Elle ne pouvait s'empêcher de trembler. Où était-elle ? Où était Ben ? Elle s'aperçut qu'elle avait les bras ligotés dans le dos. Comme elle était allée chez Ben, ce devait être le sous-sol de la maison. Elle se rappelait s'être fait porter, perdant conscience de temps à autre. Elle se rappelait Peter. La voix de Peter. Non. Son odeur. Peter avait été tout près. Peter l'avait transportée.

— Je vois que tu t'es réveillée, dit Ben qui l'éclairait d'une lampe de poche.

— Peter ? demanda Clara d'une voix aiguë.

Ben semblait trouver cela amusant.

— Bien. C'est ce que j'espérais, mais, mauvaise nouvelle, Clara, Peter n'est pas ici. De fait, c'est plutôt une nuit de mauvaises nouvelles pour toi. Devine où on est.

Comme Clara ne parlait pas, Ben bougea lentement la lampe de poche, promenant le jet de lumière sur les murs, le plafond, les planchers. Il n'eut pas à aller loin pour que Clara devine. Elle le savait sans doute avant, mais son cerveau ne l'acceptait pas.

— Les entends-tu, Clara ?

Ben se tut et, bien sûr, Clara les entendit. Une ondulation. Un glissement. Elle sentait. Une odeur musquée, marécageuse.

Des serpents.

Ils étaient chez Timmer. Dans la cave de la maison de Timmer.

— Mais la bonne nouvelle, c'est que tu n'auras plus à t'en inquiéter longtemps.

Ben s'éclaira le visage en redressant la lampe de poche. Elle vit aussi qu'il portait l'un des manteaux de Peter.

— Tu es venue ici et tu es tombée dans l'escalier, dit-il posément, comme s'il s'attendait à ce qu'elle acquiesce. Gamache soupçonnera peut-être quelque chose, mais personne d'autre. Peter ne me soupçonnerait jamais, car c'est moi qui le consolerai de sa perte. Tous les autres savent que je suis gentil. Et c'est vrai. Mais, ça, ça ne compte pas.

Il se détourna d'elle et se dirigea vers l'escalier de bois, la lampe de poche lançant des ombres fantastiques sur le plancher de terre battue.

— Il y a eu une panne d'électricité, tu as trébuché et tu es tombée. Je suis en train de réparer les marches. De vieilles marches branlantes. Pendant des années, j'ai demandé à maman de les faire réparer, mais elle était trop chiche. Maintenant, c'est toi qui en paies le prix, c'est tragique. Par bonheur, si Gamache ne croit pas mon histoire, j'ai semé suffisamment d'indices pour faire accuser Peter. Il doit y avoir sur toi pas mal de fibres de son manteau maintenant. Tu en as aussi probablement aspiré. C'est ce que va révéler l'autopsie. Grâce à toi, ton mari sera condamné.

En se balançant, Clara parvint à s'asseoir. Elle voyait Ben travailler aux marches. Elle n'avait que quelques minutes, peut-être quelques instants. Elle tenta de forcer les liens de ses poignets. Heureusement, Ben ne les avait pas serrés à fond, peut-être pour lui éviter des contusions. Au moins, elle pouvait se dégager les poignets, si elle ne pouvait pas se libérer.

— Qu'est-ce que tu fais, là ?

Ben dirigea la lumière vers Clara, qui redressa le torse pour masquer ses mouvements. Son dos toucha le mur et quelque chose lui frôla les cheveux et le cou. Puis disparut. "Mon Dieu. Sainte Mère de Dieu." Dès que la lumière revint aux marches, Clara se débattit avec frénésie, tentant plus désespérément d'échapper aux serpents qu'à Ben. Elle les entendait glisser sinueusement le long des poutres et des puits de ventilation. Finalement, ses mains se dégagèrent et elle s'avança péniblement dans l'obscurité.

— Clara ? Clara !

La lumière fit un va-et-vient, scrutant furieusement.

— Je n'ai pas de temps à perdre.

Ben quitta l'escalier et se mit à chercher frénétiquement. Clara recula de plus en plus vers l'odeur rance. Quelque chose lui frôla la joue, puis lui tomba sur le pied. Elle se mordit la lèvre pour ne pas crier et le goût métallique du sang l'aida à se concentrer. Elle donna un grand coup de pied et entendit un bruit sourd et feutré lorsque cela heurta un mur proche.

Gamache, Beauvoir et Peter couraient dans toute la maison de Jane, mais Gamache savait que Clara n'y était pas. Si quelque chose devait lui arriver, ce ne serait pas ici.

— Elle est à la maison des Hadley, dit Gamache en se dirigeant vers la porte.

Dehors, Beauvoir se précipita avec lui, tout comme Peter. On aurait dit les pas de chevaux sauvages cavalant dans la tempête vers la maison aux lumières accueillantes.

Clara ne savait pas trop si elle entendait le rugissement de Kyle, le furieux Kyle, ou son propre souffle

410

terrifié. Ou le battement de son sang dans ses oreilles. Au-dessus d'elle, toute la maison semblait gémir et frissonner. Elle retenait son souffle, mais son corps manquait gravement d'oxygène et, au bout d'un moment, elle dut respirer, avidement et bruyamment.

— Je t'ai entendue.

Ben se retourna, mais si vite qu'il lâcha sa lampe de poche, qui jaillit de sa main et atterrit avec deux bruits sourds. Le premier fit rebondir la lumière, éclairant Clara en plein visage. Le second plongea la cave dans l'obscurité totale.

— Merde, siffla Ben.

"Mon Dieu, mon Dieu", se dit Clara. Une obscurité complète et profonde régnait. Elle était figée, pétrifiée. Elle entendit un mouvement à sa droite. Cela suffit à la faire bouger. Elle rampa en silence, lentement, vers la gauche, palpa la base du rugueux mur de pierre, cherchant une roche, un tuyau, une brique, n'importe quoi. Sauf…

Sa main se referma sur une chose qui, à son tour, s'entortilla et l'enserra. Avec un spasme, elle la lança dans l'obscurité et l'entendit rebondir à l'autre bout de la pièce.

— J'arrive, chuchota Ben.

En l'entendant, Clara s'aperçut qu'elle avait rampé jusqu'à lui dans l'obscurité. Il se trouvait à un pas d'elle, mais aveugle, lui aussi. Elle resta accroupie, clouée sur place, s'attendant à ce qu'il l'agrippe. Elle l'entendit plutôt traverser la pièce. Vers le serpent qu'elle avait lancé.

— Où est-elle ? suppliait Peter.

Ils avaient fouillé la maison de Ben et n'avaient trouvé qu'une flaque. A présent, Peter marchait à grandes enjambées, en cercles concentriques, dans la salle de séjour de Ben, de plus en plus près de Gamache, qui restait planté au centre.

— Calmez-vous, monsieur Morrow.

Peter cessa de faire les cent pas. Les mots avaient été prononcés doucement, avec autorité, par Gamache, qui regardait fixement devant lui. Il pouvait à peine s'entendre penser sous la force de l'orage et celle de la terreur de Peter.

Clara savait qu'il lui restait deux chances et que sa position s'était améliorée depuis quelques minutes. Elle devait trouver l'escalier ou une arme et atteindre Ben avant qu'il ne l'atteigne. Elle connaissait Ben. Il était fort, mais lent. Ça ne servait pas à grand-chose, car il n'y avait probablement pas de course à pied au programme, mais c'était toujours ça de pris.

Elle ne savait absolument pas où trouver une arme, sauf peut-être sur le plancher. Il y avait probablement là une brique ou un tuyau, mais autre chose aussi, elle le savait bien. Ben trébucha à quelques mètres devant elle. Elle se retourna et tomba à genoux, se précipitant sur le sol de terre battue, agitant les mains devant elle, dans l'espoir – "Mon Dieu, s'il te plaît !" – d'agripper quelque chose qui ne l'agripperait pas. Encore une fois, Clara entendit un bruit sourd et souhaita que son cœur se calme, sans toutefois s'arrêter. Sa main frôla quelque chose et, en un éclair, elle sut ce que c'était. Mais trop tard. Avec un claquement, le piège à souris lui pinça les doigts, cassant les deux du milieu et lui arrachant un cri de douleur et de surprise mêlées. Sous l'action d'une décharge d'adrénaline, elle dégagea instantanément sa main blessée du piège, qu'elle jeta loin d'elle. Elle roula de côté, sachant que les pièges à souris sont toujours posés le long des murs. Un mur devait se trouver directement devant. Si Ben se précipitait dans l'obscurité pour l'attraper…

Peter entendit le cri de douleur de Clara, abruptement interrompu. Lui et les policiers étaient entrés chez Timmer quelques moments plus tôt, par la porte de devant, qui battait au vent. Gamache et Beauvoir tirèrent de leurs manteaux des lampes de poche et en agitèrent les rayons sur le parquet de bois dur. Des marches humides s'enfonçaient au cœur de la maison obscure. Ils coururent à la file. Alors qu'ils allaient tourner en direction de la cuisine, ils entendirent le cri.

— Par là.

Peter ouvrit une porte qui donnait sur l'obscurité. Les trois hommes de grande taille plongèrent ensemble vers les marches de la cave.

Clara roula, puis s'arrêta au moment même où Ben fonçait la tête la première sur le mur de pierre. Il le heurta en pleine course, et Clara sut qu'elle s'était trompée sur son compte : il était rapide. Mais plus tellement à présent. L'impact avait ébranlé la cave entière. Puis, Clara entendit un autre bruit.

L'escalier s'effondrait.

14

Tout sembla se produire très lentement. La lampe de poche de Gamache heurta le plancher et s'éteignit, mais il vit d'abord Beauvoir s'étaler sur l'escalier effondré. Gamache tenta de s'écarter et faillit y parvenir. L'un de ses pieds se coinça entre les contremarches brisées et il entendit autant qu'il sentit sa jambe se casser sous son poids. L'autre pied atterrit sur quelque chose de beaucoup plus moelleux, quoique tout aussi bruyant. Gamache entendit Beauvoir aboyer de douleur, puis Peter s'effondra. Il fit le saut de l'ange, la tête la première. Gamache sentit se cogner leurs têtes et vit beaucoup plus de lumière que n'en contenait la cave ou même l'univers. Il s'évanouit.

Il revint à lui peu de temps après, alors que Clara le regardait, le visage apeuré. Elle irradiait la terreur. Il tenta de se lever pour la protéger, mais ne put bouger.

— Chef ? Ça va ?

Tournant ses yeux embrouillés, il vit Beauvoir qui lui aussi le regardait.

— J'ai téléphoné pour demander de l'aide.

Beauvoir tendit le bras et prit la main du chef. Un moment.

— Je vais bien, Jean-Guy. Et vous ?

Il regarda son visage inquiet.

— J'ai l'impression qu'un éléphant a atterri sur moi.

Beauvoir sourit légèrement. Un peu de sang rouge vif coulait de sa lèvre, et Gamache leva une main tremblante pour délicatement l'essuyer.

— Soyez plus prudent, mon vieux, murmura Gamache. Peter ?

— Je suis coincé, mais ça va. Vous m'avez frappé avec la tête.

Ce n'était pas le moment de savoir qui avait frappé qui.

— C'est reparti. Ça glisse encore.

Clara avait trouvé une lampe de poche, ce qui n'était pas si difficile, car la cave était maintenant jonchée d'hommes et de lampes de poche. Elle l'agita follement sur tout le plafond et le plancher et aurait voulu qu'elle ne fasse pas qu'éclairer. Un bon lance-flammes aurait été pratique. Elle prit la main de Peter dans sa propre main cassée, échangeant la douleur physique contre la consolation émotionnelle.

— Ben ? demanda Gamache, espérant pouvoir bientôt former des phrases complètes.

Sa jambe n'était qu'une douleur lancinante et sa tête le faisait souffrir, mais il reconnut la présence d'une certaine menace avec eux dans l'obscurité de la cave.

— Il est dans les pommes, dit Clara.

Elle aurait pu s'enfuir. L'escalier s'était effondré, oui, mais, pas très loin, il y avait un escabeau qu'elle aurait pu utiliser pour grimper.

Elle ne l'avait pas fait.

Clara n'avait jamais connu une telle peur. Ni autant de colère. Pas contre Ben, pas encore, mais contre ces imbéciles qui étaient censés la sauver. A présent, elle devait les protéger.

— J'entends quelque chose, dit Beauvoir.

Gamache tenta de se soulever sur les coudes, mais sa jambe déclenchait une telle douleur dans tout son corps qu'il en eut la force et le souffle coupés. Il retomba et tendit les mains, espérant s'accrocher à quelque chose qui pourrait lui servir d'arme.

— En haut, dit Beauvoir. Ils sont arrivés.

Gamache et Clara n'avaient jamais entendu de mots aussi doux à leur oreille.

Une semaine plus tard, ils étaient rassemblés dans la salle de séjour, chez Jane, où ils commençaient tous à se sentir chez eux, Gamache y compris. Ils avaient l'air d'un corps de fifres et tambours, la jambe de Gamache dans un plâtre, tout comme la main de Clara, Beauvoir penché avec des côtes cassées et la tête de Peter entourée d'un bandage.

A l'étage, Gabri et Olivier chantaient doucement *It's Raining Men*. Dans la cuisine, Myrna chantonnait en apprêtant du pain frais et de la soupe maison. Dehors, la neige tombait en immenses flocons humides qui fondaient presque aussitôt après avoir touché le sol et qui faisaient penser à des bises de cheval lorsqu'ils touchaient une joue. Les dernières feuilles d'automne s'étaient envolées des arbres et les pommes étaient tombées dans les vergers.

— Je crois que ça commence à coller au sol, dit Myrna en apportant le couvert et en installant des tables pliantes autour du feu de cheminée qui crépitait.

Là-haut, Gabri poussait des exclamations devant le contenu de la chambre de Jane.

— La convoitise. C'est dégoûtant ! dit Ruth avant de s'élancer rapidement dans l'escalier, puis de monter à l'étage.

Clara vit Peter se lever et tisonner le feu, qui brûlait pourtant parfaitement bien. Elle l'avait tenu dans ses bras, cette nuit-là, alors qu'il était étalé sur le sol de terre. C'était la dernière fois qu'elle s'était autant approchée de lui. Depuis les événements de cette horrible nuit, il s'était complètement retiré dans son île. Le pont avait été détruit. Les murs s'étaient levés. Maintenant Peter était inabordable, même par elle. Physiquement, oui, elle pouvait lui tenir la main, la tête, le corps, et elle le faisait. Mais elle savait qu'elle ne pouvait plus lui tenir le cœur.

Elle observa son beau visage meurtri par la chute et à présent entouré de soins. Elle savait que c'était lui qui avait été blessé le plus gravement, peut-être de façon irrémédiable.

— Je veux ça, dit Ruth, descendant l'escalier.

Elle agita un petit livre, puis l'inséra dans une immense poche de son cardigan usé. Jane, dans son testament, avait invité chacun de ses amis à choisir un objet de sa maison. Ruth avait fait son choix.

— Comment as-tu deviné que c'était Ben ? demanda Myrna en prenant un siège et en appelant les gars pour le repas du midi.

Elle avait disposé les bols de soupe, et les paniers de petits pains frais fumaient sur le coffre en cèdre.

— C'est à la fête ici que ça m'est venu à l'esprit, répondit Clara.

— Qu'est-ce que tu as vu de plus que nous ? demanda Olivier en arrivant.

— J'ai plutôt trouvé ce que je ne voyais pas. Je ne voyais pas Ben. Je savais que *Jour de foire* était un hommage à Timmer. Tous ceux qui comptaient pour Timmer y figuraient...

— Sauf Ben ! dit Myrna, en beurrant son petit pain chaud et en regardant fondre le beurre au contact du pain. Que c'est bête de ne pas l'avoir vu !

— Il m'a fallu du temps aussi, avoua Gamache. Je ne l'ai vu qu'après avoir longuement regardé *Jour de foire* dans ma chambre. Ben n'y était pas.

— Ben n'y était pas, répéta Clara. Je savais que Jane n'avait pu l'oublier. Mais il n'y était vraiment pas. Sauf si son visage avait été effacé.

— Mais pourquoi Ben a-t-il paniqué en voyant *Jour de foire* ? Ecoutez, qu'est-ce qu'il y avait de si horrible dans le fait de voir son visage en peinture ? demanda Olivier.

— Réfléchissez-y, dit Gamache. Le dernier jour de la foire, pendant le défilé, en fait, Ben a injecté à sa mère une dose fatale de morphine. Pour se donner un alibi, il était allé à Ottawa, à une exposition d'antiquités.

— Y est-il allé vraiment ? demanda Clara.

— Ah oui, il y a même acheté quelques objets. Puis, il est revenu ici en vitesse, c'est à peu près trois heures de route, et a attendu le début du défilé...

— Sachant que je laisserais sa mère seule ? Comment a-t-il pu le savoir ? demanda Ruth.

— Il connaissait sa mère, il savait qu'elle insisterait.

— C'est ce qu'elle a fait. J'aurais dû rester.

— Tu n'étais pas censée le savoir, Ruth, dit Gabri.

— Continuez, dit Olivier en trempant son petit pain dans la soupe. Il a regardé le tableau et…

— Il s'est vu, apparemment au défilé, dit Gamache. Là, dans les gradins. Il s'est dit que Jane savait, après tout, qu'il se trouvait à Three Pines.

— Alors, il a volé le tableau, a effacé son visage et en a peint un nouveau, dit Clara.

— L'inconnue était assise à côté de Peter, souligna Ruth. Là où Jane, naturellement, aurait placé Ben.

Peter s'efforça de ne pas baisser les yeux.

— Ce soir-là, au gîte touristique, après le vernissage, tout s'est mis en place, dit Clara. Il n'a pas verrouillé sa porte après le meurtre. Tous les autres l'ont fait, sauf Ben. Ensuite, il y a eu la vitesse, ou plutôt la lenteur, de son décapage. Puis, la nuit où il y a eu de la lumière ici, Ben a dit qu'il voulait rattraper son retard, et je l'ai cru, mais, plus tard, je me suis dit que l'explication semblait un peu boiteuse, même de sa part.

— D'ailleurs, dit Gamache, s'il fouillait la maison de Jane, c'était pour trouver ceci.

Il prit le dossier que Beauvoir avait trouvé chez Yolande.

— Des esquisses que Jane a réalisées de chaque foire agricole, depuis soixante ans. Ben a supposé qu'il y avait aussi des ébauches de *Jour de foire*, et il les cherchait.

— Est-ce que les esquisses montrent quelque chose ? demanda Olivier.

— Non, elles sont trop grossières.

— Ensuite, il y a eu les oignons, dit Clara.

— Les oignons ?

— Quand je suis allée chez Ben, le lendemain du meurtre de Jane, il était en train de faire frire des oignons pour préparer un chili con carne. Mais Ben ne faisait jamais la cuisine. Egoïste que je suis, je l'ai cru lorsqu'il a dit que c'était pour me remonter le moral. A un moment donné, je me suis aventurée dans sa salle de séjour, et j'ai senti une odeur, on aurait dit du détachant liquide. C'était l'odeur réconfortante qui indique que tout est propre et soigné. Je me suis dit que Nellie était passée. Quand j'en ai parlé à Nellie, plus tard, elle m'a dit que Wayne avait été tellement malade qu'elle n'avait fait aucun ménage pendant au moins une semaine. Ben avait dû utiliser un solvant et il faisait frire les oignons pour camoufler l'odeur.

— Exactement, confirma Gamache en sirotant sa bière. Le samedi après votre repas de Thanksgiving, il a dérobé *Jour de foire* à la galerie et effacé son propre visage pour en peindre un autre. Mais il a fait l'erreur de l'inventer. Il a également utilisé ses propres couleurs, différentes de celles de Jane. Ensuite, il a rapporté le tableau à la galerie de Williamsburg, mais il devait tuer Jane avant qu'elle ne s'aperçoive du changement.

Clara se tourna vers Gamache.

— Vous m'avez enlevé tous mes doutes. Vous insistiez pour savoir qui d'autre avait vu le tableau de Jane. Je me suis alors rappelé que Ben avait précisément demandé à Jane, au repas de Thanksgiving, si elle voulait bien aller le rencontrer à la galerie de Williamsburg.

— D'après toi, est-ce qu'il avait des soupçons, ce soir-là ? demanda Myrna.

— Il était peut-être un peu mal à l'aise. Sa culpabilité lui a peut-être joué des tours. Je me rappelle l'expression de son visage quand Jane a dit que le tableau représentait le défilé et qu'il contenait un message particulier. Elle le regardait en face.

— Il avait aussi un air bizarre lorsqu'elle a cité ce poème, dit Myrna.

— Quel poème ? demanda Gamache.

— Celui d'Auden. Là, dans la pile à côté de son fauteuil où tu es assise, Clara. Je le vois, dit Myrna. Les œuvres complètes.

Clara tendit l'épais volume à Myrna.

— Le voici, dit Myrna. Elle avait lu un passage de l'hommage d'Auden à Herman Melville :

Le mal n'est jamais spectaculaire et toujours humain.
Il dort dans nos lits et mange à nos tables.

Peter prit le recueil et parcourut le début du poème, que Jane n'avait pas cité :

Vers la fin, il vogua vers une extraordinaire douceur
et jeta l'ancre chez lui, rejoignit sa femme,
navigua dans le havre de sa main
et traversa chaque matin jusqu'au bureau,
comme si son travail était une autre île.
La bonté existait : c'était nouveau pour lui.
Sa terreur dut s'éteindre complètement.

422

Peter regarda le feu, écoutant le murmure des voix familières. Doucement, il glissa un bout de papier dans le livre et le referma.

— Comme un paranoïaque, il voyait partout des messages secrets, dit Gamache. Ben avait à la fois la possibilité de tuer Jane et l'habileté nécessaire. Il vivait presque à côté de l'école, il pouvait y aller sans être vu, entrer, prendre un arc recourbé et quelques flèches, y fixer des pointes de chasse, puis attirer Jane et la tuer.

Le film jouait dans la tête de Peter. A présent, il baissait les yeux. Il ne pouvait regarder ses amis. Comment cela avait-il pu lui échapper à propos de son meilleur ami ?

— Comment a-t-il attiré Jane à cet endroit-là ? demanda Gabri.

— Par un appel téléphonique, dit Gamache. Jane lui faisait entièrement confiance. Elle ne lui a pas posé de question lorsqu'il lui a demandé de le rencontrer près du passage de cerfs. Il lui a dit qu'il y avait des braconniers et qu'il valait mieux qu'elle laisse Lucy à la maison. Elle y est allée sans hésiter.

"C'est ça, la confiance et l'amitié, la loyauté et l'amour, se dit Peter. Tu te fais baiser. Trahir. Tu te fais blesser si profondément que tu peux à peine respirer et, parfois, ça te tue. Ou pire. Ça tue les gens que tu aimes le plus. Ben a failli tuer Clara. Je faisais confiance à Ben. J'aimais Ben. Ça s'est terminé comme ça. Plus jamais ! Gamache avait raison à propos de Matthieu X, 36."

— Pourquoi a-t-il tué sa propre mère ? demanda Ruth.

— C'est la plus vieille histoire du monde, dit Gamache.

— Ben se prostituait ? s'exclama Gabri.

— Ça, c'est le plus vieux *métier* du monde. Où as-tu la tête ? fit Ruth. Bon, laisse, je ne veux pas le savoir.

— Par cupidité, expliqua Gamache. J'aurais dû le comprendre plus tôt, après notre conversation à la librairie, dit-il à Myrna. Vous avez décrit un type de personnalité : les gens qui mènent ce que vous appelez une vie "immobile". Vous rappelez-vous ?

— Oui. Ceux qui n'arrivent pas à grandir et à évoluer, qui restent figés. Ceux qui s'améliorent rarement.

— Oui, c'est cela, dit Gamache. Ils attendent que la vie leur arrive. Ils attendent que quelqu'un les sauve. Ou les guérisse. Ils ne font rien pour eux-mêmes.

— Ben, dit Peter.

C'était presque sa première parole de la journée.

— Ben, dit Gamache en faisant un seul hochement de tête. Jane l'a vu, je pense.

Il se leva et boitilla jusqu'au mur.

— Regardez. C'est son image de Ben. Avez-vous remarqué qu'il porte des culottes courtes ? Comme un petit garçon. Il est en pierre. Coincé. Face à la maison de ses parents, face au passé. Maintenant, ça prend tout son sens, bien sûr, mais je ne l'ai pas vu avant.

— Mais pourquoi est-ce qu'on ne l'a pas vu ? On vivait avec lui tous les jours, demanda Clara.

— Pourquoi l'auriez-vous vu ? Votre vie vous tenait occupés. Le portrait de Ben par Jane contenait autre chose.

Il les laissa réfléchir un moment.

— L'ombre, dit Peter.

— Oui. Il jetait une ombre longue et obscure. Sa noirceur influençait les autres.

— M'influençait, vous voulez dire, précisa Peter.

— Oui. De même que Clara. Presque tout le monde. Comme il était très habile, il donnait une impression de tolérance et de gentillesse, tandis qu'en réalité il était très noir et rusé.

— Mais pourquoi a-t-il tué Timmer ? demanda Ruth de nouveau.

— Elle était sur le point de changer son testament. Pas pour l'en écarter complètement, mais pour lui léguer juste assez d'argent pour vivre, pour qu'il commence à s'assumer. Elle savait quelle sorte d'homme il était devenu, les mensonges, la paresse, les excuses. Mais elle s'était toujours sentie responsable. Jusqu'à ce qu'elle vous rencontre, Myrna. Vous avez parlé de ces questions à Timmer. Je pense que vos descriptions l'ont fait penser à Ben. Elle savait depuis longtemps que c'était un problème, mais, pour elle, c'était une sorte de problème passif. Il ne faisait de tort qu'à lui-même. Et à elle, avec ses mensonges à propos d'elle…

— Elle savait ce que Ben disait d'elle ? demanda Clara.

— Oui. Ben nous l'a révélé pendant l'interrogatoire. Il a avoué avoir menti sur sa mère depuis son enfance, pour s'attirer de la sympathie, mais il n'y voyait rien de mal. "Ç'aurait pu être vrai", c'est ce qu'il a dit. Par exemple, affirma Gamache en se tournant vers Peter, il vous a dit que sa mère avait insisté pour l'envoyer à l'école Abbot, mais, dans les faits, il l'en avait suppliée. Il voulait punir sa mère en la faisant se sentir inutile.

Je pense que ces discussions avec vous, Myrna, ont marqué un véritable tournant dans la vie de Timmer. Jusque-là, elle s'était sentie coupable de ce que Ben était devenu. Elle avait failli croire à ses accusations, selon lesquelles elle avait été une mère horrible. Elle avait l'impression de lui devoir quelque chose. C'est pourquoi, toute sa vie, elle l'a laissé vivre chez elle.

— Est-ce que ça ne te semblait pas étrange ? demanda Myrna à Clara.

— Non. Quand on y repense, c'est incroyable. Mais c'était là que Ben habitait, tout simplement. Il disait que sa mère refusait de le laisser partir. Je trouvais que c'était du chantage émotionnel. J'ai avalé tout ça.

Clara secoua la tête, abasourdie.

— Quand il a emménagé dans la maison du gardien, Ben nous a dit qu'elle l'avait mis à la porte parce qu'il avait fini par ne plus plier l'échine devant elle.

— Tu l'as cru ? demanda calmement Ruth. Qui t'a acheté suffisamment de toiles pour que tu puisses acquérir ta maison ? Qui t'a donné des meubles ? Qui t'a invitée à manger, les premières années, pour te présenter à des gens et te servir de bons repas quand tu avais à peine de quoi te nourrir ? Qui te renvoyait chez toi avec des restes emballés ? Qui t'écoutait poliment parler et posait des questions avec intérêt ? Je pourrais continuer toute la soirée. Est-ce que rien de tout ça ne t'a frappée ? Es-tu si aveugle ?

"Encore ça, se dit Clara. Aveugle."

C'était bien pire que toutes les blessures que Ben lui avait infligées. Ruth lui envoyait un regard dur. Comment avaient-ils pu être si crédules ? Comment les paroles de Ben avaient-elles pu être plus fortes que les gestes de Timmer ? Ruth avait raison. Timmer avait été d'une tolérance, d'une gentillesse et d'une générosité absolues.

Clara s'aperçut en frissonnant que Ben avait commencé à assassiner sa mère bien avant.

— Tu as raison. Je suis désolée. Même les serpents. J'avais cru aux serpents.

— Les serpents ? dit Peter. Quels serpents ?

Clara secoua la tête. Ben lui avait menti et avait utilisé le nom de Peter pour se donner de la crédibilité. Pourquoi lui avait-il dit qu'il y avait des serpents dans la cave de la maison de sa mère ? Pourquoi avait-il inventé cette histoire d'enfance sur lui-même et Peter ? Pour se donner encore davantage l'air d'une victime, d'un héros, comprit-elle. Elle ne s'était pas fait prier pour le croire. Le pauvre Ben, disait-on. Ben avait voulu être pauvre, mais pas littéralement en fait.

Une fois le courant rétabli, la cave de chez Timmer s'était révélée propre et nette. Dépourvue de serpents. Et de nids de serpents. Sans aucune trace de reptile, à part Ben. Les "serpents" suspendus au plafond étaient des fils électriques, et elle avait frappé et bousculé des bouts de tuyaux d'arrosage. La puissance de l'imagination ne cessait jamais d'étonner Clara.

— Une autre raison pour laquelle j'ai mis du temps à comprendre, avoua Gamache, c'est que j'ai fait une erreur. Une erreur plutôt grave. Je croyais qu'il vous aimait, Clara. Qu'il était amoureux de vous. Je lui en ai même parlé. Je me trompais royalement. Au lieu de l'interroger sur ses sentiments pour vous, je lui ai demandé depuis combien de temps il vous aimait. Cela lui a donné l'excuse qu'il lui fallait pour tous ses airs circonspects. S'il vous lançait des regards furtifs, ce n'était pas à cause de la passion, mais de la peur. Il savait à quel point vous êtes intuitive. La première, vous alliez vous rendre compte de tout. Je l'ai tiré d'affaire en me faisant une illusion.

— Mais vous avez fini par comprendre, dit Clara. Est-ce que Ben est conscient de ce qu'il a fait ?

— Non. Il est convaincu d'avoir agi avec raison. Il croit que l'argent des Hadley lui appartenait, que la propriété des Hadley était à lui, que sa mère ne faisait que retenir tout cela en attendant qu'il en soit l'héritier. Il lui était si inconcevable de ne pas recevoir son dû qu'il ne voyait pas d'autre possibilité que de la tuer. Elle l'avait placé dans cette position, n'est-ce pas, ce n'était pas sa faute à lui. C'était elle qui avait tout provoqué.

Olivier eut un frisson.

— Il paraissait tellement gentil.

— Il l'était, dit Gamache, jusqu'à ce qu'on soit en désaccord avec lui ou qu'il n'obtienne pas ce qu'il voulait. C'était un enfant. Il a tué sa mère pour de l'argent. Il a tué Jane parce qu'il a cru qu'elle l'avait annoncé au monde avec *Jour de foire*.

— C'est ironique, dit Peter : il a cru que son visage dans *Jour de foire* le dénoncerait. Mais ce qui l'a dénoncé, c'est d'avoir effacé son visage. S'il avait laissé l'image telle quelle, il ne se serait jamais fait prendre. Il a été passif toute sa vie. La seule fois qu'il a vraiment agi, il s'est condamné.

Ruth Zardo monta la colline, lentement et péniblement, tenant Daisy en laisse derrière elle. Elle s'était portée volontaire pour s'occuper de la chienne de Ben, étonnée la première de faire cette offre. Mais cela lui semblait juste : elles étaient deux vieilles, boiteuses et malodorantes. Elles avançaient avec précaution le long du sentier inégal, s'efforçant de ne pas glisser sur la neige qui s'accumulait pour ne pas se tordre une cheville ni aggraver l'état d'une hanche.

Elle l'entendit avant de le voir. Le bâton de prière, avec ses rubans aux couleurs vives qui flottaient au vent et semaient leurs offrandes en se heurtant. Comme de vrais amis. Se cognant, se blessant parfois, sans le faire exprès. Ruth parvint à saisir la vieille photographie, l'image presque usée par la pluie et la neige. Elle n'avait pas regardé cette photo depuis soixante ans, depuis le jour où elle l'avait prise à la foire. Jane et Andreas, si joyeux. Et Timmer derrière, regardant tout droit l'appareil photo, regardant Ruth qui le tenait, la mine renfrognée. Ruth savait alors, des années auparavant, que Timmer savait. La jeune Ruth venait tout juste de trahir Jane. Maintenant, Timmer était morte. Andreas aussi, Jane aussi. Ruth se dit qu'il était peut-être temps de lâcher prise. Elle dégagea cette vieille photographie, qui se joignit rapidement aux autres objets qui dansaient et jouaient ensemble.

Ruth plongea la main dans sa poche et sortit le livre qu'elle avait choisi en cadeau parmi les objets de Jane. Elle en retira l'enveloppe que Jane lui avait laissée. A l'intérieur se trouvait une carte dessinée à la main par Jane, presque une copie de l'image qui se trouvait sur le mur de la salle de séjour de sa maison. Sauf qu'au lieu de deux jeunes filles se donnant l'accolade, c'étaient deux vieilles fragiles. Deux femmes âgées. Serrées l'une contre l'autre. Ruth la glissa dans le livre. Le petit livre usé qui sentait l'eau de toilette Floris.

D'une voix tremblante, Ruth se mit à lire, et les mots emportés par le vent allèrent jouer parmi les flocons de neige et les rubans aux couleurs vives. Daisy la regardait avec ferveur.

Gamache était assis au bistro, venu dire au revoir et peut-être acheter une réglisse en forme de pipe ou deux avant de s'en retourner à Montréal. Olivier et Gabri discutaient fermement de l'endroit où il fallait placer le magnifique vaisselier qu'Olivier avait choisi. Celui-ci avait essayé de ne pas le choisir. Il s'en était gravement voulu d'être aussi avide et de prendre le plus bel objet de la maison de Jane.

"Juste cette fois-ci, s'était-il imploré, prends quelque chose de symbolique. Quelque chose de petit qui te la rappellera. Une jolie porcelaine du type «famille rose» ou un petit plateau d'argent. Pas le vaisselier. Pas le vaisselier."

— Pourquoi est-ce qu'on ne met jamais les beaux objets dans le gîte touristique ? gémit Gabri en faisant le tour du bistro avec Olivier, à la recherche d'un emplacement pour le vaisselier.

Ils aperçurent Gamache et allèrent le trouver. Gabri avait une question.

— Nous avez-vous soupçonnés ?

Gamache regarda les deux hommes, l'un immense et pétulant, l'autre mince et indépendant.

— Non. Vous deux, au cours de votre vie, vous avez été trop souvent blessés par la cruauté des autres pour être vous-mêmes cruels. Selon mon expérience, les gens blessés transmettent leur blessure et deviennent des agresseurs ou développent une grande gentillesse. Vous n'êtes pas du genre à tuer quelqu'un. J'aimerais que ce soit le cas de tout le monde ici.

— Qu'est-ce que vous voulez dire ? demanda Olivier.

— Qu'est-ce que vous voulez dire ? demanda Gabri.

— Bon, vous ne vous attendez tout de même pas à ce que je vous le révèle, non ? Cette personne ne passerait peut-être jamais aux actes.

Aux yeux clairvoyants de Gabri, Gamache semblait peu sûr de lui et même légèrement craintif.

Juste à ce moment, Myrna entra pour prendre un chocolat chaud.

— J'ai une question à vous poser.

Après avoir commandé, elle se tourna vers Gamache.

— Et Philippe ? Pourquoi a-t-il dénoncé son père ainsi ?

Gamache se demanda jusqu'à quel point il pouvait parler. Isabelle Lacoste avait envoyé au labo l'objet qu'elle avait trouvé collé derrière une affiche encadrée, dans la chambre de Bernard, et les résultats étaient arrivés. L'objet était couvert d'empreintes de Philippe. Ce qui n'étonnait guère Gamache. Bernard Malenfant avait fait chanter le jeune homme.

Mais Gamache savait que le comportement de Philippe avait déjà changé avant cela. De garçon heureux et gentil, il était devenu un adolescent cruel, maussade et profondément malheureux. Gamache avait deviné pourquoi, mais le magazine l'avait confirmé. Philippe ne détestait pas son père. Non. Philippe se détestait lui-même, et le faisait subir à son père.

— Désolé, dit Gamache. Je ne peux pas vous le dire.

Alors que Gamache enfilait son manteau, Olivier et Gabri vinrent vers lui.

— On croit savoir pourquoi Philippe a agi ainsi, dit Gabri. On l'a écrit sur ce bout de papier. Si on a raison, pourriez-vous seulement nous faire un signe de tête ?

Gamache déplia la note et la lut. Puis, il la replia et la mit dans sa poche. En sortant, il se tourna vers les deux hommes, qui se tenaient coude à coude, se touchant à peine. Tout en sachant qu'il commettait une erreur, il fit un signe de tête affirmatif. Il ne le regretta jamais.

Ils regardèrent Armand Gamache boitiller jusqu'à sa voiture et s'en aller. Gabri était profondément triste. Il savait depuis un moment à propos de Philippe. Paradoxalement, l'incident du fumier l'avait confirmé. C'était pourquoi ils avaient décidé d'inviter Philippe à régler sa dette en travaillant au bistro. Où ils pouvaient le surveiller, mais, surtout, où il pouvait les observer. Et voir que c'était bien.

— Alors, dit Olivier en frôlant la main de Gabri, au moins, tu auras un *munchkin* de plus au cas où tu déciderais de mettre en scène *Le Magicien d'Oz*.

— C'est exactement ce qu'il manque au village, un autre ami de Dorothy.

— C'est pour toi.

De derrière son dos, Clara fit apparaître une grande photographie, stylisée, traitée en couches par vidéo et imprimée en image fixe avec son Mac. Elle était rayonnante devant Peter qui la regardait. Il ne comprenait pas. Ce n'était pas rare, car il comprenait rarement le travail de Clara. Mais elle avait espéré que, cette fois, ce serait différent. Le cadeau qu'elle lui faisait, c'était à la fois la photo et la confiance qu'elle lui témoignait en la lui présentant. Son art était si douloureusement personnel qu'elle s'y mettait plus à nu que jamais. Tout comme elle n'avait pas parlé à Peter de l'affût aux cerfs ni du sentier, entre autres secrets, elle voulait maintenant lui montrer qu'elle avait eu tort. Elle l'aimait et lui faisait confiance.

Il fixa l'étrange photo. Elle représentait une boîte sur échasses, on aurait dit une maison dans les arbres. A l'intérieur se trouvait une pierre ou un œuf, Peter ne savait pas trop. Ce manque de clarté était tellement typique de Clara. Et l'ensemble tourbillonnait. Il en éprouva une légère nausée.

— C'est l'affût, dit-elle comme si c'était une explication.

Peter ne savait pas quoi penser. Ces derniers temps, depuis une semaine, il n'avait pas dit grand-chose à quiconque.

Clara se demanda si elle devait expliquer la pierre et son symbolisme de la mort. Mais l'objet pouvait aussi être un œuf. Symbole de vie. Lequel était-ce ? Telle était la magnifique tension de l'œuvre lumineuse. Jusqu'à ce matin-là, la maison dans l'arbre avait été statique, mais toute cette discussion autour des gens coincés avait donné à Clara l'idée de la faire pivoter, telle une petite planète, avec sa propre gravité, sa propre réalité. Comme la plupart des maisons, elle renfermait la vie et la mort, inséparables. En plus de l'allusion finale : la maison en tant qu'allégorie du moi, un autoportrait que l'on choisit, un refuge.

Peter ne saisissait pas. Il n'essayait pas. Il laissa Clara plantée là avec une œuvre d'art qui, ils ne le savaient pas encore, allait un jour la rendre célèbre.

Elle le regarda errer presque sans but dans son atelier et ferma la porte. Un jour, elle le savait, il allait quitter cette île stérile sur laquelle il se sentait en sécurité et revenir à ce continent désordonné. Alors, elle l'accueillerait à bras ouverts, comme toujours.

Pour l'heure, Clara s'assit dans la salle de séjour et tira un bout de papier de sa poche. Il était adressé au prêtre de l'église Saint-Thomas. Elle ratura la première ligne. En dessous, elle écrivit soigneusement quelque chose en lettres moulées, puis mit son manteau et monta la colline jusqu'à l'église recouverte de planches à clin blanches, tendit le papier au prêtre et retourna à l'air frais.

Le révérend James Morris déplia le bout de papier et lut. C'étaient les instructions relativement à l'inscription qui allait figurer sur la pierre tombale de Jane Neal. En haut de la page, il était écrit : "Matthieu X, 36." Mais c'était raturé, et il y avait autre chose en dessous, en lettres moulées. Il sortit sa Bible et l'ouvrit à l'Evangile de Matthieu, chapitre X, verset 36 : "On aura pour ennemis les gens de sa famille."

Au bas, il y avait la nouvelle instruction : "Surprise par la joie."

Au sommet de la colline, Armand Gamache arrêta la voiture et en sortit. Il regarda le village et son cœur s'éleva vers eux. Il regarda les toits des maisons et imagina, en dessous, les gens bons, gentils et imparfaits qui se débattaient avec leur vie. Des gens promenaient leurs chiens, ramassaient les feuilles d'automne qui chutaient inlassablement, tentaient de devancer la neige qui tombait doucement. Ils allaient faire leurs courses au magasin général de M. Béliveau et acheter des baguettes à l'encadrement de la boulangerie de Sarah. Olivier, debout dans l'encadrement de la porte du bistro, secouait une nappe. La vie était loin d'être désagréable ici. Mais elle n'était pas immobile non plus.

REMERCIEMENTS

Ce livre est dédié à Michael, mon mari, qui nous a composé une vie remplie d'amour et de gentillesse. Il m'a permis de quitter mon emploi et de m'amuser à écrire, puis m'a inlassablement couverte de fleurs, même quand je produisais des inepties. J'ai compris une chose : n'importe qui est capable de critiquer, mais il faut être brillant pour prodiguer des louanges. Michael est ce genre de personne. J'aimerais également remercier Liz Davidson et John Ballantyne pour avoir lu et recommandé ce livre. Ils m'ont offert leur gentillesse. Tout comme Margaret Ballantyne-Power – une sœur plus qu'une amie – qui m'a encouragée pendant des années ; et Sharon et Jim, qui ne manquent jamais une occasion de faire la fête. Merci aux Girls, animées et caféinées : Liz, France, Michèle, Johanne, Christina, Daphné, Brigitte, avec un remerciement particulier à Cheryl pour son amour et le rituel du bâton de prière décrit dans ce livre. Merci au No Rules Book Club, à Christina Davidson Richards, à Kirk Lawrence, à Sheila Fischman, à Neil McKenty, à Cotton Aimers et à Sue et Mike Riddell. Merci à Chris Roy pour m'avoir donné des cours de tir à l'arc sans se moquer de moi (j'espère).

Mes frères, Rob et Doug, ainsi que leurs familles, m'ont offert leur amour et leur appui sans réserve.

Ce roman n'aurait jamais été remarqué, parmi d'autres merveilleux romans inédits, sans la générosité de la Crime Writers' Association de Grande-Bretagne. La CWA a créé le prix Debut Dagger pour un premier roman policier inédit. Je suis presque certaine que le mien serait resté dans l'ombre s'il n'avait été sélectionné, puis "très hautement recommandé", pour finir en deuxième place du Debut Dagger de 2004. C'est l'une des choses les plus formidables qui me soient arrivées. Ce groupe d'auteurs à succès prennent le temps de lire, d'appuyer et d'encourager de nouveaux auteurs de romans policiers. Ils m'ont donné une occasion que la plupart d'entre eux n'avaient jamais eue, et je leur en serai à jamais reconnaissante. Je sais aussi que ce cadeau est destiné à être transmis.

Kay Mitchell, de la CWA, a été merveilleuse et ses propres romans m'ont procuré un réel plaisir. Merci aussi à Sarah Turner, une héroïne chez nous, et à Maxim Jakubowski.

Mes éditeurs sont Sherise Hobbs, chez Hodder Headline, et Ben Sevier, chez St Martin's Minotaur. Ce roman a pu s'améliorer grandement grâce à leurs critiques, leurs fermes suggestions et leur enthousiasme. Travailler avec eux est à la fois une expérience formatrice et un plaisir.

Merci à Kim McArthur pour m'avoir prise sous son aile littéraire.

Enfin, mon agente, Teresa Chris, grâce à qui ce roman se trouve maintenant entre vos mains. Elle est brillante et drôle, c'est une réviseuse merveilleuse, d'une grande vigueur, et une agente remarquable. J'ai d'autant plus de chance de travailler avec elle que j'ai failli l'écraser à notre première rencontre – ce n'est pas une stratégie que je recommande-rais aux nouveaux auteurs, mais elle a semblé efficace.

Merci, Teresa.

Il fut un temps dans ma vie où je n'avais aucun ami, où le téléphone ne sonnait jamais et où j'ai cru mourir de solitude. Aujourd'hui, je sais que la véritable bénédiction n'est pas d'avoir fait publier un livre, mais d'avoir autant de personnes à remercier.

Retrouvez les enquêtes
de l'inspecteur-chef Armand Gamache
dans les collections Babel noir et Actes noirs.

SOUS LA GLACE
traduit de l'anglais (Canada)
par Michel Saint-Germain

Lorsque l'inspecteur-chef Armand Gamache est chargé d'enquêter sur un nouveau meurtre survenu au sein de la petite communauté de Three Pines, il ne lui faut pas longtemps pour comprendre que la victime ne manquera à personne. D'ailleurs, personne ne l'a vue se faire électrocuter en plein milieu d'un lac gelé lors d'une compétition de curling. Pourtant, il y a forcément eu des témoins…

LE MOIS LE PLUS CRUEL
traduit de l'anglais (Canada) par Michel Saint-Germain
avec la collaboration de Louise Chabalier

Un groupe d'habitants du petit village de Three Pines décide d'organiser une séance de spiritisme pour débarrasser leur commune du mal. Mais, lors de la séance, l'une des participantes meurt de peur. À moins que l'inspecteur Gamache ait à faire à un assassinat…

DÉFENSE DE TUER
traduit de l'anglais (Canada)
par Claire Chabalier et Louise Chabalier

Au plus fort de l'été, le Manoir Bellechasse accueille les membres d'une riche famille canadienne-anglaise venus rendre hommage à leur défunt patriarche. Dans les esprits comme dans le ciel, l'atmosphère s'alourdit et une tempête s'abat, laissant derrière elle un cadavre presque trop bien mis en scène. Qui aurait l'audace de tuer sous les yeux de l'inspecteur-chef Armand Gamache venu célébrer en ces lieux, comme chaque année, son anniversaire de mariage ?

RÉVÉLATION BRUTALE
traduit de l'anglais (Canada)
par Claire Chabalier et Louise Chabalier

Après l'assassinat d'un vieil ermite dans un bistro de Three Pines, Armand Gamache et son équipe reviennent dans les Cantons-de-l'Est pour sonder les strates de mensonges et de non-dits que dissimule le vernis idyllique des lieux. Cinquième enquête de l'inspecteur-chef Armand Gamache, Révélation brutale *a été récompensée par l'Agatha Award et l'Anthony Award du meilleur roman policier.*

ENTERREZ VOS MORTS
traduit de l'anglais (Canada)
par Claire Chabalier et Louise Chabalier

*À Vieux-Québec, Armand Gamache essaye de se re-
mettre du traumatisme d'une opération policière qui
a mal tourné. Mais, pour l'inspecteur-chef de la Sûreté
du Québec, impossible d'échapper longtemps à un
nouveau crime… Cette fois, la victime est un archéo-
logue amateur connu pour sa quête obsessive de la
sépulture de Champlain. Existerait-il, enfoui depuis
quatre cents ans, un secret assez terrible pour engen-
drer un meurtre ?*

BABEL NOIR

Catalogue

Ouvrage réalisé
par l'Atelier graphique Actes Sud.
Achevé d'imprimer
en septembre 2019
par Normandie Roto Impression s.a.s.
61250 Lonrai
sur papier fabriqué à partir de bois provenant
de forêts gérées durablement (www.fsc.org)
pour le compte
des éditions Actes Sud
Le Méjan
Place Nina-Berberova
13200 Arles.

Dépôt légal
1re édition : septembre 2012
N° d'impression : 1904396
(Imprimé en France)